Erin Bowman

TAKEN – DAS ERFRORENE LAND

ERIN BOWMAN

TAKEN

DAS ERFRORENE LAND

DAS LAICOS-PROJEKT 2

Aus dem Amerikanischen
von Barbara Röhl

Piper München Zürich

Von Erin Bowman liegen bei Piper vor:
Taken
Taken – Das erfrorene Land

Die amerikanische Originalausgabe erschien 2014 unter dem Titel »Frozen« bei HarperTeen, New York.

FSC
www.fsc.org
MIX
Papier aus verantwortungsvollen Quellen
FSC® C083411

ISBN 978-3-492-70267-6

Satz: Satz für Satz. Barbara Reischmann, Leutkirch
Gesetzt aus der Adobe Garamond
Druck und Bindung: CPI books GmbH, Leck
Printed in Germany

ERSTER TEIL Wanderungen

1. Kapitel

Wir sind jetzt seit zwei Wochen unterwegs. Außer Schnee und Krähen und dem Zweifel, der wie ein dunkler Schatten über uns liegt, verfolgt uns nichts. Die Tage werden kürzer, die Abende kalt. Ich dachte, mit der Kälte würde ich fertig.

Ich hatte mich geirrt.

Zu Hause in Claysoot hatten wir harte Winter, unsere Häuser waren zugig und einfach, aber wir hatten trotzdem ein Dach über dem Kopf. Selbst wenn ich mich dick einpacken musste, um für einen Tag zum Jagen in die Wälder zu ziehen, hatte ich immer ein Zuhause, in das ich zurückkehren konnte. Ich konnte ein Feuer anzünden, frische Socken anziehen und mich an eine Tasse heißen Tee klammern, als hinge mein Leben davon ab.

Jetzt gibt es nur noch endloses Marschieren. Endlose Kälte. Für die Nacht haben wir nur Zelte. Und offene Feuer. Und Decken, Jacken und zahllose Kleidungsschichten, die nie genügen, um die Kälte aus unseren Knochen zu vertreiben.

Merkwürdig, wie gut Claysoot im Vergleich jetzt wegkommt. Wenn es eiskalt ist und ich auf meine Hände hauchen kann, so viel ich will, und sie nicht warm werden, kann ich nicht umhin, an mein behagliches altes Haus zu denken. Dann muss ich mir ins Gedächtnis rufen, dass Claysoot nie ein Zuhause war. Denn ein Zuhause ist ein Ort, an dem man sicher ist, sich wohlfühlt und nicht wachsam zu sein braucht. Und Claysoot ist nichts davon und wird es niemals sein. Dafür hat das Laicos-Projekt gesorgt. Angefangen mit dem Tag, an dem Frank Kinder für seine Zwecke einsperrte, sie zusammentrieb wie Vieh und sie aufzog, um aus ihnen perfekte Soldaten zu machen: Duplikate. Menschliche Maschinen, die seine Befehle ausführten. Vollkommene Kopien der Menschen, die er eingesperrt hatte.

Und jetzt marschieren wir zu einem dieser Gefängnisse, einer vergessenen Gruppe im Westlichen Territorium der unendlich weiten Landschaft von AmOst. Wir werden nach Überlebenden von Gruppe A suchen und sie einladen, zusammen mit uns gegen Frank zu kämpfen. Feststellen, welche Geheimnisse sie in all den Jahren, in denen sie sich versteckt haben, ergründen konnten. Ryder macht sich Hoffnungen, Gruppe A zu einer guten zweiten Basis auszubauen, die uns helfen wird, unseren Aktionsradius bis zum entgegengesetzten Ende des Landes auszudehnen.

Ich betrachte meine Hände, sie sind trocken und rissig. Wieder fällt Schnee und weht in zarten grauen Flocken durch das frühe Morgenlicht. Eigentlich hatte ich einen Auftrag. Wie war der noch?

Ich sehe die Fußabdrücke, und dann fällt es mir wieder ein. Clipper.

In letzter Zeit entfernt er sich ständig von unserer Gruppe. Wenn wir unser Nachtlager aufschlagen oder eine Pause machen, um Wasser zu trinken, fällt immer jemandem auf, dass er fehlt. Mir überträgt man dann die ehrenvolle Aufgabe, ihn holen zu gehen.

Ich bleibe stehen, ziehe meine Handschuhe wieder an und konzentriere mich erneut darauf, seiner Spur zu folgen. Ich erklimme eine kleine Anhöhe, und da ist er. Er lehnt am hellen Stamm einer Birke.

»Wir müssen weiter. Bist du fertig?«

»Gray«, sagt er und dreht sich zu mir um. »Ich hatte dich gar nicht gehört.«

Ich lächle gezwungen. »Tust du nie.«

»Stimmt.« In Clippers Stimme liegt eine unüberhörbare Niedergeschlagenheit. Er klingt älter und sieht auch so aus. Nach Harveys Tod – seiner Ermordung durch Frank – hat der Junge den Posten des technischen Leiters der Rebellen übernommen. Durch die große zusätzliche Verantwortung scheint er gealtert zu sein.

»Sie fehlt mir«, sagt Clipper und berührt ein aus Schnur geflochtenes Armband. Ich habe gesehen, wie seine Mutter es ihm vor zwei Wochen gegeben hat, als sie sich verabschiedeten. »Und Harvey auch.« Er tritt nach einem mit Schnee bedeckten Stein zu seinen Füßen. »Er war … Ich weiß nicht, wie ich es ausdrücken soll, aber ohne ihn fühle ich mich verloren.«

Harvey war für Clipper wie ein Vater. Das meint er. Ich weiß es und alle anderen in unserem Team auch. Es ist auf schmerzhafte Weise offensichtlich.

»Wenigstens hast du mich«, meine ich. »Ich bin derjenige, der dir jedes Mal nachläuft, wenn du dich davonschleichst. Das zählt doch auch, oder?«

Er lacht. Es ist ein kurzes, schnelles Geräusch. Eher ein verächtliches Schnauben.

»Komm. Alle warten schon.«

Clipper richtet sich auf und wirft einen letzten Blick auf den endlosen Wald. »Du weißt doch, dass ich euch nie wirklich im Stich lassen würde, oder? Manchmal brauche ich einfach etwas Freiraum.«

»Verstehe.«

»Aber du kommst mich immer holen.«

»Weil sich mein Vater dann besser fühlt. Ohne dich wären wir verloren, und als unser Anführer schläft er besser, wenn er weiß, dass du nicht wegläufst.«

Clipper runzelt die Stirn. »Manchmal habe ich Angst, aber ich bin kein Feigling.« Dann schlingt er die Arme um das Navigationsgerät und drückt es an seine Brust, während wir zum Lager zurückgehen. In letzter Zeit starrt Clipper das Gerät so oft an, dass ich langsam glaube, er ist überzeugt davon, Harvey sei irgendwo hier draußen und warte in einer zugeschneiten Schlucht, die Clipper finden kann, wenn er nur die richtigen Koordinaten eingibt.

Obwohl mein Vater uns in letzter Zeit in einem mörderischen Tempo vorangetrieben hat, ist das Lager noch nicht abgebaut, als es in Sicht kommt. Die Zelte heben sich wie grasgrüne Tupfen vom Schnee ab, und von einem Feuer steigt eine schmale Rauchsäule durch die Äste. Xavier und Sammy ziehen ihre Zeltstangen aus dem gefrorenen Boden, aber alle anderen drängen sich um September, ein aggressiv wirkendes Mädchen von Anfang zwanzig, das in Wahrheit viel liebenswürdiger ist, als seine kantigen Züge ahnen lassen. September teilt ein Frühstück aus Maisgrütze aus. Davon ernähren wir uns, seit wir aufgebrochen sind. Am Morgen Grütze. Zum Abendessen alles, was wir im Laufe des Tages fangen können. Und dazwischen wenig.

Bree entdeckt Clipper und mich zuerst. Sie wirft mir ein breites, schamloses Lächeln zu. Es steht ihr gut und wirkt sogar erfrischend, denn sie scheint fest entschlossen zu sein, den größten Teil der Zeit eine finstere Miene zu ziehen. Sie stößt Emma, die neben ihr steht und eine Wollmütze über ihre welligen Haare gezogen hat, mit dem Ellbogen an. Sogar aus der Entfernung höre ich Brees energische Worte. »Sie sind zurück. Ich hab dir doch gesagt, du brauchst dir keine Sorgen zu machen.«

Emma blickt auf und hebt eine Hand zu einem schüchternen Gruß. Ich winke nicht zurück. Ich wünschte, ich könnte ihr vergeben. Dafür, dass sie mich so schnell durch einen anderen ersetzt hat, als wir Anfang des Jahres voneinander getrennt waren. Ich auf der Flucht vor Frank, sie unter seiner Beobachtung in Taem. Dafür, dass sie mich abgelegt hat, als wäre das, was zwischen uns war, bedeutungslos gewesen; als hätten wir nie über Vögel und Paare gesprochen und über eine feste Beziehung, die sich richtig anfühlt. Ich weiß, dass es töricht ist, meinen Groll zu pflegen, aber ich bin noch nie jemand gewesen, der leicht vergibt. Ich konnte nie über die Fehler anderer hinwegsehen, mir auf die Zunge beißen oder mich sonst anständig verhalten. Ich bin eben nicht mein Bruder.

Clipper läuft vor, um sich bei September einen Becher Grütze zu holen, und mein Vater ruft mir quer durchs Lager zu. »Du hast lange gebraucht!«

»Der Wind hatte seine Spuren verweht«, lüge ich. Ich will nicht darüber sprechen, dass ich genau wie Clipper einen Moment der Schwäche erlebt habe, als ich allein in den Wäldern war. Dass ich stehen geblieben bin, um über alles nachzudenken; über unsere bedrückende Lage und die Trostlosigkeit unserer bisherigen Reise.

Mein Vater isst einen Löffel von seinem Frühstück und sieht dann Clipper aus zusammengezogenen Augen an. »Ich will das nicht mehr, Clayton.« Die ganze Gruppe erstarrt, als er Clippers richtigen Namen ausspricht. »Immer, wenn du dich davonschleichst, verlieren wir Zeit. Gray muss dich suchen, und wir alle müssen warten. Und wir können uns keine solchen Verzögerungen leisten. Jeden Moment könnten die Einzelheiten unserer Mission verraten werden.«

Nur drei Tage nachdem wir Crevice Valley, das Hauptquartier der Rebellen, verlassen hatten, teilte Ryder uns über Funk mit, einer der unseren sei in die Hände des Feindes gefallen. Inzwischen haben wir längst keine Funkverbindung mehr und keine Möglichkeit zu erfahren, wie viele Informationen der Orden erlangt hat, wenn überhaupt. Unterwegs verbringen wir viel Zeit damit, über die Schultern zu sehen. Von Furcht angetrieben zu werden, ist immer unangenehm.

»Du musst anfangen, dich wie ein Soldat zu verhalten«, setzt mein Vater hinzu und weist mit einer Kopfbewegung auf Clipper. »Hast du mich verstanden?«

»Ach, lass ihn doch, Owen«, ruft Xavier und verstaut sein abgebautes Zelt an der Unterseite seines Bündels. Das erinnert mich daran, wie er mir in Claysoot das Jagen beigebracht hat. Damals lud er sich die Ausrüstung auf und winkte mir, ihm in die Wälder zu folgen. »Er ist doch noch ein Kind.«

Darüber runzelt Clipper die Stirn, er findet offensichtlich nicht, dass ein fast dreizehnjähriger Junge noch ein Kind ist.

Sammy, der mit seinem Bündel ringt, unterbricht seine Tätigkeit. »Ja, er ist nur ein unreifes, hirnloses Computergenie, das zu nichts nütze ist, aber jedes Gerät dazu bringen kann, zu tun, was er will. Ach, übrigens: Clipper, kannst du nicht eine Zeitmaschine bauen, damit wir sofort bei Gruppe A ankommen? Mir fallen bald die Zehen ab, und mir käme eine Beschleunigung des Vorhabens wirklich entgegen«

Das ruft ein leises Lachen in der Gruppe hervor. Ich habe Sammy in Crevice Valley bei einer Runde Darts getroffen, aber erst bei dieser Mission habe ich ihn richtig kennengelernt. Er ist gutmütig, sarkastisch ohne Ende und besitzt einen schlagfertigen Humor, der oft eine willkommene Ablenkung darstellt.

»Wir wissen alle, dass du frierst, Sammy«, versetzt mein Vater streng.

»Mir ist nicht einfach kalt, ich erfriere«, gibt er zurück und zieht sich die Mütze tiefer über die hellen Haare. »Und was dieser Wind meinem Gesicht antut! Wie soll ich mit so wettergegerbten Wangen Mädchen erobern?« Mit den Handflächen klopft er gegen seine Backen.

»Die einzigen Mädchen, die du in absehbarer Zukunft treffen wirst, sind die drei, die zu unserem Team gehören. Und sie sind nicht interessiert.« Sammy zieht die Augenbrauen hoch, als betrachtete er Owens Worte als Herausforderung. »Mach dir bloß keine falschen Vorstellungen«, fügt mein Vater noch hinzu.

»Setzen wir uns in Bewegung«, sagt Bo. »Wenn man stillsteht, friert man nur noch mehr.« Sein üblicher Tic meldet sich – ein Zeigefinger tippt hektisch gegen seinen Becher mit Grütze –, und ich finde, dass er aussieht, als fröre er von uns allen am stärksten. Sein gealterter Körper wirkt täglich dünner und blasser. Er ist jünger als Frank, Anfang sechzig, aber die Jahre, die er in einer engen Gefängniszelle in Taem verbracht hat, haben seinem Körper nicht gutgetan. Manchmal erstaunt es mich, dass Bo es ohne Komplikationen so weit geschafft hat. Während der ersten paar Tage unserer Wanderschaft habe ich fast damit gerechnet, dass er nach Crevice Valley zurückkehren würde. Ich bin mir ziemlich sicher, dass Blaine das Gleiche erwartet hat.

Aber natürlich ist Blaine nicht hier, um meine Theorie zu bestätigen oder zu widerlegen, und manchmal schmerzt mich sein Fehlen mehr als die Kälte. Ohne meinen Bruder, meinen Zwilling, komme ich mir immer ein wenig verloren vor. Hoffentlich ist er wieder ganz der Alte, wenn ich ihn wiedersehe. Ich vermisse den Bruder, der auf der Jagd mit mir Schritt halten und rennen konnte, ohne außer Atem zu geraten. Mir fehlen sogar seine missbilligenden, herablassenden Blicke, obwohl ich das ihm gegenüber nie zugeben werde.

September verteilt die Glut des Feuers, und das Team schwärmt aus, um den Rest des Lagers abzubauen. Wir haben inzwischen so viel Erfahrung damit, dass wir innerhalb weniger Minuten unsere Bündel gepackt haben und uns in einer schmalen Reihe in Bewegung setzen.

Ich befehle meinen Füßen, sich zu bewegen, immer einer nach dem anderen. Bree gesellt sich zu mir und nimmt ihren üblichen Platz an meiner Seite ein.

»Glaubst du, es ist zu spät, um umzukehren?«, fragt sie in scherzhaftem Ton, aber ich sehe ihre ernste Miene.

»Was? Warum sagst du das?«

»Je mehr ich darüber nachdenke, umso mehr Sorgen mache ich mir, wir könnten nichts finden. Ich meine, der Orden hat schon vor Jahren festgestellt, dass Gruppe A ausgestorben ist. Vielleicht haben wir in Franks Kontrollraum gesehen, was wir gern sehen wollten.«

»Nein. In diesen Rahmen haben sich Menschen bewegt. Wir haben es beide gesehen, und Bo und Emma auch. Wir können nicht *alle* etwas gesehen haben, was nicht da war.«

Sie stößt einen langen Atemzug aus.

»Und sie war die fortschrittlichste Testgruppe«, setze ich hinzu. »Selbst wenn wir den Ort leer vorfinden – und das *werden wir nicht* –, können wir immer noch sehen, ob wir etwas für uns bergen können. Ryder glaubt …«

»Dass er eine gute zweite Basis sein könnte. Ich weiß. Er hat ja vor unserem Aufbruch genug davon geredet. Da ist nur noch das kleine Problem, dass es dort keinen Strom gibt.«

»Genau dafür haben wir ja Clipper. Er wird schon etwas zaubern.«

Sie stößt mich mit dem Ellbogen an. »Seit wann denkst du so positiv?«

»Seit ich beschlossen habe, dass es nicht reicht, wenn Sammy optimistisch ist.«

Darüber grinst sie, und obwohl ich weiß, dass Emma hinter uns geht, lege ich einen Arm um Brees Schultern und ziehe sie an mich.

Es ist später Nachmittag, und wir starren auf eine Stadt am Grund des Tals vor uns, die gar nicht dort sein dürfte, wenn man Clipper Glauben schenkt. Er hat uns mit seinen Karten und seinem Navigationsgerät über die am wenigsten genutzten Wege geleitet. Manchmal kreuzen wir ein verlassenes, baufälliges Stück Straße, oder wir erspähen eine Stadt, die so weit entfernt liegt, dass sie wie eine Ansammlung winziger Kinderbauklötzchen am Horizont aussieht. Aber dieser Ort, der praktisch zu unseren Füßen liegt, ist etwas Neues. Und umso erstaunlicher, da wir vor ein paar Tagen die Region um die Hauptstadt verlassen haben und seitdem in die Wüste eingedrungen sind, eine gewaltige, größtenteils menschenleere Landschaft, von der Clipper behauptet, dass wir fast zwei Wochen brauchen werden, um sie zu durchqueren. Wenigstens ist der Boden hier flacher. Der Bergpass, den wir in der ersten Woche unserer Reise überwunden haben, war so steil, dass mir davon immer noch die Waden schmerzen.

Owen zieht ein Fernglas hervor. »Kein Licht, soweit ich sehen kann, und nichts bewegt sich. Wahrscheinlich ist die Stadt verlassen.«

»Vielleicht sollten wir sie umgehen«, meint Bo. »Nur zur Sicherheit.«

So weit im Westen sind die Menschen vermutlich harmlos – Durchschnittsbürger, die versuchen, außerhalb von Franks Herrschaftsbereich ihr Leben zu fristen –, aber wir sind bisher extrem vorsichtig gewesen und haben uns *niemandem* gezeigt, vor allem seit Ryders Funkspruch, in dem er von der Gefangennahme eines Rebellen berichtet hat.

Mein Vater steckt das Fernglas weg. »Wir marschieren hindurch«, erklärt er, und ich bin ebenso verblüfft wie alle anderen. »Die Stadt ist verlassen, und wir könnten alle eine Nacht zwischen vier Wänden vertragen.«

Ich denke gerade darüber nach, wie es wäre, bequem zu schlafen – sich ausnahmsweise *richtig* warm zu fühlen –, als ich die Krähen entdecke. Es sind Dutzende, die über den vor uns wartenden Häusern kreisen. Es gefällt mir nicht, wie sie über einer Stelle schweben oder wie schrill ihre Schreie durch das Tal hallen.

Owen stößt das hölzerne Tor am Ortseingang auf und winkt Bree und mich als Erste hindurch. Die Waffen im Anschlag, gehen wir unter einem Schild hindurch, auf dem *Gemeinde Stonewall* steht. Die Schatten der Krähen gleiten über den Schnee, während wir die Hauptstraße entlanggehen.

Die Häuser sind baufällig, aber nicht, weil sie schon lange leer stünden. Überall sehen wir Zeichen von Leben: Ein Kranz aus immergrünen Zweigen, der an einer Tür hängt, kann erst ein paar Wochen alt sein, so frisch ist er noch. Eine Schubkarre liegt auf der Seite, als hätte jemand sie eilig fallen gelassen. Kleidung, die an einem wärmeren Tag aufgehängt wurde, knarrt jetzt gefroren und steif an einer Wäscheleine.

Unter meinem Stiefel knirscht etwas, und ich blicke nach unten.

Finger, verborgen von einer dünnen Schneeschicht.

Finger, die mit einer Hand, einem Arm, einem Oberkörper verbunden sind. Schnell trete ich zurück. Dann entdecke ich eine weitere Leiche. Die Überreste eines Menschen, der direkt vor uns an einer Mauer liegt. Und plötzlich sind sie überall. Hügel, die ich für Schneewehen gehalten habe, sind Leichen, verfault, verwest und totenstarr.

Mit ihrem Gewehr wälzt Bree den Körper zu meinen Füßen herum. Zwei leere Augenhöhlen erwidern unseren Blick. Bree spricht, bringt aber nur ein Flüstern heraus.

»Was ist hier passiert?«

2. Kapitel

Mit ein paar raschen Gesten schickt mein Vater Xavier und Sammy in eine Seitenstraße und September und Bo in eine andere. Bree und mir befiehlt er mit einem Nicken, die Hauptstraße weiter entlangzugehen, und er betritt mit den anderen das nächstgelegene Haus, um sich drinnen umzusehen. Wir alle kennen seinen Befehl, auch wenn er ihn nicht mit diesen Worten ausgesprochen hat: *Ausschwärmen und nach Überlebenden suchen.*

Irgendwo in der Stadt lässt ein Windspiel eine disharmonische Melodie erklingen, während Bree und ich die Straße hinaufgehen. Es ist eine Sackgasse, die vor einem großen, weiß getünchten Gebäude mit einem Kreuz auf dem Dach endet. Seine schweren hölzernen Türflügel stehen offen. Dazwischen steht ein Hund mit kupferfarbenem Fell, der nach seinem dünnen, drahtigen Körper zu urteilen kurz vor dem Verhungern ist. Er bleckt die Zähne, knurrt leise und guttural und läuft dann hinein. Bree und ich werfen einander einen Blick zu und rennen dem Hund dann hinterher, immer zwei Treppenstufen auf einmal nehmend.

Das Innere des Gebäudes besteht aus einem einzigen Raum, der groß und hoch und wie ein liegendes »T« geformt ist. Schnee ist in den Gang geweht, in dem wir stehen. Rechts und links von uns erstrecken sich Bankreihen. Die Bänke sind mit Toten besetzt. Köpfe liegen an Schultern, und Hände sind in ewigem Schlaf gefaltet. Trotz der großen Kälte riecht die Luft nach verdorbenem Fleisch.

»Gray?« Bree weist mit ihrem Gewehr auf eine erhöhte Plattform im vorderen Teil des Raums. Ich folge ihrer Bewegung, und dann sehe ich ihn.

Es ist ein Junge, der Kerzen in einen zerlumpten Beutel steckt. Er ist jung und mager und schmutziger als ein wildes Tier. Seine Haut ist so dunkel wie seine Augen, und seine Haare stehen in alle Richtungen ab.

»Hey«, rufe ich. »Bist du in Ordnung?«

Er zuckt beim Klang meiner Stimme zusammen und fährt herum. Als er uns sieht, bleibt sein Blick an Brees Waffe hängen, und er weicht langsam zurück, bis er an der Rückwand lehnt. Sein Hund steht knurrend vor ihm.

»Was ist hier passiert?«, frage ich.

»Eine Krankheit«, erklärt der Junge mit zitternden Lippen. »Einer wurde krank. Dann noch einer und noch einer. Sie sind gestorben.«

Bree lässt ihr Gewehr sinken. »Woran? Was war das für eine Krankheit.«

»Weiß nicht. Mama hat gesagt, sie sei aus dem Osten gekommen, aus einer Stadt unter einer Kuppel. Sie hat gesagt, diese Leute hätten sie hergebracht, obwohl sie wussten, dass wir dann sterben würden.«

Bree und ich wechseln besorgte Blicke. Vor gerade einmal zwei Monaten hatten wir Taem infiltriert, um einen Impfstoff aufzuspüren, mit dem wir die Rebellen vor einem Virus schützen konnten, das in Franks Labors erzeugt worden war. Wir hatten gefürchtet, er werde einen von unseren Leuten gefangen nehmen, ihn infiziert zurückschicken und damit alle Rebellen auslöschen.

»Wer hat sie hier eingeschleppt?«, fragt Bree. »Die Krankheit?«

Aber der Junge lässt sich nur zu Boden fallen und schlingt die Arme um den Hals seines Hundes. Er ist so verängstigt, dass er zittert; oder vielleicht ist ihm auch nur kalt.

Bree geht den Mittelgang hinauf und bleibt dort, wo die Balken des »T« sich treffen, stehen. Der Hund knurrt, sodass sie sich nicht die Stufen hinaufwagt. »Komm schon«, sagt sie und streckt dem Jungen eine Hand entgegen. »Bei uns kannst du dich aufwärmen. Wir helfen dir …«

»Nein!«, schreit er. »Die anderen Leute hatten auch Waffen. Ich traue euch nicht!«

Bree sieht mich Hilfe suchend an, aber ich bin genauso verwirrt wie sie. Sie wendet sich erneut dem Jungen zu und geht vorsichtig die Hälfte der Stufen hinauf.

»Geht weg!«, kreischt er. »Ihr seid wie die anderen. Ihr seid genau wie sie!« Er schreit weiter, als würde sie ihn angreifen, worauf der Hund Bree anspringt. Sie fährt zurück und kann einem Biss gerade noch ausweichen.

»Hör mal, wir wollen dir helfen«, faucht sie und klingt, als hätte sie alles andere als das vor.

»Seht ihr nicht, dass ihr ihm Angst einjagt?«

Die Stimme verblüfft uns alle drei. Wir drehen uns um und sehen Emma, die im Eingang des Gebäudes steht.

»Ich versuche *nicht*, ihm Angst zu machen«, stößt Bree mit zusammengebissenen Zähnen hervor.

»Das tust du aber.« Emma geht den Mittelgang entlang, an mir vorbei, und wird erst langsamer, als sie die Stufen erreicht. Nun, da der Hund zwei potenzielle Bedrohungen für seinen Herrn sieht, knurrt er noch ein wenig energischer. »Vielleicht sollte nur eine von uns das tun«, sagt Emma.

Bree verdreht die Augen. »Schön.« Sie marschiert zu mir herüber. »Das wird lustig, dabei zuzusehen«, murmelt sie.

Ich sage nichts, weil ich schon weiß, dass es Emma gelingen wird, den Jungen zu beruhigen. Emmas Stimme klingt wie frisch gefallener Schnee, während Bree poltert wie eine zuknallende Tür. Und Emma bewegt sich wie ein Reh auf freiem Feld, behutsam und fließend. Ich bin mir nicht sicher, ob sie jemanden erschrecken könnte, wenn sie es versuchte.

Bree und ich sehen zu, wie Emma die Stufen hinaufsteigt und sich eine Armeslänge von dem Jungen entfernt hinsetzt. Den Hund, der seine Zähne heftiger denn je bleckt, scheint sie nicht zu bemerken. Sie wirft den beiden ihre Wollmütze zu.

»Nimm sie«, sagt sie zu dem Jungen. »Nur zu. Dir muss doch kalt sein.«

Er bewegt sich so schnell, dass ich es fast nicht sehe. Eine Hand huscht heran und greift nach der Wollmütze. Er zieht sie über seine widerspenstigen Haare.

»Ich bin Emma. Wie heißt du?«

Mit weit aufgerissenen Augen blinzelt der Junge. »Aiden«, erklärt er schließlich.

»Wie alt bist du, Aiden?«

»Wie alt bist denn *du*?«

Emma lacht, und kurz huscht ein Lächeln über die Lippen des Jungen. »Ich bin siebzehn.«

Der Junge zählt es an den Fingern ab. »Ich bin siebzehn weniger neun.«

Emma lobt ihn, weil er so klug ist, und Bree verschränkt die Arme. »Sie hatte Glück«, meint sie zu mir. »Hätte ich mehr Zeit gehabt, hätte ich ihn auch zum Reden gebracht.«

»Sicher hättest du das.« Bree wirft mir einen Blick zu. »Ich hätte es nicht viel besser machen können, weißt du«, setze ich hinzu, weil ich keine Lust habe, mir einen Boxhieb gegen die Schulter einzuhandeln. »Emma kann gut mit Menschen umgehen.«

»Und wir nicht?«

Bree hat die Augen zusammengekniffen und sieht aus, als wollte sie nach etwas treten. »Nein. Eindeutig nicht.«

Vor uns streckt Emma Aiden ihre Hand entgegen. »Wir wollen Feuer machen und uns etwas zum Abendessen kochen. Möchtest du mit uns essen? Dich aufwärmen?«

Er nickt und nimmt langsam ihre Hand. Sobald Aiden sich entschieden hat, Emma zu trauen, scheint auch sein Hund ihr zu vertrauen. Nicht ganz, weil er nicht zu knurren aufhört, aber als sie den Mittelgang entlanggehen, trottet er hinter ihnen her, und er fletscht die Zähne nicht mehr.

Ein paar Schritte von uns entfernt erstarrt Aiden. »Ich mag die mit dem Gewehr nicht«, sagt er.

Bree schnaubt. »Siehst du? Ich hatte von Anfang an keine Chance.«

Emma geht neben dem Jungen in die Knie und nimmt seine Hände. »Ich weiß nicht, was hier bei euch passiert ist, Aiden. Und du brauchst es mir nicht zu erzählen – nur wenn du willst –, aber du musst wissen, dass nicht jeder, der ein Gewehr bei sich hat, schlecht ist. Manchen Leuten steigt die Macht, die eine Waffe einem schenkt, zu Kopf, und sie tun damit schreckliche Dinge. Aber wir sind nicht solche Leute.«

Aiden nickt und sieht zu Bree und mir hoch. »Was gibt es denn zum Abendessen?«

»Irgendeine Art Fleisch«, antworte ich, und bei dem Gedanken knurrt mir der Magen.

»Mit Kartoffeln?«, fragt er. »Und frischem Brot?«

»Du träumst wohl, Kleiner.«

Wir treffen den Rest des Teams in einem Gebäude, das wie eine Art Schreinerwerkstatt wirkt. Der Raum hat eine Kuppeldecke, und entlang der Wände stehen eine Reihe Werkbänke. Sie sind voller Sägespäne und halb fertiger Werkstücke. Schnitzmesser und Hobel warten geduldig, als glaubten sie, der Zimmermann sei nur kurz nach draußen gegangen, um frische Luft zu schnappen.

Jemand hat die Mitte des Raums bis auf ein paar Stühle und Bänke frei geräumt, und September hat ein Feuer auf dem Schieferboden entzündet. Aus einem der verlassenen Häuser hat sie einen großen Topf geholt und, nach dem Geruch zu urteilen, auch mehrere Konserven Hühnersuppe. Die Brühe kocht, und über dem Feuer brutzelt ein Hühnchen am Spieß.

»Wo habt ihr denn ein Huhn gefunden?«, frage ich.

»In einem Hühnerhof unten auf der Westseite der Stadt waren noch ein paar am Leben«, erklärt Xavier und stochert im Feuer. Er sieht auf, und sein Blick fällt auf Aiden. »Wo habt ihr denn einen Jungen gefunden?«

»Ich dachte, es gäbe keine Überlebenden«, meint mein Vater und blickt von den Karten auf, die er zusammen mit Bo und Clipper studiert.

»Gibt es auch nicht«, antwortet Aiden. »Nur mich und Rusty.« Der Hund springt aufgeregt nach vorn.

»Ich habe Aiden gesagt, er sei eingeladen, mit uns zu essen«, erklärt Emma.

Mein Vater runzelt die Stirn. Dennoch sagt er: »Selbstverständlich.«

Wenig später kauern wir um das Feuer. Zum ersten Mal seit Tagen ist uns warm, und wir essen eifrig Hühnersuppe, die so köstlich schmeckt, dass sich niemand mit Reden abgibt.

»Morgen sind es drei Wochen her, seit sie gekommen sind«, erklärt Aiden unvermittelt. »Ich habe Kerben in meinen Bettpfosten geschnitzt, um die Tage zu zählen.«

Mein Vater hält inne, und ein Löffel Suppe bleibt auf halbem Weg zu seinem Mund in der Luft hängen. »Wer ist gekommen?«

»Männer. In schwarzen Uniformen. Sie haben gesagt, dass sie unser Wasser brauchen. Als sie gekommen sind, war ich oben in meinem Zimmer. Mama hat mir gesagt, dass ich dort bleiben soll.«

Aiden verstummt, aber alle sind zu nervös, um etwas zu sagen und damit womöglich seine Erzählung zu unterbrechen. Er sieht zur Tür, als stünden dort die schwarz gekleideten Männer.

»Der Brunnen ist direkt vor unserem Haus«, fährt er schließlich fort. »Manchmal lehne ich mich aus meinem Zimmerfenster und schieße mit meiner Steinschleuder Kiesel hinein. Sophie – sie war meine Cousine – hat auch mitgespielt.«

War. Der Junge hat sich bereits mit seiner Lage abgefunden und spricht in der Vergangenheit von Menschen, die nur drei Wochen zuvor noch am Leben gewesen sind.

»Die Männer sind gleich an unseren Brunnen gegangen und haben angefangen, das Wasser abzupumpen«, erzählt Aiden weiter. »Mr. Bennett, der in der Schmiede gearbeitet hat, kam angerannt und hat versucht, sie aufzuhalten. Er hat schlimme Wörter gesagt, viele. Die Männer in Schwarz haben gesagt, dass das Land unser Wasser braucht, und als Mr. Bennett nicht zu schreien aufgehört hat, da hat der Mann seine Waffe genommen, und dann war Mr. Bennett tot.«

Im Raum ist es so still geworden, dass das Knistern des Feuers so laut wie Gewehrfeuer klingt. Aiden beginnt wieder zu zittern, und Emma nimmt ihn auf ihren Schoß.

»Sie haben den Brunnen trocken gepumpt und sind weggefahren. Am nächsten Tag begannen die Leute krank zu werden. Mama hat Husten bekommen und hat mich mit unserem letzten Krug Wasser und ganz viel Brot und Käse in meinem Zimmer eingeschlossen. Ich dachte, ich hätte etwas angestellt, weil sie sich ein Taschentuch vor den Mund gebunden hatte und mich nicht ansehen wollte. Sie hat gesagt, ich sollte mein Fenster geschlossen halten, und ich musste ihr versprechen, es nicht aufzumachen.

Das habe ich auch nicht. Nicht einmal, als ich gesehen habe, wie die Leute durch die Stadt gelaufen sind und geweint und gehustet haben. Ihre Haut hat sich geschält. Ihre Augen sind gelb geworden. Ein paar sind auf ihre Pferde gestiegen und weggeritten. Die meisten sind in die Kirche gegangen und haben gebetet. Ich hab alles von meinem Fenster aus gesehen, aber ich hab es geschlossen gelassen, wie Mama es mir gesagt hatte. Ich hab das Fenster erst angefasst, als alles still war, und dann hab ich es aufgemacht und bin hinausgeklettert.

Alle, die geblieben waren, waren tot. Mama lag in ihrem Bett. Ich wollte sie begraben, weil ich weiß, dass man das so macht, aber ich war nicht stark genug, um sie zu tragen. Ich konnte nur die Kleinen bewegen. Die Babys. Und Sophie. Ich hab auch Sophie begraben.«

Er erzählt weiter: Wie er von Dosenobst und Hühnereiern gelebt hat. Wie er Schnee geschmolzen hat, um an Wasser zu kommen, und Kleider und Decken aus anderen Häusern geholt hat, um sich warm zu halten. Dass er nur ein einziges Mal am Tag nach Hause geht, um eine Kerbe in seinen Bettpfosten zu schnitzen, sich aber wegen des Verwesungsgeruchs nie lange aufhält. Ich kann nicht begreifen, wie jemand, der noch so jung ist, allein so viel aushalten kann.

»Rusty und ich wohnen in Mr. Bennetts Haus, weil es leer ist«, erklärt Aiden. »Aber mir geht das Essen aus. Und es wird immer schwieriger, all die Hühner und Pferde zu füttern – die meisten sind krank oder kurz davor zu sterben. Lasst ihr mich hier? Wenn ihr morgen früh weitergeht?«

»Natürlich nicht«, sagt Emma, aber niemand anders meldet sich zu Wort. Brees Gesicht zeigt diese schmerzliche Miene, und ich weiß, dass sie dasselbe denkt wie ich: Ein Achtjähriger wird uns aufhalten.

Owen fährt sich mit einer Hand übers Gesicht und sieht ins Feuer. »Wir haben einen straffen Zeitplan einzuhalten.«

»Das kann nicht dein Ernst sein«, sagt Emma.

»Ich will das auch nicht, Emma, aber wir müssen durchschnittlich zwanzig Meilen täglich zurücklegen. Er kann auf keinen Fall mit uns mithalten.«

»Und deswegen willst du ihn einfach hierlassen?« Inzwischen schreit sie fast. »Das kannst du nicht machen! Wenn du dir wegen des Tempos Sorgen machst, können wir ihn auf ein Pferd setzen.« Mein Vater schweigt und weicht ihrem Blick aus. Emma wendet sich an mich. »Sag es ihm, Gray. Bitte! Wenn jemand ihn zur Vernunft bringen kann, dann du.«

Sie wirkt noch verzweifelter als damals, als ich das mit ihr und Craw herausgefunden hatte, als sie sich wieder, wieder und wieder entschuldigt hat. Ich frage mich, ob unsere Gespräche einfacher werden, wenn ich mich jetzt auf ihre Seite stelle. Bisher verlaufen sie im besten Fall gezwungen, obwohl wir uns große Mühe geben.

Aber mein Vater hat recht. Bis wir Bone Harbor erreichen, eine kleine Stadt an einem Küstenstreifen, der im Norden fast das halbe Land durchzieht, liegen noch zwei Wochen Marsch vor uns. Dort wartet ein Schiff auf uns, das uns übersetzen soll, weiter in Richtung Gruppe A, während es gleichzeitig dazu dienen soll, uns vor dem Orden zu verbergen. Ohne das Schiff müssten wir in der Nähe einer Kuppelstadt vorbeiwandern. Ich glaube, Clipper hat sie *Haven* genannt. So oder so wird Aiden unser Tempo drastisch vermindern.

Ich werfe dem Jungen einen Blick zu. Im Feuerschein leuchtet sein Gesicht hoffnungsvoll, und er hat die Augen fast so weit aufgerissen wie Emma. Ich möchte keinen von beiden im Stich lassen.

»Wenn wir ihn hier zurücklassen, dann lassen wir ihn praktisch verhungern«, sage ich zu meinem Vater.

Seufzend reibt er sich die Stirn. »Du kannst mitkommen«, erklärt er schließlich, »aber nur, bis wir einen sichereren Ort für dich finden, wo du unter den Lebenden wohnen kannst.«

»Oh, danke«, sagt Aiden und strahlt. »Danke! Kann Rusty auch mitkommen?«

»Warum nicht? Es wird gut sein, einen Hund dabeizuhaben. Hunde sind kluge Lebewesen, gute Menschenkenner und phantastische Wächter.«

Sammy runzelt die Stirn. »Dass Sie so eine hohe Meinung von mir haben, ehrt mich, Sir. Aber es beleidigt mich ein wenig, dass Sie mich mit einem Hund verwechseln.«

Das Team bricht in Gelächter aus.

»Ab ins Bett«, befiehlt Owen. »Alle. Sofort. Wir frühstücken bei Sonnenaufgang, und dann setzen wir uns wieder in Bewegung.«

3. Kapitel

Ich habe heute Nacht die zweite Wache, was bedeutet, dass ich vielleicht tatsächlich eine Nacht anständigen Schlaf ohne Unterbrechung bekomme. Wir rotieren mit den Wachdiensten, und die mittlere Schicht ist die schlimmste – da fühle ich mich am folgenden Tag niemals ausgeruht.

Draußen ist es kalt und stürmisch. Ich habe die Schreinerwerkstatt im Rücken, die den größten Teil des Windes abhält, und neben mir sitzt Rusty und leistet mir Gesellschaft. Genau wie mein Vater dachte, ist er ein guter Wachhund. Zweimal hört er etwas, bevor ich es wahrnehme, und spitzt die Ohren. Aber beide Male ist es nur ein Waschbär, der gekommen ist, um sich an den Leichen gütlich zu tun.

Auf einer Armbanduhr, die, wie Clipper sagt, mit »Solarzellen« betrieben wird, sehe ich zu, wie die Minuten vergehen. Jeden Tag befestigt er sie unterwegs außen an seinem Bündel, damit die Sonne ihre Oberfläche wärmt und sie die ganze Nacht lang die Zeit anzeigen kann. Als meine Stunde vorüber ist, gehe ich wieder nach drinnen, wo alle dicht gedrängt um die provisorische Feuergrube liegen und fest schlafen. Ich suche Bo, der immer die Schicht nach mir hat, und rüttle ihn wach. Er knurrt, zieht seine Jacke an und geht hinaus zu Rusty.

Ich schleiche mich um das Feuer herum und gleite in meinen Schlafsack. Bree liegt auf meiner einen Seite, mein Vater auf der anderen.

Obwohl mir zum ersten Mal seit Ewigkeiten richtig warm ist, kann ich nicht einschlafen. In der Dunkelheit der Schreinerwerkstatt erscheinen mir alle meine Zweifel noch größer. Gruppe A scheint noch so weit weg zu liegen, und mit jedem Tag, den wir marschieren, bleibt Blaine weiter zurück.

Bree dreht sich um und schmiegt sich an mich, um zusätzliche Wärme zu finden. Obwohl die Schlafsäcke uns trennen, kann ich ihren Puls spüren. Ich lächle, schließe die Augen, und mit einem Mal fällt mir das Einschlafen leicht.

Rustys Kläffen lässt mich mit einem Ruck hochfahren. Mein Vater rennt zur Tür, Sammy und Xavier laufen hinter ihm her. Kurz darauf höre ich Geschrei von draußen und weiß, dass etwas ganz und gar nicht in Ordnung ist.

Ich will mir meine Ausrüstung schnappen, aber ich finde einen Stiefel nicht und bin der Letzte, der hinausrennt. Es ist vielleicht eine Stunde vor Sonnenaufgang und immer noch so dunkel, dass es schwerfällt, etwas zu sehen. In den herumirrenden Lichtbündeln von Taschenlampen erkenne ich Verschiedenes: Rusty, der immer noch wie verrückt bellt, und Aiden, der versucht, ihn zurückzuhalten; meinen Vater, der umgeben vom Rest des Teams dasteht und brüllt; und zwei Fremde, von denen einer eine Waffe auf den Kopf des anderen richtet.

Die Geisel ist jung und mager, und ihre Miene wirkt eher grimmig als verängstigt. Der andere Mann ist Blaine.

Ich komme schlitternd zum Stehen. »Wie hast du … Wer ist …« Ich habe eine Million Fragen, und sie gehen alle so durcheinander, dass ich sie nicht vernünftig über die Lippen bringe.

»Hey, Gray«, sagt Blaine und strahlt in meine Richtung.

Sammy reißt sein Gewehr hoch und richtet es auf die Geisel. »Was *zum Teufel* geht hier vor? Jemand sollte das erklären, sonst erschieße ich euch beide.«

Rusty kläfft heftig.

»Der Einzige, den du erschießen solltest, ist diese Ratte«, sagt Blaine und drückt seine Handwaffe fester gegen den Kopf des Fremden.

»Niemand erschießt irgendjemanden«, schreit mein Vater. »Blaine, nimm die Waffe runter.«

Mein Bruder beißt die Zähne zusammen. »Kann ich nicht machen, Pa.«

»Wieso?«

Rusty stemmt sich jaulend gegen das Seil, mit dem er angebunden ist.

»Weil dieser Abschaum uns in der Sekunde, in der ich das tue, angreifen wird.«

»Das stimmt nicht«, erklärt der Fremde. »Ich würde nie …«

Blaine schlägt ihm seine Waffe über den Hinterkopf. »Du verlogenes Stück Dreck!«

Ich glaube, ich habe Blaine noch nie so ärgerlich, so außer sich vor Wut gesehen. Das macht mir so große Angst vor dem Fremden, den er festhält, wie ich sie noch nie im Leben vor jemandem gehabt habe.

Rusty bellt weiter.

»Könnte mal jemand diesen Hund zum Schweigen bringen?«, faucht mein Vater.

Emma nimmt Aiden und hilft ihm, Rusty zurück in die Schreinerei zu bringen. Im Gehen wirft sie einen ängstlichen Blick über die Schulter. Mein Vater starrt Blaine und den

Fremden noch einen Moment länger aus zusammengekniffenen Augen an. Dann hebt er sein Gewehr so schnell, dass ich es kaum verfolgen kann.

Blaine stößt den Fremden wie einen Schild vor sich. »Was machst du da?«

»Was jeder Hauptmann tun würde, wenn zwei Männer ohne Erklärung in sein Lager marschieren: Ich schütze mein Team. Dir muss doch klar sein, dass das hier sehr merkwürdig aussieht, Blaine.«

Mein Bruder hält sich weiter im Schutz seiner Geisel. »Ich habe das Hauptquartier nur drei Tage nach euch verlassen«, erklärt er, »um die Zeit, als einer der Unseren vom Orden gefangen genommen wurde. Ryder wollte Elijah auf eure Spur setzen, für den Fall, dass der Orden von unserem Mann Einzelheiten über die Mission erpresst und beschließt, euch einen seiner Leute nachzuschicken. Im Grunde wollte Ryder ein mögliches Ordensmitglied, das euch beschattet, wiederum von einem der Rebellen beschatten lassen.

Ich habe Ryder immer wieder gesagt, das sei nicht richtig, ich sei gesund genug und sollte bei dem Team sein, bei dir und Gray. Meiner Familie. Ryder hat mich einem letzten Ausdauertest unterzogen – den ich bestanden habe – und war dann einverstanden damit, mich an Elijahs Stelle gehen zu lassen. Ich bin über fünfundzwanzig Meilen am Tag marschiert, um euch einzuholen.«

»Was bedeutet …« Mit weit aufgerissenen Augen sieht Owen den Fremden vor Blaine an.

»Ryder hatte recht. Frank hat unserem Mann Einzelheiten über die Mission entlockt, und dieser Kerl …« – Blaine schüttelt die Geisel – »gehört zum Orden. Ich war heute schon eine Stunde unterwegs und habe ihn knapp außerhalb der Stadtgrenze von Stonewall dabei erwischt, wie er gerade seine

Handwaffe geladen hat.« Blaine wirft Xavier die zusätzliche Waffe zu.

»Ist er der einzige Spion?«, will mein Vater wissen.

»Ich glaube schon. Jedenfalls ist er der einzige Mensch, auf den ich zwischen dem Hauptquartier und hier getroffen bin.«

»Wie heißt du?«, fragt mein Vater den Gefangenen, dessen Haut im ersten Tageslicht blass wirkt. Seine Haare sind dunkel und nach der typischen Art des Ordens kurz geschoren. Er sieht aus, als hätte er ungefähr mein Alter, und er ist vielleicht genauso waghalsig wie ich, denn statt die Frage meines Vaters zu beantworten, spuckt er ihm auf die Stiefel.

Blaine schüttelt ihn heftig.

»Jackson«, knurrt der Spion des Ordens. »Mein Name ist Jackson.«

Mein Vater hebt seine Waffe. »Also, Jackson. Irgendwelche letzten Worte?«

»Sie können mich nicht töten.«

»Das ist eine interessante Theorie. Vielleicht sollten wir sie auf die Probe stellen.«

»Oh, sterben würde ich schon«, sagt er und lächelt verschlagen, »aber Frank wird davon erfahren. Sobald er mein Peilsignal verliert, wird er jemanden als Ersatz für mich schicken. Es wäre besser für Sie, mich bei sich zu behalten, damit er glaubt, dass ich Ihrer Gruppe immer noch folge.«

Ich runzle die Stirn, denn er hat recht. Frank setzt allen seinen Soldaten, Ordensmitgliedern und geraubten Jungen gleichermaßen Peilsender ein. Einer steckte im letzten Sommer ohne mein Wissen auch unter meiner Haut. Clipper hat ihn, seinem Namen getreu, nur Sekunden nachdem ich ihn kennengelernt hatte, entfernt. Sobald ich das Gerät los war, hielt Frank mich für tot. Jedenfalls, bis ich zusammen mit Harvey und Bree nach Taem kam, um den Impfstoff zu stehlen.

»Ich glaube, wir riskieren es. Dein Tod verschafft uns einen Vorsprung. Einen großen.« Owens Finger bewegt sich auf den Abzug zu, und Panik breitet sich über Jacksons Miene.

»Okay. Warten Sie, warten Sie«, stottert er. »Reden wir kurz darüber. Ich habe keine Ahnung, worin Ihre Mission besteht; das konnte der Orden aus dem Kerl, den wir gefangen genommen haben, nicht herausbringen. Wir wissen nur, dass Sie nach Westen gehen, daher hat man mich geschickt, um mich an Sie zu hängen, die Einzelheiten Ihrer Mission zu erfahren und dabei zu versuchen, den Standort Ihres Hauptquartiers herauszufinden. Aber vergessen wir das alles einmal kurz und überlegen, wie sinnvoll es für Sie sein könnte, auf dieser Reise ein Ordensmitglied bei sich zu haben. Ja? Oder?« Er sieht in die Runde, um festzustellen, ob jemand interessiert ist. »Ich kann mich in allen Städten, in denen der Orden patrouilliert, für Sie einsetzen und Ihnen helfen, Franks Überwachung auszuweichen. Sie können mir sogar den Peilsender entfernen, wenn Sie bereit sind, das Risiko einzugehen, dass man der Gruppe jemand anders nachschickt. Aber töten Sie mich nicht. Okay? *Bitte*, töten Sie mich nicht!«

Die Gruppenmitglieder sehen einander an. Alle sind verblüfft darüber, dass Jackson so schnell einknickt.

»Es ist ein Zeichen von Schwäche«, sagt Owen, der immer noch die Waffe im Anschlag hält, »seine eigenen Leute so schnell zu verraten.«

»Nur wenn man glaubt, dass das eigene Leben weniger wert ist als der Erfolg der Mission«, gibt der Spion zurück. »Und das tue ich nicht. Mein eigenes Leben ist mir wichtiger, als Frank die Information zu beschaffen, warum eine Handvoll Rebellen einen Wanderausflug macht. Manch einer würde behaupten, dass Selbsterhaltungstrieb das genaue Ge-

genteil von Feigheit ist.« Er lächelt. Von einem Ohr zum anderen.

»Schlag ihn bewusstlos«, sagt Owen zu Blaine.

Dieses Mal schlägt Blaine mit seiner Waffe fester auf Jackson ein, sodass der Gefangene auf dem Boden zusammenbricht. Xavier läuft herbei, um ihn an Händen und Füßen zu fesseln, aber mein Vater zielt weiter mit der Waffe auf Blaine, und sein Finger befindet sich gefährlich nahe am Abzug.

»Jetzt steck diese Waffe ins Holster«, befiehlt er.

Blaine gehorcht, aber trotzdem nimmt Owen sein Gewehr nicht herunter. »Ich brauche einen Beweis«, erklärt er und stößt mit dem Lauf in Blaines Richtung. »Entweder das, oder ich muss diesen Abzug drücken.«

Mein Bruder wirkt fassungslos. »Was soll ich dir noch sagen? Er hat doch zugegeben, dass er zum Orden gehört!«

»Ja, und jetzt brauche ich einen Beweis dafür, dass *du* nicht auch zu diesen Leuten gehörst.«

Ich weiß, worauf er hinauswill, aber es kann nicht wahr sein. Ich würde das erkennen. Dies ist schließlich Blaine – verängstigt, wütend auf einen Spion, der uns angreifen wollte –, aber er ist es.

»Pa«, sage ich und mache einen Schritt auf ihn zu. »Das ist Blaine. Er muss es sein. Er hat von dem Ausdauertest gesprochen und von Ryder, und …«

»Die Rebellen sind schon früher von Duplikaten getäuscht worden. Wir leben in gefährlichen Zeiten und können nicht vorsichtig genug sein.« Aus zusammengezogenen Augen sieht er wieder Blaine an. »Dein Bruder hat ein paar Narben. Beschreibe sie.«

Blaine unterdrückt kurz ein Auflachen. »Ein paar? Es sind mehr als das.«

»Und wenn du wirklich mein Sohn bist, dann kennst du

Gray besser als jeder andere auf der Welt, und die Frage ist kein Problem.«

Blaine sieht mich an. Seine blauen Augen, das Einzige, was uns voneinander unterscheidet, wirken in dem schlechten Licht so farblos, dass er mein Spiegelbild sein könnte. Ich nicke ihm aufmunternd zu, und er beginnt meine Narben aufzuzählen. Eine Schramme am Oberarm von einem schlecht gezielten Pfeil, als wir Kinder waren – seine Schuld. Die Linie quer über meine Handfläche von einem abgerutschten Schnitzmesser – meine eigene Schuld. Eine Narbe auf der Brust, wo ich auf einen gezackten Ast gefallen bin, die Stiche, mit denen ich nach einer Prügelei mit Chalice am Kinn genäht worden bin, und die Linie an meinem Hals, wo Clipper mir den Peilsender entfernt hat.

»Und an seinem Unterarm«, sagt Blaine. »Verbrennungen, die er sich auf dem Platz in Taem geholt hat und die schlecht verheilt sind.«

Ich berühre meinen Arm und erinnere mich an meine Reise nach Taem im Herbst. Bess hatte mit einer Gummikugel auf mich geschossen, damit ich Harvey nicht hinzurichten brauchte, wie Frank es befohlen hatte, und ich hatte bewegungsunfähig auf der Bühne gelegen, bis Bo mich weggezerrt und in Sicherheit gebracht hat. Mein Vater muss darauf gewartet haben, dass Blaine über diese Narbe spricht – eine detaillierte Schilderung einer Verletzung, die in der Sicherheit von Crevice Valley, weit fort von den Augen des Ordens, geheilt ist –, denn er lässt endlich das Gewehr sinken.

Owen zieht den Kragen von Blaines Jacke zurück, sodass eine kleine, schmale Narbe sichtbar wird. Clippers Werk, entstanden an demselben Tag, an dem er auch meinen Peilsender entfernt hat. Dann legt er Blaine die Hände ums Gesicht. »Es tut mir leid, dass ich dich so verhören musste.«

Blaine blinzelt. »Wie, ›so‹?«

Owen zieht ihn in eine schnelle Umarmung, dreht sich dann um und wendet sich an den Rest von uns. »Der Spion hat ein gutes Argument vorgebracht. Jemanden zu haben, der uns deckt, falls wir über den Orden stolpern – das gibt uns einen Vorteil, den wir nicht ausschlagen können. Und solange wir sein Leben als Druckmittel haben, müsste er loyal bleiben. Sobald wir seinen Peilsender entfernt haben, wird Frank allerdings jemand anders schicken, um ihn zu ersetzen. Deswegen wollen wir schnell essen und wieder aufbrechen.«

Die Gruppe löst sich auf, um zu frühstücken, und ich bleibe mit Blaine allein, den ich immer noch ungläubig anstarre.

»Du bist wirklich hier«, sage ich.

Er lächelt mir zu. »Ich muss doch auf dich aufpassen, oder? Ohne mich kämst du doch keinen Tag lang zurecht.«

Das Gleiche hat er gesagt, als er aus dem Koma aufwachte. Es ist ein Scherz, den er immer wieder macht, denn wir sind zwar beide vollkommen eigenständig, aber wir wissen auch, dass wir zusammen besser sind.

»Du überschätzt dich«, sage ich, ziehe ihn aber trotzdem in eine Umarmung. Seine Arme wirken steif, sein Griff ist schwach. Als ich zurücktrete, erkenne ich, wie erschöpft er aussieht. »Bist du okay?«

»Ja. Nur müde, und Muskelkater hab ich. Und seit ein paar Tagen hab ich ein Brennen in der Brust. Vielleicht hatte Ryder ja die ganze Zeit recht, und ich war noch nicht so weit.«

»Das warst du ganz bestimmt nicht.«

Er knufft mich, und ich stolpere lachend durch den flachen Schnee. »Hör sofort auf damit«, sagt er. »Ich bin dein großer Bruder.«

»Du bist nur ein paar Minuten älter, Blaine. Finde dich damit ab.«

»Niemals.« Er lächelt, und dabei tritt wieder etwas Licht in seine Augen. Kurz sehen sie so aus wie in meiner Erinnerung – strahlend und blauer als ein Sommerhimmel. »Hat nicht jemand etwas von Essen gesagt?«

»Es gibt nur Grütze.«

Nach seiner Miene hätte man meinen können, ich hätte Eier mit Speck gesagt.

4. Kapitel

Speck gibt es keinen, aber beim Frühstück werden doch einige Luxusartikel serviert. September hat beschlossen, dass es, wenn wir die Stadt verlassen und Aiden mit uns kommt, nicht nötig ist, einen vollen Hühnerstall umkommen zu lassen. Ich muss zugeben, dass Grütze zusammen mit Eiern viel besser schmeckt.

Emma will die Verstorbenen begraben oder wenigstens einen Scheiterhaufen errichten, aber mein Vater erklärt, dass es viel zu lange dauern würde, die ganzen sterblichen Überreste zusammenzutragen; ganz zu schweigen davon, dass eine riesige Rauchwolke uns möglicherweise in die Gefahr einer Entdeckung bringen würde. Also holt Sammy ein kleines schwarzes Buch aus dem Haus, in dem wir Aiden gefunden haben, und wir stehen um den Brunnen herum, während er etwas darüber vorliest, dass die Mühseligen und Beladenen ausruhen sollen. Es ist eigenartig, Sammys Stimme so ernst zu hören, wie sie Gefühle wie Bedauern und Mitgefühl aufrührt, obwohl sie uns bis jetzt nur zum Lachen gebracht hat.

Sobald Sammy das Buch zuschlägt, führt Blaine Jackson aus der Holzwerkstatt. Er ist jetzt bei Bewusstsein, aber noch gefesselt und geknebelt. Blaine ringt ihn zu Boden, und Clipper zieht die Vorrichtung zum Entfernen des Peilsenders aus seinem Bündel. Das Ganze ist innerhalb von Sekunden vorüber, aber Jackson schreit und zappelt noch viel länger weiter.

Emma sieht von der anderen Seite des Brunnens aus schaudernd zu. Wie wir alle kennt sie diesen Schmerz. Als ich sie aus Taem nach Crevice Valley brachte, nachdem wir den Impfstoff geholt hatten, war der Eingriff bei ihr sozusagen vorbeugend vorgenommen worden. Ich war erstaunt, als Clipper einen Peilsender in ihrem Körper fand, aber der Junge argumentierte, Emma habe zwar nie als Soldatin in Franks Orden gedient, aber sie habe in seinen Krankenhäusern gearbeitet. Und Frank ist noch nie jemand gewesen, der Sicherheitsfragen auf die leichte Schulter genommen hat.

Als der Eingriff vorbei ist, packen wir unsere Taschen und machen uns bereit für einen weiteren Tagesmarsch. Xavier holt die beiden gesündesten Pferde aus den Ställen. Aiden soll einen Apfelschimmel namens Merlin reiten, während das zweite Tier, eine Stute mit Namen Snow, mit Heu und Körnern für die beiden beladen wird.

Sammy kommt mit Rusty im Schlepptau aus der Schreinerwerkstatt. Der Hund springt, sichtlich zum Spielen aufgelegt, hinter ihm her, zumindest bis er Jackson entdeckt. Dann legt er die Ohren zurück und beginnt wild zu knurren.

»Dieser Hund«, brummt Sammy und zieht an der Leine, um ihn festzuhalten. »Ich dachte, der Kleine hätte gesagt, er sei zahm.«

»Ist er auch«, meine ich und sehe zwischen Jackson und dem Hund hin und her. »Er kann den Spion nicht leiden. Es ist, als könnte er riechen, dass er nichts Gutes im Schilde führt.«

»Iff fabe einen Namen«, knurrt Jackson durch das Taschentuch in seinem Mund hindurch.

»Du heißt Jackson«, sagt Aiden hinter Merlins Rücken. »Beim Frühstück habe ich gehört, wie alle über dich geredet haben.«

Jackson zuckt zusammen und starrt den kleinen Jungen an. »Ja. So heif iff.«

»Egal«, sagt Sammy. »Der Hund hasst ihn, und ich werde das Vieh an der Leine führen und mich von ihm fernhalten müssen, sonst hört uns sogar ein Tauber kommen.« Rusty springt und schnappt, und Blaine und Jackson bringen sich in Sicherheit, damit er sie nicht in die Hacken beißt.

»Toll«, meint Blaine. »Ich stehe zu nahe bei diesem Abschaum, und der Hund traut mir auch nicht.«

»Jackson«, sagt der Spion um den Knebel herum.

»Stimmt«, gibt Blaine zurück. »Tut mir leid.« Aber er sieht nicht aus, als bedauerte er es.

Wir setzen uns in Bewegung, und unsere gewachsene Gruppe ist wieder unterwegs. Nur einmal werfe ich einen Blick zurück. Die Krähen landen schon wieder. Sie haben es eilig, ihr Festmahl fortzusetzen.

Gegen Mittag legen wir eine Rast ein, damit Owen, Bo und Clipper ein paar Minuten Zeit haben, sich über unsere Route zu beraten. Laut Clippers Navigationsgerät liegt vor uns eine kleine Ortschaft und nach dem Fiasko, zu dem sich Stonewall entwickelt hat, will mein Vater sie unbedingt umgehen.

Aiden auf seinem Pferd hat sich darauf verlegt, ausgerechnet mit dem Ordensspion ein Handzeichenspiel zu spielen, das er *Stein, Schere, Papier* nennt. Jackson ist immer noch geknebelt und hat die Arme hinter dem Rücken gefesselt, deshalb muss er seine Antworten rufen, wenn Aiden die Hand reckt, um das Zeichen seiner Wahl zu zeigen. Der Spion wirkt ziemlich unglücklich mit der ganzen Lage.

Aiden zählt und wippt dazu mit der Faust auf und ab. »Eins … zwei … drei!«

»Phhaphhier«, sagt Jackson, und gleichzeitig öffnet Aiden die Hand, sodass sie ein Scheren-Symbol bildet. Strahlend öffnet und schließt er sie in Jacksons Richtung.

»Noch mal. Eins … zwei … drei!«

»Sffftein!«

Aiden streckt jetzt die flache Hand aus.

»Du sfffummelst«, murmelt Jackson durch seinen Knebel hindurch.

»Neiiiin.«

Der Spion runzelt die Stirn. »Dann liefffft du meine Gedanken.«

Die beiden spielen eine letzte Runde, die Jackson erneut verliert, und dann zieht Emma den Jungen von Merlins Rücken.

»Freunde dich nicht zu sehr mit dem Gefangenen an, Aiden«, sagt sie.

»Aber er spielt mit mir. Keiner von den anderen spielt mit mir.«

Sammy kommt durch den Schnee gerannt. Rusty zieht ihn nach vorne weg und kläfft Jackson erneut an. »Wenn dieses verrückte Viech nicht wäre, würde ich ja mit dir spielen«, erklärt er. »Aber ich glaube, er reißt mir noch die Unterarme aus.«

Darüber lacht Emma, und Aiden nimmt Sammy den Hund ab. Die Berührung des Jungen scheint das Einzige zu sein, was das Tier beruhigt. Rusty rollt sich zu Aidens Füßen zusammen, lässt aber den Spion nicht aus den Augen.

Sammy verschränkt die Finger beider Hände miteinander und drückt sie dann nach außen. »Wer hätte gedacht, dass ich so meinen einundzwanzigsten Geburtstag verbringen würde:

frierend, kältestarr und von einem verrückten Hund durch den Wald gezerrt.«

»Du hast heute Geburtstag?«, frage ich.

»Wir haben den elften, oder?«

Ich versuche, die Tage seit unserem Aufbruch zurückzuzählen. Das Datum kommt mir richtig vor, aber sicher bin ich mir nicht.

»Clipper!«, schreit Sammy quer durchs Lager. »Was für ein Datum haben wir, du Genie?«

Der Junge dreht sich nicht zu uns um – er ist zu tief in ein Gespräch mit meinem Vater und Bo versunken –, aber er hält beide Hände mit zum Himmel gereckten Zeigefingern über den Kopf.

»Der elfte«, sagt Sammy. »Jepp. Heute bin ich einundzwanzig.«

»Noch jemand, der im Dezember Geburtstag hat«, fällt Bree ein. »Ich habe am dreiundzwanzigsten.«

Schockiert stelle ich fest, dass ich bis jetzt nicht wusste, wann Bree geboren ist. Wieso haben wir nie über eine so wichtige Information gesprochen?

»Wir sollten etwas machen«, meint Emma. »Ihr wisst schon, irgendwie feiern.«

»Wenn du eine Schenke findest, bin ich dabei«, gibt Bree trocken zurück.

Sammy schnaubt. »Ich auch, Nox. Ich auch.« Sein Kopf dreht sich zu Emma. »Andere Pläne in petto, Link? Du weißt schon, da nichts Trinkbares in Sicht ist?«

Sammy hat die Gewohnheit, Menschen mit ihrem Familiennamen anzusprechen, aber aus irgendeinem Grund stört es mich, wenn er Emma so anredet. Emma und Bree haben beide Familiennamen, die hart klingen, aber nur der von Bree passt zu ihr.

»Ja, habe ich tatsächlich.« Emma schnappt sich einen kleinen Sack Korn von Snows Rücken und stellt ihn in ungefähr zwanzig Schritten Entfernung auf den Stumpf eines umgekippten Baums. »Wettschießen mit Pfeil und Bogen«, erklärt sie und zeigt auf das Ziel. »Jetzt gleich.«

Sammys Blick wird munter. »Oh, also du bist dabei. Wer macht sonst noch mit?«

Ich hebe die Hand, und Xavier und September gesellen sich zu uns.

»Hey, Blaine! Machst du mit?«, rufe ich.

Mit dem Daumen weist er auf Jackson. »Muss auf diese Ratte aufpassen, damit er nicht ausbüxt.«

»Ich passe auf ihn auf«, sagt Bree.

»Du lässt dir ein Wettschießen entgehen?«, frage ich schockiert.

Sie zuckt die Achseln. »Pfeil und Bogen sind nicht meine Lieblingswaffe.«

»Du meinst, du kannst nur mit diesem Ding feuern?«, meint Emma und mustert das Gewehr in Brees Händen.

»Ist das eine Herausforderung?«

»Vielleicht.«

September und Xavier stoßen ein paar erstaunte Ausrufe aus, und Sammy pfeift.

»Schön«, faucht Bree. »Ich spiele mit.«

Xavier und ich sind die Einzigen aus der Gruppe, die sich für Pfeil und Bogen entschieden haben, als wir aus Crevice Valley aufgebrochen sind, daher werden unsere im Verlauf des Wettstreits herumgereicht. Wir sind zu sechst und einigen uns darauf, dass bei jeder Runde zwei ausscheiden müssen. Bei der ersten Runde schießen wir aus zwanzig Schritt Entfernung. Zu meiner Verblüffung trifft der Schuss von September, die mit einer Feuerwaffe tödlich gefährlich ist, nicht einmal in die Nähe des Ziels. Alle anderen, Emma eingeschlossen, treffen. Stolz erinnere ich mich daran, dass ich ihr vor Monaten in Claysoot das Schießen beigebracht habe, und mache ihr ein Kompliment über ihre Haltung. Sammys Pfeil schlägt am weitesten entfernt von der Mitte des Sacks ein, daher scheidet er zusammen mit September aus.

In der nächsten Runde bringe ich einen perfekten Treffer an. Xavier rutscht im Schnee aus, und sein Pfeil landet weit vom Ziel entfernt, aber sowohl Emma als auch Bree treffen in der Nähe meines Pfeils; Bree ein Stück höher und Emma ein Stück tiefer.

»Nicht schlecht«, lobe ich Emma erneut. Hinter mir schnaubt Bree verächtlich, aber wenn sie Lob erwartet, weil sie *nicht* ins Schwarze getroffen hat, ist sie verrückt.

»Aiden will auch Preisrichter sein!« Sammy setzt den Jungen auf seine Schultern und rennt durch den Schnee auf uns zu. Sobald wir alle um das Ziel versammelt sind, zeigt Sammy auf die beiden Pfeile, die außerhalb der Mitte gelandet sind. »Okay, Aiden. Welcher davon steckt näher am mittleren?«

Konzentriert verzieht Aiden das Gesicht und weist schließlich auf den Pfeil unter meinem.

Bree wirft die Hände in die Luft. »War ja klar, dass er Emma aussucht. Er hasst mich!«

»Wir haben ihm nicht gesagt, welcher Pfeil von wem ist«, hält Sammy ihr entgegen.

»Uh, egal«, sagt Bree. »Beim Speerwerfen würde ich euch alle massakrieren. In Saltwater haben wir nicht oft mit Pfeilen geschossen, versteht ihr. Fische lassen sich mit einem Speer viel besser fangen.«

»Aber das hier ist kein Wettkampf im Speerwerfen«, sage ich und stoße sie mit dem Ellbogen an.

Wütend starrt sie mich an und marschiert dann davon. Ich hätte wissen sollen, dass während eines Wettkampfs mit ihr nicht zu spaßen ist.

»Willst du nicht sehen, wer gewinnt?«, rufe ich ihr nach.

»Ist mir vollkommen egal.«

»Schlechte Laune, was?«, meint Xavier. »Hat wahrscheinlich ihre Tage.«

Sammy seufzt. »Ja, da werden die nächsten paar Tage echt gemütlich werden.«

September und Emma werfen den beiden finstere Blicke zu.

»Was denn?«, fragt Sammy unschuldig. »Darf ein Mann an seinem Geburtstag denn nicht seine Meinung sagen?« Xavier krümmt sich vor Lachen, und sogar ich kann mich eines Lächelns nicht erwehren.

»Was sind das für Tage?«, erkundigt sich Aiden von seinem Platz auf Sammys Schultern aus.

»Vergiss es, Aiden«, sagt Emma. »Sie benehmen sich eben wie Jungs.«

»Aber ich bin auch ein Junge! Ich will es wissen.«

»Wie wäre es, wenn wir zu Ende spielen? Wenn du willst, kannst du auch beim letzten Schuss Schiedsrichter sein.«

»Okay«, erklärt er zustimmend.

Aber als wir zurück zum Abschusspunkt kommen, versucht Rusty wieder, auf Jackson loszugehen, und Blaine sitzt irgendwie dazwischen fest. Er hält sein Bündel wie einen Schild vor sich, um sich vor den Zähnen des Hundes zu schützen. Der Ordensspion steht hinter ihm und lacht hinter seinem Knebel hervor. Aiden ruft Rusty, und Blaine wirft sein Bündel in den Schnee.

»Das muss der Hund in seinen dicken Schädel kriegen«, knurrt er. »Ja, der Gefangene gehört zum Orden. Ja, er ist ein übler Bursche. Aber er wird noch eine Weile bei uns sein, und ich finde es nicht in Ordnung, einen Arm oder ein Bein zu verlieren, weil der Hund findet, er muss *mich* angreifen, um an *ihn* heranzukommen!«

»Fühlst du dich auch gut, Blaine?«, fragt Emma. Sie streckt die Hand nach ihm aus, aber er schüttelt sie ab. »Eigentlich bist du doch niemand, der sich über eine solche Kleinigkeit aufregt.«

»Ich schwöre, er hätte mich getötet, nur um an den Spion heranzukommen, Emma«, gibt er zurück. »Das ist keine Kleinigkeit.«

»Auf geht's!«, ruft mein Vater. »Clipper hat unseren Kurs korrigiert. Wir müssen ein paar Meilen nach Süden marschieren.«

»Aber das Spiel«, wendet Sammy ein. »Emma und Gray müssen noch die letzte Runde ausschießen.«

Mein Vater sieht uns beide an. »Gray würde sowieso gewinnen – nichts für ungut, Emma –, und wir müssen unser Tempo einhalten. Das ist nicht verhandelbar.«

Wir marschieren wieder los, aber es herrscht eine äußerst angespannte Stimmung. Clipper macht sich Sorgen wegen der nahe gelegenen Stadt und mein Vater wegen unseres Tempos. Sammy ist mürrisch und Blaine argwöhnisch. Immer wieder wirft er Rusty böse Blicke zu und lässt den Spion wie einen Schutzschild vor sich hergehen. Und Bree verströmt ihre schlechte Laune in so kräftigen Wellen, dass sie einen Menschen umwerfen könnten.

Als ich sie frage, ob es ihr gut geht, verdreht sie die Augen und geht schneller.

Irgendwie habe ich das Gefühl, schuld zu sein, obwohl ich natürlich nur die Pfeile kontrollieren kann, die ich selbst abschieße.

5. Kapitel

An diesem Abend sitzen wir nach dem Essen in kleineren Gruppen um das Feuer. Mein Vater und Clipper sind tief in ein Gespräch versunken; wahrscheinlich diskutieren sie über unseren Weg. Schon wieder. Xavier ist schwer damit beschäftigt, seine Socken zu trocknen – er hat sie auf das Ende eines gegabelten Stocks gesteckt, damit er sie wie Fleisch zum Braten über dem Feuer baumeln lassen kann –, und Aiden spielt wieder *Stein, Schere, Papier* mit dem Spion.

Jemand hat Jackson den Knebel herausgenommen und ihm die Hände im Schoß neu gefesselt, damit er essen konnte, und jetzt kann er die Gesten des Jungen erwidern. Während er mit Aiden spielt, wirkt sein Gesichtsausdruck fast wie der eines großen Bruders und überhaupt nicht wie der eines blutrünstigen Ordensspions im Einsatz, obwohl wir wissen, dass er das ist. Blaine drückt sich in der Nähe herum, er ist immer auf der Hut. Rusty auch; er kläfft zwar nicht, aber hat nicht aufgehört, Jackson anzuknurren. Wenn ich der Spion wäre, würde ich in Gegenwart dieses Hundes keine plötzliche Bewegung machen.

Ich sitze mit allen anderen da und höre zu, wie Sammy ausführlich von seiner Kindheit in Taem erzählt. Bree, die seit dem Wettschießen kein Wort zu mir gesagt hat, entwickelt besonderes Interesse an seiner Geschichte. Wie ich glaube, vor allem, damit sie mich nicht ansehen muss. Emma dagegen scheint sich nicht für Sammys Erzählung zu interessieren. Immer wieder dreht sie sich um und sieht nach Aiden, wobei ihre Schulter jedes Mal gegen meine stößt.

»Ihm geht es gut«, flüstere ich ihr zu. Blaine sieht den Jungen seit einiger Zeit genauso an wie damals in Claysoot seine Tochter Kale: so als wollte er ihm die Welt zeigen, ihn alles lehren, was er weiß, und ihn mit seinem Leben beschützen, falls es so weit kommen sollte. Ich begreife nicht, wie Blaine jemanden, den er erst so kurz kennt, so gern haben kann. Noch ein Beweis dafür, dass er ein besserer Mensch ist als ich.

»Ich mache mir nur Sorgen um ihn«, erklärt Emma, als wüsste ich das nicht schon. Seit Aiden zu unserer Gruppe gestoßen ist, hat sie ihn nicht mehr aus den Augen gelassen, und er hat sich auch nie weit von ihr entfernt. Der Umstand, dass er bei Jackson sitzt – mehr als eine Armeslänge von Emma entfernt – ist an und für sich schon ein kleines Wunder.

»Dann vergeudest du deine Energie. Er ist bei Blaine. Sicherer kann er gar nicht sein.«

Emma wirft mir einen Blick zu. *Du weißt, dass ich nicht anders kann*, scheint er zu sagen.

»... Als er starb, war ich gerade sechs«, erzählt Sammy, und wir werden wieder in das Gespräch gezogen, das neben uns im Gang ist.

»Wer ist gestorben?«, fragt Emma.

»Mein Urgroßvater. Er hat den zweiten Bürgerkrieg erlebt und war dabei, als Frank vor fast fünfzig Jahren an die Macht kam. Mann, der wusste vielleicht Geschichten!«

»Wovon zum Beispiel?«, hake ich nach.

»Sie sind nicht wirklich geeignet, um am Feuer erzählt zu werden.«

»Aber das hier ist auch kein normales Lagerfeuer in den Wäldern«, wendet Bree ein.

»Na gut, Nox«, sagt Sammy. »Da hast du auch wieder recht.« Er wirft Schnee ins Feuer und hört zu, wie es knistert.

»Er hat darüber gesprochen, wie chaotisch alles in den Jahren zwischen dem Kontinentalbeben und dem Zweiten Bürgerkrieg war. Das war sein Lieblingswort für das Ganze – *chaotisch.*«

»Passt ja auch«, lässt sich September hören. »Das haben wir alles in der Mittelschule gelernt. Schon Jahrzehnte vor dem Erdbeben hatten die Wissenschaftler massive Verschiebungen der Kontinentalplatten vorhergesagt. Auch das Klima veränderte sich; wurde heißer und trockener. Es gab weniger Regen und mehr Dürren, und die Meeresspiegel stiegen wie verrückt. Viele große Städte waren von Überschwemmungen gefährdet. Und da kam Robert Taem ins Spiel.«

»Taem wie die Stadt?«, erkundigt sich Bree.

»Die Leute vergessen, dass sie nach ihm benannt wurde«, erklärt Bo. Er kann die Finger nicht stillhalten und beginnt auf sein Knie zu trommeln, September nickt zustimmend.

»Taem war der Ingenieur hinter der Kuppelkonstruktion – fast unzerstörbar, Schutz vor grellem Sonnenlicht, bessere Luft. Die Regierung hatte ihn engagiert, um den Bau durchzuführen, und schließlich wurde darunter die Hauptstadt errichtet, weiter im Inland und sicher vor dem steigenden Meeresspiegel. Voilà! Die Stadt Taem.«

»Mein Urgroßvater pflegte im Scherz zu sagen, dass Robert Taem gewusst hat, was kommen würde, aber das wäre nicht möglich gewesen«, sagt Sammy. »Nicht wirklich. Robert Taem ist jung gestorben, lange vor dem Krieg.«

»Ich glaube nicht einmal, dass er den Bau all der anderen Kuppelstädte noch erlebt hat«, meint September. »Aber sie sind entstanden, und alle beruhten auf seinem ursprünglichen Entwurf.«

»Ich dachte, wir reden über die Jahre zwischen dem Erdbeben und dem Krieg«, wirft Bree ein.

»Dazu komme ich schon noch, Nox.« Sammy trinkt einen Schluck aus seinem Wasserschlauch und fährt fort. »Mein Urgroßvater hatte genug Geld, um mit seiner Verlobten nach Taem zu ziehen. Unter einer Kuppel war das Leben teuer, aber er hatte Glück, besonders mit dem Timing. Zwei Monate nach seinem Umzug ereignete sich das Kontinentale Beben, ein halbes Dutzend Erdbeben über eine große Fläche verteilt im Verlauf von drei Tagen. So ziemlich alle Küsten versanken im Meer. Der Golf drang bis in die Mitte des Landes vor. Flüsse und Bäche liefen voll Salzwasser. Straßen wurden zerstört, und Städte stürzten ein – sogar einige der Kuppelstädte. Wenn der Untergrund wegsackt, bleiben sie eben nicht stehen, ganz gleich, wie unzerstörbar ihre Außenhülle ist.

Natürlich gerieten die Menschen in Panik. Mein Urgroßvater sagte, die Welt außerhalb der noch stehenden Kuppeln sei praktisch zum Kriegsgebiet geworden. Alle plünderten aufgegebene Läden und bestahlen ihre Nachbarn. Die Polizei war überfordert. Die Krankenhäuser waren überfüllt. Und dann, als die Überschwemmungen nicht nachließen, begann die Regierung Barrikaden zu errichten und die Trinkwasserquellen zu kontrollieren. Sauberes Wasser wurde zuerst in die Hauptstadt und dann in die umliegenden Gebiete geleitet.«

»Und es wurde wahnsinnig hoch besteuert«, fällt Bo ein. »Während meiner Zeit in Taem habe ich die Leute darüber klagen hören. Je weiter das Wasser transportiert werden musste, umso teurer wurde es.«

»Nicht wirklich, wie Katastrophenhilfe funktionieren sollte«, meint Sammy. »Der Westen war aufgebracht und drohte mit allem Möglichen, sogar damit, sich abzuspalten. Die Hauptstadt hat das alles ignoriert, und da griffen sie an, wie mein Urgroßvater erzählt hat.«

»Das Virus?«, hakt Bree nach. Ich weiß, welches sie meint – das Virus, mit dem AmWest den Krieg gegen AmOst begann, und das gleiche Virus, das in Franks Laboren in die Bedrohung verwandelt wurde, der wir im Herbst gegenübergestanden haben.

»Der Westen brachte es in das Große Wasser ein«, erklärt September. »Sie haben versucht, einige Wasserquellen in dieser Gegend unter Kontrolle zu bringen, aber das verdammte Zeug ist mutiert, hat sich verbreitet und neue Formen angenommen. Es hat sogar einen ganzen Teil der Soldaten des Westens umgebracht. Die Kuppelstädte wurden abgeriegelt, aber draußen starben die Menschen wie die Fliegen.«

»Und so begann der Zweite Bürgerkrieg«, erklärt Bo ziemlich beiläufig, und ich muss mich fragen, wie oft er diese Geschichten in Taem schon gehört hat, dass er so abgestumpft ist. »Die Hauptstadt ging zum Gegenangriff über. Millionen von Menschen starben – durch Bomben, durch Krankheiten. Jedenfalls zerbrach das Land von innen heraus, bis daraus zwei verschiedene Nationen hervorgingen: AmWest, das sich vollständig abgespalten hatte, und AmOst unter der Führung von Franks Vater, Dominic Frank.«

»Und dein Urgroßvater war während der ganzen Kämpfe in Taem?«, frage ich Sammy.

»Jawohl, und so wie er erzählte, war Dominic ein anständiger Herrscher. Erst als Frank die Macht übernahm, zerfiel alles. Frank traute dem Volk nicht, und daher nahm er ihm alles weg, was er als Gefahr für ein geeintes AmOst betrachtete. Bücher, Musik, Kunst – alles, was Diskussionen oder Kontroversen fördern konnte, wurde für illegal erklärt.«

»Das ist doch völlig unsinnig«, meint Bree. »Diskussionen sind doch etwas Gutes. Und wieso hat sich Frank nicht auf AmWest konzentriert? Diese Leute waren doch eindeutig der Feind, und nicht sein eigenes Volk.«

»Hör mal, Nox«, sagt Sammy. »Ich kapier's ja. Echt. Es ist wirklich total verrückt.«

»Es muss doch einen Grund geben. Ein Motiv. *Irgendetwas.*«

September beugt sich vor; der Feuerschein tanzt auf ihrem Gesicht. »Ein paar Jahre nach dem Krieg, als Frank in Taem das College besuchte, wurde sein Vater ermordet – genau wie seine Mutter und sein kleiner Bruder. Sie hatten Wasser in Siedlungen im westlichen Teil von AmOst verteilt – nicht weit entfernt von dem Gebiet, das unser Ziel ist. Soldaten von AmWest stürmten den Platz und erschossen Franks Familie und alle Ordensmitglieder in Sichtweite. Dann flüchteten sie mit dem Wasser. Die Bevölkerung von AmOst tat nichts, um das zu verhindern, und wenn es überhaupt einen Moment gab, in dem Frank durchgedreht ist, dann kann ich mir denken, dass es dieser war.«

»So hat es mein Urgroßvater aber nicht erzählt«, sagt Sammy. »Sein Cousin war an diesem Tag dabei; er sagte, AmWest habe nur vorgehabt, den Orden zu vernichten, aber Franks Familie sei im Kreuzfeuer umgekommen. Als die Kugeln nicht mehr flogen, hielten die Vertreter von AmWest anscheinend eine Rede darüber, dass der frankonische Orden nicht die richtige Lösung für den Wiederaufbau des Landes sei. Damals war die Spaltung noch ganz neu«, erklärt er schnell, als er meine verwirrte Miene sieht, »und sollte eigentlich Frieden zwischen den beiden Ländern schaffen.«

»Einmal von seinen Zielen abgesehen hat AmWest noch nie viel vom Orden gehalten«, meint Bo. »Sie waren immer der Meinung, das Volk solle das Land gemeinsam wieder aufbauen, und dieser Aufbau sollte ihm nicht mit Waffengewalt von schwarz uniformierten Polizisten aufgezwungen werden. Irgendwie bewundernswert, finde ich.«

September schnaubt verächtlich. »Also, die Version von Sammys Urgroßvater wird jedenfalls nicht an den Schulen unterrichtet.«

»Natürlich nicht!«, sagt Sammy. »Frank will, dass wir alle an die Version glauben, in der AmWest seine Familie gnadenlos niedergemetzelt hat. Dadurch kann er sich als Anwalt der Gerechtigkeit darstellen.«

»Behauptest du etwa, AmWest sei nicht böse?«, kontert September. »Nach dem Virus, mit dem der Krieg begonnen hat? Dem Kampf, den sie heute noch weiterführen? Ich meine, sie haben Taem im Sommer erst angegriffen!«

Sammy reibt sich den Nacken, gibt aber keine Antwort.

»Ich glaube, hier geht es darum, dass Frank aus Gründen, die eher auf Rache denn auf Gerechtigkeit beruhen, in die Fußstapfen seines Vaters getreten ist«, erklärt Bo.

»Aber das Volk von AmOst leidet am stärksten unter Franks Herrschaft«, wendet Emma ein. »Menschen, die nicht einmal schuld am Tod seiner Eltern sind.«

»Das weiß ich, und du weißt es«, sagt Bo. »Aber wenn du an Franks Stelle gewesen wärst, meinst du nicht, dass du an diesem Erlebnis zerbrochen wärst?«

Vor Monaten, als ich zum ersten Mal nach Taem kam, hatte ich ein Familienbild an Franks Wand gesehen. Jetzt begreife ich, dass Frank der ältere der beiden Jungen war. Seine Mutter lächelte und hatte den Arm um die Schultern seines Bruders gelegt, sein Vater hatte einen strengen Gesichtsausdruck. Franks Familie hängt dort, ist eine ständige Erinnerung und Motivation für ihn. Ich frage mich, ob Frank je bemerkt hat, dass sein Ziel, sie zu rächen, inzwischen in eine Region abgerutscht ist, wo man es nicht mehr als bewundernswert betrachten kann.

»Und dann hat er das Laicos-Projekt begonnen«, sage ich. »Er hat angefangen, seine Soldaten heranzuziehen; Jungen, die er später duplizieren konnte, um gegen AmWest zu kämpfen und im Orden zu dienen.

»Und Mädchen«, setzt Bree hinzu. »Jungen *und* Mädchen.«

Sammy nickt. »Jepp. Ihr seid einfach ein weiteres Puzzlestück dieses Mannes, der außer Kontrolle geraten ist. Aber natürlich hat ihn bisher niemand aufgehalten. Er ist immer noch versessen darauf, AmWest zu zerstören, und führt diesen Kampf täglich. Und er hat zwar das Leben der Menschen in AmOst streng geregelt, aber es ist ihm auch gelungen, das Werk seines Vaters weiterzuführen und fast jeden, der es braucht, mit Wasser zu versorgen. Es ist rationiert und mit hohen Abgaben belegt, aber immerhin. Außerdem steht der Orden loyal zu ihm, und die Mehrzahl der Bewohner seiner Städte auch. Sie wissen, dass das Leben außerhalb der Kuppeln viel härter ist.«

»Ja, wie in Stonewall«, sage ich. »Wo er ihnen das Wasser wegnimmt und sie in der Folge alle krank macht.«

»Ich habe nie behauptet, es wäre richtig«, meint Sammy.

»Keiner von uns hat das«, setzt Bo hinzu. »Aber auf eine merkwürdige, verrückte Art kann ich seine Beweggründe nachvollziehen.«

Ich gebe es nicht gern zu, aber ich kann es ebenfalls. Ich werfe Blaine einen Blick zu. Er lächelt Aiden an, der Jackson in einer weiteren Runde ihres Spiels schlägt. Ich habe bereits meine Mutter durch Krankheit verloren. Und ich weiß noch, wie es sich anfühlte, Blaine durch den Raub zu verlieren. Ich weiß, dass ich den Rest meines Lebens versucht hätte, ihren

Tod zu rächen, wenn sie mir beide gleichzeitig genommen – ermordet – worden wären.

Aiden wendet sich jetzt Blaine zu, um eine Runde seines Handzeichen-Spiels mit ihm zu spielen. Der Junge zeigt Schere, mein Bruder Stein. Blaine streckt den Arm aus, um Aiden mit der Faust anzustoßen, aber er bewegt sich zu schnell oder zu energisch, denn Rusty springt ihn an. Blaine wird rückwärts in den Schnee geworfen. Erst als er zu schreien beginnt und gegen den Hund ankämpft, der sich an seinem Unterarm festgebissen hat, werde ich aufgerüttelt und reagiere.

Ich stürze durch das Lager. Aiden versucht das Tier zurückzurufen, aber es hat offensichtlich keinerlei Absicht, Blaine loszulassen. Ich werfe mich auf den Hund, hake die Hände in sein Maul und ziehe. Fast sofort blute ich, aber ich zerre fester und versuche, den Biss des Hundes zu lösen. Mit den Pfoten schlägt er nach mir und verbeißt sich noch fester. Und dann spüre ich, wie noch jemand an den Kiefern des Tieres zieht. Jackson. Seine Hände sind immer noch gefesselt, aber trotzdem hilft er mir dabei, Rustys Maul aufzusperren. Der Hund lässt los, und Blaine stolpert nach hinten, flucht und birgt den Arm an der Brust.

»Dieser Hund ist verrückt!«, schreit er.

Aiden berührt Rusty und spricht im Flüsterton auf ihn ein, bis er sich beruhigt. »Er hat gedacht, dass du mich angreifst, weiter nichts.«

Blaine murmelt ein paar Flüche, während ich mich neben ihn knie. Sein Unterarm ist eine einzige Masse aus Blut und zerfetzter Kleidung. Ich rufe nach Emma, aber sie ist schon da. Clipper steht bei ihr und leuchtet mit der Taschenlampe.

Emma schneidet Blaines Ärmel auf. Sie arbeitet schnell, desinfiziert die Wunde, wäscht das Blut ab, näht ihn, so gut sie kann, und verbindet seinen Arm. Dann nimmt sie Clipper die Taschenlampe ab, um den Rest seines Arms zu untersuchen – die kleineren Schnitte und Kratzer, die die Pfoten des Hundes hinterlassen haben –, und richtet das Licht dann auf Blaines Gesicht, seine Augen.

»Blaine?«, fragt sie und legt ihm eine Hand auf die Stirn. »Fühlst du dich gut?«

Er blinzelt rasch. »Es ist zu hell.«

Sie sieht ihn zögernd an. »Er kommt wieder in Ordnung.« Dann geht sie weiter zu Jackson und mir, untersucht unsere Hände und leuchtet uns ebenfalls in die Augen. Als sie mit dem Spion fertig ist, wirkt sie immer noch verwirrt. Sie packt ihre Sachen zusammen und geht kopfschüttelnd davon, um ihre benutzte Ausrüstung zu reinigen.

Die Gruppe diskutiert, was wir jetzt mit dem Hund anfangen sollen, den Aiden umarmt, als wäre er harmlos; aber ich starre Jackson an. Er steht am Rand des Lagers und sieht in den Wald hinaus, als überlegte er, ob er flüchten solle. Der Knebel, den Emma gelöst hat, als sie sich um ihn gekümmert hat, hängt um seinen Hals.

»Du hast uns geholfen«, sage ich.

»Warum hätte ich es nicht tun sollen?« Als er mich ansieht, wirken seine Augen zu hell. Hoffnungsvoll. Ich trete von ihm weg.

»Wir werden dich trotzdem weiter fesseln und knebeln. Dadurch hat sich nichts verändert.«

Er zuckt die Achseln. »Einen Versuch war es wert.«

6. Kapitel

Später, als der allgemeine Aufruhr sich gelegt hat und die Leute sich wieder um das Feuer herum verteilt haben, gehe ich zu Blaine. Wir sitzen dicht nebeneinander und sehen durch die Äste eines Baums, die in den Himmel ragen. Der Mond ist hell und beinahe voll. Er lässt die Sterne winzig erscheinen.

»Früher in Claysoot habe ich das auch manchmal getan«, sage ich zu ihm.

»Dich von Hunden beißen lassen?«

Ich lache. »In den Himmel sehen. Wenn du zu laut geschnarcht hast, habe ich mich auf die Felder geschlichen.«

»Ich auch«, sagt er.

»Tatsächlich? Das wusste ich nicht.«

»Dass du geschnarcht hast, oder dass ich genauso geflüchtet bin wie du?«

»Beides.«

Blaine wirft einen Blick auf meine Hände. »Musst du jetzt noch eine Narbe auf deine Liste setzen?«

»Ach was. Das müsste gut verheilen. Wie sieht's bei dir aus?«

Er berührt seinen verbundenen Arm und zuckt zusammen. »Bin mir nicht sicher. Aber der Hund ist gefährlich. Wir sollten ihn erschießen.«

»Pa hat bereits darüber gesprochen. Rusty bleibt. Er ist so wachsam, dass er uns warnen kann, falls der Spion etwas im Schilde führt.«

»Und dabei beißt er vielleicht jemandem einen Arm oder ein Bein ab.«

Eine Sternschnuppe schießt über den Himmel, und wir zeigen gleichzeitig darauf. Der Schmerz, den die Bewegung verursacht, lässt Blaine aufkeuchen.

»Wenn Pa meint, wir sollten ihn behalten, dann behalten wir ihn«, sage ich.

Blaine wendet sich mir zu. Obwohl sein Gesicht in der Dunkelheit nicht zu erkennen ist, weiß ich, dass er verletzt ist.

»Du stellst dich auf Pas Seite?«, fragt er. »Gegen mich?«

»Wenn der Hund dich noch einmal angreift, bin ich auf deiner Seite. Du stehst für mich an erster Stelle. Immer.«

Lächelnd betrachtet er wieder die Sterne. »Immer.«

Ich wache davon auf, dass Xavier gegen meinen Schlafsack tritt.

»Deine Wache«, sagt er.

Ich habe das Gefühl, gerade erst die Augen geschlossen zu haben. »Aber nach dir ist immer Sammy an der Reihe.«

»Owen hat ihm die Nacht freigegeben. Sonderbehandlung zum Geburtstag.«

Murrend ziehe ich mir noch ein paar Lagen Kleidung über und taste in den Ecken meines Zelts nach meiner Mütze. Neben mir regt sich Bree. Wie an den meisten Abenden ist sie erst vor ein paar Stunden in mein Zelt gekommen; aber bei diesem Besuch war sie für ihre Verhältnisse ungewöhnlich sanft. Ich glaube, sie wollte ihr Benehmen während des Wettschießens (und danach) wiedergutmachen.

Ich weiß, dass wir beide uns abends nicht so gehen lassen sollten. Aber neben ihr zu schlafen ist auf dieser Mission mein einziger kleiner Trost. Dabei verfliegen meine Ängste, die ständige Sorge lässt nach, und ich fühle mich auf eine Weise mutig, wie ich es noch nie erlebt habe. Außerdem schadet es nicht, dass ich ihre Lippen gern auf meinen spüre – so wie sie sich insgesamt gut anfühlt.

»Zeit für dich?«, murmelt sie.

»Ja. Geh so lange nicht weg.«

Doch noch während ich nach draußen krieche, weiß ich, dass sie gehen wird. Sie bleibt nie die ganze Nacht. Bevor ich von der Wache zurückkehre, wird sie sich wieder in ihr eigenes Zelt schleichen. Genau wie sie in den Nächten, in denen wir in Crevice Valley zusammen eingeschlafen sind, immer schnell wieder in ihr Zimmer zurückkehrte und mich allein aufwachen ließ. Ihre einzige Hinterlassenschaft war ihr Kopfabdruck auf meinem Kissen.

Ich gehe zur Feuergrube, wo Xavier die Uhr an einen Stock gehängt hat. Noch achtundfünfzig Minuten, bis ich Bo wecken kann, damit er mich ablöst. Drei weitere Minuten vergehen, und mir werden die Augenlider schwer. Noch zwei, und ich muss kämpfen, um sie überhaupt offen zu halten.

Ich höre leises Knirschen im Schnee. Bree, die zurück zu ihrem Zelt schleicht, wie ich es vorhergesehen habe. Aber nein, das Geräusch kommt von der anderen Seite des Lagers. Aus der Nähe von Blaines Zelt. In letzter Zeit baut er es immer in einiger Entfernung auf, weil man ihm die Aufgabe übertragen hat, Jackson im Auge zu behalten, und wenn sie sich zu nahe bei Rusty niederlassen, knurrt der Hund die ganze Nacht.

Kurz darauf höre ich Flüstern. Ich mache mir Sorgen, der Spion könnte meinem Bruder Probleme bereiten, und schleiche verstohlen auf die Stimmen zu. Im Licht des fast vollen Mondes fällt es mir relativ leicht, das Lager zu durchqueren, und ich entdecke Blaine, der direkt hinter seinem Zelt steht. Wie ich vermutet habe, streitet er mit Jackson.

»Der Hund ist ein Problem«, flüstert Blaine mit angespannter Stimme.

»Ich töte ihn jedenfalls nicht«, gibt der Spion zurück.

Blaine schiebt ihm ein Messer zu. »Es ist nur ein Hund. Tu es!«

»Aber Aiden … das wird ihn niederschmettern.«

»Er wird denken, dass ein Wolf sich das Tier geholt hat. Oder ein Kojote.«

»Wenn du es so unbedingt willst, dann erledige es selbst.«

Blaine muss furchtbare Angst haben, dass er Jackson mitten in der Nacht bittet, den Hund zu töten. Aber warum kommt Blaine nicht zu *mir*, wenn er sich solche Sorgen macht? Ich habe ihm doch eben noch versprochen, dass ich auf seiner Seite bin.

»Blaine?«, rufe ich. Er sieht mich, packt Jackson am Arm und zieht ihn näher an sich heran. »Was ist los?«

»Nichts.« Aber seine Stimme zittert leicht. »Der Spion musste pinkeln, deswegen habe ich ihn begleitet.«

Warum lügt er mich an?

»Ich weiß, was hier wirklich los ist«, sage ich und sehe zwischen ihm und Jackson hin und her. »Warum kannst du es mir nicht einfach sagen, Blaine?«

Er lacht. »Es dir sagen? Das konnte ich ja wohl kaum!«

Was wäre denn so schrecklich daran, wenn er zugeben würde, Angst vor einem Hund zu haben? Ich halte inne und frage mich, ob ich etwas falsch verstanden habe, doch dann spricht er weiter. »Und du darfst es auch niemandem sagen. Das lasse ich nicht zu.«

Schritte nähern sich, und als ich mich umdrehe, sehe ich eine verschlafene Emma auf uns zukommen. »Wenn ihr nicht leiser seid, weckt ihr noch das ganze Lager auf«, sagt sie.

Was als Nächstes passiert, spielt sich so schnell ab, dass ich es fast nicht verfolgen kann. Blaine schiebt Jackson beiseite und packt Emma. Er drückt sie mit dem Rücken an seine Brust und setzt ihr das Messer an den Hals. Ich kann nur instinktiv meinen Bogen hochziehen. Ein Pfeil ist auf meinen Bruder gerichtet und spannt schon die Sehne.

»Du bist mir auf die Schliche gekommen, du hinterlistiger kleiner Bastard«, knurrt er mich an. »Woher weißt du es? Und seit *wann*?«

»Blaine«, sage ich langsam. »Ich habe keine Ahnung, wovon du redest.«

»Oh doch«, zischt er. »Du hast es selbst gesagt. *Ich weiß, was hier wirklich los ist.* Wie bist du darauf gekommen?«

»Blaine«, flehe ich. »Nimm das Messer herunter.« Er ist verrückt geworden. Der Hund muss krank gewesen sein, er hat Blaine gebissen, und jetzt ist Blaine auch krank. Emma zittert, und ihre Hände umklammern Blaines verbundenen Unterarm, mit dem er sie gegen seine Brust presst.

»Ich wu…, wusste es«, stottert sie. »Sie sind falsch. Beide.«

»Was?«

»Es sind ihre Pupillen. Sie weiten sich nicht richtig.«

»Halt den Mund«, sagt Blaine und drückt das Messer gegen ihren Hals.

»Und dann der Hund.«

Blaine schüttelt sie. »Das reicht jetzt.«

»Der Hund hasst sie beide. Keiner von ihnen ist echt.«

»Ich sagte, das reicht!«

Keiner von ihnen ist echt. Sind sie beide krank? Oder sind sie …?

Und dann wird es mir klar. Blaine, wie er immer so tut, als wäre der Hund aggressiv, weil er den Spion hasst. Blaine, wie er mich in Stonewall mit steifen Armen umschlingt. Mir ist weder an seinen noch an Jacksons Pupillen etwas Merkwürdiges aufgefallen, aber Emma muss es gesehen haben, als sie die beiden nach dem Zwischenfall mit Rusty versorgt hat. Trotzdem will ich es nicht glauben. Es kann nicht sein; nicht, nachdem Owen Blaine so streng verhört und die Narbe von der Entfernung seines Peilsenders überprüft hat.

»Blaine«, sage ich und hoffe, dass etwas in meiner Stimme ihn noch erreicht. »Bitte?«

Ich mache einen kleinen Schritt nach vorn, und er drückt die Klinge gegen Emmas Hals. Blut quillt unter seiner Waffe hervor und hebt sich von ihrer blassen Haut ab; und als sie vor Schmerz aufschreit, weiß ich, dass dies nicht mein Bruder ist. Nicht wirklich. Blaine würde mich nie in diese Lage bringen. Er würde Emma nie mit einem Messer bedrohen oder auch nur einen Tropfen von ihrem Blut vergießen.

Man hat uns getäuscht. Wir haben es nicht mit einem Spion zu tun, sondern mit zweien.

Und sie sind Duplikate.

Ich tue das Einzige, was mir einfällt: Ich lasse meinen Pfeil losschnellen.

Er trifft sein Ziel. Blaines Kopf wird nach hinten gerissen, und er stürzt und lässt Emma los. Sie taumelt auf mich zu und bricht an meiner Brust zusammen. Ich lege die Arme um sie und drücke sie fester und fester, bis ich richtig begreife, was ich gerade getan habe.

Jackson steht im Schnee, der sich dunkel färbt, und lächelt verhalten. Ich stoße ihn beiseite, und dann schreie, brülle ich. Ich sinke auf die Knie.

Jetzt ist das ganze Lager wach. Jemand versucht, das Feuer

wieder anzufachen. Owen brüllt Befehle. Aber meine Hände bewegen sich wie von selbst, tasten Blaines Hals ab und finden dieselbe schmale Narbe wie mein Vater. Das ergibt einfach keinen Sinn. Ich nehme das Messer und schneide Blaines Hosenbein auf. Er hat keine Narbe am Oberschenkel; keine Spur einer Pfeilwunde, obwohl sie absolut nicht verschwunden sein kann. Mein Bruder war angeschossen worden, als wir letzten Sommer durch den Großen Wald geflohen sind. Die Schöpfer dieses Dings, das jetzt tot im Schnee liegt, wussten nichts von dieser Verletzung. Und wer immer ihm die Narbe am Hals beigebracht hat, Clipper war es nicht.

Ich boxe mit der Faust gegen seine Brust, verfluche ihn, beginne mein Schluchzen hinunterzuschlucken. Warum habe ich das nicht erkannt? Wieso habe ich nicht gespürt, dass an meinem eigenen Bruder etwas so verkehrt war? Zum ersten Mal sehe ich Blaines Gesicht an, den Pfeil, der in seiner Stirn steckt, und erbreche mich in den Schnee. Ich huste und keuche, würge und schreie, bis Owen mich von der Leiche fortzieht.

7. Kapitel

Jackson wird vor dem Feuer in den Schnee gestoßen.

»Erklärung«, befiehlt mein Vater in einem Wort, aber Jackson gähnt nur darüber.

Ich verliere die Beherrschung und schlage ihn mit der Faust, so fest ich kann. »Als Blaine dich hergebracht hat, da hat er dir eine Waffe an den Kopf gehalten! Und jetzt stehst du auf derselben Seite?«

Jackson lächelt, sagt aber nichts. Ich schlage ihn noch einmal, und die Haut an meinen Knöcheln platzt auf. Wenigstens blutet er auch; aus der Nase. Ich hoffe, ich habe sie ihm gebrochen.

»Antworte uns, Duplikat«, befiehlt Owen.

Jackson verdreht die Augen, als würden wir ihn langweilen. »Blaine hat mich als Gefangenen hergebracht, weil wir es so geplant hatten. Er hat getan, als wäre ich der Feind, und auch das war unsere Absicht. Alles, was wir getan haben, war geplant, bis auf … Nun ja, das.« Mit einer ruckartigen Kopfbewegung weist er auf die Leiche im Schnee.

»Aber Blaine hatte eine Narbe an der Stelle, an der ihm ein Peilsender entfernt wurde«, meint mein Vater. »Als ich ihn verhört habe, war er sauber. Er wusste sogar von der Verbrennung an Grays Unterarm. Wie konnte er …?« Scharf stößt Owen die Luft aus. »Unser Mann! Der, den der Orden gefangen genommen hat.« Sein Blick heftet sich auf Jackson. »Deine Leute haben Informationen von ihm erpresst. Wie viel genau wisst ihr?«

Jackson zuckt die Achseln, und dieses Mal ist es Owen, der ihn schlägt. Dann schüttelt er seine Finger, öffnet und schließt sie wiederholt zur Faust. »Du wirst meine Fragen beantworten, ohne frech zu werden, oder ich sorge dafür, dass du von jetzt an jeden Moment bedauerst. Ist das klar?«

Jackson spuckt einen Mundvoll Blut in den Schnee.

»Probieren wir es noch einmal.« Mein Vater kniet sich vor ihm hin, und ich bin überrascht, wie Furcht einflößend er in diesem Moment wirkt. Diese Seite meines Vaters habe ich noch nie erlebt; einen Mann, den man fürchten muss. »Erklär alles.«

Jackson wirft einen Blick auf die Faust meines Vaters und seufzt. »Sie haben recht, okay? Der Rebell, den wir gefangen genommen haben, hat auf entsprechenden Druck hin Informationen preisgegeben. Er war bereit, ein paar Finger zu opfern, aber keinen ganzen Arm.« Ein weiteres neckisches Lächeln, als fände das Duplikat dieses Detail amüsant. »Er hat uns erzählt, eine kleine Gruppe Ihrer Leute sei zu einer Spezialmission in Richtung Westen unterwegs. Der Junge, der Taem infiltriert hatte, um den Impfstoff zu stehlen, würde zu der Gruppe gehören; sein Zwilling, der sich noch von seinem Koma erholte, dagegen nicht.« Jacksons Blick huscht zu mir. »Wir haben so viele Informationen wie möglich über Gray gesammelt – haben erfahren, dass er eine Armverletzung erlitten hat und dass er seinen Bruder gern mit auf die Reise genommen hätte. Aber Blaine hatte die Belastungstests nicht bestanden. Der Gefangene wollte allerdings lieber sterben, als die Ziele Ihrer Mission oder die Lage Ihres Hauptquartiers preiszugeben, und genau das hat er getan: Er ist gestorben.«

»Und euch hat man hinter uns hergeschickt?«, fragt mein Vater.

»Blaine und ich waren bereits auf Patrouille im Großen Wald unterwegs, als wir den Auftrag erhielten. Man gab uns Anweisung, Ihr Team zu verfolgen, Ihre Pläne aufzudecken und wenn nötig zu vereiteln. Gleichzeitig sollten wir versuchen, die Position Ihres Hauptquartiers herauszufinden. Das war das Hauptziel; die Koordinaten zu bekommen und so schnell wie möglich weiterzugeben.

Ihre Spur aufzunehmen, war ganz einfach. Hart war dann die Wanderung – zehn Tage, an denen wir Sie fast ohne Pause verfolgt haben. Als wir Sie in Stonewall einholten, erschien es am klügsten, Ihr Team zu unterwandern, vor allem, weil man Blaine erkennen würde. Also einigten wir uns auf eine Tarnung: Ich würde einen Ordensspion geben, der unter seiner Bewachung stand. Wir haben beide unsere Rolle gespielt, bis er ungeschickterweise seine verpfuscht hat.«

»Und Blaines Narbe?«, hakt mein Vater nach. »Die an seinem Hals?«

»Ach, die hatte er schon, seit Gray nach Taem gekommen ist, um den Impfstoff zu holen. Frank hat Grays Hals gesehen und wusste dann, dass die Rebellen eine Möglichkeit gefunden hatten, Peilsender zu entfernen. Daraufhin hat er bei einigen von uns Narben anbringen lassen – jedem, von dem er vermutete, er könnte Ihnen in die Hände fallen.« Jacksons Blick huscht über jeden von uns, als wartete er darauf, dass ihm jemand dazu gratuliert, wie hinterlistig er seine Täuschung eingefädelt hat. Er wirkt vollkommen anders als der verzweifelte Spion, den wir in Stonewall kennengelernt haben; kühl, berechnend und unbeeindruckt.

»Wenn ich es schlau angehe, kann ich meinen Auftrag immer noch erfüllen«, setzt er hinzu.

»Den Teufel kannst du«, faucht Xavier von der anderen Seite des Lagers her.

Jackson lacht. »Warum nicht? Die Einzelheiten eurer Mission habe ich schon aufgedeckt, indem ich einfach zugehört habe. Das Ganze ist lächerlich! Gruppe A? Frank hat euch zu viel zugetraut, indem er vermutete, ihr würdet versuchen, euren Aktionsradius nach Westen auszudehnen und Verbündete zu finden. Aber gut, ich komme mit auf euren sinnlosen Kreuzzug zu Gruppe A. Und wenn die richtige Gelegenheit da ist, werde ich euch alle umbringen. Einen nach dem anderen. Langsam. Bis irgendjemand die Lage des Hauptquartiers preisgibt.«

»Dir ist schon klar, dass du einmal einer von uns warst, oder?«, stoße ich mit zusammengebissenen Zähnen hervor. »Der echte Jackson hat seine Kindheit hinter einer Mauer verbracht. Er wurde geraubt, um *dich* zu schaffen. Du bist Franks Marionette, und du tust alles, was der echte Jackson nicht wollen würde.«

»Es ist egal, was du sagst«, gibt er gelassen zurück. »Meine Meinung wird sich nicht ändern. Ich weiß, was ich zu tun habe.«

Ich glaube ihm, obwohl es mir nicht gefällt. Das hat Harvey mir auch erklärt. Ein Code macht den Unterschied aus zwischen einem Duplikat, das selbstständig denken könnte, und einem, das Franks Befehlen blindlings folgt; eine Software, die so reibungslos in das Gehirn der Kopie integriert ist wie das Blut, das durch ihre Adern fließt.

»Ich kann dafür sorgen, dass du deine Meinung änderst«, sage ich.

Jackson lacht. »Das möchte ich sehen.«

Ehe er zu Ende gesprochen hat, habe ich schon einen Pfeil aufgelegt.

»Den wirst du nicht abschießen. Nicht angesichts dessen, was ich weiß.«

»Was du weißt?«, wiederholt mein Vater.

»Ich bin Soldat. Ein technisch verbesserter Soldat, der voller Geheimnisse steckt. Haben Sie eine Ahnung, wie viele vertraulichen Informationen in meinem Kopf herumschwirren? Stadtpläne. Computer-Passwörter. Zugangscodes zu Safes und Lagereinrichtungen und vielleicht sogar zu den Äußeren Ringen.«

Niemand sagt etwas. Jackson grinst noch breiter.

»Was hatten Sie vor, sobald Sie Gruppe A erreichen? Die Mauer des Äußeren Rings einreißen?«, fragt er. »Sie ist höher als die innere Mauer und umgibt das ganze Gelände. Sie brauchen mich, sonst stehen Sie einfach da und starren das Ende einer Sackgasse an.«

Auf der anderen Seite des Feuers tritt Bo zwischen Sammy und Emma. »Du hast *vielleicht* gesagt«, ruft er. »Zugangscodes zu Safes und Lagereinrichtungen und *vielleicht* sogar zu den Äußeren Ringen.«

Jackson knurrt. »Ich kann Ihnen ja schlecht jetzt sagen, wie Sie diese Tür öffnen. Das ist mein einziges Druckmittel.«

»Dann lügst du vielleicht, und wir sollten es einfach hinter uns bringen«, sage ich und hebe den Bogen.

»Wenn ihr mich jetzt erschießt, dann seid ihr schon dazu verurteilt, in einer Sackgasse zu landen. Aber wenn ihr mich am Leben lasst, kann die Sache auf zwei Arten laufen: Entweder ich öffne euch den Äußeren Ring, und ihr bekommt tatsächlich eine Chance, eure idiotische Mission abzuschließen. Oder ich habe die ganze Zeit gelogen, ihr kommt eher später als früher nicht mehr weiter und erschießt mich dann statt jetzt sofort. Eure Entscheidung.«

Bo tritt unbehaglich von einem Fuß auf den anderen. Hinter ihm steht Emma und zittert – sie steht noch unter Schock, oder vielleicht ist ihr einfach nur kalt. Sammy legt ihr seinen Mantel um die Schultern. Und Jackson lächelt immer noch. Dieses arrogante, großspurige Grinsen, das ich ihm am liebsten vom Gesicht wischen würde.

»Das Duplikat bleibt am Leben«, verkündet mein Vater. »Wir glauben, dass Clipper uns in den Äußeren Ring bringen kann; aber in dem unwahrscheinlichen Fall, dass er nicht dazu in der Lage ist, stellt das einen soliden Ersatzplan dar, und es wäre dumm von uns, diese Möglichkeit auszuschlagen. Wenn das Duplikat bezüglich seines Wissens lügt, dann ist es genauso, wie der Mann sagt: Er wird eben später sterben, nicht jetzt.«

Owen dreht sich um und bittet Emma, der Gruppe zu zeigen, was sie an Jacksons und Blaines Augen erkannt hat. Sammy ist gerade dabei, ihr den Hals zu verbinden, aber sie ist bereit, alles zu erklären, sobald er fertig ist.

»Ich kann es immer noch nicht glauben«, sagt Bree neben mir. »Blaine. Sogar nachdem wir ihn verhört hatten. Es ist …« Sie unterbricht sich und berührt meinen Arm. »Hey, bist du okay?«

Sammy schiebt gerade Emmas Haare beiseite, damit er die Schnittwunde an ihrem Hals besser sehen kann. Er muss etwas Witziges gesagt haben, weil sie leise lacht. Bree folgt meinem Blick und runzelt die Stirn.

»Gray?«

Xavier ruft nach Sammy und bittet ihn, er möge ihm helfen, Blaines Leiche aus dem Lager zu bringen, und mir wird gleich wieder übel.

»Nur einen Moment«, sage ich zu Bree.

Ich will jetzt allein sein. *Muss* allein sein. Sie bringt so viel Taktgefühl auf, dass sie mir deswegen nicht zusetzt.

Ich entferne mich von den Zelten und gehe in den Wald. Als ich eine umgestürzte Kiefer finde, setze ich mich auf den Stamm und zucke zusammen, denn ich beginne einen stechenden Kopfschmerz zu spüren. In dem Moment, in dem ich die Augen schließe, sehe ich alles wieder vor mir: Blaines Kopf, der durch die Wucht meines Pfeils zurückgeworfen wird, seinen Körper im Schnee, die Art, wie er verdreht dagelegen hat, den einen Arm unter seinem ganzen Gewicht begraben.

Kurz darauf findet mein Vater mich. »Wie kommst du zurecht?«

Am liebsten möchte ich ihm erzählen, wie krank ich mich fühle, aber in diesem Moment kommt er mir so offiziell vor. Mehr wie ein Hauptmann als wie ein Vater.

Er setzt sich neben mich. »Das war nicht er, Gray. Nicht dein Bruder.«

»Ich weiß. Aber trotzdem … habe ich das Gefühl …«

Keine Ahnung, wie ich es in Worte fassen soll. Als hätte ich verdorbenes Fleisch gegessen und hätte Magenkrämpfe? Oder als hätte ich Kopfschmerzen, die bei der leisesten Bewegung zu pochen beginnen? Als hätte man mir die Luft aus den Lungen geprügelt und ich könnte kein bisschen Luft bekommen, ganz egal, wie tief ich atme?

»Du hast das Richtige getan«, sagt Owen. »Wenn du nicht so schnell gehandelt hättest, wäre Emma jetzt tot.«

»Wie geht es ihr?«

»Gut. Nichts außer einer kleinen Schramme am Hals. Sie zeigt jetzt den anderen, wie man ein Duplikat erkennt, obwohl das Anzeichen so unauffällig ist. Clipper ist der Einzige, der überhaupt Erfolg hat.« Kurz unterbricht er sich. »Keine Ahnung, was das bedeutet. Nicht einmal Harvey schien über dieses verräterische Zeichen Bescheid zu wissen, dabei hat er die verdammten Dinger erschaffen.«

Owen beugt sich vor und stützt die Arme auf die Knie. Ich fahre mit einer Hand über meine blutig geschlagenen Fingerknöchel.

»Ich verstehe das nicht«, erkläre ich schließlich. »Was das Duplikat gesagt hat – dass Frank uns zu viel zutraut, weil wir nach Westen gehen. Denn *genau das* tun wir doch.«

»Ich glaube, dass unser Ziel ihn erstaunt hat, weiter nichts«, meint mein Vater. »Ich bin mir sicher, als Frank hörte, dass wir nach Westen ziehen, hat er damit gerechnet, dass wir neue Anhänger sammeln wollen, und natürlich hat er allen Grund, das zu fürchten. Wenn wir mehr wären, hätten wir mehr Schlagkraft; und wenn sich unsere Anhänger ausbreiten, würden mehr Menschen an mehr Orten an Frank zweifeln. Er könnte es mit einem Aufstand zu tun bekommen, der schwer zu bekämpfen wäre, wenn er gleichzeitig in und um all seine Städte herum ausbrechen würde. Das ist seine größte Angst: die Kontrolle über seine Leute zu verlieren.« Eine Sekunde lang verstummt Owen. »Frank hat wahrscheinlich den Duplikaten gegenüber Gruppe A nicht erwähnt, als er sie instruiert hat; und warum sollte er auch? Soweit er weiß, ist die Gruppe untergegangen, und dort existiert niemand, der unsere Sache unterstützen könnte. Natürlich ist Gruppe A genau deswegen so reizvoll für uns. Sie liegt unter dem Radar. Unbeachtet und nie richtig überprüft.«

»Sie wird immer noch von Kameras überwacht.«

»Sobald wir die Überlebenden auf unsere Seite gezogen haben, wird Clipper sich darum kümmern. Erinnerst du dich noch an seine Diskussionen mit Ryder, bevor wir aufgebrochen sind – diese Idee, mehrere Stunden Videomaterial aufzunehmen und in einer Endlosschleife laufen zu lassen? Für jeden, der aus dem Kontrollraum in Taem zusieht, wird es *aussehen*, als wäre Gruppe A so verlassen und ausgestorben wie immer. Aber wir werden in der Lage sein, nicht nur die Überlebenden zu rekrutieren, die sich noch dort aufhalten, sondern auch andere.«

»Und das Duplikat?«, frage ich.

»Sobald wir den Äußeren Ring überwunden haben, eliminieren wir ihn. Der Orden wird uns an allen möglichen anderen Orten als bei Gruppe A vermuten und annehmen, dass wir ›unseren Aktionsradius ausdehnen‹, und er wird tot sein, bevor er den Standort des Hauptquartiers herausfinden und ihnen die Information weitergeben kann.«

Schweigend nicke ich. Ich habe all diese Pläne, diese ganze Argumentation schon ein Dutzend Mal gehört – größtenteils in Versammlungen vor unserem Aufbruch aus Crevice Valley. Ich habe sogar einen Teil davon gegenüber Bree nachgeplappert, wenn ihre Zweifel an der Mission sie überwältigt haben. Aber jetzt, als ich hier sitze, meinem Vater zuhöre und an Blaines Körper im Schnee denke und daran, wie schnell ein Leben aus den Fugen geraten kann, ertappe ich mich selbst dabei, dass ich zweifle. Unser Plan hat so viele Einzelheiten, die ebenso gut wie auch schlecht ausgehen könnten.

Owen wendet sich mir zu. Angesichts von allem, was passiert ist, wirken seine Züge erstaunlich gelassen. »Bist du dir ganz sicher, dass du in Ordnung bist?«

Nein.

Aber das spreche ich nicht aus, weil ich gern so gefasst sein will wie er. Ich möchte, dass der Mord an diesem Duplikat nicht auf meinem Gewissen lastet.

»Wenn du irgendwann darüber reden willst«, sagt er, »oder überhaupt über etwas, dann sag es einfach. Ich nehme mir die Zeit.«

Wenn er Blaine wäre, würde er wissen, dass ich jetzt sofort reden will. Er könnte mein Schweigen genauso gut deuten wie meine Worte. Aber mein Bruder ist nicht hier. Und in diesem Moment überfällt mich eine andere Angst.

Frank wollte Harvey zurückholen, weil er eine unbegrenzte Zahl von Duplikaten herstellen sollte. Das war immer sein Ziel gewesen – ein Duplikat wieder und wieder zu kopieren. Aber als ich Harvey im Herbst nach Taem brachte, um ihn zu ködern, hat Frank beiläufig erwähnt, er brauche Harveys Hilfe nicht mehr. Was mich auf die Frage bringt, ob er es bereits geschafft hat, eine unbegrenzte Anzahl von Duplikaten zu schaffen.

»Was, wenn ich noch eine Kopie von Blaine töten muss?«, platze ich heraus. »Ich glaube nicht, dass ich dazu in der Lage wäre.«

»Doch, du kannst das«, sagt mein Vater. »Du wirst tun, was du tun musst, und du wirst es ohne Zögern tun.«

»Ein Befehl, wie beruhigend.«

»Es war als Kompliment gemeint. Ich wollte ausdrücken, dass du ein stärkerer Mensch als die meisten anderen bist, weil du tust, was getan werden muss, auch wenn es unangenehm ist.« Owen kratzt sich am Kinn und sieht auf das Meer von Bäumen vor uns hinaus. »Es soll auch wehtun«, setzt er hinzu. »So etwas zu sehen, so etwas zu *tun*. Wenn es nicht wehtäte, wäre man selbst nicht besser als ein Duplikat.«

Er steht auf und lässt ein Taschentuch in meine Hand fallen. »Mach dich sauber.« Hinter seinem Bart blitzt kurz ein Lächeln auf. »Du siehst furchtbar aus.«

8. Kapitel

Die nächsten zwölf Tage gleichen einander wie ein Ei dem anderen. Morgens wachen wir auf und brechen das Lager ab. Wir laufen Stunden um Stunden, die uns genauso endlos erscheinen wie die Einöde selbst. Jetzt führt Xavier Jackson, der die Hälfte seiner Zeit damit verbringt, in den Wald hinauszusehen, als wollte er flüchten, und die andere Hälfte damit, die Mitglieder unseres Teams mit so boshaften Blicken zu bedenken, dass es mir dabei kalt über den Rücken läuft. Aber ich verstehe ihn nicht. Jeden Abend, nachdem wir die Zelte aufgebaut haben, spielt er als Erstes eine Runde *Stein, Schere, Papier* mit Aiden. Eines Abends beruhigt sich Rusty sogar so lange, dass das Duplikat ihn hinter den Ohren kraulen kann. Darüber muss Jackson lächeln – ein echtes, aufrichtiges Lächeln –, und den Bruchteil einer Sekunde ist es, als könnte ich durch das Duplikat hindurch einen Blick auf den echten Jackson werfen. Den, der in Dextern aufgewachsen ist, da weder Bree noch ich ihn als einen der Unsrigen erkennen.

Emma führt weiter die Pferde, aber manchmal hebt Sammy Aiden aus dem Sattel und trägt ihn auf den Schultern. Das entlockt dem Jungen immer einen Kicheranfall. Wenn ich die drei zusammen sehe, erinnert mich das an eine Trauerfeier in Claysoot. Damals stand Emma neben mir, Kale schlief in meinen Armen, und etwas daran fühlte sich richtig an und brachte mich auf den Gedanken, ich könnte mir vielleicht eines Tages eine eigene Familie wünschen. Noch nicht. Ganz bestimmt noch nicht jetzt. Obwohl ich, als Sammy jetzt Emma ansieht und ihr sein albernes, komisches Lachen zuwirft, zu denken beginne, dass ich möglicherweise bereit wäre, wenn ich müsste. Es könnte auch das sein, was Emma bräuchte, jedenfalls wenn sie aufhören würde, sein Lächeln so zu erwidern, wie sie es momentan tut.

Wenn wir marschieren, gehe ich neben Bree. Sie ist wieder ganz die Alte; sowohl ihre Verbitterung nach dem Wettschießen als auch die erstaunliche Sanftheit, die am selben Abend darauf folgte, sind wieder ihrem ständigen Geplänkel gewichen. Ich erwähne, dass ich Blasen von meinen Stiefeln habe, und sie erklärt mir, ich solle zu jammern aufhören. In einer Teambesprechung mache ich einen Vorschlag, und sie hält dagegen, nur um meine finstere Miene zu sehen. Ich steige auf einen Baum, um auf dem Weg hinter uns nach Verfolgern Ausschau zu halten, und sie kritisiert meinen Kletterstil und ruft mir aus dem Schnee zu, wo ich mich festhalten soll, als könnte ich die Stellen nicht selbst sehen. Nur wenn ich meinen Kampf mit Blaines Duplikat anspreche und laut darüber nachdenke, wie etwas so Richtiges sich zugleich falsch anfühlen kann, scheint sie nichts zu sagen zu haben. Dann sieht sie mich nur mit zusammengezogenen Augen und irgendwie schmerzlicher Miene an und wendet sich dann ab, um den Horizont zu betrachten.

Jeden Abend kommt sie in mein Zelt, um in meinen Armen einzuschlafen, und jedes Mal, wenn ich von meiner Wache zurückkehre, ist sie fort. Es versetzt mir immer einen Stich in der Brust, meinen Schlafsack leer vorzufinden. Ich beginne mich zu fragen, ob sie dabei ist, mich zu verlassen und sich von mir zu entfernen, so wie Emma. Aber bevor ich aus dem Gefühl schlau werden kann, bricht ein neuer Tag an, an dem Bree und ich wieder unser übliches Gestichel austauschen, das so bequem und vertraut ist wie ein Paar alte Handschuhe.

Die Landschaft wird flacher und kahler, und die Wälder weichen wogenden Ebenen und Tälern. Die Schneeschicht unter unseren Füßen wird dünner, bis wir schließlich den Boden wieder sehen können. Gefrorene Erde, aber sichtbar. Ich glaube, dass es auch wärmer wird, aber nach Wochen in der Kälte könnte das auch Selbstbetrug sein. Ich nehme die Mütze ab, lasse meine Jacke offen und genieße es, dass es nicht mehr wehtut, tief einzuatmen.

»Wir bewegen uns momentan tatsächlich ein wenig in Richtung Süden«, erklärt Clipper, als ich ihn auf die Temperatur anspreche. Er zeigt es mir auf seinem Navigationsgerät, das er sparsam einsetzt, um die Batterie zu schonen. Nicht weit entfernt endet die Einöde an einer gewaltigen blauen Fläche, die sich über ungefähr zwei Drittel des Kontinents nordwärts ins Land hinein erstreckt. Clipper nennt sie den *Neuen Golf.* Die Grenze zwischen AmOst und AmWest verläuft entlang der Westküste des Golfs, an dessen nördlichem Ende das Wasser sich in zwei lange, schmale Buchten teilt, die Hasenohren ähneln. Gruppe A liegt vermutlich irgendwo dazwischen, im westlichen Teil von AmOst.

Aber einstweilen sind wir unterwegs nach Bone Harbor. Ich entdecke es am Ostrand des Golfs, einige Meilen südlich von der Stelle, an der sich das Wasser in die beiden Hasenohren spaltet. Seit Tagen hat niemand davon geredet, nicht einmal Clipper, der sieht, wie nahe wir schon daran sind, aber wir spüren es alle: Hoffnung.

Wenn wir Bone Harbor erreichen, bedeutet das eine gute Mahlzeit und ein Bad, aber vor allem stellt es einen bedeutenden Wendepunkt unserer Wanderung dar. Wir werden dann mehr als die Hälfte des Wegs zu unserem Ziel zurückgelegt haben, und der schwierigste Teil wird hinter uns liegen. Ich bin noch nie mit einem Schiff gefahren, aber ich freue mich schon darauf, schon allein deswegen, weil ich dann meine Beine ausruhen kann. Bree warnt mich, dass mir von der Überfahrt über den Golf übel werden könnte, und ich lache ihr ins Gesicht.

»Es ist nur Wasser. Ich bin schon darin geschwommen. Warum sollte das auf einem Schiff anders sein?«

»Ich erinnere dich daran, wenn du über die Reling kotzt«, sagt sie.

An dem Abend, bevor wir nach Clippers Einschätzung den Golf erreichen werden, führe ich das einzige Gespräch mit Bree, bei dem sie nicht mit mir streitet oder meine Fehler kritisiert. Sie gibt sich sogar ziemlich umgänglich und enthält sich jeden Urteils.

Das Team entspannt sich nach dem Abendessen am Feuer, als sie sich neben mich setzt. »Das Gefühl danach ist furchtbar«, beginnt sie. »Immer wieder gehst du alles durch und fragst dich, was du hättest ändern können, wie du hättest anders handeln können oder ob du eine Möglichkeit übersehen hast, den anderen zu verschonen.«

Es dauert einen Moment, bis mir klar wird, dass sie über das Töten spricht und endlich auf meine Bemerkungen über das Duplikat meines Bruders reagiert.

»Genau das erlebe ich gerade«, gestehe ich. »Jeden Tag analysiere ich alles aufs Neue.«

»Das Analysieren hört irgendwann auf. Die Albträume aber

möglicherweise nicht. Ich träume manchmal immer noch von meinem ersten Mal.«

»Was ist passiert?« Sie hat mir die Einzelheiten nie erzählt, und plötzlich bin ich neugierig. »Außer, du willst nicht darüber reden.«

»Doch, es ist in Ordnung.« Aber sie sieht lange in die Flammen, bevor sie weiterspricht.

»Ich war mit den Rebellen auf einer Mission, auf Kundschaft. Wir hatten uns aufgeteilt. Jeder sollte allein vorgehen, und wir hatten Befehl, uns zwei Stunden später wiederzutreffen. Ich hatte mich verlaufen und fand den Rückweg zum Treffpunkt nicht, also habe ich meine Ausrüstung abgelegt und bin auf einen Baum gestiegen, um mich umzusehen. Als ich herunterkam, standen da zwei Ordensmänner. Keine Ahnung, warum ich nicht gehört oder gesehen hatte, wie sie gekommen sind.

Sie richteten die Waffen auf mich, und einer von ihnen drückte mich gegen den Baum. Ich habe verdrängt, wie er aussah, aber ich erinnere mich noch an seinen heißen Atem. Seine Worte werde ich nie vergessen. ›Sie ist unheimlich hübsch, Mack. Vielleicht sollten wir zuerst etwas Spaß mit ihr haben.‹«

Ich kann nicht glauben, dass sie mir das noch nie erzählt hat. Mit offenem Mund starre ich sie an und warte entsetzt auf das, was jetzt kommt.

»In dem Moment, als der Kerl nach seinem Gürtel griff, habe ich ihm mein Knie in den Bauch gerammt, ein Messer aus meinem Stiefel gezogen und ihm die Kehle durchgeschnitten. Der zweite Mann ist davongerannt, sobald ich mein Gewehr aufhob. Ich habe mir nicht einmal die Mühe gemacht, ihn zu verfolgen, weil ich zu beschäftigt damit war, wie eine Idiotin zu flennen und den Mann anzustarren, der zu meinen Füßen verblutete.

Wochenlang habe ich mir Vorwürfe gemacht, weil ich so leichtsinnig war, meine Waffen offen liegen zu lassen, und weil ich sie nicht hatte kommen hören. Ein paarmal bin ich in Crevice Valley ins Krankenhaus gegangen, um mir Medikamente zu holen; ich hatte so schlimme Kopfschmerzen, dass ich nicht schlafen konnte. Ich wünschte mir, ich hätte von vorn anfangen können. Am liebsten hätte ich den ganzen Tag noch einmal erlebt und dafür gesorgt, dass er anders ausgegangen wäre.«

»Dieser Mistkerl hat es herausgefordert, Bree«, erkläre ich bestimmt. »Er hatte es verdient.«

»Das Duplikat, das du getötet hast, auch; aber das heißt nicht, dass du es gewollt hast.« Sie dreht sich zur Seite, sodass sie mich direkt ansieht. Ihr blondes Haar ist schweißnass, und auf ihren Wangen klebt dicker Schmutz. Im Feuerschein sieht sie wild und ungezähmt aus. »Ich freue mich nicht darüber, dass du jemanden töten musstest, Gray. Aber ich bin froh, dass du es getan hast, bevor er Emma umbringen konnte. Oder noch schlimmer, dich.«

Rasch steht sie auf, und bevor ich noch ein Wort sagen kann, ist sie fort.

Wir sind seit dem Morgengrauen in einem mörderischen Tempo marschiert, und am frühen Nachmittag des nächsten Tages, als sich meine Füße anfühlen, als wollten sie zu Staub zerfallen, ist das Land vor uns zu Ende. Wir ersteigen den Gipfel einer Klippe, und vor uns endet das Land in einer Steilküste voller Kiesel, Sand und Blau. Blau, soweit das Auge blickt.

Der Neue Golf.

Seine Wasseroberfläche ist dunkler als der Himmel und mit weißen Kämmen übersät, die sich auftürmen und dann ans Ufer werfen wie etwas Lebendiges.

»Wellen.« Bree seufzt und hält die offenen Arme in den Wind. Als ich einatme, schmecke ich Salz, und die Luft fühlt sich auf meiner Haut unangenehm an, aber Bree scheint sich in diesen Elementen zu Hause zu fühlen.

»Das schönste Geburtstagsgeschenk meines Lebens«, sagt sie, an niemanden im Besonderen gerichtet. Mir wird klar, dass ich schon wieder den Überblick über die Tage verloren habe. Wir haben schon den dreiundzwanzigsten, und es ist auf den Tag genau ein Jahr her, seit sie aus Saltwater geraubt wurde. Heute wird sie siebzehn.

»Wir sind nur noch ein paar Stunden von Bone Harbor entfernt«, verkündet Owen, »aber lasst uns trotzdem unser Nachtlager aufschlagen. Wir mischen uns morgen früh unter die Händler, um weniger Aufsehen zu erregen.«

Nachdem wir die Zelte aufgebaut und zu Abend gegessen haben, sitzt die Gruppe in aufgeräumter Stimmung um das heruntergebrannte Feuer.

Sammy und September singen auf der anderen Seite des Lagers ein zweistimmiges Stück. Er schlägt den Takt auf einem Stück Treibholz, während Emma zum Rhythmus mit dem Kopf nickt. Sogar Bree, die ihr Gewehr reinigt, summt mit. Links von mir ist Bo eingeschlafen; seine Füße liegen gefährlich nah am Feuer. Jackson gibt Aiden einen langen Grashalm, damit er Bo an der Nase kitzeln kann. Jedes Mal, wenn Bo danach schlägt wie nach einer Fliege, bricht Aiden in wildes Kichern aus.

Ich ertappe mich dabei, wie ich lächle.

Denn über uns haben sich ein Gefühl von Ruhe und eine optimistische Stimmung gebreitet, die nicht zu ignorieren sind.

Wir haben es geschafft. Wir sind fast da.

ZWEITER TEIL Ozeane

9. Kapitel

Xavier tritt die abendliche Wache an, und die Mitglieder unseres Teams ziehen sich in ihre Zelte zurück. Sammy hilft Emma und hat die Hand in ihr Kreuz gelegt. Sie lächelt. Ich wende den Blick ab und sehe gerade noch, wie Bree zum Meer läuft. Sie lässt sich an einer Klippe hinunter und ist nicht mehr zu sehen, und ich renne ihr nach. Fast sofort faucht sie mich an.

»Da behaupten alle, du könntest dich so leise anschleichen. Ich habe dich schon aus einer Meile Entfernung kommen gehört.«

»Was hast du vor?«, rufe ich ihr zu. »Alle machen sich für die Nacht fertig.«

»Aber genau das tue ich auch.« Verwirrt stehe ich da. »Komm«, sagt sie. »Ich zeige es dir.«

Ich klettere die Klippe hinunter. Wir haben abnehmenden Mond, aber der Himmel ist wolkenlos, und ohne den Wald scheint der Mondschein endlos weit zu reichen. Am Strand ist ein dunkler Schatten zu sehen. Brees Zelt. Es ist zum Wasser hin ausgerichtet; weit genug entfernt gelegen, um nicht von der Brandung verschlungen zu werden, aber so nahe, dass der Ozean ein ständig auf- und abschwellendes Dröhnen ist.

»Das ist dein Zelt«, sage ich.

»Messerscharf geschlossen, du Genie.«

Ich will sie schon fragen, warum sie sich entschieden hat, so weit entfernt von den anderen zu kampieren, als mir etwas einfällt, was sie bei einer Runde *Verdammte Lügen* eingestanden hat. »Du schläfst nicht mehr gut, seit du geraubt worden bist«, sage ich. »Du vermisst das Rauschen der Wellen.«

»Daran erinnerst du dich?«

»Ich erinnere mich an alles, was du an diesem Abend gesagt hast.« Sie presst die Lippen zu einem verschmitzten Lächeln zusammen, als wäre sie beeindruckt. Oder amüsiert. »Dann hast du vor, beim Rauschen des Meeres einzuschlafen?«, setze ich schnell hinzu.

»Jepp.« Sie zieht eine Augenbraue hoch und sticht mir einen Finger in die Brust. »Du solltest bei mir bleiben.«

»Heißt das, dass du dich vor dem Morgengrauen aus deinem eigenen Zelt schleichen wirst? Oder soll ich nach meiner Wache zurück in meins gehen?«

Bree runzelt die Stirn. »Ich will heute Abend wirklich nicht streiten.«

Aber das können wir am besten, möchte ich am liebsten einwenden.

»Setzen wir uns einfach ein Weilchen«, bietet sie an. »Einverstanden?«

Ich habe noch viel Zeit bis zu meiner Wache, und da ich nicht besonders müde bin, stimme ich zu. Wir zünden ein kleines Feuer an und setzen uns, die Gesichter zum Ozean gewandt, das Zelt im Rücken. Die Luft riecht stark nach Salz, und die Wogen wirken endlos. Mir kommen sie zu unruhig vor, um einem beim Einschlafen zu helfen. Immer, wenn eine ganz ausgelaufen ist, schlägt eine neue an Land; das Krachen hört niemals auf.

Ohne Vorwarnung erklingt draußen auf dem Wasser ein

schwermütiger Ruf, einsam und unheimlich und unendlich in die Länge gezogen. Ein weiterer antwortet ihm. Die klagenden Rufe hallen weithin durch die Abendluft.

»Seetaucher«, erklärt Bree. Ich kenne mich mit dieser Vogelart nicht aus, aber sie erkennt ihren Ruf mit so großer Sicherheit, dass ich ihr Urteil nicht infrage stelle.

»Sie klingen traurig.«

»Aber irgendwie auf friedliche Weise traurig, findest du nicht?«

Die Vögel rufen noch einmal, und ich verstehe, was sie meint. Ihre Rufe haben etwas Bittersüßes, Melancholisches.

»Wenn ein Pärchen getrennt wird, rufen beide nacheinander, bis sie sich wiederfinden«, erklärt sie. »Wir hatten sie im Sommer in Saltwater. Wenn es dunkel wurde, konnte man sie immer hören. Ihre Gesänge haben mir beim Einschlafen geholfen, genau wie meine Wellen, aber die Vögel sind im Winter weggezogen – in wärmere Gewässer, nehme ich an. Um ehrlich zu sein, kommt es mir hier nicht warm genug vor, aber andererseits hat es dieses Gewässer nicht immer gegeben. Vielleicht haben sie durch die Überschwemmungen ihre Gewohnheiten geändert.«

Wieder rufen die Seetaucher. Bree verschränkt die Hände miteinander und bläst auf ihre Daumen. Der Pfeifton, den sie erzeugt, ist den Rufen der Wasservögel erstaunlich ähnlich. Schön und eindringlich und klar.

Bree zeigt mir, wie ich die Hände halten, die Daumen beugen und wo ich die Lippen ansetzen muss. So, wie sie es erklärt, sieht es einfach aus, doch nach vielen Versuchen habe ich nichts weiter fertiggebracht, als mir lautlos in die hohlen Hände zu blasen.

»Das ist unmöglich.«

Sie wirft mir einen unnachsichtigen Blick zu. »Als Kind

habe ich fast einen Monat gebraucht, um das zu lernen. Wenn du es nach zwei Minuten heraushättest, wäre ich außer mir.«

»Da ich weiß, wie selten du ärgerlich über etwas wirst, will ich diese Gelegenheit auf keinen Fall verpassen.« Dramatisch kremple ich die Ärmel hoch und lege die hohlen Hände zusammen. Dann blase ich darauf – erfolglos, aber genau in diesem Moment ruft ein Seetaucher. »Hör dir das an! Perfekt.«

Ich rechne mit einer abfälligen Bemerkung, aber die bleibt aus. Als ich mich umdrehe, sehe ich, dass Bree die Brandnarben auf meinem linken Unterarm anstarrt. Im Feuerschein treten sie stärker hervor: Die welligen Hautpartien wirken tiefer eingegraben, die leichten Verfärbungen zeichnen sich stärker ab. Ich frage mich, in welchem Zustand mein Arm wohl wäre, wenn Bo mich nicht so schnell von der brennenden Plattform gezogen hätte. Als Emma mich damals versorgt hat, sagte sie, ich hätte Glück gehabt, und die Narben würden nicht allzu schlimm werden. Trotzdem hat mein Arm nie wieder wie früher ausgesehen.

Bree drückt eine Hand auf meine Haut, als hätte sie die Brandwunden noch nie gesehen, als hätte sie nicht in unserer ersten gemeinsamen Nacht immer wieder mit den Handflächen über die Narben gestrichen und sie von meinen Fingern bis zum Ellbogen geküsst.

»Ich wünschte, wir hätten eine Möglichkeit gehabt, dich schneller von diesem Platz zu holen«, sagt sie. »Es macht mich fertig, dass dir das passiert ist. Dass ich es zugelassen habe.«

»Es war nicht deine Schuld.«

»Ich habe aber das Gefühl.«

»Du hast an diesem Tag auch unendlich viel Gutes getan«, sage ich und denke daran, dass ich Sekunden, bevor ihre Gummikugel mich traf, mit einem Gewehr auf Harvey gezielt hatte. »Du hast mich davor gerettet, den Abzug zu drücken. Keine Ahnung, ob es möglich ist, jemandem so etwas zu danken.«

»Ich habe es nicht getan, damit du mir etwas schuldig bist, Gray. Und auch nicht, um dich davor zu retten, Harvey erschießen zu müssen. Ich habe es getan, um dich zu retten. Punkt.«

Ich spüre, wie ein Lächeln sich auf meine Lippen stiehlt. »Siehst du, deswegen scheint ein *Danke* mir auch nicht genug zu sein.«

Sie stößt mich mit dem Ellbogen an, und die Seetaucher beginnen wieder zu rufen. Bree erwidert ihre Rufe, und ich versuche es ihr nachzutun, kann aber kein Geräusch erzeugen, das ihren klagenden Stimmen auch nur im Geringsten ähnelt.

»Das war ein perfekter Ausklang für meinen Geburtstag«, meint sie und legt den Kopf an meine Schulter.

»Wir hätten etwas in der Gruppe unternehmen sollen wie zu Sammys Geburtstag.«

»Nein, so ist es besser. Nur du und ich.«

Ja, nur wir beide, denke ich. *Immer nur für ein paar Stunden, und immer nur, wenn niemand hinsieht. Aber nie für eine ganze Nacht.*

Bree neigt ihr Kinn auf mich zu und bietet mir ihre Lippen an. Ich zögere einen Sekundenbruchteil, und sie setzt sich stirnrunzelnd zurück.

»Warum kämpfst du gegen das zwischen uns an, Gray?«

Ich sehe auf ihre Finger, die noch auf meiner Haut liegen.

»Sag es mir«, befiehlt sie.

Erst jetzt, als sie fragt – als sie bereit ist, offen über uns zu reden, statt sich hinter unseren ganzen Witzeleien und Neckereien zu verstecken –, tritt die Wahrheit schmerzhaft klar ans Licht.

»Weil …« Ich sehe aufs Meer hinaus, weil ich schreckliche Angst habe, es ihr ins Gesicht zu sagen. »Weil wir vielleicht nicht richtig füreinander sind, Bree.« Eine Woge kracht an den Strand. »Du und ich … wir sind vielleicht zu aggressiv füreinander. Wir gehen uns entweder an die Gurgel, oder wir können unsere Hände nicht bei uns behalten. Wir kämpfen, schreien und streiten. Wir stoßen uns gegenseitig herum. Wir hören nie auf, einander zu kritisieren. Das ist aufreibend und keine richtige Beziehung. So sollte es nicht sein.«

»Doch«, gibt sie entschieden zurück. »Genauso sollte es sein. Wir sind ein Team. Wir feuern einander an. Wenn es nicht ehrlich und wahrhaftig und eine Herausforderung ist, was ist dann der Sinn?«

»Vielleicht eine Balance zu finden? Ein Gegengewicht? Jemanden, der etwas ist, das man selbst nicht darstellt?«

»Wie Emma?« Sie sieht mich direkt an, aber ich bin viel zu feige, um ihren Blick zu erwidern. Ich kann Frank gegenübertreten, Duplikaten und Mauern, aber ein Mädchen, das ungefähr halb so groß ist wie ich, jagt mir schreckliche Angst ein.

»Vielleicht. Oder jemanden wie sie. Ich weiß es nicht. Es ist nur so, dass Emma mir hilft, gegen meine Schwächen zu kämpfen. Sie beruhigt mich. Wahrscheinlich brauche ich so jemanden.«

»Emma macht dich langweilig, Gray. Sie macht dich berechenbar.«

Diese Worte spricht sie mit solcher Verbitterung aus, dass ich plötzlich den Mut finde, ihr in die Augen zu sehen. »Was?«

»Du hast es schon gehört. Sie nimmt alles, was ich an dir liebe, und erstickt es. Sie macht das nicht mit Absicht, aber das passiert, wenn du mit ihr zusammen bist. Du erlischst. Du stirbst. Du wirst ruhig und zurückhaltend und vorsichtig und bist nicht mehr du selbst. Ich hasse das. Ich hasse es, dass ich dich voll und ganz akzeptiere – mit deinen guten *und* schlechten Seiten – und du das Gleiche bei mir tust und dass du dich trotzdem zu verhalten versuchst, als könntest du nicht empfinden, was ich fühle. Als ob das hier nicht funktionieren würde.« Sie deutet mit ihren Händen auf uns beide.

»Vielleicht funktioniert es ja wirklich nicht. Vielleicht war es von Anfang an zum Scheitern bestimmt.«

»Unsinn«, faucht sie. »Ein Teil deines Herzens hat immer ihr gehört, also wage es nicht, mir zu erzählen, dass das hier nicht funktionieren wird, obwohl du es nicht einmal versucht hast. Nicht richtig.«

»*Ich* habe es nicht versucht? Wirklich? Ich? Denn soweit ich weiß, bist du doch diejenige, die jede Nacht davonläuft und nicht schnell genug in ihr eigenes Bett zurückkehren kann.«

»Ja, klar – gib mir die Schuld, Gray. Mach *mich* dafür verantwortlich. Undenkbar, dass ich mich zu schützen versuche, weil ich dein Zögern spüre. Weil ich dich dabei ertappe, wie du sie beobachtest. Weil es seit unserer ersten Begegnung so ist. Nein, ich soll dir bereitwillig mein Herz schenken, damit du darauf herumtrampeln kannst.«

»Ich habe nicht die Absicht – hörst du mir überhaupt zu? Genau deswegen habe ich das eben alles gesagt. Weil wir nicht zueinanderpassen, Bree. Wir zerstören uns gegenseitig. Begreifst du das denn nicht?«

Sie wirft Sand auf das Feuer, und es wird dunkel am Strand. »Oh, ich verstehe. Ich kann dich so gut verstehen, dass ich schwören könnte, ich wäre in deinem Kopf! Ich habe das kommen gesehen, habe es die ganze Zeit gewusst. Tu mir einen Gefallen, ja? Wenn das nächste Mal ein Mädchen in dein Zimmer spaziert kommt, denk lange und eingehend darüber nach, was du tust, bevor du die Decke für sie zurückschlägst. Ich wünsche ihr nämlich nicht, dass deine ach so klaren Absichten sie *verwirren* und *in die Irre führen.*«

»Ich gehe dann jetzt«, sage ich, weil sie zornig ist und eine Feuersbrunst sich nicht kontrollieren lässt, nicht gelöscht werden *will.* Heute Abend wird kein zivilisiertes Gespräch mehr stattfinden.

Ich stehe auf, und sie springt hoch und steht mit gereckten Schultern vor mir.

»Na toll. Du gehst! Das ist einfach perfekt! Was für ein schöner Geburtstag, Gray. Danke für deine Mühe.«

Und dann stürmt sie auf die Wellen zu. Ihr Haar weht im Wind, ihre offene Jacke flattert. Ich überlege, ob ich ihr folgen soll, aber es ist sinnlos. Die einzigen Worte, die sie hören will, sind Worte, von denen ich mir nicht sicher bin, ob ich sie ihr sagen kann.

10. Kapitel

Am nächsten Morgen will Bree nicht mit mir reden. Sie mag mich nicht einmal ansehen. Als das Team an der Küste entlang nordwärts nach Bone Harbor weiterzieht, rennt sie nach vorn, um neben Xavier zu gehen, und sie fehlt mir an meiner Seite stärker, als ich erwartet hätte.

Wieder ist der Tag wolkenlos und so warm, dass wir auf die Mützen verzichten und die Jacken offen tragen können. Nach Wochen in der eisigen Luft fühlt es sich befreiend an, mit so wenigen Kleidungsschichten zu wandern. Clipper erklärt, dass diese Veränderung auf einer Kombination von Faktoren beruht: Der Golf hält die warme Luft fest, und außerdem befinden wir uns weiter südlich als bei unserem Aufbruch aus Crevice Valley. Aber ich muss das nicht unbedingt verstehen; nicht wenn ich endlich wieder die Sonne spüren kann.

Lange vor Mittag taucht Bone Harbor vor uns auf. Die Stadt ist Taem auf jede nur mögliche Art unähnlich. Sie liegt tief in einer Bucht und wird von keiner Kuppel geschützt, und sie besitzt weder leuchtende Zeichen noch fliegende Wagen. Das Ufer besteht aus einer unordentlichen Aneinanderreihung von Docks. Am Wasser stehen baufällige Hütten, die verwittert und mit Algen überwachsen sind. Die Gebäude, die weiter landeinwärts errichtet sind, scheinen sich im Wind zusammenzukauern, und ihre Farbe blättert ab. Überall riecht es nach Fisch, und über allem kreisen aggressive weiße Vögel und kreischen unaufhörlich.

»Heißt es Bone Harbor, weil es wie ein Gerippe aussieht?«, fragt Sammy, als wir die Stadt von Süden her betreten.

»Natürlich nicht«, gibt Bo zurück. »Nach dem großen Beben war der Ort eine Zeit lang das Rückgrat des Fischereiwesens, daher der Name. Aber das Wasser stieg weiter, und der Golf rückte näher an Haven heran, daher ist Bone Harbor heute nur ein vergessener Küstenort, wo die, die nicht das Glück haben, sich unter eine Kuppel einzukaufen, sich durchschlagen, so gut sie können.«

»Du weißt aber auch über alles Bescheid, oder?«, frage ich. »Hat man dich etwa ein Buch über die Geschichte von AmOst lesen lassen, während du in Franks Gefängnissen gesessen hast?«

Bo hört auf, an den Riemen seines Bündels herumzutippen und blinzelt. »Es ist phänomenal, wie viel man rein durchs Zuhören lernt.«

»Ähm … Leute?« Bree winkt, um alle aufmerksam zu machen. Als ich sehe, worauf sie zeigt, macht mein Magen einen Satz.

Die Mauern in der Seitengasse, die wir entlanggehen, sind mit einer Reihe von Plakaten beklebt. Die meisten bedrohen jeden mit Verhaftung, der dabei erwischt wird, einen Bürger von AmWest zu beherbergen, mit ihm zu handeln oder auch nur mit ihm zu sprechen. Einige verkünden die Gefangennahme und Hinrichtung von Harvey. Aber eines ist größer als die anderen. Es hängt genau in der Mitte und klebt zum Teil über einer Warnung bezüglich der Sperrstunde.

Lebend gesucht wegen Verbrechen gegen AmOst einschließlich Diebstahl, Aufwiegelung, Spionage und Hochverrat.

Über der Aufzählung der Verbrechen steht mein Name, und darüber ist mein Gesicht abgebildet und sieht mit den grauen Augen, nach denen ich benannt bin, auf die Straße hinaus. Das Bild ist neu und wahrscheinlich von Franks Kameras aufgenommen, als ich nach Taem zurückgekehrt bin, um den Impfstoff zu holen. Bestimmt wird man mich in Bone Harbor erkennen.

»Oh verdammt«, meint Sammy. Ich glaube, dass es eine Reaktion auf das Plakat ist, doch dann folge ich seinem Blick. Gerade als ich denke, dass es nicht mehr schlimmer kommen kann, passiert es.

Der frankonische Orden. Vor uns in der Gasse befragen zwei Ordensmitglieder eine ältere Frau, die sich nervös die Hände an ihrer Schürze abwischt.

Sammy geht auf Jackson los. »Das verdammte Duplikat hat uns verraten.«

»Ich?«, gibt er verblüfft zurück. »Wie hätte ich das wohl anstellen sollen? Telepathie? Magie?«

»Du warst an unserer Ausrüstung! Hast jemandem einen Funkspruch geschickt!«

»Wir hatten eine Abmachung: Ihr lasst mich am Leben, und ich bringe euch zum Äußeren Ring. Ich habe immer noch nicht, weshalb ich geschickt worden bin – die Position eures Hauptquartiers –, warum sollte ich also mein Leben riskieren, um den Orden zu benachrichtigen, der mich vielleicht aus meiner Lage rettet, vielleicht aber auch nicht?«

Xavier sieht wütend aus. »Ach, keine Ahnung, vielleicht …«

»Clipper und Xavier, bleibt bei mir und den Pferden«, befiehlt mein Vater barsch. »Alle anderen schwärmen aus. Keine Ahnung wie, macht es einfach sofort. Wir treffen uns am Hafen. Nach Sonnenuntergang, falls wir es schaffen.«

»Aber das Duplikat«, wendet Xavier ein. »Er …«

»Nicht jetzt«, faucht Owen. »Dazu haben wir keine Zeit.«

Wir zerstreuen uns, nicht eine Sekunde zu früh. Xavier schiebt Jackson auf mich zu, und irgendwie bleibt er an mir hängen. Wir beide rennen zur nächsten Seitenstraße. Besser gesagt, ich renne, und Jackson weigert sich zu kooperieren, sodass ich ihn hinter mir herzerren muss. Mit der Schulter schiebe ich die Tür des nächstbesten Hauses auf. Es ist ein einstöckiges Gebäude an der Ecke der Seitenstraße und der Gasse, aus der wir gerade geflüchtet sind. Momentan ist es leer, aber auf einem Trockengestell hängen Kleidungsstücke, und auf einem Tisch, der mit ein paar Tellern gedeckt ist, steht eine Obstschale. Die Bewohner werden irgendwann zurückkommen.

Ich gehe in die Küche, wo ein Fenster auf die Gasse hinausgeht. Gerade kommt mein Vater in Sicht.

»Ihr werdet erwischt werden«, meint Jackson, und seine Stimme klingt leicht amüsiert.

»Halt den Mund.«

»Ich stelle nur die Tatsachen fest.«

Ich stoße ihn gegen die Wand. »Das ist mir ernst. Kein Wort mehr.«

Draußen hat mein Vater trotz des milden Wetters seine Mütze wieder aufgesetzt, aber ich weiß, dass er es getan hat, um seine Haare zu verdecken. Mit der Mütze, seinen blauen Augen und dem Vollbart sieht er nicht mehr so offensichtlich aus wie der Vater des Jungen auf den Fahndungsplakaten. Xavier hält die beiden Pferde, und Clipper hat die Hände auf die Riemen seines Rucksacks gelegt und umklammert sie so fest, dass sich seine Knöchel weiß abheben.

Als sie näher kommen, winken die Ordensmitglieder sie herbei. Die roten Dreiecke, die sie auf der Brust tragen, schreien Gefahr, und mir wäre am liebsten, mein Vater würde sich umdrehen und davonrennen. Die Begegnung mit diesen Leuten kann nichts Gutes bringen.

»Morgen, Leute«, sagt einer von ihnen. Das Glasfenster dämpft seine Worte, aber ich höre es gut genug.

»Morgen«, wiederholt Owen.

»Was führt Sie nach Bone Harbor?«, fragt das zweite Ordensmitglied, eine Frau. Sie hat ein breites, kantiges Gesicht, und ihr Hals ist so dick, dass es fast aussieht, als hätte sie keinen.

»Wie kommen Sie auf die Idee, dass wir nicht von hier sind?«

»Wir haben hier keinen großen Bedarf an Pferden«, erklärt die Frau und blickt auf die Zügel in Xaviers Händen.

»Wir wollen sie eintauschen«, antwortet mein Vater. »Wir haben sie gebraucht, um herzukommen; aber jetzt brauchen wir ein Boot, keine Pferde.«

»Wohin wollen Sie?«

»Haven«, sagt Clipper.

»Da sind Sie ziemlich weit südlich von zu Hause. Woher kommen Sie?«

»Sogar noch weiter aus dem Süden, Ma'am.« Clipper nimmt den Faden auf. »Aus einer kleinen Stadt im Südsektor. Wir haben Familie dort.«

»Dann sind Sie alle verwandt?«

»Mein Sohn und mein Neffe«, behauptet Owen von Clipper und Xavier, was durchaus glaubwürdig klingt.

»Und Sie haben beschlossen, den weiten Weg von Haven in den Südsektor zu Pferd zurückzulegen?«

»Nicht jeder, der in einer Kuppelstadt lebt, kann sich ein Auto leisten. Und eine Fahrt durch die Einöde ist eine einsame Sache, und man kann leicht liegen bleiben, wenn einem der Treibstoff ausgeht. Ich will ja nicht neugierig sein, aber gibt es einen Grund für diese Fragen?«

Die stämmige Frau runzelt die Stirn. »Die haben allerdings einen Grund.« Sie hält ihm ein Exemplar des Fahndungsplakats entgegen. »Wir suchen diesen Jungen und haben Grund zu der Annahme, dass er unterwegs nach Westen ist, wahrscheinlich über diese Stadt oder andere am Ufer des Neuen Golfs.«

Owen betrachtet das Foto genau. »Den habe ich nicht gesehen.«

»Sind Sie sich sicher?«, fragt die Frau und verschränkt die Arme vor der Brust. »Dieser Junge kann, wenn nötig, sehr überzeugend wirken. Falls er Ihnen für Ihr Schweigen etwas versprochen hat, sollten Sie wissen, dass er die Abmachung nicht einhalten wird.«

»Ich versichere Ihnen, dass wir ihn nicht gesehen haben«, sagt mein Vater, »aber wenn, werden wir sofort jemandem Bescheid geben. Es ist nicht gut, wenn solche Verbrecher frei herumlaufen.«

»Wie wahr«, gibt sie zurück.

»Können wir jetzt gehen? Ich hatte gehofft, diese Pferde bis Mittag einzutauschen.«

»Ja. Danke, dass Sie sich die Zeit genommen haben.«

Mit den Pferden im Schlepptau gehen sie vorbei, und ich habe das Gefühl, endlich wieder atmen zu können. Aber keine Sekunde später fliegt die Haustür auf, und Emma und Aiden stolpern herein.

»Was machst du?«, zische ich, als sie die Tür schließt.

»Wir waren ein Haus weiter, aber der Besitzer ist nach Hause gekommen, und wir mussten uns wegschleichen und aus einem Fenster klettern.«

Ich spähe noch einmal auf die Hauptstraße hinaus. Die

Ordensmitglieder biegen um die Ecke und zeigen auf Häuser, während sie unsere Straße entlangkommen.

Emma deutet meinen Gesichtsausdruck richtig. »Sie kommen, stimmt's? Hierher?«

Wir hören Schritte, Stiefel auf gestampfter Erde. Dann klopft es an der Tür.

Kurz wirkt Jackson amüsiert. Er hat uns also doch verraten, genau wie Xavier vermutet hat. Aber dann bemerkt das Duplikat, dass Aiden vor Angst zittert, und seine Miene wandelt sich und drückt fast so etwas wie Sorge aus, sodass ich meine Theorie überdenke. Vielleicht tut der Orden einfach das, was auch Jacksons und Blaines Auftrag war: versuchen, uns aufzuhalten.

Noch ein Klopfen.

»Kein Wort«, flüstere ich. »Irgendwann gehen sie wieder.«

»Frankonischer Orden!«, brüllt die Frau von draußen. »Wir durchsuchen alle Häuser in dieser Gasse. Sie haben zwanzig Sekunden Zeit, Ihre Tür zu öffnen; sonst gehen wir davon aus, dass niemand zu Hause ist, und brechen sie selbst auf.«

»Lasst mich mit ihnen reden«, bietet Emma an.

»Was? Nein!«

»Ich erzähle ihnen, ich hätte euch auf der anderen Seite der Stadt gesehen oder so etwas. Ich kann das. Das wird einfach.«

Sie wirkt so selbstsicher, so zuversichtlich. Es liegt an ihren Augen; sie leuchten so hoffnungsvoll und so stetig, dass sie aussieht, als wäre sie nicht aufzuhalten. Aber ich kann nicht zulassen, dass Emma sich für uns derart in Gefahr bringt. Frank könnte vermuten, dass sie im letzten Herbst mit mir nach Crevice Valley gegangen ist, und dass ich nur Plakate mit meinem Gesicht gesehen habe, bedeutet noch nicht, dass Frank nicht auch ihr Bild verbreiten lässt.

»Geh mit Aiden ins Hinterzimmer«, sage ich zu Emma. »Sucht euch eine Kammer oder so etwas und bleibt, wo ihr seid, bis ich euch rufe.«

»Lass mich das übernehmen.« Ihre Stimme klingt hart, beinahe verzweifelt.

Wieder wird an die Tür gedonnert, sodass sie erbebt.

»Bitte, Emma, lass dich nicht noch einmal bitten.«

Scharf stößt sie den Atem aus und geht mit Aiden in ein Nebenzimmer. In diesem Moment beginnt die Ordensfrau rückwärtszuzählen.

Zehn ... neun ...

Hier drinnen ist es zu eng, um einen Pfeil abzuschießen, daher hole ich mir ein Messer aus der Küche und stelle mich vor Jackson hin. »Öffne diese Tür und erzähl denen, dass du mich auf der anderen Seite der Stadt gesehen hast.«

Acht ... sieben ...

Er betrachtet das Messer in meinen Händen. »Wenn ich tot bin, bekommt ihr die Zugangscodes zu Gruppe A nicht.«

Sechs ... fünf ...

»Wenn wir dich am Leben lassen, hilfst du uns, falls wir Ordensmitgliedern begegnen«, rufe ich ihm ins Gedächtnis. »Das hast du in Stonewall gesagt.«

Vier ...

»Willst du unbedingt, dass sie dieses Haus durchsuchen? Aiden finden und ihn bestrafen, weil er mit mir zusammen ist?«

Drei ...

Jacksons Blick huscht zwischen mir und der Tür hin und her. »Ich mache es.«

Zwei ...

Ich schneide die Fessel an seinen Handgelenken durch.

Eins ...

Er öffnet die Tür. Sie schwingt nach innen, sodass die Ordensmitglieder mich nicht sehen können.

»Tut mir leid für die Verspätung«, sagt er. »War auf dem Abtritt.«

»Nicht der Rede wert«, gibt die Frau zurück. Papier raschelt. »Wir suchen nach diesem Jungen und dabei überprüfen wir die Bürger, um sicherzugehen, dass er niemanden gegen seinen Willen festhält.«

»Ich glaube … ja. Ich habe diesen Jungen vorhin gesehen, wie er weiter unten in dieser Gasse durch ein Fenster geschaut hat.« Jacksons Stimme klingt erstaunlich überzeugend. »Ich dachte noch, dass er sich bestimmt ausgesperrt hat. Aber vielleicht war er auf der Suche nach einem Versteck.«

Ich höre, wie die Frau das Plakat wieder einpackt. »Diese Gasse, sagen Sie?« Jackson muss genickt oder in die Richtung gewiesen haben. »Danke«, sagt sie nämlich. »Sie haben uns sehr geholfen.«

Die Tür schließt sich, und eine Last hebt sich von meiner Brust, sodass ich wieder atmen kann. Ich stoße das Duplikat auf einen Stuhl im Wohnzimmer. »Emma! Es ist sicher.«

Als sie zusammen mit Aiden wieder auftaucht, wirkt sie verärgert. Ich bin es nicht gewöhnt, eine wütende Miene bei ihr zu sehen, aber ich weiß, warum sie mich so ansieht. Vereinbarung oder nicht, ich habe trotzdem für kurze Zeit unser aller Leben in die Hände des Duplikats gelegt. Aber es hat sich ausgezahlt, und ich bedaure nichts.

Ich fessle Jacksons Handgelenke neu und decke die Abschürfungen, die sich durch das Seil bilden, ab. »Danke«, sage ich zu ihm. »Für deine Hilfe.«

»Ich habe das für den Jungen getan, nicht für euch. Ich werde tun, was ich tun muss, und wozu ich hergekommen bin: die Position eures Hauptquartiers herausfinden. Eine andere Wahl habe ich nicht.«

»Jede Handlung ist das Ergebnis einer Entscheidung. Sogar bei einem Duplikat.«

Er stößt ein skeptisches Brummen aus. Ich werfe Emma einen Blick zu. Sie hat Aiden eine Hand auf die Schulter gelegt.

»Was ist mit den anderen?«

»Sammy hat den Hund mitgenommen und sich mit ihm einfach irgendwo hingesetzt. Sehr schlau. Bo und September haben sich in einem Haus auf der anderen Seite der Gasse versteckt.«

»Und Bree?«

»Keine Ahnung. Zuletzt habe ich gesehen, wie sie an den Dächern entlanggelaufen ist. Allein.«

Ihre Worte beruhigen mich aber, denn wenn Bree allein unterwegs ist, weiß ich mit absoluter Sicherheit, dass sie ausgezeichnet zurechtkommt.

11. Kapitel

Wir baden abwechselnd. Das Wasser aus dem Hahn ist salzig, aber am Ende bin ich sauber, und das reicht, um mich glücklich zu machen. Das Bad hat kein Fenster, daher fühle ich mich sicher damit, Jackson etwas Privatsphäre zu gewähren, nachdem ich Rasierklingen und alles andere, von dem ich fürchte, er könnte damit zu kreativ werden, aus dem Raum entfernt habe.

Der Hauseigentümer ist immer noch nicht zurück, aber der Himmel beginnt seine Farbe zu verlieren. Wir sollten bald aufbrechen, aber Emma besteht darauf, mir zuerst die Haare zu schneiden.

»Ich trage sie lieber lang«, wende ich ein.

»Es geht nicht darum, was du lieber magst, Gray, sondern darum, dass du dem Gesicht auf diesen Plakaten weniger ähnlich siehst.«

Zögernd stelle ich mich an das Waschbecken im Badezimmer, während Emma mit einer Schere um mich herum hantiert. Ich bin mir nicht sicher, warum es mich ein wenig schmerzt, mich von etwas so Bedeutungslosem wie Haaren zu trennen. Seit ich im Sommer mit Emma über die Mauer geklettert bin, ist nichts mehr so wie früher, und ich fühle mich am wohlsten, wenn meine Haare sich über meinen Ohren locken, mir in die Augen fallen und meinen Nacken streifen. All das erinnert mich an Claysoot und bestätigt mich darin, dass ich mich trotz allem, was passiert ist, nicht selbst verloren habe.

»Was treibt Jackson gerade?«

Durch die offene Tür wirft Emma einen Blick ins Wohnzimmer. »Er spielt *Stein, Schere, Papier* mit Aiden. Genau wie die letzten fünf Male, als du mich gebeten hast, nach ihm zu sehen.«

Im Spiegel lächelt sie mir zu und drückt mich dann auf die Knie hinunter, damit sie sich den Rest meiner Haare besser vornehmen kann.

»Was wirst du machen, wenn das alles vorüber ist?«, fragt sie und schneidet meinen Pony zurück, sodass mir die Fransen nicht mehr in die Augen fallen. »Gruppe A, Frank und alles. Was dann?«

»So weit im Voraus habe ich noch gar nicht gedacht. So viel Optimismus fühlt sich fast gefährlich an.«

»Ich gehe zurück nach Claysoot«, erklärt sie. »Meine Mutter fehlt mir. Und ich möchte auch zu Laurel gehen und ihr sagen, dass ich nie verrückt war, weil ich daran geglaubt habe, dass es noch mehr auf der Welt gibt, obwohl sie über alle meine Theorien gelacht hat, als wir jünger waren.«

Ich stelle mir das Wiedersehen vor. Emmas Mutter und ihre beste Freundin in Tränen aufgelöst, wie sie Emma so fest umarmen, dass sie kaum Luft bekommt.

»Wirst du dortbleiben?«, frage ich.

Sie zuckt die Achseln. »Kommt darauf an. Vielleicht hängen zu viele schlechte Erinnerungen daran, weil es ein Gefängnis und eine Lüge gewesen ist. Aber andererseits ist es immer noch unser Zuhause, und vielleicht kommt es einem nicht so schlimm vor, wenn man die Mauer ungehindert überqueren kann.«

»Ich komme mit dir. Um Blaine zu sehen, weil ich weiß, dass er sofort hingehen und nach Kale sehen wird. Und vielleicht schlage ich auch Chalice noch einmal, bloß um zuzusehen, wie du noch einmal ihr Kinn nähst.«

Grinsend legt Emma die Schere weg. »Du bist wirklich ziemlich nachtragend.«

»Ich weiß«, sage ich und stehe auf. »Schrecklich nachtragend.«

»Na ja, niemand ist vollkommen. Ich am allerwenigsten.«

Vor ein paar Monaten hätte ich noch behauptet, Emma sei so perfekt, wie ein Mensch es nur sein kann. Freundlich, hilfsbereit, zuversichtlich. Loyal. Aber heute kommt sie mir, obwohl ich sie schon mein ganzes Leben lang kenne, wie eine Fremde vor.

»Es tut mir wirklich leid.« Sie sieht mich an, und ihre Augen blicken furchtbar zweifelnd drein, als hätte sie Angst, zwischen uns sei alles für immer zerstört. Ich habe diesen Gedanken selbst schon gehabt. »Falls du irgendwann beschließt, dass ich diese zweite Chance verdient habe, bin ich bereit«, erklärt sie. »Ich hoffe, das weißt du.«

Sie drückt sich an mir vorbei und geht ins Wohnzimmer. Ich lege beide Hände fest um den Rand des Wachbeckens und betrachte mich im Spiegel. Ich wünschte, ich wüsste, wie ich ihr verzeihen soll; wünschte, ich könnte diese Emma so lieben wie die aus meinen Erinnerungen.

Dann hole ich mir von nebenan eine Klinge und rasiere mich. Damit sehe ich dem Gesicht auf den Fahndungsplakaten wieder ähnlicher, aber das ist mir gleich. Ich möchte mich einfach wie ich selbst fühlen.

Als ich ins Wohnzimmer trete, ist Aiden das Handzeichen-Spiel langweilig geworden. Er liegt auf dem Sofa, den Kopf in Jacksons Schoß gebettet, und es fällt ihm schwer, die Augen offen zu halten. Jackson hat beinahe väterlich einen Arm über den Jungen gelegt. Das Duplikat als Kissen und Beschützer. Das ist so albern, dass ich beinahe lachen muss.

Ich suche meine Ausrüstung zusammen und sage den anderen, sie sollen es mir nachtun. Aiden gähnt und sagt, er müsse zuerst zur Toilette, und ich fauche ihn an, er solle sich beeilen. Emma wirft mir einen tadelnden Blick zu, aber die Sonne geht unter, und ich habe keine Lust, unser Glück noch länger auf die Probe zu stellen, indem wir in dem Haus bleiben.

Während wir auf Aiden warten, blättere ich eine Handvoll Briefe durch, die auf einem unordentlichen Schreibtisch liegen. Sie sind handgeschrieben; in einer eleganten Schrift voller weicher Bögen und Schnörkel. Ich suche den neusten heraus, der vor einer Woche datiert ist, und lese ihn.

Carl –
Badger hat mir erklärt, dass er unsere Briefe nicht mehr befördern wird, obwohl du mit ihm handelst. Er sagt, es werde zu gefährlich. Die Exilanten gewinnen an Boden – ich weiß, dass einige ihrer Geschichten Bone Harbor erreicht haben –, und im Ergebnis sind die Ordenstruppen an den Grenzen um das Doppelte verstärkt worden. Immer öfter werden im Golf Schiffe gestoppt. Sie suchen nach Gründen, um Menschen zu verhaften, Carl. Wenn es ein Schlag gegen die Exilanten ist – die Begeisterung dämpft –, werden sie nicht zögern.
Badger behauptet, diese Notizen enthielten zu viel Beweismaterial. Ich habe ihn angefleht und gesagt, wir könnten Namen, Orte, alles verändern – wenn es sein muss, können wir einen Code verwenden –, aber er weigert sich, weiter unser Kurier zu sein.

Dies ist mein letzter Brief.
Ich werde über die Feiertage mit Charlie zum Fischen fahren; dort, wo man in dieser Zeit einen guten Fang macht. Du kennst die Stelle; unser Lieblingsplatz südöstlich des Golfs. Komm doch dorthin, ja? Du kannst für immer in den Westen kommen. Wir geben das Fischen auf und suchen Schutz als Exilanten. Ich weiß, du konntest meinen Bruder noch nie leiden, aber das war alles Charlies Idee: dich herauszuholen, zu uns zu holen. Wir können sogar dein Fischerboot versenken, damit es aussieht, als wärst du damit untergegangen. Niemand wird nach dir suchen.
Bitte, Carl. Der Orden hat deinen Leuten alles genommen: ihre Hoffnung, ihre Widerstandskraft, ihre Freiheit. Lass dir von ihnen nicht auch noch dein Herz wegnehmen.
Du weißt, wo du mich findest.
Alles Liebe
May

Da erkenne ich, was ich vorher nicht wahrgenommen hatte: Die Kleidungsstücke auf dem Trockengestell sind überhaupt nicht mehr feucht; das Obst auf dem Küchentisch wird langsam schlecht. Der Besitzer des Hauses – Carl – ist schon lange fort. Und er wird nicht zurückkommen.

Daneben liegen auf dem Schreibtisch noch Dutzende Papierfetzen mit unregelmäßigen Rändern, als hätte Carl sie aus einem größeren Schriftstück herausgerissen. In einer Geschichte geht es darum, dass Ordenstruppen in Städten am Golf als zusätzliche Grenzkontrolle stationiert werden sollen. Eine Ankündigung bezieht sich auf die Abgaben auf Süßwasser, eine Notiz ordnet eine Ausgangssperre an und eine andere verkündet, dass alle Schiffe beim Ablegen und Einlaufen in den Hafen stichprobenartig durchsucht werden können. Am Ende jedes Texts prangt das frankonische Emblem.

Ein zerknittertes Stück Papier fällt mir auf, weil es eine andere Farbe hat als die übrigen – eher bräunlich als aschgrau. Ich überfliege ein paar Sätze über Wasserpreise und Schwarzmärkte. Zweimal taucht der Name Badger auf. Dieses Papier trägt kein frankonisches Zeichen, aber in einer Zeile unten auf der Seite steht: *Bone Harbor Bote – nach dem Lesen verbrennen.*

Stirnrunzelnd betrachte ich die einander widersprechenden Geschichten und fahre mit dem Daumen über Badgers Namen.

Aiden kommt aus dem Bad, und ich stecke den *Boten* und Mays Brief in die Tasche. Später werde ich beides meinem Vater zeigen, aber im Moment müssen wir weiter.

12. Kapitel

In den Straßen, durch die wir verstohlen schleichen, ist es ruhig. Wir passieren ein Gebäude mit einem Kreuz auf dem Dach, in dem reges Treiben herrscht. Drinnen wird gesungen, und in jedem Fenster brennt eine einzelne Kerze. Die meisten anderen Häuser in der Stadt liegen dunkel und anscheinend verlassen da, und auf unserem Weg zum Hafen entdecken wir nur ein Ordensmitglied. Der Mann steht mit dem Rücken zu einer Ziegelwand und betrachtet die Sterne statt die Straßen, die er beobachten sollte.

Als wir die Docks erreichen, ist der Rest des Teams bereits da. Die Pferde sind verschwunden, und ich vermute, das heißt, dass mein Vater sie erfolgreich verkauft hat.

Bree begrüßt mich mit einem kurzen Nicken. »Netter Haarschnitt.«

»Ich dachte, du redest nicht mehr mit mir.«

»Tue ich auch nicht. Aber es ist gut zu wissen, dass du nicht tot bist.« Sie dreht sich auf dem Absatz um und marschiert zu Xavier und September, die über etwas diskutieren, das sie *Gezeiten* nennen.

Mein Vater betrachtet vom Ufer aus die Stadt durch sein Fernglas. Clipper tut dasselbe. »Drei Lichter im höchsten Fenster, je eines in allen anderen«, sagt Owen zu ihm. »Das ist das Zeichen.«

»Dort«, ruft Clipper aus und weist auf ein kleines Haus, das ein Stück von der Bucht entfernt liegt.

»Gut, dass alle mit dem Feiern des Festabends beschäftigt sind«, meint Bo, »sonst würde es schwierig werden, ungesehen zu diesem Haus zu gelangen.«

»Ja, hoch sollen die Feiertage leben«, brummt Sammy hinter mir. »Genauso verbringe ich sie gern.« Hinter ihm kläfft Rusty zustimmend, und das halbe Team zischt ihn gleichzeitig an, dass er still sein soll.

Als wir zu dem Haus mit dem Zeichen kommen, klopft mein Vater an die Tür; ein merkwürdiger kleiner Rhythmus, von dem ich mir sicher bin, dass er ein weiteres Zeichen darstellt. Die Tür wird aufgerissen, und helles Licht fällt in die Gasse. Der Mann, der vor uns steht, ist beleibt und lebhaft und hat buschige Augenbrauen und einen noch wilderen Schnurrbart. Eine Pfeife klemmt zwischen seinen Zähnen, als wäre sie dort angewachsen.

»Frohe Weihnachten, Freunde!«, sagt er. »Herein, nur herein! Es ist fast Sperrstunde.«

Und dann werden wir in sein warmes, enges Heim geführt und stellen uns alle vor. Die Tür fällt zu und sperrt das Donnern des Meeres aus.

Der Kapitän, Isaac Christopher Murphy, ist der abergläubischste Mensch, dem ich je begegnet bin. Als er hört, dass Frauen an Bord seines Schiffs gehen sollen, fällt er fast in Ohnmacht.

»Das war nicht Teil der Abmachung«, sprudelt er heraus. »Von Frauen hat Ryder nichts gesagt. Das lasse ich nicht zu! Hätte ich das gewusst, hätte ich den Auftrag nicht angenommen.«

Isaac marschiert in dem kleinen Wohnzimmer auf und ab,

pafft seine Pfeife und behauptet, wegen der Frauen würde sein Schiff untergehen. Er beruhigt sich erst, als ein kleines Mädchen ins Zimmer kommt und auf Isaacs getigerte Katze zeigt, die sich auf Brees Schoß zusammengerollt hat. »Sieh doch, Pa«, sagt die Kleine. »Dixie mag die Dame gut leiden.«

»Na ja, damit sieht die Sache ein wenig anders aus«, meint Isaac nach einigem Überlegen, »aber die Idee gefällt mir trotzdem noch nicht. Es ist Wahnsinn, Frauen an Bord zu nehmen. Vor allem in der momentanen Lage! Immer mehr Ordensmitglieder in der Stadt. Zunehmende Spannungen an der Grenze. Als ich vor einem Monat mit meiner normalen Mannschaft an der Westküste des Golfs gefischt habe, haben wir Wind davon bekommen, dass AmWest versucht, Bürger von AmOst auf seine Seite zu ziehen. ›Exilanten sind die wahren Patrioten‹, war ihr Spruch. Haben Sie dieses Gerede auch gehört?« Ich will gerade Mays Brief erwähnen, als Isaac aufkeucht und ihm die Pfeife aus dem Mund fällt.

»Beim Ozean, wir werden dreizehn sein! Dreizehn, mit Dixie. Das bringt noch mehr Unglück. Ganz zu schweigen davon, dass es mit mehr als zehn unbequem wird, aber dreizehn! Nein, davon will ich nichts hören.«

»Eigentlich sind es vierzehn«, lässt sich Bree hören. »Wenn Sie Rusty mitrechnen.«

»Hunde zählt man nicht mit«, erklärt Isaac, als wäre das offensichtlich.

»Aber Sie haben die Katze mitgezählt.«

»Natürlich. Katzen an Bord bringen Glück.«

»Warten Sie mal«, sagt mein Vater. »Nicht alle reisen von hier aus weiter, daher wird die Zahl kein Problem sein. September wird einen Außenposten in Bone Harbor aufbauen.«

»Werde ich?«, fragt September, die darüber ebenso erstaunt ist wie ich.

»Wir hatten uns bereit erklärt, Aiden bis zur nächsten Stadt mitzunehmen, und der Teil der Reise, der jetzt vor uns liegt, ist nichts für einen kleinen Jungen. Aber da wir ihn nicht einfach auf der Straße aussetzen können, hoffe ich, dass du, September, ein gutes Zuhause für ihn und Rusty findest. Dann wirst du abwarten, bis wir dir Nachricht geben, dass du zu uns stoßen kannst. Damit sind wir nur noch zu zehnt, Isaac. Elf, wenn Sie darauf bestehen, die Katze mitzuzählen.«

»Wir waren uns einig, dass die Katze zählt«, murrt er. »Das mit den Frauen gefällt mir immer noch nicht, aber da kann ich wahrscheinlich nichts machen. Kann ja schlecht die Freunde eines Freundes im Stich lassen.« Er pafft weiter an seiner Pfeife. »Die Damen wären vermutlich nicht bereit, sich an Bord auszuziehen?«, setzt er hinzu. »Eine nackte Frau bedeutet Glück, verstehen Sie.«

»Sie träumen wohl«, entrüstet sich Bree. »Wir kommen mit und behalten unsere Kleider an, und alles wird gut werden.«

»Und was ist mit Ihnen?« Isaac zieht die buschigen Augenbrauen hoch und sieht Emma an.

Sie errötet nur und sieht auf ihre Hände herunter. Bree stößt sie an der Schulter an. »Komm schon, Emma. Lass dich von ihm nicht in Verlegenheit bringen. Sag ihm, wohin er sich diese Idee stecken kann.«

Aber bevor sie etwas sagen kann, brechen Isaacs Tochter und Aiden in lautes Gekicher aus. Das Mädchen hat ihm ein neues Spiel beigebracht, bei dem sie die Hände miteinander verschränken und versuchen, den Daumen des anderen hinunterzudrücken.

»Catherine, Kind. Ab ins Bett!« Isaac zeigt in Richtung Diele. »Wenn du willst, dass der Nikolaus dir auch nur das kleinste Festtagsgeschenk bringt, dann schläfst du, bevor ich bis drei gezählt habe. Eins … zwei …«

Aber Catherine ist schon verschwunden. Emma führt Aiden hinter ihr her.

»Meine Schwester kommt in aller Frühe, um sich um Catherine zu kümmern. Ich würde lieber unterwegs sein, bevor sie kommt – diese Frau quatscht einem die Ohren ab –, also ruht euch aus, solange ihr könnt.« Isaac starrt mich an, als sähe er mich zum ersten Mal, obwohl ich ihm die Hand geschüttelt habe, als wir gekommen sind. »Du … du bist der Junge auf den Plakaten.«

Ich nicke, und er zieht eilig Vorhänge zu.

»Das gefällt mir nicht«, erklärt er noch einmal, und ich denke unwillkürlich, dass Isaac fast gar nichts gefällt. »Es ist eine schlechte Zeit, um Flüchtlinge über den Golf zu schmuggeln. Ganz allgemein ist es eine schlechte Zeit, um auf dem Golf unterwegs zu sein.« Er bläst die Kerzen im vorderen Teil des Hauses aus und zieht auch dort energisch die Vorhänge zu.

»Ryder sagte, Sie seien ein Mann, dem wir vertrauen könnten«, erklärt mein Vater. »Wenn das stimmt, dann glauben Sie doch sicher nicht alles, was Sie auf den Schildern der Frankonier lesen.«

»Natürlich nicht«, brummt Isaac. »Wie könnte ich, wenn der Orden durch unsere Straßen patrouilliert, als wären wir Verbrecher, und unser Trinkwasser besteuert wie pures Gold? Diese Leute ruinieren mich noch. Ich musste anfangen, mich bei diesem Burschen einzudecken, der sich *Badger* nennt. Der Mann ist ein Schlitzohr, aber sein Wasser ist sauber und billig, und so ein Geschäft kann ich nicht ablehnen. Selbst wenn er *tatsächlich* in AmWest lebt.«

»AmWest?«, wiederholt Bo. »Ich dachte, da drüben wäre es noch schwieriger, an Wasser zu kommen.«

»Angeblich ja, aber sie verkaufen es für den richtigen Preis: Informationen. Alles über die Frankonier, an das sie kommen können, solange die Information vertrauenswürdig ist. Und ich weiß aus meiner langen Zeit auf dem Golf eine Menge über die Transporte des Ordens. Diese Leute haben etwas vor. Keine Ahnung, was, aber wenn es den Orden ein wenig in Aufruhr bringt, damit er mich – und sie – in Ruhe lässt, will ich mich nicht beklagen. Wissen Sie, manchmal ertappe ich mich bei dem Gedanken, ob diese Leute in AmWest nicht genau wie wir sind, nur dass sie auf der anderen Seite einer Linie sitzen, die jemand durch den Sand gezogen hat.«

Isaac zieht die letzten Vorhänge zu. »Wir brechen lange vor Sonnenaufgang auf«, erklärt er, an alle im Raum gerichtet. »Packen Sie Ihre schwarzen Sachen weg – auf meinem Schiff trägt man kein Schwarz –, benutzen Sie an Deck niemals das Wort ›ertrinken‹, und wenn Sie an Bord gehen, dann mit dem rechten Fuß zuerst, sonst locken Sie einen Sturm an, und wir gehen im Golf unter. Ist das klar?«

Wir verteilen uns in dem winzigen Haus. Unsere Schlafsäcke liegen fast übereinander. Die Gruppenmitglieder, die noch nicht gebadet haben, benutzen abwechselnd das Badezimmer. Ich liege eingequetscht zwischen Bo, der mit geschlossenen Augen sein Lied über die roten Beeren summt, und meinem Vater, der sein Gewehr säubert. Ich zeige ihm Mays Brief und die Geschichte aus dem *Boten.* Er liest beides schweigend und mit gerunzelter Stirn.

»Was hat das zu bedeuten?«, frage ich, als er mir die Blätter zurückgibt.

»Keine Ahnung. Könnte alles Mögliche bedeuten. Der *Bote* ist offensichtlich eine Untergrund-Zeitung, die hier in der Stadt erscheint, daher sind die Fakten darin genauso gut wie Gerüchte, also überhaupt nicht verlässlich. Und der

Brief? Nur die Worte eines Mädchens an einen Fischer, den sie wahrscheinlich auf See getroffen und in den sie sich verliebt hat.«

»Aber die Gerüchte im *Boten* passen größtenteils zu Mays Brief und zu einigem von dem, was Isaac vorhin erzählt hat. Außerdem, müssen Gerüchte nicht auch einen wahren Hintergrund haben?«

Mein Vater nickt und runzelt dabei die Stirn. »Sehr gutes Argument.«

Ich sehe zu, wie er einen Putzstock durch das Gewehr schiebt. »Ich … ich finde nur, es wäre dumm von uns, dem *nicht* nachzugehen.«

Er legt die Waffe weg. »Lass mich die Papiere noch einmal ansehen.« Ich reiche sie ihm, und er liest sie durch. Zweimal. »Wir reden morgen mehr mit Isaac und versuchen, etwas aus ihm herauszubekommen. Vielleicht weise ich auch September an, sich in der Stadt umzuhören, nachdem sie Aiden untergebracht hat. Mal sehen, ob sie etwas von diesen Gerüchten bestätigen kann.«

Ich nicke und krieche tiefer in meinen Schlafsack. Ich bin mir nicht sicher, was dabei herauskommen wird, aber es scheint mir das Richtige zu sein, diesen merkwürdigen Geschichten nachzugehen, bis sich die Wahrheit zeigt. Wenn ich nicht das Gleiche getan hätte, nachdem mir Zweifel am Raub gekommen sind, dann würde ich jetzt noch in Claysoot sitzen.

Hinter mir höre ich Dixie fauchen, als Jackson versucht, sie auf seinen Schoß zu locken. Er hat Ewigkeiten gebraucht, um Rusty auf seine Seite zu ziehen. Keine Ahnung, warum er jetzt erwartet, bei der Katze Erfolg zu haben. Die Erinnerung an den duplizierten Blaine schießt mir durch den Kopf, und den Umstand, dass ich nicht in der Lage war, seine wahre

Natur zu erkennen. Ich komme mir ein wenig jämmerlich vor, weil meine Instinkte schlechter sind als die eines Haustiers.

»Bist du dir sicher, dass wir das Duplikat mit an Bord nehmen sollen?«, frage ich meinen Vater.

»Es wäre zu einfach für ihn, den Orden in Bone Harbor zu warnen. Und ich möchte nicht bedauern müssen, ihn zurückgelassen zu haben, falls Clipper am Äußeren Ring doch Probleme bekommt.«

Dixie faucht Jackson erneut an, und ich denke besorgt, dass er eine größere Gefahr denn je für uns sein wird, sobald wir auf dem Schiff sind und Aiden zurückgeblieben ist. Das Kind scheint ihn auf wundersame Weise menschlicher zu machen.

»Du solltest schlafen, Gray«, meint mein Vater. »Auf dem Wasser findest du vielleicht nicht mehr so leicht Schlaf.«

Ich drehe mich um und versuche Bos Summen zu überhören. Draußen heult der Wind um das Haus. Das Meer ist jetzt nur noch ein fernes Rauschen und wird von dem Knarren der Bodendielen und der zugigen Wände fast übertönt. Als jemand mich wach rüttelt, habe ich den Eindruck, nur kurz die Augen geschlossen zu haben.

Es ist Zeit, das Meer zu begrüßen.

13. Kapitel

Am Morgen ist Isaac vor Hektik ganz außer sich.

»Lassen Sie uns aufbrechen«, drängt er. »In den letzten Wochen hat der Orden Schiffe vor dem Auslaufen stichprobenartig inspiziert, und ich möchte verschwunden sein, bevor diese Leute anfangen, am Ufer herumzuwimmeln. Beeilung, los!«

Hastig müssen wir Abschied nehmen. September verspricht, sich um Aiden zu kümmern und für ihn das beste Zuhause zu finden, das man sich vorstellen kann. Wir alle werfen noch einen Blick ins Schlafzimmer, bevor wir aufbrechen, sogar das Duplikat. Aidens dunkle Haare breiten sich über sein Kissen, und Rusty hat sich zu seinen Füßen zusammengerollt.

Wir nehmen unsere Ausrüstung und gehen hinaus. Isaac murmelt etwas von »Morgenstund' hat Gold im Mund« und davon, dass wir bestimmt herausgewinkt werden, wenn wir uns nicht beeilen. Als wir die Docks erreichen, sind fast alle in unserem Team angespannt. Sogar Sammy wirkt nervös.

Das Schiff ist größer, als ich erwartet habe; ein hochaufragender Riese, der aus dem Morgennebel auftaucht. Sammy erklärt, dass es ein Fischerboot ist, genauer gesagt ein *Trawler*, aber ich kann mir nicht vorstellen, wie man sich in einem so riesigen Teil an Tiere anschleichen soll. Er lacht darüber und meint, das Schiff sei eher mittelgroß. Doch als ich mich im Hafen umsehe, stelle ich fest, dass nicht viele Schiffe größer sind als das von Isaac.

Am Himmel wird es gerade erst hell, aber ich kann erkennen, dass der Name *Catherine* auf den Rumpf des Schiffs gemalt ist. Ich frage mich, ob das Schiff nach Isaacs Tochter benannt ist, um Glück zu bringen, oder ob er sein Kind einfach so sehr liebt, dass ihr Name ihm hilft, sich ihr nahe zu fühlen, wenn er auf See ist. Als wir heute Morgen aufgebrochen sind, hat der Kapitän Obst am Kamin abgelegt, zusammen mit einer Puppe und einem hölzernen Kreisel, sodass ich vermute, dass Letzteres der Fall ist.

Isaac lässt uns erst an Bord, nachdem er ins Meer gespuckt hat – noch so ein Glücksritual – und uns noch einmal ermahnt hat, auf jeden Fall mit dem rechten Fuß zuerst an Bord zu gehen.

»Er ist schon ein Original, was?«, meine ich zu Bree, als wir am Dock entlangmarschieren.

Sie sieht nach vorn und legt die Hände um die Riemen ihres Bündels.

»Der Kapitän«, stelle ich klar. »Dieser ganze Aberglaube.«

»Oh, tut mir leid«, sagt sie mit einem gespielt sorgenvollen Gesichtsausdruck. »Hattest du etwas gesagt?«

»Du kannst es nicht ewig durchhalten, nicht mit mir zu reden, Bree.«

»Dann pass mal auf«, knurrt sie und geht auf das Schiff zu.

»Ah … ah … ah!«, schreit Isaac tadelnd. »Mit dem rechten Fuß zuerst. Dem *rechten*!«

Bree reckt die Hände in die Luft. Sie dreht mir zwar den Rücken zu, aber ich bin mir ganz sicher, dass sie die Augen verdreht. Sie setzt den anderen Fuß nach vorn und geht weiter.

Sammy stößt meine Schulter an. »Was ist denn mit euch beiden los?«

»Nichts. Bree ist eben, wie sie ist.«

Er schaut zweifelnd drein. »Also, mir jagt sie höllische Angst ein, Mann. Ich weiß wirklich nicht, wie du das erträgst.«

Bree streitet jetzt mit Isaac, etwas über *alberne Regeln* und *wahnhaften Aberglauben.*

»Mir macht sie auch Angst«, gestehe ich. »Ich glaube, das geht allen so.«

Sammy wirft mir einen Blick zu, den ich nicht ganz deuten kann. »Komm. Lass uns an Bord gehen, bevor Isaac noch etwas Unglückverheißendes daran findet, dass wir am Dock stehen und den Aufbruch verzögern.«

An Deck werden wir sofort an die Arbeit geschickt. Sammy und ich kämpfen mit den dicksten Tauen, die ich je in der Hand hatte, und rollen sie ordentlich auf, während Isaac davoneilt, um das Schiff in Gang zu bringen. Immer wieder blickt er zum Ufer zurück, aber mit Ausnahme von ein paar anderen Fischern schläft die Stadt noch.

Kurz darauf erwacht das Schiff rumpelnd zum Leben, und dann fahren wir aufs Meer hinaus. Das Land bleibt zurück, und die Gebäude von Bone Harbor scheinen zu schrumpfen. Bald sind die Menschen am Ufer nur noch winzige Silhouetten. Ich blinzle, und sie sind vom Nebel verschluckt. Jetzt gibt es nur noch uns und das Schiff, das gegen die Wellen ankämpft. Wir fahren nach Nordwesten.

So in allen Richtungen von Blau umgeben zu sein, fühlt sich an, als wäre ich in den Himmel gefallen. Die Vorstellung, dass die einzige sichtbare »Erde« das Deck ist, auf dem ich stehe, macht mich ein wenig paranoid. Von dem Ganzen wird mir schwindlig, und ich schlendere mit Sammy umher, um mich abzulenken.

Alles, woraus das Schiff zusammengesetzt ist, hat einen ganz banalen Namen, aber die Wörter scheinen draußen auf dem Wasser ganz neue Bedeutungen zu haben. Es gibt eine Brücke, die aber nichts überspannt, sondern einfach eine Erhebung auf dem Schiff bezeichnet, von der aus der Kapitän das Kommando über das Schiff führen und das Hauptdeck im Blick behalten kann. Die Brücke besteht, wie Sammy erklärt, aus dem Steuerhaus, das aber kein Haus ist, sondern ein Raum, der vor den Elementen geschützt ist und in dem sich Navigationsgeräte befinden, ein Kapitänsstuhl, ein Tisch, auf dem momentan Karten ausgebreitet sind – und ein kleines Deck, welches das Steuerhaus und seine vielen Glasfenster umgibt. Zahlreiche Treppen verbinden die Decks des Schiffs, aber Sammy nennt sie Leitern. So steil, wie sie sind, passt die Bezeichnung. Das Mannschaftsquartier unter Deck ist voller Kojen, was sich als Phantasie-Wort für übereinander angebrachte Betten herausstellt.

Ohne Vorwarnung schlingert das Schiff, und mein Magen dreht sich. »Luft«, sage ich zu Sammy. »Ich brauche frische Luft.«

Oben auf dem Deck peitscht der Wind. Ich setze meine Mütze auf, klammere mich an die Reling und versuche gleichmäßig zu atmen. Meine Füße stehen fest auf dem Deck, aber trotzdem habe ich das Gefühl, dass jeder für sich herumhüpft.

»Du siehst grün im Gesicht aus.« Clipper ist zu uns an die Reling getreten.

»Nein«, meint Sammy lächelnd. »Er ist so bleich wie ein Gespenst. Ihm ist das ganze Blut aus dem Gesicht gewichen.«

»Das … hilft jetzt gar nicht.« Die beiden sehen so putzmunter aus, dass ich auf keinen Fall mein Frühstück von mir geben will. War ja klar, dass Bree recht damit hatte, dass ich seekrank werden würde. Warum musste sie recht haben?

»Du hältst das für starken Seegang?«, fragt Clipper. »Dann warte ab, bis wir einen Sturm bekommen.«

Sammy grinst. »Vielleicht sollten wir ihn ins Rettungsboot setzen und hinter uns herschleppen.« Er weist auf ein kleines Boot, das an Deck festgezurrt ist und in das nicht mehr als fünf Personen passen würden. »Dann wird ihm klar werden, wie gut er es hat und dass dieses Schiff die Wellen durchschneidet wie ein Messer.« Sie gehen davon und lachen über mein Unglück. Ich hasse sie dafür, aber gleichzeitig wirken diese freundlichen Neckereien merkwürdig tröstlich. Fast so, als wäre Blaine hier.

Wir begehen den Feiertag mit Drinks. Isaac bietet uns einen Krug klaren Schnaps an, weigert sich aber, selbst an den Festlichkeiten teilzunehmen.

»Der Inspektion in der Stadt sind wir ja vielleicht entwischt«, meint er, »aber das heißt noch nicht, dass der Orden uns nicht hier anhält, wenn er die Möglichkeit hat. Das Schiff um ihre üblichen Kontrollrouten herumzusteuern, ist, wie eine Nadel einzufädeln. Aber lasst euch von mir nicht euren Spaß nehmen.«

Wir sollten uns wahrscheinlich größere Gedanken über Isaacs Worte machen, aber Xavier schnappt sich den Krug und wir versammeln uns dicht gedrängt um den kleinen Tisch. Ich glaube, wir wollen alle einfach vergessen, dass es immer noch notwendig sein könnte, über die Schulter zu sehen.

»Also, glaubt eigentlich jemand, dass hinter diesem Unsinn über die Exilanten etwas Wahres steckt?«, fragt Sammy, während der Krug von einem zum anderen weitergereicht wird. »Dass sie Bürger von AmWest sind, die in Opposition zu Frank stehen – so etwas wie die Rebellen, nur dass sie auf der anderen Seite der Grenze festsitzen?«

Bo zieht die Nase kraus. »Wenn sie kompromittierende Informationen über den Orden sammeln und dabei dem Durchschnittsbürger von AmOst helfen, klingt das nicht, als wären sie Ungeheuer.«

Ich erzähle allen von Mays Brief und dem *Boten.* Zu Letzterem hat auch Isaac etwas zu sagen.

»Dieses Blättchen wird von einem Haufen Bewohner von Bone Harbor geschrieben, die praktisch danach schreien, verhaftet zu werden. Sie hassen den Orden und suchen immer nach einer Gelegenheit, ihm eins auszuwischen. Ich wette, sie würden gut zu euch Leuten passen. Dieser Tipp, bei Badger zu kaufen, hat mir aber einen Haufen Geld gespart. Ich habe gehört, dass er keine neuen Kunden mehr annimmt; zu viel zu tun.«

»Wenn AmWest nicht anders ist als die Rebellen, warum hat es dann letzten Sommer Taem angegriffen?«, fragt Emma. Ich denke zurück an die Flugzeuge, die ich vom Dach von Union Central aus gesehen habe. »Wenn sie Erfolg gehabt hätten, hätten sie furchtbar viele Unschuldige getötet.«

»Vielleicht dachten sie, das Opfer sei notwendig«, wendet mein Vater ein. »Ich sage ja nicht, dass ich das billige; aber wenn es ihr Ziel war, Frank zu eliminieren, dann könnten sie das für ihre einzige Option gehalten haben.«

»Eine fragwürdige Moral, wenn ihr mich fragt«, meint Sammy. »Immerhin haben sie einen tollen Namen«, setzt er dann hinzu, als wäre das ein Ausgleich.

»Wieso denn das?«

»Na ja, der Osten hat während des Krieges alle im Westen

als Exilanten bezeichnet, weil der Westen sich abspalten *wollte*. Sie haben sich bewusst von ihrem Land abgewandt. Aber jetzt sieht es aus, als hätten sie das, was einmal eine Beleidigung sein sollte, genommen und sich zu eigen gemacht. Für Frank ist das ein Schlag ins Gesicht.«

»Und ironisch ist es auch«, meint Isaac vom Steuerrad aus. »Vor allem wenn man ihren neuen Slogan bedenkt, in dem sie behaupten, dass der Kampf gegen Frank eine wahrhaft patriotische Tat ist.«

Der Krug erreicht mich, und ich trinke einen Schluck, bevor ich ihn an Bo weiterreiche.

»Was ist denn mit dem Virus, den sie zu Anfang des Krieges freigesetzt haben?«, fragt er. »War das denn *patriotisch*?«

Isaac zuckt die Achseln. »Mein alter Herr hat immer gesagt, Revolutionäre und Terroristen wären ein und dasselbe. Diese Theorie ist unlogisch und zugleich doch wieder logisch. Davon kriege ich Kopfschmerzen.«

Mein Vater runzelt tief in Gedanken versunken die Stirn. »Dieses Virus wurde vor Jahrzehnten freigesetzt, daher sind die Verantwortlichen wahrscheinlich heute nicht mehr an der Macht. Vielleicht wissen wir auch nicht so viel über AmWest – die Exilanten –, wie wir glauben.«

Emma sieht aus, als wollte sie noch einmal auf den Luftangriff eingehen, aber Bree kommt ihr zuvor. »Mir erscheint das nur furchtbar verdächtig. Dass diese Gerüchte und Geschichten plötzlich so aus dem Boden schießen.«

»Wir sind schließlich auch nach Westen gegangen«, gibt Xavier zu bedenken.

Sammy klopft lebhaft auf den Tisch. »Ja, vielleicht haben wir das alles gehört, weil wir uns der Quelle nähern. Möglich, dass diese Geschichten versiegen, bevor sie Taem überhaupt erreichen können.«

Mein Vater zieht eine Augenbraue hoch. »Und vielleicht sorgt Frank dafür, dass sie nicht weitererzählt werden.«

»Moment mal!«, sage ich, und die Idee trifft mich wie ein Schlag. »Wisst ihr noch, wie das Duplikat über unsere Pläne mit Gruppe A gelacht hat? Er hat gesagt, Frank habe uns zu viel zugetraut, als er vermutet hat, wir wollten unser Einflussgebiet nach Westen ausdehnen. Vielleicht hat der den richtigen Westen gemeint. AmWest! Vielleicht *weiß* Frank ja, dass sie ein guter Verbündeter für uns wären, und deswegen ist ihm so daran gelegen, diese Mission zum Scheitern zu bringen.«

Alle drehen sich zu Jackson um, der zusammengesunken an den Glasfenstern sitzt und gelangweilt wirkt. »Denkt doch, was ihr wollt. Solange wir unseren Handel nicht neu überdenken, gebe ich euch nur einen Weg in den Äußeren Ring, sonst nichts.«

Owen steht auf. »Ich habe September angewiesen, sich in Bone Harbor nach diesen Gerüchten über die Exilanten umzuhören, aber vielleicht sollte sie stattdessen versuchen, Ryder zu kontaktieren. Ich würde zu gern wissen, was er zu alldem sagt.«

Er klettert zu dem Funkgerät neben Isaac, weil er dringend einen Funkspruch absetzen will, bevor wir außer Reichweite sind. Wir spekulieren weiter, bis der Alkohol uns wärmt und dazu führt, dass wir uns statt der ernsten Gespräche lieber etwas Entspannterem zuwenden. Als Owen sich wieder zu uns an den Tisch setzt, schlägt Emma ein Spiel vor: *Kleine Lüge* oder, wie die Rebellen in Crevice Valley es nennen, *Verdammte Lügen.*

Stundenlang – jedenfalls kommt es uns so vor – spielen wir. Jeder erzählt fünf vermeintliche Tatsachen, und die Gruppe versucht zu erraten, welche davon eine Lüge ist. Xavier rutscht heraus, dass er Katzen hasst, und den Rest des Abends schieben alle Dixie auf ihn zu. Clipper und mein Vater bekennen sich beide zu ihrer Höhenangst, was ich bei dem Jungen vielleicht vermutet hätte, aber nicht bei Owen. Irgendwie wird die Geschichte angesprochen, wie Sammys Vater in Taem hingerichtet wurde, weil er Wasserzuteilungskarten gefälscht hatte, und die Stimmung verdüstert sich. Bree hält dagegen, indem sie von einigen peinlichen Situationen in ihrem Leben erzählt. Geschichten, von denen ich ein paar lieber nicht gehört hätte: wie sie sich bei einer Mutprobe nackt in Giftefeu gewälzt oder als Kind einmal ins Bett gemacht hat; wie sie auf der Jagd ihre erste Monatsblutung bekam und mit leeren Händen nach Hause zurückkehren musste, weil sie fürchtete, sie würde sterben.

Die Gruppe lacht hysterisch. Brees Wangen sind rot angelaufen, aber ich bin mir absolut sicher, dass sie sich nicht schämt. Sie hat sich einfach vom Alkohol überwältigen lassen. Das gilt für uns alle. Ich habe so oft verloren und trinken müssen, dass mein Kopf sich zu drehen beginnt. Die Brücke erscheint verschwommen, und die Gesichter um den Tisch auch. Das ist alles Brees Schuld. Sie deckt ständig meine Lügen auf, ohne sich große Mühe zu geben, und das macht mich wahnsinnig.

»Ich glaube, das reicht«, meint Isaac eine Weile später und nimmt uns den fast leeren Krug weg. »Kann ich nicht brauchen, mich morgen früh um verkaterte Leute zu kümmern.«

»Wird aber so kommen«, murmelt Sammy. »Jedenfalls bei mir.«

Owen schlägt ihn spielerisch auf den Hinterkopf, und die Gruppe bricht in wildes Gelächter aus. Ich kann mich nicht erinnern, wann wir zuletzt so ausgelassen gelacht haben. Es fühlt sich gut an. Ich erwische Emma dabei, wie sie mir von der anderen Seite des Tischs aus ein einladendes Lächeln zuwirft.

»Isaac hat recht«, meint mein Vater. »Machen wir Schluss für heute Abend.«

Plötzlich rebelliert mein Kopf, und alles dreht sich.

»Bist du in Ordnung?«, fragt Xavier.

Ich stütze den Kopf in die Hände. »Mir geht's gut.«

»Klar doch«, sagt Bree. Ihre Stimme klingt hämisch.

»Mir geht's *gut*«, wiederhole ich. »Es ist nur … so laut hier.«

Xaviers Lachen kommt mir vor wie ein tobender Sturm, und ich scheuche die anderen weg. Sammy legt die Hand in Emmas Kreuz. Das wird bei ihm langsam zur Gewohnheit. Als ich aufzustehen versuche, um ihnen zu folgen, fühlen sich meine Beine plötzlich wie Gummi an.

Bis auf Isaac, der am Steuerrad steht, bin ich bald allein. Ich hatte gedacht, die Ruhe würde mir helfen, aber irgendwie dreht sich mein Kopf dadurch erst recht.

Mir wird übel werden. Endlich werde ich mich erbrechen.

Ich stehe auf und stolpere von der Brücke. An der Treppe zum Hauptdeck lassen meine Beine mich im Stich, und ich finde mich auf allen vieren wieder. Ein Paar Stiefel schiebt sich in mein Blickfeld.

»Na, du bist ja ein Anblick.« Bree. Der letzte Mensch, mit dem ich mich im Moment auseinandersetzen will.

»Ich habe frische Luft gebraucht«, bringe ich heraus, während ich aufstehe. »Das Schiff ist schuld. Mir wird übel davon.«

»Sicher, dass es nicht am Alkohol liegt?« Sie wirkt verschwommen und scheint vor mir zu tanzen, aber ich sehe gut genug, um ihre selbstzufriedene Miene zu erkennen.

»Da hast du dir genau die richtige Zeit ausgesucht, um wieder mit mir zu reden.«

Die *Catherine* schlingert über eine hohe Welle, und ich

falle beinahe um. Bree packt mich am Ellbogen und hilft mir an die Reling.

»Bring es einfach hinter dich. Nachher fühlst du dich besser.«

Ich umklammere das kühle Eisen und strecke den Kopf über den Rand. Ich muss mich übergeben. Ich fühle es kommen, aber die Vorstellung, es vor Bree zu tun, ist mir furchtbar unangenehm; so als würde sie ein Spiel gewinnen, von dem ich nicht gewusst habe, dass wir es spielen.

Ich umfasse die Reling fester. »Das ist peinlich.«

»Du bist nicht der Einzige, der zu viel getrunken hat«, sagt sie. »Du hältst mich nur für nüchtern, weil du so hinüber bist, dass du den Unterschied nicht erkennst.«

»Das Schiff ist schuld«, wende ich noch einmal ein.

Ein kaum wahrnehmbares Lächeln. »Rede dir das nur weiter ein.«

Ich schließe die Augen, was alles nur noch schlimmer macht. Das Deck scheint sich unabhängig vom Seegang unter mir zu bewegen. Ich sehe aufs Meer hinaus, und sogar der Horizont scheint auf und ab zu wippen wie verrückt. Wieder schlingert das Schiff, und endlich erbreche ich mich.

Ich fühle mich schon besser, als es vorbei ist, aber nur wenig. Ich wische mir das Gesicht am Ärmel ab und drehe mich zu Bree um. Sie wirkt immer noch verschwommen, und sie grinst selbstgefällig.

»Was? Findest du das etwa komisch?«

Ihr Lächeln wird breiter. »Absolut.«

»Wenigstens habe ich mich dabei nicht dir an den Hals geworfen«, fauche ich und denke an das letzte Mal, als Bree und ich betrunken waren. Ich hatte mich zusammengenommen, während sie mich anflehte, sie zu küssen, und sich später über meine Stiefel erbrach.

Sie zieht eine finstere, wütende Miene. »Manchmal hasse ich dich wirklich. Ich hoffe, du weißt das.«

»Ach ja? Na, das beruht auf Gegenseitigkeit.«

Sie fährt so schnell herum, dass ihr Zopf auseinanderrutscht, aber als ihre Hände schon das Treppengeländer umfassen, hält sie inne. »Und aus irgendeinem Grund liebe ich dich immer noch«, erklärt sie und wirft einen Blick über die Schulter. »Ich hasse dich, und ich liebe dich, und ich kann mir um mein Leben keinen Reim darauf machen.«

Mein Herz pocht heftig. Ob ihretwegen, wegen dieses Worts oder des Alkohols; ich kann es nicht unterscheiden.

Aber es kommt auch nicht darauf an.

Sie ist schon fort.

14. Kapitel

Die Kopfschmerzen, die ich habe, als ich erwache, sind stechend und gnadenlos, ein Druck hinter meinen Augen, der bis in meine Schläfen reicht. Alles wirkt umnebelt: mein Kopf, der Raum, die Ereignisse von gestern Abend. Ich erinnere mich nur an Bruchstücke – Gelächter am Tisch, Emma sieht in meine Richtung, Brees selbstzufriedene Miene, als ich mich übergeben habe.

Ich liege allein in meiner Koje, und mein Kopf dröhnt beim leisesten Geräusch. Emma kommt mit einer Feldflasche herein. Sie betrachtet meine nackte Brust, den Boden, die Wand und setzt sich schließlich neben meine Knie.

»Wasser«, sagt sie und hält es mir entgegen.

Ich nehme ein paar Schlucke, und die Flüssigkeit schwappt in meinen Magen. Stöhnend gebe ich ihr die Flasche zurück.

»Ich verspreche dir, dass es hilft«, sagt sie. »Du musst es trinken.«

»Kannst du mir nicht etwas gegen die Übelkeit zubereiten?«

»Ich habe nicht einmal einen Bruchteil der Zutaten. Du wirst sie mit Schlaf und Wasser bekämpfen müssen.«

Ich lege den Unterarm über die Augen. Im Dunkeln fühlt sich der Druck in meinem Kopf weniger stark an.

»Du kommst wieder in Ordnung«, sagt Emma so leise, dass es fast ein Flüstern ist. »Das ist immer so.« Und dann legt sie die Finger auf meine Haut, drückt auf meine Stirn. Verblüfft zucke ich zurück und nehme den Arm herunter, damit ich sie sehen kann. Sie sieht mich so an wie gestern Abend von der anderen Seite des Tisches: beinahe neckisch.

»Du bist nicht warm«, sagt sie, was mich erstaunt, weil die Laken an meiner Haut kleben. Sie lässt die Hand auf meiner Stirn liegen und blickt mich mit leicht geöffneten Lippen an wie einen Fremden. Eine gefühlte Ewigkeit später bewegt sie sich und verlagert die Hand auf meine Brust. Bei ihrer Berührung spüre ich einen vertrauten Schmerz zwischen den Rippen – schwächer als früher, aber er ist noch da, kaum spürbar, der verzweifelte Wunsch, die Hand nach ihr auszustrecken und alles wieder in Ordnung zu bringen.

»Emma!«, schreit Sammy vom Deck her. »Das Duplikat jammert über seine Handgelenke. Will, dass du sie dir ansiehst.«

Sie wendet den Kopf zur Tür, und ihre Hand verliert den Kontakt zu meiner Haut. »Komme sofort nach oben!« Als sie sich erneut mir zuwendet, scheint eine unendliche Distanz zwischen uns zu liegen.

»Ich sollte nachsehen, was er braucht.« Sie beißt sich auf die Lippen, auf denen sich ein leises Lächeln bildet, und eilt aus dem Raum.

Mit heftig pochendem Herzen klettere ich aus dem Bett und ziehe saubere Kleidung an. Ich sollte mich bewegen, mich mit etwas beschäftigen, das mich von meinem Kater ablenkt. Ich weiß nicht, ob Emma die Absicht hat zurückzukommen, aber wahrscheinlich ist es das Beste, wenn ich nicht hier auf sie warte, falls sie kommt. Vor allem, weil sie nicht auf mich gewartet hat.

Kein Wunder, dass wir nicht weitergekommen sind. Ich habe zu viel damit zu tun, meinen Groll zu pflegen und immer wieder Dinge hervorzukramen, die schon geschehen sind und sich niemals ändern werden, sosehr ich auch wünschte, das wäre möglich.

Jackson ist an die Reling gefesselt, Emmas Medizintasche steht zu seinen Füßen. Sie selbst allerdings ist nirgendwo zu sehen. Der Rest der Gruppe scheuert in der harten, grellen Nachmittagssonne das Deck. Bree bemerkt mich plötzlich, richtet sich auf und starrt mich finster an. Vielleicht habe ich sie gestern Abend beleidigt, aber ich kann mich nicht erinnern. Ich werde nie wieder etwas trinken. Es verwirrt einem nicht nur das Hirn, trübt einem die Sinne und verführt einen, sich lächerlich zu machen, sondern man kommt sich zwangsläufig am nächsten Tag wie der letzte Abschaum vor.

Auf der Suche nach meinem Vater gehe ich zur Brücke, treffe aber nur Emma an, die sich im Steuerhaus über einen Teil von Isaacs Ausrüstung beugt. Hinter mir fällt die Tür laut ins Schloss, und sie fährt hoch und wirft dabei etwas vom Tisch.

»Gray!« Ihre Hand fährt an ihre Brust. »Herrje, hast du mich erschreckt!«

»Tut mir leid. Was machst du hier oben? Ich dachte, du musst dich um das Duplikat kümmern.«

»Mir sind die frischen Verbände ausgegangen.« Sie hält eine Handvoll Verbandsmaterial in die Höhe, und ich entdecke, dass Isaacs Verbandskasten offen hinter ihr liegt. »Ich schätze, ich sollte …« Durch die Glasfenster sieht sie auf das Deck hinaus, und dann drückt sie sich an mir vorbei. Keine Sekunde später kommt mein Vater zusammen mit Bo und Isaac herein.

»Wir werden uns westlich dieser Halbinsel halten«, erklärt Isaac und breitet eine Karte auf dem Tisch aus. Er tippt auf eine hervortretende Landmasse zwischen den beiden nördlichen Buchten des Neuen Golfs. »Wir sollten sie gegen Einbruch der Dunkelheit erreichen. Dann segeln wir direkt die Border Bay hinauf, bis Sie von Bord gehen.«

»Es wird gut sein, das offene Wasser zu verlassen«, meint mein Vater. »Gestern hat uns der Nebel ein wenig Deckung geboten, aber heute habe ich das Gefühl, meilenweit zu sehen zu sein.«

»Wenn die Sicht so gut ist«, sagt Bo und schnappt sich ein Fernglas, »kann ich ja vielleicht einen ersten Blick auf eine weitere Kuppelstadt werfen.«

»Wirklich?«, frage ich.

»Haven.« Bo dreht die Karte in meine Richtung. Die Stadt liegt an der Spitze der östlicheren Bucht, in einem Territorium, das *Big Water* heißt. Ein passender Name angesichts der gewaltigen Seen in ihrer Nähe.

»An einem so klaren Tag könnten Sie vielleicht sogar die Anlage erkennen«, sagt Isaac.

»Was ist das? Noch eine Stadt?«

Isaac zeigt auf die Karte, auf eine Insel weiter südlich, mitten im Golf. »Ein weiteres Gebiet unter der Kontrolle des Ordens, und eine Wasseraufbereitungsanlage, wenn man den Gerüchten glaubt. Ich vermute, sie nehmen Salzwasser und unterziehen es einem langwierigen Entsalzungsprozess, um es trinkbar zu machen. Ich wollte es mir einmal ansehen und feststellen, ob ich nicht selbst ein wenig Süßwasser abzweigen kann, damit ich nicht mehr mit Badger handeln muss, aber der Orden bewacht diese Insel wie eine Festung. Wen sie nicht selbst dort hinbringen, der setzt auch keinen Fuß darauf.«

Er richtet sich auf. »Wenn Sie sich wirklich die Sehenswürdigkeiten anschauen wollen, dann lieber jetzt, solange Sie die Möglichkeit haben. Das Wetter kann hier draußen schnell umschlagen.«

Mein Vater und Bo schnappen sich Ferngläser und laufen auf das kleine, frei liegende Deck hinaus, von dem das Steuerhaus umgeben ist. Ich folge den beiden.

»Siehst du das, Gray?« Bo reicht mir das Fernglas und zeigt nach Norden. Ich sehe hin und will schon den Kopf schütteln, aber dann kommt die Sonne zwischen den Wolken hervor, und ein Lichtstrahl wird von etwas zurückgeworfen. Einer glitzernden Kugel am Horizont, nicht größer als mein Daumennagel.

»Haven?«, frage ich.

Er nickt. Ich bewundere die Stadt noch einen Moment, aber das Glitzern der Kuppel verschlimmert meine Kopfschmerzen. Ich gebe Bo das Fernglas zurück.

Es ist wieder kalt geworden, denn wir sind nach Nordwesten gefahren. Ich spüre den beißenden Wind an der Nase, an meinen Ohren. Owen sucht immer noch den Süden ab und versucht die Anlage zu finden, als ich durch die Glasfenster einen Blick auf Isaac erhasche. Er wirkt plötzlich panisch, zerrt am Steuerrad und murmelt in sein Funkgerät. Dann wirft er es beiseite, reißt die Tür auf und kommt zu uns.

»Können Sie im Süden etwas erkennen?«, schreit er gegen den Wind an.

»Nur ein paar Punkte auf dem Wasser; wahrscheinlich Fischerboote«, sagt mein Vater. »Wieso?«

»Das ist nicht gut, Leute. Gar nicht gut.« Isaac reibt sich über die Stirn. »Gerade kam ein Funkspruch vom Orden. Sie wollen, dass ich vor der nächstgelegenen Küste vor Anker gehe und darauf warte, dass sie an Bord kommen. Sagten, sie fänden es verdächtig, dass ich den Hafen gestern so früh verlassen habe, daher wollen sie bei mir eine spontane Inspektion durchführen. Ich habe ihnen gesagt, dass ich nichts im Schilde führe, sondern nur früh aufbrechen und mein Glück im westlichen Teil des Golfs versuchen wollte, aber sie schicken uns trotzdem ein Team.« Er betrachtet den Horizont und reibt sich den Nacken. »Noch verfolgt uns niemand. Wir sollten fliehen.«

Owen wirkt besorgt. »Nein, das ist zu gefährlich. Sobald wir Land erreichen, sollten Sie wie befohlen vor Anker gehen. Wir verlassen das Schiff. Wir müssen dann zwar eine größere Strecke zu Fuß zurücklegen als geplant, aber wenigstens stimmt dann Ihre Geschichte, wenn sie an Bord kommen. Und bis dahin wird unser Team so weit fort sein, dass sie uns nicht folgen können.«

»Ich wünschte, das würde funktionieren«, sagt Isaac, »aber das nächste Ufer? Diese Halbinsel, der wir uns nähern? Sie ist ein Beobachtungsposten. Der Orden würde Ihnen innerhalb von Minuten im Nacken sitzen. Wir müssen weiter die Border Bay hinauffahren, bevor es sicher für Sie ist, sich abzusetzen. Morgen früh vielleicht. Heute Nacht, wenn wir besonders gut vorankommen.«

Mein Vater runzelt die Stirn und sieht nach Süden. »Wie haben sie uns gefunden?«

»Genau das bereitet mir Sorgen«, meint Isaac. »Wir waren nicht das einzige Schiff, das gestern früh ausgelaufen ist – als wir abgelegt haben, da habe ich ein halbes Dutzend Docks gesehen, die schon leer waren –, und bis vor ein paar Stunden war es so neblig, wie es nur sein kann. Ich begreife nicht, wie – oder wann – sie uns erkannt haben können.«

»Was bedeutet …« Bo sieht nach unten, aufs Deck.

»Das verdammte Duplikat«, stößt mein Vater mit zusammengebissenen Zähnen hervor. »Keine Ahnung, wie … aber wenn er … ich werde …« Er drückt mir sein Fernglas in die Hand und stürmt davon.

Als wir uns zum Abendessen setzen, bin ich nervös. Alle sind nervös. Mit dem Fernglas haben wir im Süden ein Schiff entdeckt, das größer als die anderen Fischerboote wirkt. Jackson behauptet, nichts damit zu tun zu haben, aber das Boot folgt uns eindeutig wie ein Schatten in unserem Kielwasser. Isaac befürchtet, dass es uns bis zum Morgen näher sein wird, als uns lieb sein kann.

Ich habe mich noch nie so vollkommen und restlos in die Enge getrieben gefühlt. Man kann nur so weit weglaufen, wie es die Decks der *Catherine* zulassen. Keine Bäume, auf die man klettern, keine Felsbrocken, hinter denen man Deckung suchen, und keine Höhlen, in denen man sich eingraben könnte.

Ich beschließe, dass ich das Meer hasse. Es ist ein gnadenloser Ort.

Die Gruppe isst schweigend. Mein Vater sieht mich von der anderen Seite des Tischs her an. Er wirkt merkwürdig distanziert. Sein Mund führt einen sonderbaren Tanz auf, immer wieder versucht er, hinter seinem Bart zu lächeln, bringt es aber nicht ganz fertig. Er senkt den Kopf, starrt auf seine nicht gegessene Mahlzeit und schluckt heftig. Dann packt er ohne Vorwarnung Jackson am Kragen. Mehrere Essgeschirre poltern zu Boden, als Owen das Duplikat hochreißt und es nach draußen schleppt. Vor Schreck erstarrt sehen wir alle durch die Glasfenster zu.

»Bist du dir sicher, dass du das Schiff nicht erkennst?«, brüllt Owen. Jackson steht niedergeschlagen da, und mein Vater rammt ihm sein Knie in den Bauch. »Ich habe dir eine Frage gestellt!«

Jackson blickt nach Süden. »Es ist zu dunkel, um das beantworten zu können.«

Mein Vater versetzt ihm einen Boxhieb, und das Krachen, mit dem Jacksons Nase bricht, ist so laut, dass ich es dort, wo wir sitzen, hören kann. »Hast du sie gerufen? Hast du ihnen irgendwie Nachricht gegeben?«

Jackson krümmt sich und ringt nach Luft. Owen packt ihn am Hemd und stößt ihn gegen das Glasfenster des Steuerhauses.

»Mein Sohn befindet sich auf diesem Schiff. Mein Sohn und acht andere, und der Einzige, dessen Leben mir egal ist, bist du. Wenn es sein muss, werfe ich dich über Bord. Sorg dafür, dass sie die Verfolgung abbrechen. Sofort!«

»Das kann ich nicht. Ich weiß nicht, wie ich das machen soll.«

Owen schlägt ihn noch einmal.

»Das ist mir ernst«, keucht Jackson und hustet. Er hält sich die gefesselten Arme vors Gesicht und versucht panisch, sich zu schützen. »Ich weiß es nicht. Ich kann es nicht.«

Aber Owen schlägt ihn weiter, und schließlich bin ich der Einzige, der genug Verstand hat, um nach draußen zu rennen und meinen Vater zurückzuziehen. Die Augen des Duplikats sind bereits zugequollen, und sein Gesicht ist eine blutige Masse. Mein Vater ist stärker als ich und reißt sich los. Erneut stürzt er sich auf Jackson, hält aber mitten im Schlag inne und dreht sich zu mir um.

»Ich will dich nicht seinetwegen verlieren. Ich lasse nicht zu, dass dieses Ungeheuer unser Ende besiegelt.«

Er spuckt zu Füßen des Duplikats aus und geht wieder nach drinnen.

»Wir gehen morgen früh von Bord«, erklärt er dem Team. Alle schweigen, kein Wort fällt. Sogar Sammy verzichtet auf jede neunmalkluge Bemerkung. »Es ist mir gleich, ob wir uns gefährlich nahe an dem Beobachtungsposten befinden. Wir müssen dieses Schiff verlassen, bevor sie uns einholen. Morgen sind wir verschwunden, und zwar in dem Augenblick, in dem der Himmel hell genug ist, um das Ufer zu erkennen.«

Isaac nickt, Owen marschiert davon, und Emma huscht mit ihrer medizinischen Ausrüstung nach draußen, um sich um Jackson zu kümmern.

15. Kapitel

Die Sonne ist noch nicht ganz aufgegangen. Schwere Wolken hängen unheilverkündend am Himmel.

»Schnee«, sagt Xavier voraus.

Aber wir alle spüren noch Schlimmeres kommen.

Bei dem Schiff, das uns auf den Fersen ist, handelt es sich eindeutig um ein Fahrzeug des Ordens. Es ist riesig und überragt unser Boot sogar aus der Entfernung bei Weitem, und es ist uns schon so nahe, dass wir mit dem Feldstecher das frankonische Emblem an seinem Rumpf sehen können – ein rotes Dreieck mit einem kursiven *f* in der Mitte –, aber noch nicht so nahe, dass wir jemanden an Bord erkennen könnten.

Isaac lenkt die *Catherine* zu der Stelle, die er für unseren Ausstieg bestimmt hat. Wenn die Kälte nicht genügen würde, um uns daran zu erinnern, dass wir nach Norden gefahren sind, dann würde die Rückkehr des Schnees dafür sorgen. Eine dünne Schneeschicht bedeckt das, was ich für einen Sandstrand halte, und liegt auf den Ästen der wenigen Bäume, die ich in der Ferne sehen kann. Eine zerklüftete Felsnase zu unserer Linken ist schneefrei, weil die Wellen dagegenschlagen. Isaac behauptet, dass die Felsen, die vor dem Ufer liegen, uns etwas Schutz bieten werden, da die *Catherine* in viel flacherem Wasser manövrieren kann, ohne auf Grund zu laufen, als das große Ordensschiff.

Während Xavier das Rettungsboot belädt, setzt leichter Schneefall ein. Das Boot ist klein und kann nur das Gewicht von fünf Personen tragen, was bisher für Isaac nie ein Problem war, denn er behauptet, selten mit mehr als vier Crewmitgliedern zu fischen. Aber es wird zweimal fahren müssen, um unser Team samt der ganzen Ausrüstung an Land zu bringen.

Wir befinden uns an Deck und bereiten uns auf den ersten Transport vor, als wir ein fernes Poltern hören. Zuerst ist es schwach wie ein Regenguss, der hinter den Bäumen am Ufer aufkommt, aber dann kommen plötzlich drei Autos in Sicht. Sofort wird mir klar, was passiert ist. Der Orden hat uns genau dorthin getrieben, wo er uns haben will.

Sofort werfen wir uns bäuchlings aufs Deck. Ich höre, wie die Fahrzeuge anhalten, und dann das Öffnen und Schließen von Türen.

»Isaac Murphy!«, ertönt die Stimme eines Mannes an Land. Er muss ein Gerät benutzen, das seine Stimme verstärkt, denn sie klingt, als stünde er an Deck. »Kapitän der *Catherine.* Zeigen Sie sich.«

Ich höre, wie sich die Tür des Steuerhauses öffnet, und dann Isaacs schwere Schritte auf dem offenen Deck der Brücke.

»Gut zu sehen, dass Sie endlich bereit sind, mit uns zu kooperieren, Mr. Murphy. Jetzt gehen Sie vor Anker.«

Ohne eine Vorrichtung, wie sie der Orden besitzt, muss Isaac schreien, um sich verständlich zu machen. »Fürchte, das ist nicht möglich. Vor ein paar Wochen ist die Ankerkette durchgerostet, und ich habe sie noch nicht ersetzt.«

»Wir haben Berichte, die eine Woche alt sind und in denen steht, dass die *Catherine* zu diesem Zeitpunkt vollkommen funktionstüchtig war«, fährt der Mann fort. »Und wenn sich jemand beim Auslaufen der Inspektion entzieht, könnte man auf die Idee kommen, dass er etwas zu verbergen hat. Wasser zum Beispiel. Wasser, das er dem Abschaum aus Am-West abgekauft hat und das er jetzt gewinnbringend zu verhökern versucht. Wenn das nicht stimmt – wenn Sie nichts Unrechtes getan haben –, dann haben Sie keinen Grund, uns zu fürchten.«

»Mit Angst hat das nichts zu tun«, schreit Isaac. »Aber Sie haben keinen Beweis dafür, dass ich etwas Unrechtes getan habe. Dies ist *mein* Schiff, und Sie können an Bord kommen, wenn ich Sie dazu einlade. Was nicht passieren wird.«

Der Ordensmann stößt einen mechanisch verstärkten Seufzer aus. »Werfen Sie sofort den Anker aus. Das ist meine letzte Aufforderung.«

»Das Schiff ist mein Eigentum und von meinem Verdienst erworben, und Sie haben verdammt noch mal kein Recht, an Bord zu kommen, wann immer Sie Lust dazu …«

Ein einziger Schuss fällt. Aus den Bäumen in der Nähe steigt ein Vogelschwarm auf, und ich höre, wie Isaac zusammenbricht.

Das ist jetzt nicht passiert. Es ist unmöglich. Aber als ich aufblicke und zur Brücke sehe, liegt Isaac zusammengesunken und reglos an der Wand des Steuerhauses. Blut läuft an dem Glasfenster über ihm herunter.

Ich stoße einen halblauten Fluch aus und höre, wie mein Vater neben mir dasselbe tut.

Am Ufer erklingen Rufe. »Holt das Boot. Wir fahren hinüber und werfen den Anker selbst aus.«

»Das werdet ihr schön bleiben lassen«, murmelt Sammy.

Alle Blicke richten sich auf meinen Vater. Er nickt ein einziges Mal, und wir rennen los und nehmen unsere Positionen ein. Bree feuert den ersten Schuss in Richtung Ufer ab, und meine Ohren beginnen zu klingeln. Am Strand befinden sich nicht mehr als ein Dutzend Ordensmitglieder. Obwohl sie das Feuer erwidern, schalten wir mit Leichtigkeit die Hälfte von ihnen aus. Der Rest geht hinter den Fahrzeugen in Deckung. Sie schießen auf uns, wenn sie können, aber die *Catherine* schützt uns wie ein dicker Panzer.

Sammy rennt davon und kehrt kurz darauf mit ein paar Lumpen zurück, die mit etwas Stinkendem getränkt sind.

»Diesel«, erklärt er. »Aus dem Maschinenraum. Glaubst du, du kannst damit in ein Auto schießen?«

Ich nicke, aber ich bin mir nicht sicher, wie ein stinkendes Stück Stoff uns behilflich sein soll. Aber als er einen der Lappen um einen meiner Pfeile wickelt und mit einem Streichholz anzündet, beginnt er zu brennen. Eines der Fahrzeuge steht weit außerhalb meines Schussfelds, aber die anderen könnte ich mit einem guten Schuss erreichen. Bree und Sammy geben mir Deckung, als ich aufstehe, ziele und schieße. Der Pfeil durchschlägt das Fenster des am nächsten stehenden Autos, gräbt sich in die Sitze und setzt das Fahrzeug langsam von innen heraus in Brand.

»Noch einmal«, sagt Sammy, und wir wiederholen den Vorgang.

Ich lasse das zweite Auto in Flammen aufgehen, und bald rennen die Ordensmitglieder ins offene Gelände hinaus. Bree streckt sie nieder wie bei einem Wettschießen.

Am Strand explodiert etwas so heftig, dass ich zu Boden gehe und meinen Kopf mit den Armen schütze. Als ich wieder hochkomme, stelle ich fest, dass von dem ersten Auto nur noch Flammen und Rauch übrig und die Fenster herausgesprengt worden sind. Sammy stößt einen Triumphschrei aus.

»Hast du das vorher gewusst?«

Er zwinkert und kauert sich auf dem Deck zusammen, als der zweite Wagen detoniert. Dann bereitet er einen Pfeil für das letzte Auto vor, obwohl ich glaube, dass es außerhalb meiner Schussweite steht. Aber bevor ich zielen kann, erklingt von unten ein lautes Krachen. Die *Catherine* schlingert. Wir gleiten ab, und ich muss meinen Brandpfeil ins Meer fallen lassen.

Wir befinden uns noch im offenen Wasser, weit entfernt von den Felsen am Strand, aber wir müssen auf etwas gelaufen sein. Die Kollision verschiebt die *Catherine*, und sie beginnt in tieferes Wasser zu gleiten und bewegt sich in einer merkwürdigen Schieflage auf das Ordensschiff zu.

In diesem Moment trifft etwas die Wände des Steuerhauses, einen der wenigen aus Holz errichteten Teile des Schiffs. Das Ordensschiff hat uns fast erreicht und schießt anscheinend mit etwas, das genauso bedrohlich ist wie meine Brandpfeile.

»Bewegung!«, brüllt mein Vater.

Xavier, Bo, Jackson und Clipper klettern in das Rettungsboot. Ich packe Emma und stoße sie ebenfalls hinein. Mit der vielen Ausrüstung im Boot hat sie kaum noch Platz.

»Was ist mit dir?«, fragt sie mit weit aufgerissenen Augen.

»Ich komme später nach.«

Sammy und mein Vater schieben das Boot an, sodass es über dem Wasser hängt und beginnen es mit dem Flaschenzug herunterzulassen. Emma weigert sich, meine Hand loszulassen.

Hinter uns explodiert etwas. Darauf folgt ein furchtbares Kreischen, als ein von dem Ordensschiff abgefeuertes Geschoss eine der Metallvorrichtungen durchschlägt, über die der Fisch vom Meeresboden hochgezogen wird. Die Vorrichtung geht über Bord und reißt sich im Fallen vom Deck los. Die *Catherine* schaukelt heftig, und wir verlieren den Boden unter den Füßen. Emmas Hand wird aus meiner gerissen.

Das Rettungsboot kracht fast aufs Wasser und verkeilt sich dann.

»Schneidet die Taue durch.«

Xavier erschrickt bei Owens Worten. »Aber wie willst du …?«

»Schneide sie sofort durch, Xavier. Das ist ein Befehl.«

»Was, wenn ich nicht rechtzeitig zurückkommen kann, um euch zu holen?«

»Unter Deck befindet sich ein aufblasbares Rettungsboot. Und jetzt los! Wir treffen uns am Ufer.«

Xavier und Clipper durchschneiden gleichzeitig die Taue, und das Rettungsboot klatscht die letzten ein, zwei Meter aufs Wasser. Emma sieht mich immer noch an, als Xavier den kleinen Motor des Boots startet und losfährt.

»Bree!«, schreit Owen. »Das Floß!«

Sie rennt unter Deck, um es zu holen, während der Rest von uns sich wieder auf die letzten beiden Ordensmitglieder am Ufer konzentriert. Kaum haben wir sie ausgeschaltet, wird die Bedrohung hinter uns größer. Das Ordensschiff hat sich jetzt auf Schussweite genähert, und die Kugeln prallen klirrend vom Deck der *Catherine* ab. Ich kann sogar die Gesichter der Schützen erkennen. An der Spitze steht ein Mann und brüllt wild herum. Er hat einen dichten Bart, einen kahlen Schädel und wütend dreinblickende Augen, von denen eins so trüb wie Morgennebel ist. Marco, Franks Mann fürs Grobe. Ich bin ihm einmal bei meiner Flucht aus Taem entkommen und dann noch einmal, als ich zurückgekehrt bin, um den Impfstoff zu holen. Ich habe schreckliche Angst, dass ich ihm heute vielleicht kein drittes Mal entwischen kann.

Er lächelt wie zum Gruß und richtet dann die Handwaffe direkt auf mich.

Er schießt.

Keine Ahnung, woher mein Vater plötzlich kommt. Ich kann mich nicht einmal erinnern, dass er in der Nähe gewesen ist. Aber jetzt steht er vor mir, und dann fällt er und sackt gegen meine Brust. Seine Hand zuckt zu seiner Jacke, und als er sie wegzieht, ist sie blutig. So blutig, dass ich weiß, dass auch Emma nichts für ihn tun könnte, selbst wenn es mir gelänge, ihn ans Ufer zu bringen.

Hustend stößt Owen meinen Namen hervor.

»Pa«, schreie ich und schüttle ihn, aber er kann die Augen kaum offen halten. »Nein. Nein, nein, nein, tu mir das nicht an, Pa!«

Mit seiner blutüberströmten Hand greift er nach meiner Jacke. Sein Atem geht jetzt in mühsamen Stößen. Ich höre mich selbst schreien und spüre, wie Sammy mich unter den Ellbogen fasst und wegzieht. Aber ich sehe nur meinen Vater, wie er an Deck liegt und nach Luft ringt. Ich muss ihn ans Ufer bringen. Ich muss seine blutende Brustwunde verbinden. Ich muss einen Pfeil zwischen Marcos Augen schießen, weil er ihn mir genommen hat.

Ich wehre mich gegen Sammy, aber irgendwie ist er stärker. Er schleppt mich von den Kugeln weg, weg von einem Mann, den ich erst vor ein paar Monaten getroffen habe, einem Vater, den ich nie richtig kennenlernen konnte. Er wird allein auf diesem sinkenden Schiff sterben und ein feuchtes Grab finden. Ich werde ihn nicht einmal beerdigen können.

»Wir müssen springen«, schreit Sammy. Er klettert auf die Reling der *Catherine*, und mir wird zum ersten Mal klar, wie unnatürlich ihre Schieflage ist. »Gray! Hörst du mir überhaupt zu? Jetzt!«

Ich reiße den Blick von meinem Vater los und sehe zur Treppe. »Bree.«

Sammys Miene ist ausdruckslos, doch ich weiß, was er

denkt. Aber ich habe nicht vor, innerhalb von Minuten zwei Menschen zu verlieren.

»Ich muss es versuchen«, erkläre ich ihm. »Ich kann sie nicht einfach aufgeben.«

Sein Mund nimmt einen harten Ausdruck an. Kurz nickt er mir zu, dann springt er und stürzt in das eiskalte Wasser. Ich laufe auf die Treppe zu und gleite durch die extreme Schieflage des Schiffs immer wieder aus. Ich habe erst die Hälfte der Treppe zurückgelegt, als mir Wasser entgegenkommt.

Die *Catherine* läuft voll.

16. Kapitel

Es ist kalt.

Eiskalt.

Als das Wasser meine Knöchel erreicht, zittere ich schon.

Alle Instinkte befehlen mir umzudrehen, aber ich zwinge mich zum Weitergehen. Mein Atem geht in kurzen, panischen Stößen, als das Wasser tiefer wird und mir bald über die Knie, dann bis zur Taille und jetzt bis zur Brust geht. Ich schreie Brees Namen, aber ich höre nur das Rauschen des Wassers, das ins Schiff eindringt und es verschlingt.

Ich gehe zum Vorratsraum, weil ich nicht weiß, wo das Floß aufbewahrt wird. Die schwere Schiebetür gleitet noch auf ihren Schienen beiseite. Ich wate hinein und entdecke Bree an der gegenüberliegenden Wand. Sie wendet mir den Rücken zu, und das Wasser reicht ihr fast bis zum Kinn. Sie krümmt sich vor Kälte und zerrt an etwas, das sich unter der Wasseroberfläche befindet. Direkt vor ihr ist ein Regal umgefallen und liegt halb unter Wasser.

»Steckt das Floß darin fest?«, schreie ich, und mich verlässt der Mut.

Sie dreht sich zu mir um. »Nein, da…, das habe ich schon.« Sie hebt eine kompakte gelbe Tasche aus dem Wasser, deren Schulterriemen schon quer über ihrer Brust hängt. »Man mu…, muss an der Schlaufe ziehen, damit es sich aufbläst.«

»Egal, lass uns von hier verschwinden.«

Sie zerrt an etwas, das unter Wasser ist. »Mein Bein. Das Regal. Als das Schiff sich auf die Seite gelegt hat.«

Mir wird klar, dass das schwere Regal sie fast unter sich begraben hat, als es umgestürzt ist. Dass das Metallgestell sie fast an die Wand drückt und irgendwo unter Wasser, an einer Stelle, die ich nicht sehen kann, festhält wie ein Anker. Ich hole tief Luft und tauche, doch das Wasser ist so kalt, dass ich unbeherrscht ausatme und wieder an die Oberfläche schieße.

»G…, geh einfach, Gray«, stößt sie zähneklappernd hervor. »Ni…, nimm das Floß und …«

Bevor sie aussprechen kann, tauche ich wieder unter. Dieses Mal erreiche ich den Boden und taste am unteren Rand des Regals entlang. Es liegt direkt über ihrem Knöchel. Zwar hat es ihn nicht zerquetscht, aber es hält ihn so fest, dass sie ihn nicht drehen oder ihr Bein weit genug bewegen kann, um sich zu befreien. Ich packe den Rahmen des Regals und ziehe ihn nach oben. Es ist schwer, *zu* schwer. Und mir geht die Luft aus.

Ich komme an die Oberfläche. Das Wasser hat jetzt Brees Lippen erreicht, und sie hat den Kopf in den Nacken gelegt, um atmen zu können. »G…, geh«, sagt sie. »Bevor es …«

»Zieh dieses Mal mit mir zusammen.«

Wieder hinunter. Ich stemme meine Füße in den Boden, packe den Rand des Regals und stoße mich ab, als wollte ich es mit mir an die Oberfläche ziehen. Das Salz sticht in meine Augen, und meine Lungen brennen in meiner Brust, aber als Bree mir beim Ziehen hilft, gelingt es mir, das Regal den Bruchteil eines Zentimeters hochzuziehen. Ich spüre, wie sie neben mir ihr Bein dreht und versucht, ihren Knöchel freizubekommen. Meine Lungen schreien. Der Rand meines Gesichtsfelds wird grau. Ich ziehe fester und stoße mich mit aller Kraft, die ich noch habe, vom Boden ab, das Regal hebt sich noch ein klein wenig. Aber es reicht. Ich fühle, wie Bree sich befreit und das Regal loslässt. Ich lasse es ebenfalls los und breche keuchend durch die Wasseroberfläche.

Bree, die das Floß noch immer über der Schulter trägt, stürzt auf mich zu und umschlingt meinen Hals.

»Gray, ich …«

»Komm.«

Ich packe ihre Hand und ziehe sie zum Gang. Ich weiß, was sie sagen will; aber selbst wenn ich es nicht wissen sollte, hätten wir keine Zeit für Dankesbekundungen.

Als wir die Haupttreppe erreichen, strömt das Wasser mit so viel Druck in den Rumpf, dass wir das Gefühl haben, uns gegen eine Wand zu stemmen. Ich kann meine Beine kaum bewegen. Bree kommt keinen Schritt mehr weiter. Ich helfe ihr, aber plötzlich ist sie so schwer. Ich ziehe und zerre. Und irgendwie schaffen wir es an Deck.

Hier hat sich das Schneegestöber inzwischen zu einem richtigen Blizzard ausgewachsen. Unmöglich festzustellen, ob das Ordensschiff noch in der Nähe ist. Die Welt jenseits unseres Schiffs besteht aus wirbelnden, dicken Flocken, und der Himmel hat sich verdunkelt. Wir kriechen auf dem schief liegenden Deck entlang, klettern über die Reling der *Catherine*, haken unsere Arme ein und springen.

Meine Füße schlagen so fest auf dem Wasser auf, dass ich es bis in den Rücken spüre. Da wir beladen sind, tauchen wir tief ein. Wieder brennt das Wasser in meinen Lungen. Ich weiß nicht mehr, wo oben ist. Bree hat zu strampeln aufgehört. Sie ist schwer; ein Anker, der mich auf den Meeresboden ziehen will.

Mit brennenden Augen zerre ich an dem Floß an ihrer

Schulter herum. Ich finde die Schlaufe nicht, von der sie gesprochen hat. Meine Stiefel sind zu schwer, und meine Kleider ziehen mich nach unten.

Wir sitzen in der Falle. Überall ist Wasser.

Eis.

Kälte.

Wir werden erfrieren.

Wir werden hier unten sterben. Ertrinken. Wir beide. Wir werden zusammen mit meinem Vater untergehen. Mit Isaac und seinem Schiff.

Ich ertaste etwas, das aus dem flach zusammengelegten Floß ragt – eine Schlaufe, die groß genug ist, dass ich die Finger hindurchstecken kann. Ich ziehe daran.

Das Wasser um uns herum ist plötzlich voller Blasen, und als das Floß nach oben steigt, werden wir mitgerissen. Wir brechen durch die Wasseroberfläche, und ich keuche und zittere unkontrollierbar. Bree atmet nicht. Irgendwie schaffe ich es, sie in das Floß zu wälzen, und irgendwie schaffe ich es auch, selbst hineinzuklettern.

Ich blase Luft in Brees Lungen. Ich drücke auf ihre Brust, was sinnlos ist auf dem weichen Boden des Bootes. Noch einmal versuche ich sie wiederzubeleben, fluche und schreie sie an. Sie muss gehört haben, dass ich sie einen Feigling genannt habe, weil sie stirbt, denn sie hustet und spuckt mir einen Mundvoll Wasser entgegen. Langsam öffnen sich ihre Augen, und sie zittert wieder. Sie sieht aus, als wollte sie etwas sagen, aber ihre Lippen bibbern zu heftig. Ich drehe ihr den Rücken zu und beginne in die Richtung zu paddeln, aus der ich die Brandung höre; denn der Schnee fällt so dicht, dass ich das Ufer nicht sehe. Durch irgendeinen wunderlichen Glücksfall werden wir an Land gespült. Von dem Team ist nirgendwo etwas zu sehen.

»Komm weiter, Bree«, treibe ich sie mit klappernden Zähnen an. »Wir müssen in Bewegung bleiben.«

»Ka…, kalt«, stottert sie. »Zu ka…, kalt. Kann mich kaum bewegen.«

»Genau deswegen musst du dich bewegen.«

Sie schwankt, und ich beschimpfe sie. »Verdammt, Bree. Beweg deine Füße!« Sie gehorcht.

Die zwei zerstörten Autos brennen immer noch. Wir stolpern auf das unbeschädigte Fahrzeug zu, das vor einer Baumgruppe steht. Ich reiße die Heckklappe auf, wobei meine Hände unbeherrschbar zittern. Der Wagen ist mit Ausrüstung beladen: Schlafsäcke, Decken, Ordens-Notfallpakete, Ersatzuniformen. Diese Autos sollten nicht zum Beobachtungsposten zurückkehren.

Ich gehe nach vorn. Neben dem Steuerrad hängen Schlüssel. Ich habe Bo schon einmal beim Fahren zugesehen, und wir müssen keine weite Strecke zurücklegen; nur weit genug, um während der Nacht sicher zu sein. Irgendwie muss ich das fertigbringen. Wenn wir Zeit damit vergeuden, nach den anderen zu suchen, werden wir erfrieren. Und nach allem, was ich weiß, ist der Orden uns bereits auf der Spur. Flucht ist unsere einzige Option.

»Steig ein«, sage ich zu Bree. Sie gehorcht.

Ich drehe den Schlüssel, wie ich es in Taem bei Bo gesehen habe. Grollend erwacht der Wagen zum Leben. Ich trete auf das Pedal. Das Fahrzeug brummt, bewegt sich aber nicht. Ich trete fester.

»Scha…, schalten«, sagt Bree. »Schalt auf *Fahrt.*«

Ich folge ihrem Blick zu einem Hebel, der sich zwischen unseren Sitzen befindet. Ich bewege ihn nach ihren Anweisungen, und als ich dieses Mal auf das Pedal trete, macht das Auto einen Satz nach vorn.

Wir fahren – nein, hüpfen – und folgen den Reifenspuren der Ordensleute, die sie hinterlassen haben, als sie uns auflauerten. Ich biege scharf ab, verlasse den von ihnen gebahnten Weg und steuere in ein Feld mit hohem, steifem Gras hinein. Im Schneegestöber wirkt alles grau und leblos. Ich behalte einen Kompass im Blick, der in der Nähe des Schalthebels angebracht ist, damit ich später den Strand wiederfinden kann. Aus Öffnungen hinter dem Steuerrad bläst heiße Luft, aber sie fühlt sich für mich kaum warm an und ist zu schwach, um den Eispanzer zu durchdringen, der meinen Körper umgibt.

Ich fahre weiter, bis das Feld so weit abfällt, dass es uns vor jedem verbirgt, der vielleicht den ursprünglichen Spuren des Ordens folgt. Unsere eigene Fährte müsste mit der Zeit von Schnee und Wind verweht werden, sodass wir nicht entdeckt werden. Meine Hände zittern immer noch, als ich aussteige und die Ausrüstung aus dem Kofferraum zerre. Meine Zähne klappern. Mein Körper möchte sich am liebsten zusammenkrampfen und seine Funktionen einstellen, aber irgendein Drang in meinem Inneren treibt mich an und befiehlt mir, was ich tun muss und in welcher Reihenfolge.

Mir kommt es vor, als hätte ich nur geblinzelt, aber ich habe die Ladefläche des Wagens mit Schlafsäcken ausgelegt. Noch einmal blinzeln, und ich habe den Motor abgeschaltet und alle Türen geschlossen, damit die Wärme im Wagen bleibt. Ich blinzle ein drittes Mal, und schon schlüpfe ich aus meiner Jacke.

»Zieh dich aus«, befehle ich Bree.

Sie steht einfach nur zitternd da. Die nassen Haare kleben ihr am Hals, und sie ist totenbleich.

»Bree!«

»Ka…, kann nicht … ich kann nicht.«

»Du *kannst.* Du kannst alles, was ich kann.«

Etwas an diesen Worten rüttelt sie auf. Sie zieht die Jacke aus und dann das Shirt über ihren Kopf. Dann eine weitere Kleidungschicht und noch eine. Sie nestelt an ihrer Hose, aber mit ihren zitternden Fingern kann sie die Knöpfe nicht öffnen. Ich helfe ihr heraus. Ich ziehe ihr auch die Stiefel aus, und die Socken. Mit einer Decke reibe ich ihre Haare trocken, so gut es geht, helfe ihr in eine der Ersatzuniformen des Ordens und schiebe sie dann in das warme Auto.

Meine Fäuste krampfen sich zusammen. Ich kann mich kaum rühren, kaum atmen. Mir ist so kalt, dass ich den Eindruck habe, meine Lungen könnten zu Eis erstarren und bei meinem nächsten Atemzug zerspringen. Ich ziehe Hemd und Hose aus, alles. Dann schiebe ich meine krampfenden Gliedmaßen in trockene Kleidung und krieche wieder in den Wagen.

Ich strecke mich neben Bree aus. Sie zittert unkontrollierbar. Ich zittere ebenfalls.

»Bree?«

Ich will noch etwas sagen, über Körperwärme und darüber, dicht zusammenzubleiben, aber ich bringe die Worte nicht heraus. Ich rücke näher an sie heran, ziehe sie an meine Brust und hülle uns in Decken. Dann halte ich sie fest, bis unsere Zuckungen erst zu einem Beben und dann zu einem Zittern werden, das schließlich auch aufhört.

Es dauert sehr, sehr lange, aber endlich spüre ich Wärme. Sie entsteht in meiner Brust und breitet sich dann in meinen Rumpf hinein aus, in die Knie und die Zehen, und als ich einschlafe, habe ich keine Angst mehr, dass ich nicht wieder aufwache.

17. Kapitel

Bei Sonnenaufgang stehen wir auf.

Der Sturm hat nur gut fünf Zentimeter Schnee auf dem Boden hinterlassen. Er muss schnell aufgezogen sein und sich fast ebenso schnell wieder gelegt haben. Unsere Kleider, die ich letzte Nacht zum Trocknen über die Vordersitze gebreitet habe, sind immer noch steif und feucht vom Salzwasser. Wir werden wohl noch eine Weile die Ordensuniformen tragen müssen.

Bree bringt, eine Decke fest um die Schultern geschlungen, ein kleines Feuer in Gang, während ich den Wagen durchwühle und mir ein Bild von unseren Vorräten mache. Unsere persönliche Ausrüstung – Taschen, Zelte, Waffen, Ersatzkleidung, Streichhölzer, Taschenlampen, *einfach alles* – war in dem Rettungsboot, mit dem Xavier und die anderen geflüchtet sind. Im Auto finde ich ein paar Fahndungsplakate mit meinem Gesicht und reiche sie Bree. Sie wirft sie ins Feuer, das qualmt, weil sie es größtenteils mit grünem Holz anzünden musste. Trotzdem spendet es Wärme, und dafür bin ich dankbar. Eine Decke wärmt nicht besonders gut, ganz gleich, wie man sich darin einwickelt. Wir brauchen Jacken. Unterwäsche würde auch nicht schaden, denn die Uniformen sind verdammt steif.

»Glaubst du, sie haben es geschafft?«, fragt Bree.

»Sie müssen es geschafft haben. Wenn wir nicht daran glauben, sind wir schon jetzt verloren.«

»Und Sammy?«

»Als ich dich holen gegangen bin, ist er gesprungen. Wenn er das Ufer erreicht und die anderen gefunden hat, dann hatte er vielleicht eine Chance. Sie hatten Ersatzkleidung, hätten ein Feuer anzünden und ihn trocknen können. Wenn nicht, kann ich mir nicht vorstellen, wie er die Nacht überlebt haben soll.«

Bree beugt sich vor, um in die Flammen zu blasen. Ich bin froh, dass sie sich noch nicht nach meinem Vater erkundigt hat. Ich habe keine Kraft, auch nur an ihn zu denken. Als sie mich wieder ansieht, ist ihre Miene weicher, als ich sie je gesehen habe. Ihre Lippen sind nicht mürrisch verzogen, und sie runzelt auch nicht die Stirn.

»Gestern Nacht«, sagt sie, »war mir so kalt, dass ich die Hände nicht bewegen konnte. Und das Atmen hat wehgetan. Ich konnte nicht … Es tut mir leid, dass ich nicht …«

»Hör auf. Du warst gut. Du warst vollkommen.« Sie beschäftigt sich noch ein wenig mit dem Feuer und weicht meinem Blick aus. »Das ist mir ernst, Bree. Ohne dich hätte ich die letzte Nacht nicht überstanden.«

»Ohne *mich*?« Spöttisch richtet sie sich auf. »Du hast doch alles gemacht. Du hast mich vom Schiff geholt, mich auf dem Floß wiederbelebt und die Decken ausgebreitet …«

»Und du hast mich warm gehalten. Das vorher? Das wäre sinnlos gewesen, wenn ich während der Nacht erfroren wäre. Zuerst habe ich dich am Leben gehalten, und dann du mich. Wir haben uns gegenseitig warm gehalten. Wir haben das gemeinsam geschafft.«

Sie zwingt sich zu einem winzigen, schiefen Lächeln. Ihr geflochtenes Haar ist merkwürdig getrocknet. Die Hälfte davon hat sich an ihrem Hals zu einem wirren Knoten zusammengeballt. Aber irgendwie bringt sie es trotzdem fertig, atemberaubend auszusehen. Es liegt an ihren lächelnden Lippen. Ihrem trotzig gereckten Kinn. »Ich freue mich, dass wir wieder miteinander reden«, sagt sie, sie muss dazu jedes bisschen Stolz, das sie besitzt, ersticken, denn sie runzelt bei ihren Worten heftig die Stirn.

»Ja.« Ich lächle und kann meine Belustigung nicht verbergen. »Ich auch.«

Jacken finde ich im Auto nicht, aber saubere Baumwollshorts.

»Unterwäsche?«, frage ich und werfe Bree die kleinsten zu. Sie dreht mir den Rücken zu und beginnt sich ohne Scheu umzuziehen. Ich sollte wirklich wegsehen, aber ich kann nicht. Als sie wieder vollständig angezogen ist, stochert sie weiter im Feuer. Entweder hat sie nicht bemerkt, dass ich sie angestarrt habe, oder es macht ihr nichts aus. Ich ziehe mich ebenfalls um, werfe mir die Decke wieder über die Schultern und durchsuche erneut die Ausrüstung.

Da ist nicht mehr viel, das uns helfen wird, wenn wir nicht im Lauf der nächsten ein, zwei Tage das Team wiederfinden. Ein paar Streichhölzer, Trockenobst, ein Messer, Ferngläser und eine Brille, von der ich vermute, dass es sich um eine Nachtsichtbrille handelt, denn sie sieht einem Gerät der Rebellen ähnlich, an dem ich Harvey einmal habe arbeiten sehen. Aber kein Wasser, das Einzige, ohne das wir nicht lange auskommen.

Ich durchwühle den Rest des Wagens, aber ich finde nur eine Karte und eine Handwaffe in dem Fach im vorderen Teil. Die Waffe ist vollständig geladen, sodass wir zusammen über sechs kostbare Schüsse verfügen. Ich hoffe, dass wir sie nicht brauchen werden.

Dann falte ich die Karte auseinander. Die Mannschaft an Land haben wir vielleicht ausgelöscht, aber Marco und der Rest seiner Männer an Bord des Ordensschiffs sind unverletzt geblieben. Wenn wir uns nach Süden wenden, zurück zum Strand, laufen wir Gefahr, ihnen zu begegnen. Außer sie haben sich entschieden, auf dem Wasser zu bleiben, statt uns zu verfolgen.

Vielleicht sollten Bree und ich einfach den Wagen nehmen, nach Nordwesten fahren und Gruppe A suchen. Warum habe ich in den letzten paar Wochen nie daran gedacht, Bo auszufragen? Er hat immer wieder behauptet, er kenne praktisch die genauen Koordinaten, aber irgendwie habe ich sie nie aus ihm herausgelockt. Dieses Wissen hüten nur er, Clipper und mein Vater.

Nein.

Mein Vater *hat es gehütet.* Einfach so ist er zu etwas aus der Vergangenheit geworden. Gestern stand Owen noch neben mir auf der *Catherine*, und jetzt ist er nicht mehr da. *Tot.*

Ich knülle die Karte zusammen und schlage mit den Händen gegen das Fach, in dem ich die Waffe gefunden habe. Fest, dann immer fester. Wieder und wieder, bis meine Handflächen pochen.

»Bist du okay?« Bree steht vor der Tür.

Mit dem Handballen reibe ich mir über die Stirn. »Ja. Warum sollte ich es nicht sein?«

»Du weinst.«

Ich berühre meine Wangen, und meine Finger werden nass. Ich kann mich nicht erinnern, dass ich mir erlaubt hätte zu weinen.

»Ich habe uns Frühstück gefangen«, erklärt sie und hält ein Eichhörnchen hoch, das auf einem Stock steckt. »Ich brate es. Lass dir so lange Zeit, wie du brauchst.«

Ich streiche die Karte glatt, lege sie ordentlich zusammen und gehe zu Bree.

»Das ging aber schnell«, meint sie.

»Ich habe Zeit vergeudet.«

»Du hast jemanden verloren, den du geliebt hast. Kein einziger Moment, in dem du trauerst, ist verlorene Zeit.« Sie häutet das Eichhörnchen und hängt das Fleisch über unser kleines Feuer.

»Woher hast du es gewusst?«

»Ich habe ihn gesehen. Als du mich die Treppe hinauf- und aufs Deck gezogen hast. Er hat einfach dagelegen.« Mit düsterer Miene sieht sie mich an. »Es tut mir wirklich leid, Gray.«

»Das ändert auch nichts daran.«

»Ich weiß. Aber trotzdem empfinde ich es.«

Als das Essen fertig ist, setzen wir uns auf die Rückseite des Wagens – ihre Beine baumeln, während meine im Schnee stehen – und zerlegen das Fleisch mit den Fingern. Es ist dunkel, aber saftig und macht satt. Als wir fertig sind, wirft Bree den Speer ins Feuer.

»Was jetzt?«, fragt sie.

»Ich finde, wir sollten das Auto nehmen. Nach dem Team suchen.«

»Ich fahre«, bietet sie an.

Aber mit einem Mal bin ich noch nicht bereit dazu. Denn weiterzufahren bedeutet, diesen Ort zu verlassen und mich weiter von meinem Vater zu entfernen. Von hier an wird jeder Moment ein Schritt sein, der mich weiter von ihm fortführt. Ich lege eine Hand auf Brees Schenkel.

»Ich brauche noch kurz Zeit.«

»Klar.« Ihre Finger legen sich um meine.

Wir sitzen da und sehen in die Flammen, bis ich mich stark genug fühle, um weiterzumachen.

Bree fährt deutlich besser als ich.

Im Lauf der Jahre war es den Rebellen gelungen, ein paar aufgegebene Ordensfahrzeuge in Besitz zu nehmen und – mit der Hilfe von Arbeitern aus der Technischen Abteilung – wieder zum Laufen zu bringen. Bree hat in Crevice Valley fahren gelernt, bevor ich gekommen bin. Sie erklärt mir, dass einige Autos elektrisch angetrieben werden, während andere mit Benzin fahren. Der Unterschied bedeutet mir nichts, bis Bree erwähnt, dass wir in einem benzingetriebenen Modell sitzen und dass das in unserer gegenwärtigen Lage wahrscheinlich das Beste ist.

»Unser Tank ist noch ungefähr halb voll«, erklärt sie und betrachtet mit zusammengezogenen Augen die Zeichen hinter dem Steuerrad. »Damit müssten wir noch hundertfünfzig Meilen oder so kommen. Jedenfalls haben wir genug, um die anderen zu finden.«

»Immer vorausgesetzt, sie wollen gefunden werden.« Ich befürchte, dass das Team von jetzt an besonders vorsichtig sein und beim ersten Geräusch eines sich nähernden Autos in Deckung gehen wird.

»Wir finden sie«, versetzt sie streng. »Und wenn nicht, müssten wir in der Lage sein, Gruppe A zu erreichen, und dort werden sie uns einholen.«

Ich erwähne nicht, dass ich mir nicht sicher bin, wie genau wir Gruppe A finden sollen.

Bree steuert uns aus dem Feld heraus, und der Wagen hüpft über den unebenen Boden. Als wir die Reifenspuren erreichen, die der Orden gestern hinterlassen hat, fährt sie langsamer. Sie sind jetzt fast unsichtbar und mit frischem Schnee bedeckt.

»Was meinst du?«, fragt sie.

»Wir müssen unbedingt am Strand nachsehen. Wenn sie

nicht dort sind, entdecken wir vielleicht wenigstens ihre Spuren. Wenn wir keinen Hinweis auf sie finden, fahren wir einfach weiter.«

Sie nickt und dreht an dem Regler, der die Wärme kontrolliert. Wir mögen unglücklich sein, aber zumindest frieren wir nicht mehr.

Zwei ausgebrannte Autowracks. Elf tote Ordensmitglieder. Keine Schiffe.

Das ist alles, was wir am Strand finden.

Unser Wagen steht versteckt zwischen den Bäumen, und außerhalb des warmen Autos fühlt die Luft sich kalt an, aber Bree und ich suchen das Ufer gründlich ab. Sie trägt die Handwaffe, weil sie die bessere Schützin ist.

Der Schnee, der heute Nacht gefallen ist, bedeckt die toten Ordensmänner, und darüber bin ich froh. Ich will ihre Gesichter nicht sehen, den schockierten Ausdruck in ihren Augen und die Stellen, an denen die Kugeln ihr Fleisch durchschlagen haben. Ich habe das Gefühl, in den letzten paar Tagen viel zu viel gesehen zu haben.

Wir gehen zum Wasser hinunter, das friedlich ans Ufer plätschert. Der Felsvorsprung zu unserer Rechten ist mit weißer Gischt bedeckt. Wir klettern bis an seine Spitze, aber wir können keine Spur des Ordens entdecken. Vielleicht sind sie nach Haven weitergefahren, um eine neue Truppe zusammenzustellen, damit sie uns besser folgen können. Vielleicht befinden sie sich ja noch auf dem Wasser und hoffen darauf, uns aus der Ferne zu entdecken. So oder so werden sie uns finden. Marco wird uns nicht noch einmal entwischen lassen, da bin ich mir sicher.

Drei Krähen fliegen vorbei und kreisen über den Leichen. Ich sehe über das Wasser hinaus und halte Ausschau nach einer Spur der *Catherine*, aber der Golf scheint sie komplett verschluckt zu haben. Ich frage mich, ob Dixie es noch geschafft hat, vom Schiff herunterzukommen, oder ob sie zusammen mit ihrem Herrn untergegangen ist. So viel dazu, dass Katzen Glück bringen.

Bree und ich klettern vorsichtig wieder an Land, dabei entdecke ich Fußspuren, die in die Richtung der Bäume führen. Die Abdrücke haben sich größtenteils mit Schnee gefüllt, aber eines ist klar: Diese Person ist mit ungleichmäßigem Schritt gegangen, als hätte sie gegen ihren Willen gezittert.

»Sammy«, sage ich und zeige darauf.

Wir folgen seiner Spur bis unter die Bäume. Dort begegnen seine Abdrücke einem anderen Paar Füße, und es sieht aus, als wäre er von da an gezogen worden.

»Hat der Orden ihn festgenommen?«, fragt Bree.

Ich zucke die Achseln, weil ich es nicht weiß, und wir folgen den Spuren, bis wir auf das Rettungsboot der *Catherine* stoßen. Es lehnt umgedreht an einem Baumstamm. Darunter befindet sich, vor dem Schneefall geschützt, ein Haufen dunkler Holzkohlen. Jemand aus unserem Team muss Sammy kommen gehört haben. Er ist nicht gegen seinen Willen weggezerrt worden, sondern man hat ihn weitergezogen, weil er nicht ohne Hilfe gehen konnte.

Ich halte eine Hand über die Kohlen, aber sie geben keine Wärme mehr ab.

»Sie sind lange fort. Es sieht nicht einmal aus, als hätten sie ein Lager aufgeschlagen. Nichts weist darauf hin, dass sie die Zelte aufgebaut hätten.«

»Aber sie leben«, meint Bree lächelnd.

»Ja.«

Und als ich das sage, spüre ich, wie mir eine Last von den Schultern genommen wird; eine Bürde, von der ich gar nicht gewusst hatte, dass sie da war. Das Team lebt. *Emma* lebt. Und ich verzeihe ihr auf der Stelle. Alles. Ich bin es überdrüssig, in der Vergangenheit zu leben und mich zwanghaft mit Dingen zu befassen, die geschehen und vergangen sind – besonders wenn die Menschen, an denen einem etwas liegt, einem in einem Sekundenbruchteil genommen werden können. Ich werfe einen Blick zum Ufer und denke an meinen Vater.

»Sie sind hier entlanggegangen«, sagt Bree nach einem kurzen Blick zum Himmel. »Nach Norden.«

Unsere Blicke treffen sich, und wir eilen zum Auto zurück, ohne ein weiteres Wort zu wechseln. Wahrscheinlich ist das Team seit gestern unterwegs und die Nacht durchmarschiert, um sich weiter vom Orden zu entfernen. Wir haben Räder und können schnell reisen, aber ich mache mir Gedanken über unsere Chancen. Wie groß ist die Wahrscheinlichkeit, dass sich in diesem weiten Land, das sich in die Unendlichkeit zu erstrecken scheint, unsere Wege kreuzen?

Bree fährt. In dem Spiegel der zwischen uns hängt, sehe ich zu, wie das Meer verschwindet. Es verblasst zu einem silbrigblauen Band, das den mit weißem Schnee bedeckten Strand von dem bewölkten Himmel trennt. Innerhalb von Sekunden ist es ganz verschwunden.

Erst als es nicht mehr zu sehen ist, kommen mir unwillkürlich die Worte über die Lippen.

»Ade, Pa.«

Ich bin mir sicher, dass Bree es gehört hat, aber sie hat ihren Blick weiter auf den Horizont gerichtet. Ich weiß diesen kurzen, privaten Moment mit meinem Vater mehr zu schätzen, als sie je erfahren wird.

18. Kapitel

Wir folgen den Spuren des Teams, aber sie sind gefüllt mit vom Wind verwehtem Schnee und oft schwer zu erkennen. Schließlich müssen wir wie die Verrückten immer wieder unsere Richtung korrigieren. Die Luft im Auto wird dick und warm. Sie macht mich müde, aber Bree fährt so aggressiv, dass ich jedes Mal, wenn mir die Augen zufallen, mit einem Ruck wieder hochfahre.

Gegen Mittag entdecken wir dunkle Silhouetten am Horizont.

»Der Orden?«

»Glaube ich nicht«, meint Bree und verzieht den Mund zu einem Lächeln. »Es sind sechs. Und sieh dir die Gestalt am Ende an, die sie hinter sich herziehen. Das muss das Duplikat sein. Sie sind es, Gray!«

Sie schlägt mit der flachen Hand auf das Steuerrad, worauf das Fahrzeug ein Geräusch von sich gibt, das wie der Schrei einer Gans klingt. Während wir über den schneeglatten Boden rutschen, kurbele ich das Fenster hinunter und strecke meinen halben Rumpf nach draußen. Bree lacht, und ich brülle wie ein Idiot nach den Ameisen am Horizont. Mit einem Arm halte ich mich im Inneren des Autos fest, und mit dem anderen winke ich hektisch. Der Wind weht mir scharf ins Gesicht. Meine Augen beginnen zu tränen. Bald sind die

Gestalten keine winzigen Schatten mehr, sondern Menschen mit erkennbaren Zügen. Sie sind alle da: Xavier, Bo, Sammy, Clipper, das Duplikat. Und Emma. Emma, deren Haare im Wind flattern und die dem Auto entgegenläuft, zu mir. Emma, die ihr Bündel fallen lässt, um schneller rennen zu können.

Bree bremst, und der Wagen rutscht in dem flachen Schnee zur Seite weg. Ich ducke mich wieder nach drinnen und reiße dann die Tür auf. Emma ist schon so nahe; und dann liegt sie in meinen Armen und schmiegt sich an mich, und ich umarme sie und küsse sie auf den Scheitel.

»Ich dachte, du …« Staunend und erleichtert sieht sie zu mir auf. Ich höre die anderen kommen. Ihre Schritte knirschen im Schnee. Jemand begrüßt Bree, Hände werden geschüttelt, aber ich kann nur Emma sehen, deren Augen riesig wirken; so groß, dass ich mich darin verliere.

»Es tut mir leid«, sagt sie. »Wegen Craw, wegen allem. Es tut mir so …«

»Ich weiß. Und ich bin darüber hinweg.«

Sie schaut zweifelnd drein.

»Ich war wütend, Emma«, gestehe ich. »Richtig, *richtig* wütend. Ich habe mich so verraten gefühlt, mir war so übel bei dem Gedanken, dass du mit ihm zusammen warst, und der Zorn war das Einzige, was mir geholfen hat, mich besser zu fühlen. Ich *brauchte* diesen Groll. Aber dann hat Blaines Duplikat dich fast getötet, ich bin in diesem Schiff beinahe ertrunken, und jetzt möchte ich, dass wir das alles hinter uns lassen, solange wir noch die Chance haben. Bitte. Gleich jetzt. Lass uns alles vergessen, was früher war.«

»Aber ich will nicht alles vergessen«, wendet sie ein. »Nicht die Vögel, nicht den Tag, an dem du mich das Bogenschießen gelehrt hast, oder wie wir die Mauer überklettert haben, oder wie es sich angefühlt hat, als euer Auto über diesen Hügelkamm kam.«

Ich kann mich eines Lächelns nicht erwehren, denn diese Erinnerungen will ich auch nicht verlieren. »Gut. Vergessen wir nur die schlechten Erinnerungen. Die Fehler. Lass uns unsere Fehler vergessen und nach vorn sehen.«

Sie nickt und vergräbt das Gesicht an meiner Brust. Ich drücke sie fester an mich. Und dann spüre ich im Hinterkopf einen besorgten Gedanken auftauchen: Wenn Craw der Fehler ist, den Emma vergessen muss, ist Bree dann meiner?

Aber Bree war kein Fehler. *Niemals.* Das weiß ich, und das sagt mir mein Bauchgefühl.

Deswegen ist auch alles so verwirrend. Denn das hier ist genau das, was ich mir gewünscht habe, seit ich ein Kind war: Emma. Jetzt halte ich sie in den Armen, nach so vielen Fehltritten, so viel Groll und Fehlern, und ich bin glücklich, so schwindelerregend glücklich, dass ich nicht verstehen kann, wie es möglich ist, gleichzeitig so traurig zu sein.

Bree und ich legen die Ordensuniformen ab und ziehen Ersatzkleidung aus unserer Ausrüstung an. Glücklicherweise hat das Team unsere Bündel mitgenommen, obwohl uns alle für tot gehalten haben. Xavier erklärt, wie das Rettungsboot sie sicher an Land gebracht hat und sie sofort Deckung zwischen den Bäumen gesucht haben.

»Wir hörten jemanden auf uns zustolpern. Dachten, es wäre vielleicht der Orden, aber es war Sammy. Er war blau gefroren und konnte kaum laufen. Wir haben ein Feuer angezündet, aber er hat so furchtbar gezittert, dass wir ihn praktisch selbst ausziehen mussten, bevor wir ihn wieder warm bekommen haben.«

»Oh, das glaube ich«, sagt Bree, und dann senkt sie den

Kopf, als wäre ihr der Gedanke an ihre eigenen Bemühungen von heute Nacht peinlich. Sammy legt Emma schützend einen Arm um die Schulter und sieht aus zusammengezogenen Augen finster zwischen Bree und mir hin und her. Ich habe das Gefühl, er hört Worte, die gar nicht ausgesprochen wurden.

Kurz herrscht Schweigen, und als Bo das Wort ergreift, krampft sich alles in mir zusammen.

»Owen?«, fragt er.

Ich schlucke und sehe auf meine Stiefel hinunter.

»Er ist nicht bei uns, und er ist nicht bei ihnen. Wo, glaubst du, kann er dann wohl sein?«, sagt das Duplikat.

Meine Faust fliegt bereits, bevor ich richtig darüber nachdenken kann. Ich höre Jacksons Nase brechen, er fällt in den Schnee, und dann entreiße ich Bree die Handwaffe. Außer mir vor Wut und wie besessen ziele ich damit auf das Duplikat.

»Deinetwegen ist mein Vater tot!«, schreie ich. Ich umklammere die Waffe so fest, dass sie zittert. »Du hast dieses Ordensschiff alarmiert, und jetzt ist er tot!«

»Euer Schiff ist aufgefallen, weil es verdächtig früh aus Bone Harbor ausgelaufen ist«, gibt er zurück. »Das habt ihr euch selbst zuzuschreiben.«

»Du wertloses, verlogenes …«

»Wir hatten eine Abmachung! Meine Sicherheit für euren Zugang zum Äußeren Ring. Wenn ich euch verrate, dann, nachdem sie erfüllt ist; und nicht auf einem Schiff, auf dem ich nicht weglaufen kann.«

Ich drücke ihm den Lauf der Waffe gegen die Stirn, und ein Ausdruck des Entsetzens huscht über sein Gesicht. »Sag mir, warum ich es nicht tun soll. Nenn mir einen guten Grund.«

Nichts. Kein Flehen. Kein Betteln. Kein Wort zu seiner Verteidigung.

Fast, als *wollte* er, dass ich den Abzug drücke.

Mein Finger streckt sich danach, aber es ist wieder genauso wie damals in Taem, als ich mich nicht dazu überwinden konnte, einen Ordensmann zu erschießen, obwohl seine Kugel beinahe Bree getötet hätte. Mein Arm beginnt zu zittern, und die ausgestreckte Waffe wird immer schwerer.

Wenn ich Jackson töte, kommt mein Vater dadurch nicht wieder. Und ich will kein weiteres Gesicht zu dem hinzufügen, das ich schon jetzt in meinen Albträumen sehe: Blaines Duplikat mit meinem Pfeil im Kopf.

Nein, wenn ich den Menschen, die ich töte, in meinen Träumen wieder begegnen muss, dann hebe ich diese Kugel für Marco auf.

Mit zitternder Hand lasse ich die Waffe sinken und gebe sie Bree zurück. Das Team steht im Kreis um Jackson und mich herum, sprachlos.

»Vielleicht sollten wir darüber sprechen, wohin wir von hier aus gehen«, meint Bo beiläufig.

»Clipper, willst du Gray deine Theorie mitteilen?«

Der Junge zieht sein Navigationsgerät hervor. Nach der Konfrontation mit Jackson geht mein Puls immer noch schnell, aber ich hole tief Luft und versuche mich auf das zu konzentrieren, was Clipper mir zeigt: die Grenzlinien, die am westlichen Rand des Wassers verlaufen, sich am Ende der Bucht in Richtung Norden fortsetzen und AmOst von AmWest trennen.

»Gruppe A befindet sich ungefähr hier.« Clipper legt den Finger auf ein Stück Land zwischen den beiden »Ohren« des Gewässers. »Wie du auf der *Catherine* sagtest, sieht es aus, als vermutete der Orden, wir wollten nach AmWest. Sie werden wahrscheinlich die Border Bay hinauffahren und versuchen, uns an der Grenze den Weg abzuschneiden.«

»Diese Theorie geht davon aus, dass das Duplikat ihnen unser Ziel nicht *ganz genau* mitgeteilt hat, als es uns verraten hat«, meine ich. Jackson starrt mich an.

»Ich glaube, wenn das so wäre, hätte der Orden uns zu Land verfolgt«, sagt Bo. »Und das hat er nicht getan. Dieses Schiff ist wieder aufs Meer hinausgefahren.«

»Aber wird die Grenze nicht streng bewacht?«, fragt Bree. »Ich kann nicht glauben, dass sie annehmen, wir wollten sie zu Fuß überqueren.«

»Ignorant ist das«, meint Sammy. »Wir sollten unseren Glückssternen dafür danken, dass wir es mit Idioten zu tun haben.«

»So dumm sind sie auch nicht. Schließlich haben sie uns aufgespürt und unser Schiff versenkt!«

»Ich sehe schon, dass das eiskalte Wasser deine Laune nicht verbessert hat, Nox«, gibt er zurück. »Und ich dachte, kälter könntest du nicht mehr werden.«

Bree versetzt Sammy einen so festen Stoß, dass er nach hinten taumelt.

»Okay, okay!«, ruft Xavier und tritt zwischen die beiden. »Das ist doch sinnlos. Also, wie ist der Plan?«

Das Team verstummt, und alle drehen sich um und sehen Bo und mich an. Ich werfe ihm einen Hilfe suchenden Blick zu, aber er zuckt nur die Achseln. »Was meinst du, Gray? Es ist deine Mission.«

Aber das ist sie nicht. Es war die Mission meines Vaters. Ich habe die Reise vielleicht vorgeschlagen und mit Bo darüber gesprochen, wie man Ryder dazu überreden kann, sie zu befürworten, aber Owen war verantwortlich. Er war der Anführer. Ich bin bloß ein Junge, dessen Vater tot ist; der über eine Mauer geklettert und in ein Schlamassel geraten ist, das viel größer ist als er selbst.

»Wie lange noch bis zum Äußeren Ring?«, frage ich Clipper.

»Zu Fuß ungefähr drei Tage.« Er mustert das Auto hinter mir. »Aber wenn wir fahren, könnten wir heute Abend dort sein.«

Der Wagen hat nur fünf Sitze, aber die Ladefläche ist geschlossen und groß genug, um Platz zu bieten für drei weitere Teammitglieder.

»Wir fahren«, erkläre ich. »Es wird eng, vor allem mit der ganzen Ausrüstung, aber wenn der Orden annimmt, wir wären zu Fuß unterwegs, dann sollten wir eine so große Strecke wie möglich zurücklegen.«

»Uns geht bald das Benzin aus«, meint Bree warnend. »Wir müssten es bis zu Gruppe A schaffen, aber das wird eine Einbahnstraße.«

»Gut. Dann ist das abgemacht.«

Das Team beginnt die Ausrüstung einzuladen, und Emma drückt sich an mir vorbei, um Jackson zu untersuchen. Er sitzt immer noch im Schnee und hält sich die Nase zu, um die Blutung zu stoppen.

»Schon wieder gebrochen. Und ich habe sie ihm erst auf dem Schiff gerichtet.« Emma dreht sich zu mir um. »Ich weiß, dass du durcheinander bist, Gray, aber du kannst nicht herumlaufen und Mitglieder unseres Teams angreifen.«

»Er gehört *nicht* zu unserem Team.«

Sie wirft mir einen ungeduldigen Blick zu. »Er ist mit uns unterwegs, und wenn er verletzt ist, muss ich ihn versorgen. Damit gehört er zum Team.«

»Es tut mir trotzdem nicht leid«, sage ich. »Überhaupt nicht.«

Emma seufzt. Sie hält Verbände in der Hand. »Könntest du bitte nachdenken, bevor du handelst? Ich weiß, dass dir das schwerfällt, aber du musst es versuchen. Das kannst du besser.«

Sie klingt auf eine seltsame Weise wie Blaine, enttäuscht, und sie wirft mir meine Unzulänglichkeiten vor. Aber in diesem Moment kann ich es nicht brauchen, mir Vorträge über meine Fehler anzuhören. Mein Vater ist tot, und ich will hören, dass in manchen Situationen Logik und Vernunft keine Rolle spielen und manchmal eine hässliche Handlung notwendig ist. Ich habe das Bedürfnis danach, dass man mir sagt, dass ich kein Versager bin, weil ich impulsiv reagiere. Und vor allem brauche ich jemanden, der sagt: »Es ist schon okay, ich kann es verstehen.« Und wenn eine Person das nicht sagen kann, dann soll sie besser gar nichts sagen.

19. Kapitel

Clipper, der auf der Rückbank zwischen Emma und Bo eingeklemmt sitzt, ruft Wegbeschreibungen, während Bree fährt. Sammy und Xavier hocken mit dem Duplikat und dem größten Teil der Ausrüstung auf der Ladefläche. Jedes Mal, wenn wir eine neue Erhebung in der Ebene überqueren und wieder nichts als Landschaft sehen, fragt Sammy, ob wir bald da sind. Bree verliert allmählich die Geduld.

»Sammy, ich verstehe nicht, wie du wochenlang marschieren kannst und dabei nicht einmal fragst, wie weit es noch ist. Aber jetzt sitzen wir in einem Auto, und du weißt ganz genau, dass wir bei Sonnenuntergang bei Gruppe A sein werden, und auf einmal musst du alle zwei Minuten den neuesten Stand wissen.«

»Nox, wenn du hier hinten sitzen müsstest und dir schlecht wäre, weil die Person, die am Steuer sitzt, nicht besser lenken kann als ein tollpatschiges Kleinkind, würdest du auch fragen.«

Bree wirft ihm im Spiegel einen wütenden Blick zu. »Warte ab, bis wir das Lager aufschlagen.«

Die Gruppe lacht leise, aber ich sehe aus dem Fenster, vor dem die Landschaft vorbeizieht. Alles im Westlichen Territorium ist grau, weiß oder tot. Die Schneewehen scheinen zu wachsen. Ab und zu rutscht das Auto weg, aber Bree unternimmt keinen Versuch, langsamer zu fahren. Als das Licht am Himmel gerade blasser zu werden beginnt, taucht in der Ferne ein dunkler Umriss auf. Die Mauer, die den Äußeren Ring von Gruppe A umgibt.

»Die nächste Stadt liegt nördlich von hier«, erklärt Clipper und studiert das Navigationsgerät, das auf seinem Schoß liegt. »Vielleicht zwei Fahrstunden entfernt. Wir können uns aus jeder Richtung nähern.«

Im Wagen ist es still, bis auf den ungleichmäßigen Rhythmus von Bos typischem Klopfen. Bree fährt uns näher heran. Bald ragt die Mauer hoch über uns auf. Darauf steht in gleichmäßigen Abständen überall dasselbe Wort geschrieben: QUARANTÄNE. Die Buchstaben sind zwar inzwischen verblichen, aber sie wirken aggressiv, kantig und machtvoll. Ich weiß, dass sie eine Lüge sind, aber ich kann verstehen, warum sich die Menschen davon ferngehalten haben, als Frank die Testgruppen eingerichtet hat, mit denen das Laicos-Projekt begann.

Langsam lenkt Bree uns um das Bauwerk herum. Wir halten alle Ausschau nach einer Ungleichmäßigkeit im Stein, einer Öffnung, die breit genug für ein Auto ist. »Genau hier«, verkündet Jackson dann. »Anhalten.«

Auf meinen Befehl hin zerren Sammy und Xavier das Duplikat zur Mauer. Von meinem Sitz aus beobachte ich, wie Jackson mit den Händen über die Fassade streicht und einer Fuge folgt, die so unauffällig ist, dass ich mich wundere, wie er sie aus dem fahrenden Auto heraus erkennen konnte.

»Ihr hättet es mich zuerst versuchen lassen können.« Clipper klingt enttäuscht, als hätte man ihn von einem spannenden Spiel ausgeschlossen.

»Wir haben dieses Stück Mauer ja nicht einmal als Eingang erkannt«, gebe ich zurück. »Außerdem ist es Zeit, das ganze Gerede des Duplikats auf die Probe zu stellen.«

Vor dem Wagen schiebt Jackson am Fuß der Mauer Schnee beiseite und drückt seine Handfläche gegen die Stelle. Eine Tafel von der Größe seiner Hand klappt auf. Er beginnt auf etwas herumzutippen, das ich von meinem Sitzplatz aus nicht erkennen kann.

»Angenommen, er gibt den richtigen Zugangscode ein«, sagt Bree. »Wird sich die Mauer überhaupt öffnen? Frank hat Gruppe A schon vor Ewigkeiten den Strom abgedreht.«

»Darüber habe ich noch mit Ryder gesprochen, bevor wir aufgebrochen sind«, erklärt Clipper. »Wahrscheinlich existiert eine Notfall-Energiequelle nur für den Eingang, die der Orden von Hand aktivieren kann, falls er noch einmal herkommen will.«

Jackson reibt sich beinahe nervös die Stirn und steht auf. Einen Augenblick später gleitet der Eingang auf.

»Das hat ja lange genug gedauert«, meint Emma, was ich amüsant finde, weil es mir ziemlich schnell vorkam und Clipper wahrscheinlich viel länger gebraucht hätte.

Sammy stößt Jackson zurück ins Auto. »Können wir diesen Mistkerl jetzt eliminieren?«, fragt er.

Beinahe sage ich Ja. Das Abkommen ist erfüllt, und es hat keinen Wert mehr, Jackson noch länger am Leben zu lassen. Nicht nach seiner Aktion auf der *Catherine.* Aber mein Vater ist fort und wird nie zurückkommen, und ich möchte, dass Jackson dafür leidet. Ich will nicht, dass es schnell vorbei ist. Ich will, dass er Schmerzen hat, und zwar lange, lange Zeit. Vielleicht macht mich das herzlos, aber das macht mir nichts aus.

»Wir binden ihn irgendwo in Gruppe A an«, sage ich. »Da kann er verhungern.«

»Das könnt ihr nicht machen«, antwortet Jackson mit panikerfüllter Stimme. »Ich habe meinen Teil der Abmachung eingehalten.«

»Tja, dann weißt du jetzt, wie es sich anfühlt, verraten zu werden, Duplikat.«

»Verdammt, jagt mir eine Kugel in den Körper, wenn es sein muss. Aber mich zurücklassen, damit ich erfriere? Verhungere? Kein Mensch sollte so sterben.«

Am liebsten möchte ich ihm entgegenhalten, dass er kein Mensch ist, sondern ein Duplikat, aber dann ringe ich mich zu einem Angebot durch. Einem großzügigen, das er nicht einmal verdient hat.

»Ich überlege es mir vielleicht noch einmal, wenn du uns erzählst, was Frank vermutet hat, wohin unser Team unterwegs ist. Wie wär's? Dachte er, wir würden versuchen, Kontakt zu AmWest aufzunehmen? Gibt es einen Grund, weshalb wir aufhören sollten, diese Leute als Feinde zu betrachten?«

Das Duplikat gibt keine Antwort.

»Schön«, sage ich. »Dann verhungere eben.«

Jackson flucht. Ich weiß nicht, was er erwartet hat. Er hat deutlich gemacht, dass er versuchen würde, seine Mission noch zu erfüllen, und er wusste, dass unsere Abmachung das Unvermeidliche nur hinausgeschoben hat. Wenn er keine Informationen mehr hat, die er mir geben kann, dann lasse ich ihm keine Chance, die Position von Crevice Valley herauszufinden. Vor allem, da ich weiß, dass zu den Methoden, mit denen er sie sich beschaffen will, auch Folter gehört.

Ich sage Bree, sie soll in den Äußeren Ring fahren. Ein Schatten zieht über den Wagen hinweg, und dann sind wir drinnen.

Eine Menge Erinnerungen kommen hoch. Meine Flucht mit Emma. Das Gefühl von Verwirrung und Fassungslosigkeit, als wir feststellen, dass die Welt nicht nur nicht zu Ende ist jenseits von Claysoot, sondern uns noch eine weitere Mauer einsperrt. Ganz zu schweigen von der weiten, unvorstellbaren Welt auf ihrer anderen Seite. Ich öffne mein Fenster, und die kalte, schneidende Luft beruhigt mich.

Wir fahren durch das tote, verschneite Land, bis plötzlich die Mauer von Gruppe A vor uns aufragt. Ich klettere aus dem Auto, gehe an das Bauwerk heran und lege eine Hand darauf. Die Mauer fühlt sich gleichmäßig und glatt an, und es ist, als berührte man Eis. Sie sieht genauso aus wie unsere Mauer in Claysoot.

»Was jetzt?«, fragt Xavier.

Die ganze Gruppe sieht mich an, sogar Bo. Ich hasse es, dass ich irgendwie zum Verantwortlichen geworden bin. Ich habe keine Ahnung, was ich tue.

Bo wirkt verfroren und unglücklich; Emma nervös. Clipper sieht … jung aus. Keine Ahnung, wie mein Vater damit fertig geworden ist, die Verantwortung für so viele Menschen zu tragen. Keine Idee, wie ich sie führen soll. Ich weiß nur, was ich tun würde, wenn ich auf mich allein gestellt wäre, daher fange ich damit an.

»Diese Leute sind vorsichtig. Als wir sie im Kontrollraum entdeckt haben, waren sie kaum zu erkennen – nur ein kurzer Blick auf eine Hand oder ein Bein. Wenn wir jetzt dort hineinmarschieren, solange es noch ein wenig hell ist, werden sie sich auf keinen Fall zeigen. Aber nachts, wenn wir leise vorgehen, bevor sie sich verstecken können, finden wir sie vielleicht. So oder so können wir den Schutz der Dunkelheit gut brauchen, ich möchte nicht von den Kameras aufgenommen werden.«

Nachdem ich einmal zu reden begonnen habe, nimmt der Plan mühelos Gestalt an. »Wir teilen uns auf. Bo wird – zusammen mit Xavier und Emma – hier das Lager halten, damit wir Ohren auf der Außenseite haben. Der Rest von uns geht hinein.«

Während Sammy zum Abendessen Dosenbohnen über dem Feuer wärmt, machen Xavier und ich eine Bestandsaufnahme unserer Waffen. Wir haben nur noch das, was wir vom Schiff auf das Rettungsboot bringen konnten: Xaviers Bogen und die Pfeile, zwei Messer, die Bo und Clipper tragen, und zwei zusätzliche Handwaffen, die noch im Bündel meines Vaters stecken. Dazu kommt noch die Waffe, die ich in dem Ordensfahrzeug gefunden habe und die momentan Bree hat.

Als Sammy erklärt, das Essen sei fertig, bringe ich Jackson eine Tasse Bohnen. Er ist im Wagen eingeschlossen und starrt durch sein Fenster die himmelhohe Mauer an. Etwas an seinem Blick wirkt ein wenig zu hoffnungsvoll.

Er, nicht Owen, hätte mit der *Catherine* untergehen sollen, denke ich.

Es ist dunkel und hat wieder zu schneien begonnen, als wir den Wagen an die Mauer stellen, um unsere Kletterpartie zu beginnen. Xavier leiht mir seinen Bogen – ich habe noch nie eine Vorliebe für Schusswaffen gehabt, besonders nicht, wenn sie keinen langen Lauf besitzen – und nimmt eine der Handwaffen meines Vaters, damit die Gruppe, die zurückbleibt, nicht unbewaffnet ist. Sammy hat die andere Waffe meines Vaters, und Bree die Waffe, die in ihrem Hosenbund steckt, seit ich Jackson damit bedroht habe.

In dem Ordensfahrzeug waren nur zwei Nachtsichtbrillen, ich trage eine davon und Bree die andere. Die anderen Teammitglieder haben Taschenlampen bei sich, obwohl wir sie nur einsetzen wollen, wenn es unbedingt notwendig wird. Wir verfügen auch über ein tragbares Funkgerät, damit wir Kontakt zu der Mannschaft aufnehmen können, die zurückbleibt. Clipper überprüft die Kanäle und den Empfang doppelt und dreifach, bevor er mir erklärt, dass wir abmarschbereit sind.

Als die Teammitglieder auf das Auto steigen, um den Aufstieg anzutreten, legt sich eine Hand um meinen Ellbogen. Emma.

»Ich will mit euch gehen«, sagt sie. »Ich könnte helfen, falls jemand verletzt wird.« Sie legt die Hand flach auf die Vorderseite meiner Jacke, und ich spüre einen vertrauten Schmerz in der Brust.

»Niemand wird verletzt werden.«

»Aber wenn, sollte ich dabei sein.«

»Clipper kennt sich gut genug mit Erster Hilfe aus, um mit kleineren Problemen fertig zu werden.«

Sie runzelt die Stirn. »Wenn die schlimmsten Verletzungen kleinere sein werden, dann verstehe ich nicht, warum ich nicht mitkommen soll.«

Diese Diskussion bewegt sich im Kreis und könnte die ganze Nacht so weitergehen. Ich lege die Hände auf ihre Schultern. »Emma.« Sie sieht zu mir auf. »Bitte bleib hier bei Bo und Xavier. Bei Menschen, denen wir vertrauen. Wo du in Sicherheit bist. Ich bin bald zurück.«

Sie sieht die Mauer an. »Sei nur vorsichtig.«

»Ich werde mir die größte Mühe geben, nichts Dummes anzustellen.«

»Ich bin mir nicht sicher, ob mich das beruhigt. Ich kenne dich ja.«

Ich lache, und dann erstarre ich, als sie die Arme um meinen Hals schlingt. Sie stellt sich auf die Zehenspitzen und küsst mich auf den Mund. Kurz und freundschaftlich, aber es schwingen eine Million Erinnerungen mit.

»Ich habe ein gutes Gefühl dabei«, sagt sie und tritt zurück. »Gruppe A, meine ich. Die Mission. Ein richtig gutes Gefühl.«

»Ich auch«, sage ich und bin plötzlich ganz zuversichtlich. »Bis bald. Versprochen.«

Sie schenkt mir ihr typisches verhaltenes Lächeln. »Ich warte.«

Ich gehe zum Wagen und klettere auf das Dach, wo das Team schon ungeduldig wartet. Besonders Bree. Sie sieht mich an, hat die Arme vor der Brust verschränkt und klopft mit ihren Zeigefingern auf die Oberarme. In ihrer Miene liegt noch etwas anderes, ein Gefühl, das ich nicht einordnen kann. Angst vielleicht? Nervosität?

»Bist du okay?«, frage ich.

»Ich bin ein großes Mädchen, Gray. Mir ist es egal, wen du küsst.«

»Ich meine die Mauer«, sage ich verblüfft. »Bist du bereit?«

»Ach, das.« Jetzt wirkt sie beleidigt, fast als wollte sie mich wegen des Kusses verhören, der nicht von mir ausging und den ich nicht geplant hatte. »Natürlich.« Sie unterbricht sich und runzelt die Stirn. »Solange diese Leute nicht verrückt sind, wie es Fallyn vorausgesagt hat: ein Haufen Wilde. Das würde alles komplizieren.«

Fallyn ist eine Rebellenanführerin und die wichtigste Vertreterin von Brees Leuten aus Saltwater. Sie hat unsere Mission nie unterstützt, sondern geschworen, wir würden durch das halbe Land marschieren, nur um hinter der Mauer nichts als wilde Tiere anzutreffen. Aber ich habe immer geglaubt, dass die Filmaufnahmen, die wir im Kontrollraum gesehen haben, viel mehr beweisen.

»Es wird schon gut ausgehen«, sage ich. »Vor allem, wenn wir zusammen sind. Ich fühle mich immer zuversichtlich, wenn du meinen Rücken deckst.«

»Hör auf«, faucht sie. »Sag so etwas nicht.«

»Was denn?«

»Sachen über mich und dich und *uns.* Das macht es mir nur schwerer.«

Sie schaut so mürrisch drein, dass ihre Miene eher traurig als zornig wirkt. »Vor allem, wenn es wahr ist.«

»Soll ich dich etwa anlügen?«

»Ist mir egal, was du tust, solange es sich nicht anfühlt, als stündest du auf meiner Brust und würdest mir die Rippen brechen.«

Wir sind zu unserem üblichen Umgangston zurückgekehrt – manchmal angenehm, nur um uns dann im nächsten Moment an den Hals zu gehen –, und für mich ist das in Ordnung. Ich kann dieses Spiel mit ihr spielen. Sie anstacheln, sie verhöhnen, sie weitertreiben und ständig sarkastisch sein. Ich kann ihr alle Gründe geben, weshalb, wie ich ihr gesagt habe, eine Beziehung zwischen uns nie funktionieren könnte. Es ist nicht einmal schwer, die Streitereien sind uns schon in Fleisch und Blut übergegangen, und es ist so natürlich wie Atmen.

»Falls du auf der anderen Seite von einer Kamera entdeckt wirst, dann rechne nicht damit, dass ich deinen Hintern rette, wenn der Orden auftaucht, um die Sache zu untersuchen.«

Sie grinst höhnisch und sieht dadurch etwas mehr wie sie selbst aus. »Gleichfalls.«

»Außerdem sind deine Schnürsenkel offen.«

Bree sieht auf ihre Stiefel hinunter und entdeckt, dass sie fest geschnürt sind. Sie stößt mich an und presst die Lippen zusammen, als müsste sie eine Mischung aus Gelächter und Wut unterdrücken.

Sammy räuspert sich. »Geht es jetzt los, oder wollen wir die ganze Nacht hier herumstehen?«

»Nein, wir gehen«, sage ich, und bei diesen Worten steht Xavier neben mir und bietet mir seine verschränkten Hände als Hilfe zum Aufsteigen an.

»Ich sehe dich dann auf der anderen Seite«, sage ich zu Bree. Ihre Miene verhärtet sich, und sie nickt; eine knappe, kurze Kinnbewegung.

Ich stelle meinen Stiefel in Xaviers Handflächen, und er hievt mich hinauf.

Meine Hände erfassen die Mauerkrone, und ich ziehe.

DRITTER TEIL Überlebende

20. Kapitel

Ich hänge an der Mauer, und meine Füße baumeln einen Moment in der Luft, bevor ich loslasse.

In dem kurzen Moment, den ich mich im freien Fall befinde, habe ich den Eindruck, nach Claysoot zurückzukehren; als würde ich, wenn meine Füße auf dem Boden aufkommen, Lehm darunter finden und in der Nähe das Ende eines vertrauten Jagdpfads. Aber hinter dieser Mauer ist die Erde so kahl wie im Äußeren Ring. Der ganze Baumbewuchs hier besteht aus wenigen Schösslingen, die in großen Abständen in dem schneebedeckten Boden stehen. Ich glaube, in der Ferne die Umrisse von Gebäuden ausmachen zu können, doch durch den stetigen Schneefall bin ich mir nicht sicher.

Ein weicher Aufprall, und Bree steht neben mir. Als Nächstes kommt Clipper, dann Jackson und schließlich Sammy. Ich will Jackson die Arme wieder fesseln, aber er taumelt von mir weg und stützt sich mit einer Hand an der Mauer ab.

»Mir ist schlecht«, sagt er.

Ich bin mir sicher, dass er nur so tut, damit er weglaufen kann, um sich dem Schicksal zu entziehen, das wir für ihn bereithalten, aber dann erbricht er sein Abendessen in den Schnee.

»Komm weiter«, sage ich und zerre an ihm.

Er sieht die Wand an und bewegt ruckartig den Kopf zur

Seite, als wiche er einem Boxhieb aus; dann kneift er sich in den Nasenrücken und beginnt etwas zu murmeln.

»Was hat er?«, zischt Bree.

»Hey, reiß dich zusammen.« Ich schüttle Jackson, und er reißt die Augen auf.

»Wir können nicht hineingehen«, sagt er. »Schlecht. Dieser Ort ist schlecht.«

Er murmelt und zuckt weiter. Clipper ist vollkommen verängstigt, und ich kann nicht zulassen, dass das Duplikat wegen nichts ein Theater aufführt und mein Team zu Tode erschreckt.

»Hey!« Ich schlage ihn gegen die Schulter. »Jackson!«

Er erstarrt. »Du hast meinen Namen gesagt.«

»Wenn ich gewusst hätte, dass du dann besser zu kontrollieren bist, hätte ich schon lange aufgehört, dich Duplikat zu nennen. Ich fessle dir die Arme neu, und wenn du nicht still hältst, habe ich kein Problem damit, dir die Nase noch einmal zu brechen, bis wir eine Stelle finden, an der wir dich aussetzen können. Willst du mit einer gebrochenen Nase verhungern oder einfach nur verhungern?«

Er hält mir seine Handgelenke hin. »Ich glaube … ich brauche …« Sein Kopf sinkt wieder auf seine Brust, und er krampft sich noch einmal zusammen, als hätte er Schmerzen. »Ich weiß es nicht mehr. Ich weiß gar nichts mehr.«

»Lasst uns gehen«, sage ich zu den anderen. Es verblüfft mich, was für ein guter Schauspieler Jackson plötzlich ist. »Er kommt schon wieder in Ordnung.«

Sammy packt Jackson am Ellbogen, um ihn zu führen. »Ein Duplikat war ja nicht genug. Wir mussten auch noch mit einem zu tun bekommen, das einen Nervenzusammenbruch kriegt.«

Bree faucht ihn an, dass er still sein soll, und wir fallen in einen gleichmäßigen Schritt. In dem Schneegestöber fällt es schwer, etwas zu erkennen, aber ich sehe auf dem Weg in die Stadt unbebaute Felder und leere Tierpferche.

Gruppe A war die am besten ausgerüstete Testgruppe. Bis Frank sie von der Versorgung abschnitt, gab es dort Elektrizität und fließendes Wasser. Das habe ich seit dem Tag gewusst, an dem ich seine Dokumentation über das Projekt gelesen habe; aber erst jetzt, als wir die Stadt selbst betreten, verstehe ich richtig, was diese Lebensbedingungen bedeuten. Es will mir nicht in den Kopf, warum in dieser Gruppe eine Revolte und Kämpfe stattgefunden haben sollen, bis sie fast ausgelöscht war, obwohl sie so viele Ressourcen zur Verfügung hatte. Die Gebäude drängen sich dicht aneinander. Ihre Dachstühle sind eingesunken. Einige sind nur noch Skelette, deren Gerippe zu sehen sind. Bei anderen stehen die Wände noch, aber sie wirken, als wollten sie gleich zusammenbrechen. Doch trotz des Verfalls ist offensichtlich, dass sie einmal einwandfrei waren. Und modern.

Ich kneife die Augen zusammen und spähe durch die zerbrochenen Fensterscheiben eines Gebäudes rechts von mir. Darin befinden sich Schulbänke, von denen einige umgeworfen sind. Das nächste Gebäude ist ein Krankenhaus, das einmal viel fortschrittlicher war als die Krankenstation, die Emma und ihre Mutter betrieben haben. Hier stehen die Betten auf Rädern, und die Schränke an den Wänden bestehen aus schwerem Metall und haben Schlösser. Ihr Inhalt ist herausgerissen worden und liegt auf dem Boden verstreut. Verrostete Scheren, zerbrochene Geräte und kleine Medizinflaschen, die im Wind umherrollen.

Jackson murmelt immer noch vor sich hin, als wir uns einer aus Holz errichteten Plattform nähern. Aus dem Sockel erhebt sich ein T-förmiger Aufbau, von dessen höchstem

Punkt ein zu einer Schlinge gebundenes Seil herabhängt. Ich halte es für so etwas wie unsere Ratsglocke – eine Vorrichtung, um Versammlungen einzuberufen –, bis Sammy etwas flüstert. »Ein Galgen.« Dann legt er sich pantomimisch ein Seil über den Kopf und zieht es um seinen Hals fest. Er lässt den Kopf zur Seite fallen und die Zunge aus dem Mund hängen, und ich begreife. Wir gehen weiter und schlagen einen weiten Bogen um die Plattform.

»Weißt du noch, wie du gesagt hast, du würdest mir beweisen, dass ich unrecht habe?«, flüstert Bree mir zu. »Also, sehr bewohnt sieht es hier nicht aus.«

»Sie müssen hier sein. Wir haben sie gesehen.«

Ich sage nicht, dass ich mir langsam die gleichen Gedanken mache wie sie: dass unsere Wanderung durch ganz AmOst womöglich umsonst war. Ich hatte nicht damit gerechnet, dass die Überlebenden auf die Straßen strömen würden, um uns willkommen zu heißen, aber wir haben noch kein einziges Lebenszeichen entdeckt. Es kommt mir immer wahrscheinlicher vor, dass die Mitglieder von Gruppe A sich wirklich gegenseitig umgebracht haben.

Aber dann …

»Da!«

In einem Gebäude vor uns bewegt sich ein Lichtstrahl. Er ist schwach und wird durch den Schnee gedämpft. Bree und ich rennen los. Sammy schreit etwas davon, er würde bei dem Duplikat bleiben, und wir werden nicht langsamer. Ich stürme in das Gebäude, Bree folgt mir dichtauf. Von der Decke hängen zwei Hirschkadaver, und der metallische Geruch von Blut liegt in der Luft. Die erste Spur von menschlichem Leben. Von Überlebenden.

»Hallo?«, ruft Bree.

Wir treten um einen Tisch herum, auf dem Hackbeile und

Holzhämmer liegen. Ich habe den Bogen gespannt, und Bree zielt mit der Handwaffe in die Dunkelheit. Ich hoffe, dass die Unbekannten, die hier sind, nicht so gut sehen können wie wir mit unseren Nachtsichtbrillen. Ich bezweifle, dass wir sehr vertrauenerweckend wirken.

»Hallo?«, versucht Bree es noch einmal.

Schritte, und dann eine Gestalt mit einer Fackel, die durch meine Nachtsichtbrille weiß aussieht.

Sie rennt zwischen den beiden Kadavern hindurch und dann durch einen Seitenausgang. Bree und ich laufen ihr nach, über eine Gasse und in ein anderes Haus. Wir betreten einen weitläufigen Raum – eine Scheune vielleicht –, der bis auf Holzkisten und ein paar Schaufeln leer ist.

Mit schussbereiten Waffen rücken Bree und ich in die Mitte des Raums vor. Die Fackel und die Person, die sie getragen hat, sind verschwunden.

Von der Straße aus hören wir aufgeregte Stimmen: Clipper ruft um Hilfe, und Sammy schreit.

Jackson. Wir hätten die anderen nie mit ihm allein lassen dürfen. Die hysterischen Ausbrüche des Duplikats waren nur vorgetäuscht, genau wie ich vermutet habe. Wahrscheinlich versucht er in diesem Moment zu flüchten.

Aber bevor ich mich rühren kann, gerät der Boden unter mir in Bewegung und klappt weg. Bree und ich sehen uns an, und dann fallen wir.

Ich schlage unten auf und sehe nur noch weiß. Hitze schießt durch meinen Rücken. Immer wieder ringe ich nach Luft, bis sie endlich in meine Lungen strömt. Von oben springt ein Fremder hinunter, und die Falltür, durch die Bree und ich gestürzt sind, wird zugezogen.

Der Fremde hält die Fackel auf Armeslänge von sich weg und blinzelt schnell, als ob ihr greller Schein seinen Augen wehtäte. Ich setze die Nachtsichtbrille ab, um ihn richtig erkennen zu können. Er ist nicht viel älter als ich. Seine zerzausten Haare hängen ihm verfilzt und verknotet bis auf die Schultern herunter, und seine Haut ist blass, fast durchscheinend. Der größte Teil seines Gesichts ist mit etwas Dunklem, das wie Teer aussieht, beschmiert. Das dient wohl als eine Art Tarnung bei Nacht. Er beugt sich vor und zieht eine Klinge.

»Sieht aus, als hätten wir Besuch«, sagt er.

Erst da, als weitere Fackeln angezündet werden, bemerke ich ein halbes Dutzend Menschen an den Wänden des Raums. Die Gruppe besteht ausschließlich aus Männern, und ihre Kleidung ist eine zufällige Mischung verschiedener Materialien – Felle, die mit Baumwolle, Wolle und Leder geflickt sind. Wie Tiere hocken sie an den Wänden – mit knochigen Knien und auf den Boden gedrückten Handflächen – und blinzeln mit blutunterlaufenen Augen.

Ein einziges Wort kommt mir in den Sinn, das Fallyn gebraucht hat, als sie über unsere Pläne für diese Mission gelacht hat.

Wilde.

Und sie haben uns umzingelt.

21. Kapitel

Ich weiche nach hinten aus und stoße mit den Schultern gegen die von Bree. Der Junge setzt mir die flache Seite seiner Klinge unters Kinn, drückt sie hoch und zwingt mich so, ihn anzusehen.

»Ich würd' keine plötzlich'n Bewegungen machen.« Seine Worte scheinen in einem stetigen Strom aus seinem Mund zu kommen und verschwimmen miteinander, weil er Laute verschluckt. »Dann könnt' ich denken, du willst mir was. Müsste dir'n Hals durchschneiden.«

Er lächelt.

Hinter ihm wird eine Tür aufgestoßen, und zwei Männer kommen herein und zerren Clipper, Sammy und Jackson hinter sich her. Alle drei sind gefesselt und geknebelt. Die Schreie des Teams hatten doch nichts mit dem Duplikat zu tun.

»Wir haben die anderen auch, Titus«, sagt einer ihrer Bewacher.

Titus nimmt das Messer von meinem Kinn und dreht sich zu ihnen um. Bree und ich sehen unsere Chance und handeln gleichzeitig. Sie rappelt sich auf die Füße, und ich greife nach dem Funkgerät an meiner Hüfte.

»Xavier. Wir ...«

Die Faust kommt aus dem Nichts. Ich schmecke Blut und

lasse das Funkgerät fallen. Kurz verschwimmt die Welt. Als ich wieder klar sehen kann, steht Titus vor mir und wickelt eine Metallkette von seiner Hand. Er tritt auf das Funkgerät und zermalmt es mit seiner Ferse.

»Das reicht jetzt!«, schreit Bree und richtet die Handwaffe auf ihn. »Bindet sie los.« Mit dem Lauf zeigt sie auf den Rest unseres Teams. »Sofort, ich schwöre, dass ich sonst schieße.«

Titus sticht so schnell mit seinem Messer zu, dass ich es nicht kommen sehe. Er steht unbeweglich da, und im nächsten Moment steht meine Brust in Flammen. Keuchend presse ich die flache Hand auf mein Hemd. Der Stoff wird feucht, meine Finger fühlen sich klebrig an.

»Leg das weg, Mädel«, sagt Titus zu Bree, »oder beim nächsten Mal wird's schlimmer für ihn.«

»Wir sind gekommen, um euch zu helfen«, antwortet sie und weigert sich, die Waffe herunterzunehmen. »Wir sind gekommen …«

»Und wir bitt'n euch nich' um Hilfe! Aber das is' das Problem mit euch. Ihr denkt, ihr wisst, was für alle das Beste is'. Ihr denkt so viel, dass ihr gar nichts denkt.«

Ich blinzle, und er hält mir zum zweiten Mal das Messer an den Hals. Die beiden Männer hinter Titus haben auch Sammy und Clipper Messer an den Hals gesetzt. Nur Jackson bedrohen sie nicht, aber sie haben wohl gesehen, dass er bei uns von Anfang an gefesselt war, daher haben sie sich wahrscheinlich gedacht, dass seine Sicherheit uns nicht so wichtig ist. Den Bruchteil einer Sekunde lang hoffe ich, dass er das ausnutzen und uns irgendwie alle befreien wird. Ein törichter Gedanke, aus Verzweiflung entstanden.

»Leg deine Waffe weg, und wir unterhalt'n uns nett«, befiehlt Titus Bree.

»Woher soll ich wissen, dass du ihm nicht die Kehle durchschneidest, wenn ich sie herunternehme?«

»Du muss' mir halt vertrau'n.«

»Warum sollte ich?«

»Weil ich sonst deine ganze Truppe umbring'.«

Bree tritt von einem Fuß auf den anderen. »Du bluffst.«

Aber ich weiß, dass er es nicht tut. Das erkenne ich an seinen blutunterlaufenen Augen. Wir haben uns geirrt, als wir dachten, dass diese Leute unsere Hilfe wollten, dass wir sie davon überzeugen könnten, sich mit uns zusammenzutun, um aus ihrem Gefängnis ein Versteck für uns zu machen. Was für ein Fehler!

»Bree«, sage ich. Titus' Messer kratzt über meinen Hals. »Das ist es nicht wert.«

»Ich kann das«, sagt sie.

»Nicht dieses Mal.« Sie stehen zu weit auseinander. Sie würde einen Schuss anbringen können, höchstens zwei, bevor sie einen von uns töten. »Du bist gut, aber nicht so gut. Keiner ist das. Wenn du schlau bist, siehst du das ein.«

Ihre Hand zittert jetzt, und die Waffe huscht bebend zwischen Titus und seinen Männern hin und her. Bree schluckt und lässt sie sinken. Titus entreißt ihr die Waffe. Er dreht sich zu einer leeren Wand um und betätigt sechsmal den Abzug. Meine Ohren klingeln, pochen und pulsieren von den auf so engem Raum abgefeuerten Schüssen.

Lächelnd gibt Titus Bree die Waffe zurück. »So gefährlich, bis sie es nich' mehr is', was?«

Sie sieht die Waffe an, die jetzt nur noch ein nutzloses Stück Metall ist. Ihr Kiefer verkrampft sich. Sie springt ihn an, aber jemand, der an der Wand gesessen hat, stürzt sich auf sie, um sie festzuhalten.

Titus wickelt sich die Kette wieder um die Hand.

Dreimal schlägt er Bree damit, während man mir die Augen verbindet und mich aus dem Raum schleift.

Ich werde in eine sitzende Position geschoben. Der Boden unter mir ist kalt. Ein scharfer Schmerz schießt durch meine Schultern, als man mir die Hände hinter den Rücken dreht und zusammenbindet. Dann reißt jemand mein Hemd auf. Kurz darauf spüre ich eine Nadel, die die Schnittwunde an meiner Brust zusammennäht, aber sich nicht die Mühe macht, behutsam vorzugehen. Als ich nicht aufhöre, nach Bree und den anderen zu schreien, werde ich schließlich geknebelt.

Als die Wunde verbunden ist und man mir die Augenbinde abnimmt, stelle ich fest, dass ich mich in einem schäbigen Raum voller Rohre, Stangen und Metallbehälter in merkwürdigen Größen befinde. Dann, als der Heiler geht und die Tür hinter sich zuzieht, wird es dunkel. Meine einzige Gesellschaft ist jetzt eine flackernde Kerze, die weit außerhalb meiner Reichweite aufgestellt ist.

»Hey!«, schreie ich um meinen Knebel herum. In dem dunklen Raum hallt meine Stimme. Mühsam stehe ich auf und stelle fest, dass meine Arme nicht nur hinter meinem Rücken gefesselt sind, sondern auch an eine Stange. Ich winde mich und versuche mich zu befreien, aber ich spüre, wie sich durch die Bewegung die Stiche spannen, mit denen ich genäht worden bin.

»Hey!«, schreie ich. »Bindet mich los!«

»Sie werden nicht kommen«, sagt jemand. Jackson.

Ich lege mich flach auf den Boden und spähe unter der Metallwanne hinter der Stange, an die ich gefesselt bin, hindurch. Ich kann ihn gerade eben auf der anderen Seite erkennen, wo er mit dem Rücken zu mir sitzt.

»Jackson. Kannst du mich losbinden?« Durch den Knebel

klingen meine Worte gedämpft, aber er scheint mich gut zu verstehen, denn er lacht.

»Warum sollte ich dir helfen wollen? Außerdem kann ich es nicht. Ich bin auch gefesselt.«

»Wo sind die anderen?«

»Sammy und Clipper haben sie irgendwohin geschleppt. Keine Ahnung, wohin.«

»Und Bree?«, frage ich mit fast versagender Stimme. »Was ist mit Bree?«

»Titus hat sie geschlagen, bis sie ohnmächtig geworden ist. Dann hat man mich hierher geschleppt, aber du warst ja so mit Schreien beschäftigt, dass du nicht gehört hast, wie sie mich hereingebracht haben. Mehr weiß ich nicht.«

Mein Mund wird trocken. Wie ist das nur passiert? Wie habe ich es fertiggebracht, unsere Mission zu verpfuschen, sodass mein ganzes Team in Gefangenschaft geraten ist? Und das mit Bree ist ganz allein meine Schuld. Ich habe ihr befohlen, die Waffe herunterzunehmen. Ich habe sie angewiesen, auf die einzige Möglichkeit, sich selbst zu schützen, zu verzichten.

Ein lautes Quietschen hallt durch den Raum, und Fackelschein fällt herein. Ich fahre davor zurück. Ein in Felle und Leder gekleideter Mann tritt ein und zerrt Sammy und Clipper hinter sich her. Sammys blonde Ponyfransen sind blutdurchtränkt, und seine Nase ist auf das Doppelte ihrer normalen Größe angeschwollen. Bestimmt ist sie gebrochen. Ein wenig erleichtert bin ich immerhin, als ich sehe, dass Clipper unversehrt ist.

Der Mann fesselt Sammy an die Stange vor mir und Clipper an die hinter Sammy. Dann fällt ihm auf, dass ich zusehe, und er ruft etwas in Richtung Tür.

»Wollte er den Anführer als Nächsten sehen?«

»Bring ihn mit«, lautet die Antwort.

Sofort bindet er mich los und zerrt mich aus dem Raum. Wir gehen eine Treppe hinauf und dann durch eine Folge von Gängen. Einige haben kalte Betonwände, andere sind nichts als Tunnel, die in den gefrorenen Boden gegraben sind. Nicht ein einziges Mal sehe ich ein Fenster. Wir befinden uns immer noch unter der Erde. Und was noch merkwürdiger ist, ich sehe keine Menschenseele. Es muss doch mehr geben als die Handvoll Menschen, die Bree und ich gesehen haben, nachdem wir durch die Falltür gestürzt sind.

Plötzlich biegen wir um eine Ecke, und man stößt mich in einen Raum. Zwischen zwei Stangen hängt eine Hängematte. Auf dem Boden steht eine Bettpfanne. Es gibt einen Tisch und Stühle, die aus Holzkisten und Brettern bestehen. Auf dem Tisch stehen mehrere Kerzen. Aus einer Ecke heraus tritt Titus in ihren Schein.

Ich werde auf eine der Kisten gestoßen, die als Stühle dienen. Meine Arme sind immer noch hinter meinem Rücken gefesselt, aber wenigstens nimmt man mir den Knebel ab.

Titus winkt meinem Bewacher abschätzig zu. »Mach die verdammte Fack'l aus oder verschwinde, Bruno. Sie tut mir in den Augen weh.«

Bruno brummt etwas und geht. Sobald ich allein mit Titus bin, sprudle ich den ersten Gedanken heraus, der mir in den Sinn kommt.

»Wo ist Bree?«

Sein Mund verzieht sich zu einem schmallippigen Lächeln, das boshaft wirkt im Kerzenschein. »Du bis' nicht hier, damit wir über deine Frau reden.«

»Wo ist sie?«

»Sag mir dein'n Namen, dann sag ich dir vielleicht, wo sie is'.«

»Gray«, antworte ich sofort. »Gray Weathersby.«

Er wiederholt den Namen, als probierte er ihn aus. Dann fährt er mit den Fingern geistesabwesend durch eine Kerzenflamme.

»Ich habe dir meinen Namen genannt. Also, wo ist sie?«

»Hab's mir anders überlegt.«

Ich stemme mich gegen meine Fesseln. »Du hast gesagt …«

Titus nimmt sein Messer und rammt es in die Tischplatte. Es bleibt bebend stehen, und das Licht wird von der Klinge reflektiert. »Was is' es dieses Mal?« Seine Lippen sind wie zu einem Knurren zurückgezogen, und seine Brust bebt vor Wut. »Was wollt ihr?«

»Dieses Mal? Wir sind gekommen, um euch zu helfen.«

Er verschränkt die Arme vor der Brust und lacht. »Das hab'n eure Leute auch beim letzten Besuch gesagt, und weißt du noch, wie das ausgegangen is'?«

Ich versuche aus seinen Worten schlau zu werden, aber sie ergeben keinen Sinn. Im Kopf gehe ich alles durch, was ich über Gruppe A weiß.

Die Testpersonen zeigten unzivilisiertes Verhalten. Sie kämpften miteinander, brachten sich gegenseitig um und gerieten vollständig außer Kontrolle. Frank hat ihnen den elektrischen Strom abgedreht und gehofft, sie würden untergehen. So kam es auch, Bo hatte vor Jahren schon zufällig die Bestätigung dafür gehört; den Bericht eines Ordensmitglieds an Frank. Aber dann hatten wir erst vor wenigen Monaten Überlebende gesehen, die im Kontrollraum von Union Central auf den Bildschirmen, die Gruppe A zeigten, flüchtig ins Bild geraten waren. Mir muss irgendeine Einzelheit – ein entscheidendes Detail – entgangen sein, denn nichts von dem, was Titus erzählt, ergibt einen Sinn.

»Deine Männer hab'n dieselbe Lüge erzählt, als wir sie verhört haben«, erklärt Titus. »*Wir sind hier, um euch zu helfen.* Der Blonde war besonders nutzlos. Hat sich geweigert, auch nur ein Wort zu sagen und behauptet, das würdest du nicht wollen.«

Dankbarkeit erfüllt mich angesichts von Sammys Loyalität.

Titus setzt sich mir gegenüber auf eine Holzkiste und zieht das Messer aus der Tischplatte. Er richtet es auf mich.

»Jetzt hör zu und hör gut zu. Ihr habt nich' diese schwarzen Uniformen an, aber ich weiß, was ihr vorhabt. Die Geschichten kenn' ich gut, auch wenn ich noch nich' auf der Welt war, als die schwarzen Schnitter zum ersten Mal über unsere Mauer gekommen sind. Ich weiß, welches Leid ihr bringt.«

Die Wahrheit trifft mich wie ein Schlag in die Magengrube. Bo hat den Bericht über das Aussterben von Gruppe A so interpretiert, wie es jeder getan hätte. Aber jetzt glaube ich zu wissen, was passiert ist. Ich will es nicht glauben, aber ich denke …

»Titus, was ist passiert, als euch zum letzten Mal jemand besucht hat?«

»Das weiss' du ganz genau«, faucht er. »Das waren deine Leute, und es war ein Massaker. Sie haben alle, die oben gelebt haben, abgeschlachtet.«

22. Kapitel

Mir klappt der Mund auf. Das ist unglaublich grausam, aber es passt zusammen. Es erklärt, wie so viele von ihnen überleben konnten und warum sie sich jetzt noch immer so gut verstecken.

»Deine Leute haben sich damals gewehrt«, sage ich. »Es war ein Krieg. Die von euch, die nichts mit dem Blutvergießen zu tun haben wollten, müssen unter die Erde gegangen sein. Die anderen haben oben, im Freien, noch monatelang gekämpft. Und dann …« Ich erinnere mich an das Wort, mit dem Titus beschrieben hat, was der Orden gewesen sein muss. »Und dann kamen die schwarzen Schnitter.«

»Aha, jetzt fällt es dir wieder ein. Also frage ich noch mal: Was wollt ihr dieses Mal?«

»Wir gehören nicht zu ihnen«, erkläre ich. »Zu diesen Männern … den Schnittern. Sie gehören dem frankonischen Orden an, einer Gruppe, die Dimitri Octavious Frank dient. *Er* ist euer Feind, nicht mein Team. Er hat euch hinter diese Mauer gesteckt, und als alles stärker aus dem Ruder gelaufen ist, als ihm lieb war, hat er das Chaos, das er hier angerichtet hat, aufgeräumt, indem er eure Leute abgeschlachtet hat.«

»Du weiss' ziemlich viel über unsre Geschichte.« Nachdenklich zieht Titus die Augen zusammen. »Zu viel.«

»Wir sind wie ihr, Titus. Auch ich bin hinter einer Mauer groß geworden.«

Er brummt zweifelnd. »Du lügst.«

»Warum? Weil jeder, der über die Mauer klettert, verbrennt? Weil ich unmöglich hier sein könnte, wenn ich geklettert wäre?«

»Weil du diese Einzelheit weißt. Jeder Schnitter würde das.«

»Ich bin *kein* Schnitter. Mein Team hat nichts mit dem Orden zu tun.«

Er neigt den Kopf zur Seite und blinzelt mit seinen blutunterlaufenen Augen. Ich habe das üble Gefühl, dass er gerade beschließt, wie er mich beseitigen wird, wenn unser Gespräch zu Ende ist. Er glaubt mir kein Wort.

»Du hast gesagt, du wolltest Antworten, und ich habe sie«, sage ich verzweifelt. »Ich werde dir erklären, warum mein Team wirklich hier ist, aber nur, wenn ich nachher Bree sehen und mich davon überzeugen kann, dass es ihr gut geht.«

Darüber denkt er nach und bedeutet mir schließlich mit einem Nicken, dass ich weitersprechen soll. Ich beginne so, wie man mir selbst einmal die Wahrheit gesagt hat.

»Dieser Ort, eure Heimat. Sie ist Teil eines Projekts. Des Laicos-Projekts.«

Ich erzähle ihm alles.

Ich erkläre ihm, wie Frank in ganz AmOst fünf Testgruppen eingerichtet hat. Wie er Gemeinschaften gezwungen hat, unter unterschiedlichen Lebensbedingungen Soldaten für ihn zu erzeugen. Dass er achtzehnjährige Jungen geraubt hat und im Fall von Saltwater gelegentlich auch sechzehnjährige Mädchen. Ich erzähle ihm von den Duplikaten, von Franks Plan, jeden geraubten Menschen für seinen fortlaufenden Kampf gegen AmWest zu duplizieren, und von seinem

Endziel, unendlich viele Duplikate zu erzeugen und damit eine Armee von entbehrlichen Soldaten zu schaffen. Letzteres, fürchte ich, hat er inzwischen erreicht. Schließlich berichte ich ihm, wie die Rebellen auf den Bildschirmen in Franks Kontrollraum Angehörige von Gruppe A entdeckt und beschlossen haben, die Sache zu untersuchen.

»Wir möchten, dass ihr uns helft, den elektrischen Strom hier wieder anzustellen. Dann könnten wir Kontakt mit unseren Leuten im Osten aufnehmen und Frank aus zwei Richtungen bekämpfen. Ihr könnt uns helfen. Oder ihr könntet fortgehen, über die Mauer klettern und irgendwo anders ein neues Leben anfangen. Was immer euer Volk will. Der springende Punkt ist, dass ihr nicht mehr so zu leben braucht. Die Rebellen sind bereit, euch zu helfen.«

»Jeder, der über diese Mauer steigt, stirbt«, entgegnet Titus bestimmt.

»Ich habe es dir doch gerade gesagt: Frank hat nicht einmal eine Ahnung, dass ihr hier seid. Er glaubt, alle getötet zu haben. Gar nichts wird passieren, wenn ihr klettert.«

»Lügen! Ich lasse nicht zu, dass meine Leute verbrennen. Wir alle kennen die Geschichten unserer Großeltern, Geschichten über schwarz gekleidete Schnitter, die nur dazu da sind, die Toten einzusammeln. Der Tod holt alle, die über die Mauer steigen.«

»Ach, wirklich? Wann hat denn zum letzten Mal jemand versucht, über die Mauer zu klettern?«

»Seit Jahrzehnten hat das keiner mehr, und es wird auch so bald keiner machen. Wir gehen nur nachts nach oben; Dunkelheit ist sicher, Tageslicht heißt Gefahr. Von dort oben kommt nichts Gutes.«

»Nein, dort gibt es viel Gutes. Auch Schlechtes, aber ich biete euch Hilfe an. Hunderte, *Tausende* von uns stehen auf eurer Seite. Wir wollen das wiedergutmachen. Wir wollen Frank stürzen, damit ihn niemand mehr zu fürchten braucht, auch ihr nicht.«

Er dreht sein Messer auf dem Tisch, wobei die Spitze eine kleine Kuhle in das Holz schneidet. »Du strickst dir da eine komplizierte Lüge, Schnitter. Meinst du, ich fall' drauf rein, weil sie so verzwickt is'?«

»Ich sage dir die Wahrheit!«

»Der Raub, von dem du redest, der ganze Zweck dieses angeblichen Projekts. Das is' hier nich' passiert. *Noch nie.* Deine Geschichte stimmt vorn und hinten nich', und ich kauf' sie dir nich' ab.«

»Natürlich findet das hier nicht statt! Frank hat eure Leute für instabil gehalten. Er wollte sie nicht als Ausgangsmaterial für seine Duplikate verwenden. Er hat euch für so unbeherrschbar gehalten, dass er eingeschritten ist und alle, die über der Erde lebten, ermordet hat, um das von ihm selbst geschaffene Problem zu beseitigen. Und jetzt könnte er niemanden von euch entführen, selbst wenn er es wollte, weil er gar nicht weiß, dass es euch gibt. Ihr versteckt euch ja seit Jahren hier unten, weil ihr Angst habt, euch zu zeigen.«

Titus schlägt mit den flachen Händen auf den Tisch. »Ihr wart nich' hier und habt das Gemetzel nich' erlebt. Ihr habt die Schreie nich' gehört, das Flehen um Gnade, und wie die Schnitter unsere Leute in Stücke gehauen haben.«

»Du aber auch nicht! Das ist vor vielen Jahren gewesen.«

»Ich brauch' etwas nicht mitzuerleben, um es zu wissen!«, schreit er. »Wir haben die Gefahren, die oben lauern, nie vergessen, und ich geh nich' mit euch nach draußen. Und ich helfe euch auch nich' mit eurer ›Elektrizität‹.«

»Ich will mit dem Verantwortlichen reden.«

Er lächelt. »Der sitzt vor dir.«

»Gibt es niemand Älteren?«

»Viele, aber wir haben keine Verwendung für jemanden, der nich' mehr jagen, kein Essen suchen und kein Leben zeugen kann. Die Älteren haben in Burg keine Macht.«

»Burg?«

»Tu nich' so, als wüsstest du nich', wo du bist, Schnitter.«

Also hat Gruppe A endlich einen Namen. »Wie viele seid ihr hier? Insgesamt?«

»Ich gebe meinem Feind keine Informationen mehr«, erklärt er und steht auf.

»Wir haben *denselben* Feind! Wie oft muss ich das denn noch sagen?«

Aber er hört schon nicht mehr zu. »Bruno! Kaz!«

Bruno tritt wieder in den Raum. Im Kerzenschein kann ich ihn zum ersten Mal deutlich sehen. Er hat einen schütteren Bart und Knopfaugen und kann nicht viel älter sein als Sammy. Der zweite Mann sieht genauso jung aus und trägt einen Wollpullover, der an Ellbogen und Schultern mit Lederflicken verstärkt ist.

»Bringt ihn in die Arrestzelle«, sagt Titus. »Gebt ihm fünf und steckt ihn dann wieder zu den anderen.«

»Warte!«, schreie ich. »Du musst mir zuhören. Du musst …«

Aber Bruno und Kaz zerren mich schon aus dem Raum. Ich wehre mich so heftig, dass ich den Überblick darüber verliere, wohin wir gehen. Wir biegen scharf ab und bleiben vor einer massiven, unheilvoll aussehenden Tür stehen. Einer von ihnen öffnet sie, während der andere meine Handfesseln löst. Dann werde ich in das dunkle Innere gestoßen, und die Tür wird verriegelt. Auf dem Boden steht eine einsame Kerze. Ich brauche eine Minute, bis meine Augen sich angepasst haben, aber dann erkenne ich, dass Titus in einem Punkt Wort gehalten hat.

Er hat mich zu Bree gelassen.

Sie liegt mit dem Gesicht nach unten auf dem harten Boden und hat den Kopf auf den Unterarm gelegt. In der Nähe steht eine kleine, fast leere Wasserschale.

Ich krieche zu Bree und halte mein Ohr an ihr Gesicht. Warmer Atem streift meine Wange.

Ich drehe sie um und zucke zusammen. In einem schlimmeren Zustand habe ich sie, glaube ich, noch nie gesehen. Ihre Lippen sind an zwei Stellen aufgeplatzt, und ihre Nase wirkt wie Sammys weit größer, als sie sein sollte. Aus einer Platzwunde an ihrer Stirn, die Titus ihr mit einem durch die Kette verstärkten Faustschlag zugefügt hat, ist Blut gesickert und verklebt ihre Haare. Über ihrem linken Auge befindet sich eine noch üblere klaffende Wunde. Sie muss genäht werden. Dringend.

»Bree?« Sanft rüttle ich sie an der Schulter.

Sie stöhnt und öffnet mühsam die Augen. Als sie mich sieht, sperrt sie sie weit auf und spricht mit schmerzerfüllter Stimme meinen Namen aus.

Ich reiße ein Stück von meinem Hemd ab und tauche es in die Wasserschale, damit ich versuchen kann, einen Teil des Bluts von ihrem Gesicht zu waschen.

»Dafür bringe ich ihn um. Er glaubt, etwas beweisen zu können, indem er jemanden schlägt, der die Hände gefesselt hat.«

»Verschwende … deine Kraft nicht«, stößt sie zwischen mühsamen Atemzügen hervor.

Ich ziehe eine Augenbraue hoch.

»Ich bringe ihn selbst um«, stellt sie klar. »Ich brauche niemanden, der …« – sie zuckt zusammen, als ich den Lappen auf die Wunde über ihrem Auge drücke – »… der meine Kämpfe für mich austrägt.«

Über ihre Sturheit muss ich grinsen. »Gut zu wissen, dass er deinen Mut nicht gebrochen hat.«

»Und das erstaunt dich? Du dachtest, ein paar Schläge könnten mich brechen?«

»Nein. Ganz bestimmt nicht. Ich dachte nur …«

Plötzlich möchte ich sie mit den Händen berühren statt mit dem feuchten Lappen. Ich möchte ihre Haut fühlen, sie an meine Brust ziehen und ihr sagen, dass es in Ordnung ist, sich gehen zu lassen. Nur dieses eine Mal muss sie nicht so stark sein. Ich verstehe es, und ich werde sie nicht verurteilen. Meinetwegen kann sie sogar weinen, weil das nichts daran ändern wird, wie stark sie ist. Nicht für mich.

»Was ist?«, fragt sie.

Ihre Augen sehen mich forschend an, klar und blau und hoffnungsvoll, aber ich weiß nicht, was ich ihr antworten soll. Auf der ganzen Welt gibt es nicht genug Worte, um auch nur annähernd zu erklären, was ich empfinde. Ohne nachzudenken, lege ich eine Hand an ihre Wange.

Sie erstarrt. »Gray?«

Ich strecke die Arme nach ihr aus, und plötzlich liegen meine Hände um ihr Gesicht, und ich sehe sie direkt an und bin wie vor den Kopf geschlagen von der einfachen Tatsache, dass ich sie küssen will. Sanft, um ihr nicht noch mehr Schmerzen zu bereiten. Leidenschaftlich, weil es den Schmerz wert ist.

Aber dann sagt sie: »Tu es nicht, wenn es dir nicht ernst ist«, und mir wird klar, dass mein Leben aus einer impulsiven Reaktion nach der anderen besteht. Das, was ich in diesem Moment will, ist vielleicht nicht das, was ich morgen oder übermorgen wollen werde; und wenn ich sie jetzt küsse, könnte das bedeuten, dass ich auf ihrem Herzen herumtrample, genau wie sie es an jenem Abend mit den Seetauchern gesagt hat.

»Was denn?«, frage ich. »Ich richte nur deine Nase.«

Obwohl ich meine Daumen in eine andere Stellung bringe, sehe ich ihr an, dass sie mir nicht glaubt. Ich schiebe ihre Knochen zurück an den richtigen Platz, und sie schreit auf.

Hinter uns wird die Tür aufgerissen.

»Die Zeit ist um«, blafft Bruno, und dann zerrt er mich aus der Zelle. Dieses Mal wehre ich mich nicht, als er mich wegführt. Ich zähle Stufen, Abzweigungen und Treppen und präge mir den Rückweg zu Bree ein.

»Ich habe sie gesehen«, erkläre ich der Gruppe, nachdem mich Bruno wieder an die Stange gefesselt und uns höhnisch grinsend schöne Träume gewünscht hat.

»Und?«, fragt Sammy aus dem Dunkel. »Was hat sie gesagt? Irgendwelche Ideen, wie wir hier herauskommen?«

Erst als er das sagt, wird mir klar, dass ich die Zeit mit Bree vergeudet habe. Statt zu versuchen, einen Plan auszuarbeiten, habe ich mich in diesen kostbaren fünf Minuten auf lauter falsche Dinge konzentriert. Aus diesem Grund werde ich niemals auch nur ein halb so guter Anführer werden wie mein Vater. Ich bin egoistisch, leichtsinnig und verantwortungslos. Ich bin der Lage nicht gewachsen.

Ich drehe mich auf die Seite, ohne Sammy zu antworten.

»Klar, lass dir Zeit, Gray. Ist ja nicht so, als würden wir hier gegen unseren Willen festgehalten.«

Kurz darauf schnarcht er, als wäre ein feindseliges Streitgespräch das beste Rezept für einen guten Schlaf. Und für ihn ist es das vielleicht sogar; er hat seine Meinung gesagt. Aber ich habe einen beunruhigenden Albtraum.

Der Himmel ist schwarz vor Krähen, die mit den Flügeln

schlagen und die Sonne verdecken. Ein Rotschwanzbussard versucht, zwischen ihnen durchzufliegen, aber er kommt nicht gegen ihre Überzahl an. Tiefschwarze Schnäbel fahren herab, und dann ist da Blut. Überall. Der Himmel kräuselt sich, und plötzlich verwandelt er sich in die Oberfläche eines Sees, der dunkel unter einer Mondsichel liegt. In seiner Mitte schwimmt ein einzelner Seetaucher. Auch er blutet. Und er ruft; ein schmerzlicher, einsamer Gesang.

Wieder und wieder ruft er, aber sein Partner kommt nicht zu ihm.

23. Kapitel

Viele Stunden später binden Bruno und Kaz uns los und führen uns in einen Gemeinschaftswaschraum. Ich vermute, dass es Morgen ist, aber in den fensterlosen Tunneln von Burg ist das unmöglich zu beurteilen.

Die Männer lassen uns mit zwei brennenden Kerzen allein, treten wieder auf den Gang und verriegeln die Tür hinter sich. Es gibt nur wenig Wasser – einen Eimervoll für uns vier –, und wir säubern uns, so gut es geht. Ich wasche mir das getrocknete Blut vom Gesicht und von der Brust. Titus hat mir ein blaues Auge verpasst, aber verglichen mit Sammy sehe ich großartig aus. Seine Augen sind von Prellungen umgeben, und seine gebrochene Nase sieht schlimmer aus denn je.

»Wie fühlst du dich?«

»Scheußlich.« Er wendet sich einer Spiegelscherbe an der Wand zu und betrachtet seine Nase.

»Soll ich sie dir richten?«

Sammy ignoriert mich. Er holt nur tief Luft, setzt seine Finger an die richtigen Stellen und drückt die Knochen wieder an ihren Platz. Als er fertig ist, laufen ihm Tränen aus den Augen.

»Findest du, so ist es gerade?«

Ich nicke, und er wirft mir ein freches Grinsen zu.

»Also, was sollen wir machen?«, fragt Clipper. Er hat kleine Augen, als hätte er nur eine oder zwei Stunden geschlafen, was gut sein kann. Ich berichte den beiden von dem furchtbaren Massaker an Gruppe A Jahre zuvor und erzähle, dass Titus glaubt, wir stünden auf Seiten der Ordensmitglieder oder, wie er sie nennt, der schwarzen Schnitter.

»Ich glaube, wir kommen nur weiter, wenn wir Titus davon überzeugen, dass wir auf seiner Seite stehen«, sage ich. »Wir müssen das Vertrauen dieser Leute gewinnen.«

Sammy seufzt dramatisch. »Das heißt wohl, dass ich ihm nicht die Nase brechen darf, damit wir quitt sind, oder?«

Ich werfe ihm einen Blick zu. »Eindeutig nein.«

»Was ist mit Bo und den anderen?«, fragt Clipper. »Sie werden uns doch befreien?«

»Glaube ich nicht. Der Plan war, dass sie uns ein paar Tage Zeit lassen, damit wir mit eventuellen Überlebenden warm werden können. Sie auf unsere Seite ziehen. Herausfinden, wie man den elektrischen Strom wieder hochfährt. Bo und Xavier sollten die Füße stillhalten, bis du dich um die Kameras gekümmert und die Endlosschleife eingerichtet hast.«

»Aber du hast ihnen doch einen Funkspruch übermittelt«, wendet Clipper ein. »Du hast es zwar nur geschafft, Xaviers Namen zu sagen, bevor Titus das Gerät zertreten hat, aber wenn er es gehört hat, muss er gemerkt haben, wie panisch du geklungen hast. Sie werden ahnen, dass etwas nicht stimmt, und versuchen, uns zu befreien.«

»Dazu sind sie zu klug«, meint Jackson. Es erstaunt mich, dass er sich nicht nur an dem Gespräch beteiligt, sondern auch derselben Meinung ist wie ich.

»Genau«, sage ich. »Sie werden nicht blind in Gruppe A hineinstolpern. Nicht, wenn sie nicht wissen, womit sie es hier zu tun haben. Wir müssen Geduld haben. Titus begreiflich machen, dass wir seinen Leuten helfen wollen; dass wir nicht gekommen sind, um sie zu vernichten wie der Orden vor Jahren.«

»Weißt du, *schwarze Schnitter* klingt besser«, meint Sammy. »Viel bedrohlicher und unheilverheißender. Frank hat wirklich geschlampt, als er seiner Armee ihren Namen gegeben hat.«

Aus irgendeinem Grund ist es diese Bemerkung, die mich aus der Fassung bringt. »Ist es eigentlich unmöglich, dass du einmal ernst bleibst?«

»Ich?«, fragt er und wirkt zugleich unschuldig und wütend. »Du bist doch derjenige, der uns in diese Lage gebracht hat.«

»Das ist nicht *meine* Schuld.«

»Ach, wirklich? Komisch, schließlich bist du doch der Verantwortliche.«

»Darum habe ich nicht gebeten!«, fauche ich.

»Dann reiß dich zusammen oder lass jemand anderen übernehmen!«

»Schön! Du willst, dass ich anfange, Befehle zu erteilen? Hier hast du einen: Hör mit deinem ewigen Sarkasmus auf!«

Bei dem ganzen Geschrei sind wir uns sehr nahe gekommen. Zum ersten Mal wird mir klar, dass Sammy ein wenig größer ist als ich und ich zu ihm aufsehen muss, wenn wir so dicht voreinander stehen. Das gefällt mir nicht.

»Ich werde ernst sein, Gray«, erklärt er langsam, »sobald du aufhörst, Emma herumzustoßen wie eine Stoffpuppe.«

»Was genau soll das heißen?«

»Es soll heißen, dass sie nur von dir spricht. Dass das alles sie zerreißt, und trotzdem lässt du sie zappeln und tust, als hätte sie eine Chance bei dir, obwohl es vollkommen offensichtlich ist, wo du mit deinen Gedanken bist. Warum schläfst du nicht mit Nox und bringst es hinter dich? Brichst Emma das Herz, damit sie endlich anfangen kann, darüber hinwegzukommen?«

Ich stoße ihn, so fest ich kann. Er holt zu einem Schlag aus, dem ich nur knapp ausweichen kann, aber bevor ich eine Chance habe zurückzuschlagen, tritt Jackson zwischen uns.

»Herrgott, Nox und du, ihr habt einander verdient«, faucht Sammy über die Schulter des Duplikats. »Ihr seid beide egoistisch, verbittert und vollkommen verrückt.«

Ich hole aus, aber Jackson hält mich zurück.

»Ist das wirklich wahr?«, fragt Clipper. »Es ist echt dumm, sich ausgerechnet jetzt darüber zu streiten.«

Ich höre auf, mich gegen Jackson zu wehren, und lasse die Arme sinken. Clipper hat recht. Wir dürfen uns jetzt nicht streiten. Nicht über dieses Thema und auch über nichts anderes. Wenn wir nicht an einem Strang ziehen, kommen wir nie aus diesem Schlamassel heraus.

Ich wische mir die Hand an meinem Hemd ab und halte sie Sammy hin, obwohl ich ihn immer noch lieber erwürgen würde. »Sind wir ein Team?«

Er starrt auf meine ausgestreckte Hand und nimmt sie schließlich. »Erst mal.«

Clipper wirft einen nervösen Blick zur Tür, und ich wünsche mir nichts mehr, als dass er mir vertraut. Aber ich habe keine Ahnung, wie ich ein Anführer sein soll. Ich brauche meinen Vater hier. Oder Blaine. Sie würden wahrscheinlich etwas Inspirierendes oder zumindest etwas Beruhigendes sagen.

»Ich werde Titus schon knacken«, erkläre ich und versuche, selbstsicher zu klingen. »Keine Ahnung, wie, aber ich werde ihn dazu bringen, unsere Geschichte zu glauben. Ich brauche nur ein paar Tage.«

»Was, wenn er zuerst eine andere Entscheidung trifft?«, fragt Clipper. Sein Gesicht ist blass vor Sorge.

»Was für eine zum Beispiel?«

»Er glaubt, dass wir zum Orden gehören, dass wir dieselben Killer sind, die seine Leute ermordet haben. Denkst du wirklich, er wird uns lange genug am Leben lassen, um sich überzeugen zu lassen? Um uns zusammen unterzubringen oder uns zu erlauben, hier nach der Stromquelle zu suchen?«

Ich klopfe an die Tür, um Bruno und Kaz mitzuteilen, dass wir fertig sind.

»Und?«, fragt Clipper, aber ich gebe ihm keine Antwort.

Burg wird doch von Hunderten Überlebenden bewohnt. Wir stehen zusammen mit ihnen in einem Gang und warten in einer Schlange, die vor uns um eine Ecke biegt, sodass sie nicht ganz zu sehen ist.

Direkt vor uns steht ein Mädchen, das nicht viel älter sein kann als ich. Sie hat die Hand auf die Schulter eines drei- oder vierjährigen Jungen gelegt. Auf der Hüfte trägt sie ein Kleinkind und nach ihrem Kugelbauch zu urteilen, erwartet sie ein weiteres Baby. Ihre Haut ist dunkel – nicht so dunkel wie die von Aiden, aber sie wirkt beinahe gebräunt, als verbrächte sie ihre Tage in der Sonne. Doch ihre blutunterlaufenen, zu einem Blinzeln zusammengezogenen Augen, die sie vor dem hellen Schein der Fackeln verbirgt, indem sie sie auf den Boden richtet, verraten die Wahrheit. Ihr langes Haar ist verfilzt wie bei Titus.

»Worauf warten wir eigentlich?«, frage ich sie.

Sie zieht ihren Sohn beiseite, als täte ich ihm etwas an, indem ich auf ihn atme. »Ihr seid die Schnitter, die in der Nacht gekommen sind«, sagt sie. »Die sie im Heizungskeller eingesperrt haben.«

Bruno stößt das Mädchen gegen die Schulter. »Sie brauchen nicht zu wissen, wo wir sie festhalten.«

»Was ist ein Heizungskeller?«, frage ich, aber das Mädchen wendet sich bereits von mir ab. Ich weiß, dass es nicht der Mühe wert ist, Bruno die Frage zu stellen.

»Ein Maschinenraum«, erklärt Sammy. »Voll mit Heizkesseln, Pumpen und Generatoren. Von dort wurde dieser Ort früher wahrscheinlich versorgt.«

Bevor ich ihm danken kann, verändert sich etwas in dem Tunnel vor uns. Die Menschenschlange wird plötzlich still, und dann ist ein Wummern zu hören. Tief und hallend. Nicht wie von dieser Welt. Das Dröhnen hat keine Höhen und Tiefen, aber ich kann es *spüren.* In meinen Knochen, auf meiner Haut. Es ist, als geriete die Welt durch seine Kraft leicht in Vibrationen.

Die Schlange setzt sich in Bewegung, die Menschen schlurfen vorwärts.

»Das klang fast, als würde ein Heizkessel anspringen«, meint Clipper. »Ein großer.«

Der kleine Junge vor uns, dem seine Mutter immer noch die Hand auf die Schultern gelegt hat, dreht sich zu uns um. »Das ist das Läuten«, erklärt er.

Sammy wirkt verblüfft. »Läuten?«

»Immer morgens und abends«, sagt Bruno. »Es ruft zum Essen.«

Als ich klein war, hat Ma manchmal eine Glocke geläutet, um Blaine und mir mitzuteilen, dass es Zeit zum Abendessen ist. Wir waren auf den Viehweiden unterwegs oder haben an der Ratstreppe gespielt, aber wir konnten die Glocke immer hören. Ihr Klang war unverkennbar und trug weiter als Mas Stimme. Dann rannten wir eilig und mit knurrendem Magen nach Hause. Aber dieses Geräusch stammt nicht von einer Glocke. Es klingt unnatürlich, wie das endlose Ausatmen eines schlafenden Riesen.

»Woher kommt es?«, frage ich.

»Aus dem Raum des Pfeifens und Brummens«, antwortet der Kleine.

Ich lache leise und rechne damit, dass die Mutter eine Bemerkung über die Phantasie ihres Sohnes macht. Aber sie dreht sich um und spricht uns an. »Das stimmt. Dieser Raum schläft nie. Hinter der Tür ist immer etwas zu hören. Ein leises Brummen, wie der Atem eines Monsters.« Ihr Baby beginnt zu weinen, und sie lässt es auf ihrer Hüfte auf und ab hüpfen. »Wer weiß, was darin ist. Man kann die Tür nicht öffnen. Das ging noch nie.«

»Ihr plant eure Mahlzeiten nach einem Geräusch aus einem Raum, den ihr noch nie betreten habt?«

Die Augen des Mädchens quellen hervor. »Beleidigt nicht den Raum des Pfeifens und Brummens. Er wird es hören, wird davon erfahren.«

Sammy verdreht die Augen. Als die Schlange sich in Bewegung setzt, beugt er sich zu mir herüber. »Wir sind so etwas von erledigt«, flüstert er.

Ich zucke zusammen, denn ich weiß, dass er recht hat und dass Fallyn mit ihren Vermutungen ebenfalls recht hatte. Wir sind zu Fuß quer durch AmOst gelaufen in einer Mission, die wahrscheinlich von Anfang an zum Scheitern verurteilt war. Selbst wenn es uns gelänge, unsere Fesseln lange genug abzuschütteln, um eine Möglichkeit zu finden, die Stadt wieder mit Strom zu versorgen und uns um die Kameras zu kümmern, würden die Überlebenden nicht in unseren Kampf eintreten. Solange Titus verantwortlich ist, werden sie auch nicht von hier fortgehen, und ohne ihre Kooperation kann Burg unmöglich zu einer zweiten Rebellenbasis ausgebaut werden.

Herzukommen war immer ein Risiko, aber ich hätte nie damit gerechnet, in solche Schwierigkeiten und in eine solche Falle zu geraten. Als mir klar wird, dass sich unsere Mission innerhalb eines einzigen Tages vollständig verändert hat, dreht sich mir der Magen um.

Sie ist jetzt keine Rettungsmission mehr, sondern eine Befreiungsmission. Für uns.

Wir müssen aus Burg fliehen.

24. Kapitel

Das Frühstück besteht aus zwei Streifen Trockenfleisch und einem kleinen Brotkanten und reicht nicht aus, um meinen knurrenden Magen zu füllen. Als die Schlange auseinanderläuft, bringt man uns in den Heizungskeller zurück. Die Bewohner von Burg zerstreuen sich, sobald sie ihr Essen erhalten haben. Bruno ist fast fertig damit, uns zu fesseln, als Kaz hereinkommt.

»Titus will den Jungen noch einmal sehen.«

»Wenn er ihm etwas zuleide tut …«

»Wirst du was tun?«, zischt Bruno mir zu. »Ihn schlagen? Ihn töten? Ihm ins Auge spucken? Solange du dich nicht von diesen Fesseln befreien kannst, Schnitter, sind deine Drohungen zwecklos.«

Er reißt Clipper hoch, geht mit ihm hinaus und sperrt uns im Dunkeln ein.

Wenn ich die Augen schließe, sehe ich Titus vor mir, der sich die Kette um die Fäuste gewickelt hat, und Clipper, der versucht, sich mit seinen schmalen Händen zu schützen. Ich gehe Fluchtmöglichkeiten durch, um mich abzulenken, aber zuerst und vor allem muss ich Titus auf unsere Seite ziehen, was unmöglich ist, wenn er sich weigert, mit mir zu reden. Dann mache ich mir Sorgen, Clippers Befürchtungen, Titus werde uns ausschalten, könnten sich bewahrheiten.

»Sammy?«, rufe ich in der Hoffnung, dass er mir hilft meine Gedanken zu sortieren. »Sammy!«

Aber er schnarcht leise.

»Komisch, was?«, meint Jackson hinter mir. »Wir werden bald für immer schlafen, und er hat das Bedürfnis, vorher noch ein Nickerchen einzulegen.«

»Sicher, Jackson. Rasend komisch.«

»Mein Name. Du redest mich immer noch mit meinem Namen an.«

»Wir gehören jetzt zum selben Team.«

»Erstaunlich, wie so etwas passiert.« Nur dass er nicht erstaunt klingt. Er klingt selbstzufrieden, als hätte er die ganze Zeit gewusst, dass es so kommen würde.

»Wusstest du von diesen Leuten? Dass sie verrückt sind?«

»Woher hätte ich das wissen sollen?«

»Als wir über die Mauer geklettert sind, hast du gesagt, wir sollten nicht in die Stadt gehen. Du hast gesagt, es sei gefährlich.«

»Ich hatte keine Ahnung. Habe ich immer noch nicht.«

Ich wünschte, ich könnte ihm am Gesicht ablesen, ob er lügt, aber so, wie ich sitze, kann ich nur geradeaus sehen, in die Richtung, aus der Sammys Schnarchen kommt. Ich frage mich, wie schlimm Clipper aussehen wird, wenn er zurückkommt. Ich frage mich, ob er überhaupt zurückkommen wird.

»Ich muss dir etwas sagen«, erklärt das Duplikat. »Ich habe es in der Nacht versucht, als wir über die Mauer geklettert sind, aber du wolltest mich nicht anhören.«

Er unterbricht sich, als wartete er auf meine Erlaubnis zum Sprechen. »Und? Was ist es?«

»Ich erinnere mich.«

»An was?«

»An die Teile meines Lebens, die für mich immer verschwommen waren. An das, was passiert ist, als ich achtzehn wurde. Als ich die Mauer gesehen habe, war alles wieder da. Zuerst kam es mir wie ein Traum vor, wie etwas, das mein Hirn heraufbeschworen haben muss, um mich zu unterhalten, aber als wir dann geklettert sind, hat die Wahrheit mich so getroffen, dass es war, als hätte mir jemand die Luft aus den Lungen geprügelt.«

Er atmet tief ein, und ich mache mir Sorgen, er könnte nicht weitersprechen, wenn ich etwas sage. So sitze ich schweigend da aus Angst, den Bann zu brechen.

»Manches habe ich immer gewusst, zum Beispiel, dass es dort, wo ich groß geworden bin, sehr heiß war. Wir hatten keine Winter wie hier, aber wir hatten eine Mauer. Und man konnte sie nicht überqueren. Wer das tat, der starb. Dextern. Das war meine Heimat. Es wurde nach einem wichtigen Mensch vor meiner Zeit benannt, aber er ist verschwunden. Alle sind mit achtzehn verschwunden, die Jungen jedenfalls. Ich hatte zwei Brüder, einen jüngeren und einen älteren. Der erste hat mich verlassen, und dann bin ich vor dem jüngeren gegangen. Etwas hat mich geholt.« Eine Pause. »Und jetzt kommt etwas, an das ich mich früher nicht erinnern konnte, das ich jetzt aber wieder weiß: grelle Lichter. Und Wind, der tobte, als wäre ich inmitten eines Sturms gefangen. Dann ein Raum, eine kalte Metallplatte unter meinem Rücken und über mir Gesichter mit weißen Masken über ihren Mündern und Nasen. Ich bin eingeschlafen und fast sofort wieder aufgewacht, nur dass es sich anfühlte, als würde ich zum allerersten Mal aufwachen, als wäre alles vorher ein Traum gewesen.

Jetzt ergibt es einen Sinn, und alles kommt zusammen. Es ist, als hätte ich versucht etwas zu flechten, hätte vorher nur zwei Fäden gehabt, jetzt aber den dritten gefunden. Ich glaube, ich weiß, was das bedeutet, aber ich möchte es von dir hören.« Kurz schweigt er. »Was ist mit mir passiert, Gray?«, fragt er dann.

»Mir *dir* ist gar nichts passiert. Es ist Jackson passiert.«

»Aber ich bin Jackson.«

»Du bist ein Duplikat namens Jackson. Das ist ein Unterschied.«

Harvey hat mir einmal erklärt, ein Duplikat sei eine perfekte Kopie eines geraubten Jungen. Sie sehen gleich aus, haben die gleichen Eigenheiten und besitzen sogar Erinnerungen. Aber die Software, die unlösbar mit ihrem Geist verbunden ist, zwingt sie, Franks Befehle auszuführen, obwohl er ihnen so viel angetan hat. Der Code, den Harvey geschrieben hat, ist so mächtig, dass er ihren freien Willen aufheben und Duplikate dazu bringen kann, bestimmte Gedanken zu unterdrücken und so zu handeln, wie sie das von sich aus nicht tun würden. Er könnte dafür sorgen, dass sie zum Beispiel ihren Raub vergessen und auch die Zeit unmittelbar danach.

Aber Jackson …

Vielleicht hat die Mauer etwas bei ihm ausgelöst. Der Anblick könnte zu persönlich gewesen sein. Sie zu überklettern, könnte zu viel für ihn gewesen sein und eine Fehlfunktion in seiner internen Software verursacht haben. Vielleicht verarbeitet sein Verstand jetzt mehr, als bei seiner Programmierung beabsichtigt war. Oder er erfindet das alles. Ich frage mich, ob ich ihn jemals durchschauen und seine Lügen von der Wahrheit unterscheiden kann.

»Frank – der Mann, der mich geschickt hat, um eure Gruppe zu verfolgen«, sagt Jackson. »Er ist derjenige, der mich hinter die Mauer in Dextern gesteckt hat. Er ist der Orden und der Schnitter. Jetzt erkenne ich das. Sie sind ein und dasselbe.«

»Ja«, sage ich, obwohl er mich nicht um Bestätigung gebeten hat. Ich höre ein gedämpftes Geräusch, als unterdrückte Jackson ein Schluchzen mit den Falten seines Hemds. »Weinst du?« Das sollte ein Duplikat gar nicht können.

»Nein«, sagt er. »Aber es tut weh.«

»Willkommen beim Laicos-Projekt, Jackson. Er hat vielen Menschen wehgetan: mir, Bree, Xavier, meinem Vater. Er hat ihnen allen wehgetan, um Leute wie dich zu schaffen.«

»Nicht die Wahrheit schmerzt mich«, sagt er, »sondern eine Frage, die ich habe. Ich habe erst kürzlich begonnen, sie in Worte zu fassen, aber jedes Mal, wenn sie mir in den Kopf kommt, habe ich das Gefühl, dass mir von dem Ganzen der Kopf platzt. Es sind die schlimmsten Kopfschmerzen, die ich je hatte. Ich möchte dann am liebsten sterben.«

»Das muss ja eine tolle Frage sein.«

Schnell stößt er die Luft aus, als täte ihm das Atmen weh. »Ich … ich frage mich ständig, ob ihr wirklich der Feind seid. Ich frage mich, ob ich …« Er unterbricht sich und erstickt fast an seinen eigenen Worten. »Ich frage mich immer wieder, ob ich euch helfen soll.«

Der metallene Tank zwischen uns vibriert, als Jackson dagegensackt. Ich höre, wie er unter Schmerzen zittert, pfeifend atmet und hustet.

Ich frage mich, was das zu bedeuten hat.

Und dann frage ich mich, ob das alles eine Lüge ist.

Als Clipper zurückkommt, scheint es ihm gut zu gehen. Er wirkt mitgenommen, ist aber unverletzt.

»Was wollte Titus?«

»Er wollte wissen, warum ich hier bin«, antwortet der Junge. »Weil ich so viel jünger bin als ihr anderen.«

»Was hast du ihm erzählt?«

»Die Wahrheit. Dass ich der technische Leiter bin. Dass es vorgesehen war, dass ich hier alles wieder ans Laufen bringe und die Kameras mit Endlosbändern versorge. Das schien ihn zu interessieren. Hat mich zu diesem Raum des Pfeifens und Brummens gebracht und mich das Ohr an die Tür halten lassen. Mich gefragt, was sich auf der anderen Seite befindet.«

»Und?«

»Es könnte genau das sein, wonach wir suchen: ein Kontrollraum mit Zugang zur Einstellung der Kameras. Ich frage mich sogar, ob darin auch Generatoren stehen und es das ist, was es mit dem Läuten auf sich hat – ob die Bewohner von Burg hören, wie sie sich ein- und ausschalten.«

»Aber wozu sollten sie Generatoren brauchen?«, fragt Sammy, der endlich aufgewacht ist. »Hier gibt es nichts, was elektrisch betrieben wird.«

»Bis auf die Kameras«, werfe ich ein.

»Sie wollen, dass ich sie öffne«, sagt Clipper nach kurzem Schweigen. »Die Tür.«

»Vielleicht kann ich ja immer noch eine Vereinbarung mit ihm treffen. Unsere Freiheit gegen die Tür. Wenn ich das schaffe, kannst du dann die Tür öffnen, Clipper?«

»Ich muss es versuchen. Wenn sich in diesem Raum das befindet, was ich vermute, können wir unsere Mission doch noch erfüllen. Vielleicht bringen wir sogar noch Titus auf unsere Seite.«

»Was brauchst du?«

»In der Nähe der Tür befand sich eine Schalttafel, wahrscheinlich für einen Zugangscode. Ich brauche meine Ausrüstung, aber sagt Titus, dass ich hinter Werkzeug her bin.«

»Was für Werkzeug?«

»Denkt euch etwas aus. Kupferdraht. Alkohol aus dem Krankenhaus. Ist mir egal. Alles, wozu ihr an die Oberfläche müsst, um danach zu suchen.«

»Und warum sollten wir an die Oberfläche wollen?«

»Weil ich mein Bündel versteckt habe, bevor sie uns neulich nachts festgenommen haben. Es liegt unter dem Galgen, hinter einem losen Brett am Sockel. Wenn ihr das Bündel holt, können wir wieder Kontakt zu Xavier aufnehmen. Nur zur Sicherheit, falls diese Sache mit der Tür nicht funktioniert.«

»Du bist ein Genie, Clipper.«

Ich wünschte, er könnte mich im Dunkeln sehen, weil ich lächle. Zum ersten Mal seit Tagen.

Als es an diesem Abend wieder läutet, führt Bruno unsere Gruppe zur Essensschlange. Wieder sehen wir zu, wie die Menschen vor uns sich ihre Trockenfleisch-Streifen abholen, bevor sie auseinandergehen. Doch statt sich zu zerstreuen wie beim letzten Mal, gehen viele zu den Treppen. Die Hälfte von ihnen ist sehr jung und klein und trägt Stoffbeutel über den Schultern. Die älteren Gruppenmitglieder, hauptsächlich Männer, halten Messer und Speere in den Händen. Die meisten haben sich etwas Ähnliches wie Teer ins Gesicht geschmiert, damit ihre Haut dunkler ist und sie in der Schwärze der Nacht unsichtbar sind, wie Titus bei unserer ersten Begegnung.

»Wohin gehen sie?«, frage ich Bruno.

»Zur Arbeit«, antwortet er, ohne mich anzusehen. »Die Sammler und Jäger arbeiten nachts, alle anderen bei Tag.«

»Außer man hat Pech und kriegt zwei Jobs aufs Auge gedrückt«, murrt ein Junge, der sich an uns vorbeischiebt.

»Ja, die Arbeit in der Zucht ist echt schwer«, faucht Bruno hinter ihm her.

Der Junge umfasst sein Messer fester. Seine Haut ist so dunkel, dass er auf die Tarnbemalung verzichtet hat. Er sieht aus, als hätte er ungefähr mein Alter, aber das ist schwer zu beurteilen, weil er eine Kapuze übergestülpt hat, die den größten Teil seines Gesichts verschattet. Ich denke an das Mädchen, das ich beim Morgenläuten gesehen habe und das Kinder wie die Orgelpfeifen hat, und ich glaube, ich kann erraten, was die Zucht in Burg bedeutet. Obwohl der Grundgedanke dahinter der gleiche ist, kommt mir das viel schlimmer vor als die Zuweisungen in Claysoot.

»Bring mich zu Titus«, sage ich zu Bruno. »Ich habe ihm einen Vorschlag zu machen.«

»Er macht keine Geschäfte mit Schnittern.«

»Auch nicht, wenn sie wissen, wie man den Raum des Pfeifens und Brummens öffnen kann?«

Bruno presst die Lippen zusammen und zieht mich aus der Schlange. Über die Schulter werfe ich dem Team einen Blick zu, und Sammy blinzelt mir zu, als ich weggeführt werde. Zwischen uns steht vielleicht noch ein nicht beigelegter Streit, aber ich weiß, dass er dieselbe Gelegenheit sieht wie ich, und es ist schön, ausnahmsweise Unterstützung zu spüren.

25. Kapitel

»Meine Tür gegen eure Freiheit?«, wiederholt Titus, nachdem ich ihm meinen Vorschlag gemacht habe.

»Das ist der Plan.«

»Woher soll ich wissen, ob ihr nich' andere Schnitter hierher schickt?«

Ich gebe ihm dieselbe Antwort, die er Bree gegeben hat, als sie mit seinen Männern aneinandergeraten ist. »Du wirst mir eben vertrauen müssen.«

Titus reibt sich den Nacken. »Bin mir nich' sicher, ob ich das kann.«

»Wir gehören nicht zu diesen Leuten, und wenn wir die Tür geöffnet haben, kann ich dir das beweisen. Wir vermuten, dass der Raum des Pfeifens und Brummens ein Kontrollraum ist.«

Er wirft sein Messer zwischen den Händen hin und her.

»Wenn ich recht habe, können wir die Kameras umstellen. Dafür sorgen, dass eure Leute sich sicher an der Oberfläche bewegen können. Ihr könntet auch fortgehen, wenn ihr wollt.«

»Natürlich können wir weggehen. Deswegen öffnen wir sie ja. Das ist der einzige Weg nach draußen.«

Fast lache ich, aber seine Miene bleibt streng. »Titus, was immer hinter dieser Tür liegt, wird euch nicht aus Burg herausführen.«

»In unseren Geschichten heißt es, dass es an dem Tag, an dem die Schnitter kamen, geläutet hat«, sagt er. »Nur Augenblicke bevor sie gekommen sind. Wie eine Warnung. Als hätte der Raum es *gewusst.*«

»Zufall.«

»Er wird uns in Sicherheit führen.«

»Es ist nur ein Raum.«

»Und die Mauer, von der ihr wollt, dass wir darüberklettern, ist nur eine Treppe in den Feuertod«, faucht er.

Die Diskussion hat keinen Sinn. Ich werde seine Meinung nicht ändern, jedenfalls nicht, bevor die Tür offen ist. Vielleicht kann ich ihn dann davon überzeugen, dass ich nicht zum Orden gehöre. Möglich, dass er sich sogar auf unsere Seite schlägt, sodass diese Reise nicht ganz umsonst ist. Aber bis dahin …

»Schön. Dann ist das abgemacht«, erkläre ich. »Die Tür gegen unsere Freiheit, nichts weiter. Ich werde nach oben gehen müssen, um Dinge zu holen, die Clipper braucht.«

»Warum kann der Junge sie nich' selbst holen?«, fragt Titus.

Ich lehne mich auf meiner Holzkiste zurück und versuche, gleichgültig zu wirken. »Das könnte er. Aber sie werden ihn entdecken, die Schnitter. Sie beobachten diesen Ort. Das wisst ihr. Deswegen geht ihr nur bei Nacht nach draußen. Und Clipper kann sich nicht wie ich in den Schatten bewegen. Wenn ihr jemanden wollt, der unsichtbar bleibt wie eure Sammler und Jäger, dann müsst ihr mich schicken.«

»Sagt mir, was ihr braucht, und meine Leute holen es.«

»Das weiß ich erst, wenn ich es sehe.«

Titus rollt das Messer über seine Handfläche. »Siehst du die Klinge hier, Schnitter? Ich liebe sie mehr als alles andere. Ich schärfe sie jeden Tag. Ich poliere ihren Griff. Wenn sie blutig geworden ist, wische ich sie ab. Und dann poliere ich sie noch einmal. Sie ist eine Fortsetzung meiner Hand.« Zum Beweis streckt er sie aus und sticht in die Luft.

»Was willst du damit sagen?«

Er zieht die Augen zusammen. »Ich will sagen, dass ich kein Problem damit habe, dieses Messer einzusetzen, und zwar gut. Wenn du nicht rechtzeitig zurück bist, stirbt dein Mädchen.«

Das gefällt mir nicht, aber ich habe keine andere Wahl.

»Wir geben uns die Hand darauf«, sagt er. »Mit Blut. Du kommst schnell zurück, oder ihr Leben gehört mir. Dann, wenn ihr es schafft, die Tür zu öffnen, und versprecht, dass keine Schnitter an eurer Stelle kommen, lasse ich dich und deine Männer gehen.«

Er schließt die Faust um die Klinge und zieht sie schnell heraus, sodass er sich quer über die Handfläche schneidet. Bruno nimmt das Messer von ihm entgegen und schlitzt mir ebenfalls die Handfläche auf. Die Waffe ist so scharf, dass ich den Schnitt kaum spüre, aber plötzlich fühlt sich meine Handfläche glühend heiß an.

»Haben wir eine Abmachung?«, fragt Titus mit ausgestreckter Hand.

Ich kann mit alldem einverstanden sein, nur nicht mit dem Versprechen am Ende. Ich habe keine Kontrolle über den Orden und kann nicht schwören, dass er nie den Fuß hierher setzen wird. Aber warum sollte er? Dieser Ort ist längst aufgegeben. Und ich brauche dieses Bündel mit Ausrüstung, das unter dem Galgen versteckt ist. Ich muss mit Xavier und Bo sprechen und Alternativpläne schmieden für den Fall, dass Clipper an der Tür Probleme bekommt.

Also strecke ich die Hand aus und drücke sie gegen Titus' Handfläche. Wir schütteln uns die Hände.

Bruno gibt mir einen Lappen, zum Umwickeln für meine blutende Handfläche, und einen Stoffbeutel, wie ich ihn vorhin bei den Sammlern gesehen habe. Dann führt er mich zu einer einsamen Treppe, die direkt hinter Titus' Zimmer liegt. »Halt dich nicht auf. Er wird ihr Blut wirklich vergießen, ohne zu zögern.«

Aber das weiß ich bereits und gehe ohne ein weiteres Wort die Treppe hinauf.

Ich stoße eine Reihe Kellertüren auf und trete in eine schmutzige Gasse. Im Mondschein schimmert der Schnee wie eine Wasserfläche in der Sonne. Ich blinzle, denn nach einem ganzen Tag in den halbdunklen Tunneln bin ich kurzzeitig geblendet.

Der Duft nach Leben wirkt berauschend. Die gefrorene Erde unter meinen Füßen. Die Rinde und die Nadeln von Bäumen, die ich von hier aus nicht sehen kann. Sogar der Schnee scheint starke Sinneseindrücke auszulösen. Es ist, als wäre ich aus einem Albtraum erwacht, wieder lebendig. Keine Ahnung, warum Titus damit zufrieden ist, seine Leute unter dieser Stadt einzusperren, wo sie wie Maulwürfe leben, obwohl sie hier draußen sein könnten.

Ich nehme einen tiefen Atemzug, und es brennt. Ich hatte die stechende Kälte ganz vergessen.

Der Mond scheint viel heller als in der Nacht, in der wir nach Burg vorgedrungen sind, und ohne den Schneefall kann ich gut sehen. Was heißt, dass die Kameras es ebenfalls können. Ich ziehe den Reißverschluss meiner Jacke so hoch, wie es nur geht, drücke mir die Mütze so tief wie möglich ins Gesicht und schleiche die Gasse entlang.

Vor mir huschen zwei Gestalten zwischen den Gebäuden umher. Sammler. Ich warte, bis sich eine dicke Wolke vor den

Mond schiebt, und renne dann zum Galgen. Es dauert einen Moment, bis ich das lose Brett finde. Ich trete es ein, und da liegt tatsächlich Clippers Bündel. Es fühlt sich kalt an.

Den Bruchteil einer Sekunde überlege ich, ob ich zur Mauer laufen soll. Ich könnte schnell dort und wieder zurück sein und die anderen persönlich über unsere Lage informieren. Aber es könnte sein, dass Titus sich unter »schnell« etwas anderes vorstellt als ich, und ich darf kein Risiko eingehen, wenn Brees Leben in Gefahr ist.

Am Himmel zieht eine Wolke vorbei, und der Mondschein ergießt sich wieder über die Landschaft. Ich schnappe mir das Bündel und husche in das nahe gelegene Schulhaus. Da ich mir Sorgen mache, in dem Raum könnten Kameras hängen, quetsche ich mich so zwischen zwei umgestürzte Bänke, dass ich größtenteils unsichtbar bin, und beginne die Tasche zu durchwühlen.

Ich lege alles beiseite, was Titus konfiszieren könnte – ein kleines Taschenmesser, das sich kompakt zusammenklappen lässt; eine Taschenlampe, mit der man jemanden schlagen könnte; die Apparatur zum Entfernen von Peilsendern, die schon auf den ersten Blick bedrohlich wirkt –, aber der Rest der Ausrüstung ist harmlos. Das Navigationsgerät. Nahrung und Wasser. Drähte und Computerchips und Batterien und alles Mögliche an technischer Ausrüstung, von dem ich behaupten kann, dass Clipper es braucht, um den Raum des Pfeifens und Brummens aufzubrechen. Ich packe alles aus Clippers Tasche in den Stoffbeutel um, den Bruno mir gegeben hat. Dann ziehe ich einen Stiefel aus und schneide mit dem Messer ein Stück der Innensohle heraus. Ich klappe das Messer zusammen, stecke es hinein und ziehe den Stiefel wieder an. Im Stehen kann ich es unter meiner Ferse spüren. Ich würde damit keinen längeren Fußmarsch unternehmen wollen, aber ich werde es brauchen, wenn ich heute Nacht meine Fesseln loswerden will.

Durch das Fenster spähe ich in Richtung Mauer. Ich stelle mir vor, wie Emma eine kleine Haarsträhne um ihren Finger wickelt – das macht sie immer, wenn sie nervös ist. Den Bruchteil einer Sekunde frage ich mich, ob Sammy genauso an sie denkt wie ich, und bei der Vorstellung zieht sich mein Magen zusammen.

»Was hast du hier zu suchen?«

In der Tür steht eine Gestalt. Ich blinzle und erkenne den Jungen, der sich vorhin an Bruno vorbeigeschoben und sich über seine zwei Jobs beklagt hat. Seine Hände sind blutbefleckt.

»Das Gleiche könnte ich dich fragen. Solltest du nicht auf der Jagd sein?«

Er schnaubt verächtlich. »Puck und ich haben schon einen Hirsch erlegt. Ich habe ihn ausgenommen. Er ist noch einmal zurückgegangen, um kleineres Wild zu jagen.«

»Aber du nicht?«

Der Junge zuckt die Achseln, tritt schweigend an mir vorbei und zieht ein kleines Buch aus einer Lücke zwischen Fensterbrett und Wand.

»Findest du nicht, dass es ein wenig dunkel zum Lesen ist?«

»Ich lese, wann ich kann, und eine andere Gelegenheit als jetzt habe ich nicht. Unten ist es schließlich nicht erlaubt.«

»Titus verbietet …«

»Ja. Meine Ma hat es mir beigebracht, weil ihre Ma es ihr beigebracht hat und weil irgendjemand es einmal gekonnt hat. Aber der ist lange nicht mehr da.« Er fährt mit einer Hand über den Einband. »Eigentlich brauche ich es gar nicht mehr zu lesen – ich kenne das Ganze auswendig –, aber in den Nächten, in denen ich früh einen Fang mache, komme ich gern her, um es einfach in der Hand zu halten. Damit ich es nicht vergesse.«

»Das Lesen?«, frage ich, denn ich glaube nicht, dass das eine Fertigkeit ist, die man verliert, wenn man sie nicht übt.

»Nein«, sagt er und sieht zu mir auf. »Ich will nicht vergessen, was darin steht. Es ist ein Tagebuch, von einem Mädchen. Sie erzählt davon, was sie jede Nacht im Traum sieht: eine Welt, die größer als Burg ist, mit Bergen und Meeren und Frieden. Wo nicht gekämpft wird. Wo die Schlafenden begraben werden, auf Friedhöfen, und die Lebenden zusammen spazieren gehen und ihre Kinder hinter ihnen herrennen. Das alles sieht sie, wenn sie über die Mauer klettert. Sie träumt jede Nacht davon.« Er blickt auf das Tagebuch in seinen Händen. »Ich wünschte, ich könnte ihr danken. Sie sorgt dafür, dass ich nicht den Verstand verliere. Jedes Mal, wenn ich wieder nach unten muss, denke ich daran, dass dieses Tagebuch hier liegt und dass ich zurückkehren und ihren Traum erleben kann.«

»Warum erzählst du mir das alles?«

Er verzieht sein Gesicht kurz zu einer Grimasse. »Schnitter oder nicht, du bist von da draußen. Auf gewisse Art sind ihre Träume Wirklichkeit, oder? Du hast das alles gesehen.«

»Ja«, sage ich, obwohl die Welt jenseits von Burgs Mauer keineswegs so friedlich ist wie in dem Traumtagebuch. »Du kannst es auch sehen. Wenn du kletterst.«

»Ich hab einmal versucht, eine Leiter zu bauen«, erklärt er kopfschüttelnd, »aber Titus hat Wind davon gekriegt und meine Ma halb totgeschlagen. Also hab ich etwas Kleineres gemacht, das leichter zu verstecken ist. Hab den Griff von einer kaputten Heugabel abgesägt – die Zinken waren so verbogen, dass man sie besser als Haken benutzen als Heu damit bewegen konnte – und hab ein Tau daran gebunden. Mit einem guten Wurf könnte ich wahrscheinlich den Haken oben an der Mauer festmachen und hochklettern, aber ich … ich verliere immer wieder den Mut.«

»Wir gehen vielleicht bald fort«, erkläre ich ihm. »Du könntest mit uns kommen.«

»Ja, vielleicht.« Aber er klingt nicht überzeugt.

»Auch möglich, dass wir bleiben. Das kommt darauf an, was wir in dem Raum des Pfeifens und Brummens finden. Ich meine, so oder so könntest du dich uns anschließen. Du bist Titus nichts schuldig.«

Geistesabwesend fährt er mit der Hand über den Rücken des Tagebuchs. Ich seufze, nehme die Stofftasche zu meinen Füßen und gehe zur Tür. Ich habe viel zu viel Zeit verschwendet.

»Wie heißt du?«, ruft er mir nach.

»Gray.«

»Ich bin Blake, aber alle nennen mich Bleak.«

»Wieso?«

»Na, Bleak wie der Freudlose, weil ich immer so negativ bin. Weil ich Burg und diese Tunnel und unsere Jobs und mein Leben hasse.« Ich überlege, dass der Name wirklich gut zu ihm passt. »Aber ich sehe nicht, was so freudlos daran sein soll, sich etwas Besseres zu wünschen«, setzt er dann hinzu. »Sich mehr zu erhoffen.«

Ich werfe ihm ein rasches Lächeln zu, husche nach draußen und laufe die Gasse wieder hoch. Bevor ich die Kellertür öffne, hole ich noch einmal tief Luft. Der Wind peitscht über den Boden, weht den Schnee hoch, lässt ihn herumwirbeln und wirft damit. So tanzt er, bis der Wind abklingt, und dann liegt die Stadt wieder so still da wie ein Friedhof. Nur Mondschein und Wolken und die Gerippe von Häusern.

Ich denke an Bleak und sein Tagebuch; daran, wie die einfachen Worte, die eine vollkommen Fremde aufgeschrieben hat, ihm Hoffnung geschenkt haben, obwohl alle anderen nur seine negative Einstellung sehen. So viel Macht haben diese Worte, diese Träume.

Schnell laufe ich die Treppe hinunter und lasse die Welt hinter mir zurück.

26. Kapitel

Bruno und Kaz leeren den Inhalt des Stoffbeutels auf Titus' Tisch und durchwühlen das Zubehör. Schließlich nickt Titus seinen Männern zu, und sie stopfen alles wieder in die Tasche. Bruno dreht sich zu mir um und klopft mein Hemd und meine Hose ab. Er überprüft jede einzelne Tasche, aber die Stiefel lässt er mich nicht ausziehen.

»Der Junge beginnt morgen früh als Erstes mit der Arbeit an der Tür«, befiehlt Titus. »Und jetzt, Bruno, schaff mir diesen Schnitter aus den Augen.«

»Moment. Ich will zuerst Bree sehen.«

»Du bist hier, und du warst nicht langsam. Niemand hat sie angerührt.«

»Ich möchte mich trotzdem davon überzeugen.«

»Aha«, meint Titus und verzieht scherzhaft die Lippen. »Vielleicht, damit du sie selbst anfassen kannst?«

Ich beiße die Zähne zusammen. »Bringt mich zu ihr, sonst öffnet Clipper die Tür nicht.«

»Vielleicht sollte ich dir ja noch ein paar Decken mitgeben«, höhnt Titus, »damit du deinen Moment im Luxus genießen kannst.«

»Sofort!«

Er bricht in Gelächter aus. »Es ist so einfach, dich zu reizen, Schnitter.«

Ich hasse es, so genannt und mit Frank und seinem Orden in einen Topf geworfen zu werden; mit den Leuten, die mein ganzes Leben ruiniert haben. Ich frage mich, ob Jackson das Gleiche empfindet, wenn wir ihn Duplikat nennen.

»Gebt ihm noch mal fünf Minuten mit dem Mädchen«, sagt Titus zu Bruno. Finger schließen sich fest um meinen Ellbogen, und ich werde aus dem Raum gezogen. Als wir vor Brees Tür stehen, lächelt Bruno. »Viel Spaß. Ich werd' versuchen, nicht zu lauschen.«

Ich dränge mich an ihm vorbei. Bree sitzt in der gegenüberliegenden Ecke, aber dann fällt die Tür zu, und sie wird sofort von der Dunkelheit verschluckt. Ich könnte ebenso gut blind sein.

»Bree?«

»Hier«, sagt sie. »Ich bin hier.« Und das wiederholt sie und ruft nach mir, während ich durch das Dunkel auf ihre Stimme zukrieche. Meine Hände ertasten schließlich ihre Knie, und ich setze mich mit dem Rücken zur Wand neben sie. Sie befindet sich direkt neben mir, trotzdem kann ich sie immer noch nicht sehen. Es ist, als schwebten wir verloren in einem pechschwarzen Meer.

»Warum brennt deine Kerze nicht?«, frage ich.

»Sie ist ausgegangen, und man hat mir keine neue gebracht.«

»Hast du zu essen bekommen?«

»Ja.«

»Und lassen sie dich in den Waschraum gehen?«

»Zweimal täglich, immer nach dem Essen.«

Eine Pause. Bis auf meinen Puls, der mir in den Ohren pocht, ist es still.

»Und einmal sind ein paar Krankenschwestern gekommen«, setzt sie hinzu. »Sie haben mich ausgezogen und untersucht.«

»Haben sie dir wehgetan?«

Noch eine Pause.

»Haben sie dir wehgetan, Bree?«

»Nein«, faucht sie. »Sie haben mich nur abgetastet wie ein Stück Vieh und sind wieder gegangen.«

»Und jetzt?«

»Jetzt ist gar nichts, Gray. Das war es. Nur ich und diese Mauern. Die Dunkelheit. Jedes Mal, wenn sie diese Tür öffnen, brennen meine Augen. Wie ist das bloß passiert? Wieso sitzen wir hier unten fest?«

»Ich unternehme etwas dagegen.«

Ich erzähle ihr von dem Raum des Pfeifens und Brummens und Titus' Überzeugung, dass seine Leute auf diesem Weg aus Burg fliehen können. Von der Abmachung, die ich getroffen habe, und dass Titus bereit ist, uns freizulassen, wenn Clipper die Tür öffnet.

»Das klingt zu einfach«, meint sie. Ich kann ihr Gesicht nicht sehen, aber ich bin mir ganz sicher, dass sie zweifelnd dreinschaut, die Augenbrauen zusammenzieht und die allersturste finstere Miene aufgesetzt hat.

»Warum halten sie dich getrennt von uns fest?«

Sie schnaubt verächtlich. »Wenn ich das wüsste, würde ich etwas dagegen tun.«

Die Dunkelheit ist so dicht, dass mir schwindlig wird. Wenn der Boden nicht wäre, wüsste ich nicht, wo oben und unten ist.

»Gray?«, sagt sie, und in ihrer Stimme liegt ein Beben, das ich noch nie gehört habe. »Was, wenn wir wirklich nicht wieder hier hinauskommen? Wenn Titus sich nicht an die Abmachung hält, und wenn das unser Ende ist und wir hier unten festsitzen? Ich meine, ich will nicht so denken, das sage ich mir immer wieder. Aber ich habe dieses schreckliche Gefühl, dass …« Ich spüre, wie ihre Schultern neben mir zucken. Sie atmet tief ein. Noch einmal. »Ich habe Angst, dass es dieses Mal wirklich keinen Ausweg gibt. Noch nie habe ich diese Art von Zweifel gespürt. Nicht ein einziges Mal. Aber dann sperren sie mich ohne euch ein, und ich habe nichts als Wände und Dunkelheit und hoffnungslose Gedanken, die nicht aufhören, mir im Kopf herumzugehen. Sosehr ich auch versuche, sie zum Schweigen zu bringen, sie werden einfach nur lauter und lauter und …«

Ich strecke die Arme nach ihr aus. Ihre Hände sind so rau wie meine und schwielig, weil sie ein Messer führt und Speere wirft, aber trotzdem so zart. Schmal. Klein. Ich drücke ihre Hand, und ihr entfährt ein Schluchzen.

»Bree?«

Aber ihr Kopf liegt bereits an meiner Brust. Sie weint und stößt gewaltige, schamlose Schluchzer aus. Ich sage nichts, weil ich irgendwie weiß, dass sie keine Worte braucht. Sie will nicht, dass ich sie beruhige oder ihr verspreche, dass alles gut wird. Sie braucht mich einfach hier, wo ich bei ihr sitze, eine Hand in ihrer und die andere auf ihren Rücken gelegt. Das ist alles, was sie braucht, und alles, was sie will.

Also ist es auch alles, was ich tue.

Kurz darauf löst sie sich von mir. »Wenn du jemandem davon erzählst, dann schwöre ich dir, ich verprügle dich, dass dir Hören und Sehen vergehen.«

»Als könntest du das.«

»Es ist mein Ernst, Gray. Sag den anderen nicht, dass ich zusammengebrochen bin. Das könnte ich nicht ertragen.«

»Wer ist zusammengebrochen? Ich weiß nicht, wovon du sprichst.«

In diesem Moment würde ich alles darum geben, ihr Gesicht sehen zu können. Ich stelle mir vor, dass sie lächelt.

Aber das stimmt nicht, denn jetzt wird die Tür aufgerissen, und als Licht in die Zelle fällt, kann ich sie sehen. Tiefviolette und gelbe Prellungen überziehen ihre Haut. Die meisten ihrer kleineren Schnittwunden haben sich geschlossen und sind trockene, schartige Schrammen, die üble Platzwunde über ihrer Augenbraue wird jetzt von Stichen zusammengehalten. Jemand war so freundlich, sie zu nähen. Ihre Augen sind vom Weinen geschwollen, und sie sind blauer als in meiner Erinnerung. Sie wirkt verängstigt. Ich habe noch nie Angst in ihrer Miene gesehen, und dieser Anblick lässt mein Herz gefrieren.

Bree umklammert meine Hand fester, und ihre Augen schimmern feucht. Doch Bruno zerrt uns auseinander, ehe noch mehr Tränen fließen können.

Wir werden genauso eingeschlossen wie letzte Nacht; mit einer einsamen Kerze, deren Docht lange vor dem Morgen herunterbrennen wird. Die Ausrüstung, die ich geholt habe, steht in ihrer Nähe, weit außerhalb unserer Reichweite.

Sobald Brunos und Kaz' Schritte auf dem Gang verklungen sind, streife ich meinen Stiefel ab. Im Dunkel taste ich herum, löse die Innensohle, finde das Messer und klappe es auf. Ich brauche ewig, um die Stricke, mit denen ich gefesselt bin, durchzuschneiden, aber ich schaffe es. Dann schnappe ich mir die Kerze und die Tasche mit der Ausrüstung und befreie Clipper. Er durchwühlt die Ausrüstung, bis er ein Ersatz-Funkgerät findet. Wirklich, man kann sich darauf verlassen, dass Clipper für alles Ersatz dabeihat, auch wenn es sein Bündel auf unseren Reisen schwerer macht.

Ein paar Minuten hantiert er mit dem Gerät herum, und dann reicht er es mir. »Das müsste der richtige Kanal sein. Möglich, dass der Empfang schlecht ist – ich bin mir nicht sicher, wie weit unter der Oberfläche wir sind.«

»Xavier? Bo?«, frage ich zögernd.

Das Gerät knackt, und dann höre ich Xaviers leicht abgehackte Stimme. »Gray? Gott sei Dank. Bo wollte euch schon hinterher – es ist schon viel zu lange still. Was ist passiert?« Dann ein gedämpftes Geräusch im Hintergrund. »Ja, es geht ihm gut, Emma.«

Ich gebe Xavier einen kurzen Überblick über unsere verzwickte Lage und erkläre, dass Clipper den Raum des Pfeifens und Brummens öffnen muss, damit wir freikommen.

»Wenn es kein Kontrollraum ist, wie wir vermuten, können wir Titus wahrscheinlich nicht überzeugen, sich auf unsere Seite zu schlagen«, erkläre ich. »Aber solange es uns gelingt, die Tür zu öffnen, dürfen wir gehen. Deswegen wollte ich auch mit euch reden. Wenn ihr bis morgen zur Abenddämmerung nichts von uns gehört habt, ist etwas schiefgegangen.«

»In welcher Hinsicht?«, fragt er. »Werdet ihr dann gegen euren Willen festgehalten?«

»Wahrscheinlich.«

Das Gerät knackt ein paarmal, und ich kann nicht alles verstehen, was er sagt. »... noch mehr Benzin im hinteren Teil des Wagens gefunden, Kanister unter den Sitzen. Bestimmt sind deswegen die beiden anderen so schnell explodiert, als du von der *Catherine* aus auf sie geschossen hast. Die Sache ist die, dass wir damit noch ein ganzes Stück fahren können, falls das nötig wird.« Noch ein Knacken, gedämpfte Stimmen. »Es geht ihm gut, Emma. Wir sprechen gerade miteinander ... Nein, du kannst nicht mit ihm ... Na schön.«

»Gray?« Emmas Stimme klingt so weich und zart, als stünde sie neben mir. »Was ist passiert?«

»Das ist eine lange Geschichte.«

»Ich hätte bei euch sein müssen.«

»Nein. Ich bin froh, dass du nicht da warst. Glaub mir.«

Eine Pause. »Werdet ihr zurechtkommen?«

»Ja«, erkläre ich bestimmt. »Wir melden uns morgen, und alles wird gut. Ich schwöre es.«

Sie stößt ein leises Lachen aus. »Du solltest nicht so große Versprechungen machen, Gray. Du wirst sie vielleicht nicht halten können.« Kurz bleibt es still, und dann erreicht mich ihre Stimme in einem Flüsterton. »Ich liebe dich, Gray.«

Dieses Wort. Im Sommer hätte ich alles dafür gegeben, es von ihr zu hören, die Gelegenheit zu haben, es zu erwidern. Aber jetzt begreife ich mehr denn je, welche Macht es hat. Dass es einem ebenso Schmerzen bereiten kann, wie es einen auf Wolken schweben lassen kann. Dass man es nicht seinerseits aussprechen darf, wenn man es nicht ebenso tief empfindet wie der andere. Und dabei kann man das nie so genau wissen. Nicht wirklich. Es hat zu viel mit blindem Vertrauen zu tun, und dieses Wort ist immer, *immer* gefährlich. Man wird verletzt. Oder der andere leidet. Man trampelt auf jemandes Herz herum, ohne es zu wollen. Liebe ist töricht und gefährlich, so als versuchte man ein Haus in einem Sumpf zu bauen. Gefühle sind kein starkes Fundament.

Als Emma also meinen Namen ausspricht, das Wort wiederholt und mich fragt, ob ich noch da bin, sage ich nur, dass ich sie kaum noch hören kann und sie mir Xavier noch einmal geben soll, bevor die Verbindung abreißt.

Stattdessen bekomme ich Bo an den Apparat.

»Da ist noch etwas«, erklärt er. »Gestern Nacht habe ich andere Funkkanäle ausprobiert, weil ich mich gefragt habe, ob ihr uns vielleicht auf dem falschen zu erreichen versucht, und eine mit ziemlich viel Rauschen unterlegte Nachricht gehört: *Freunde des Widerstands, bitte wiederholen: Der Phoenix findet, ihr solltet Feindkontakt suchen.* Dann, heute, kam die Nachricht noch einmal. Andere Stimme, anderer Kanal, dieselbe Botschaft. Und dieses Mal deutlicher, als wäre die Quelle näher.«

»Der Phoenix«, sage ich verwirrt und spüre, wie sich meine Züge konzentriert zusammenziehen.

»Komm schon, Gray. Begreifst du das nicht? Ich dachte, dass Ryder … vielleicht … weil Owen auf dem Schiff sagte, er wolle September einen Funkspruch schicken.«

Und plötzlich ist es ganz offensichtlich.

»Sie hat ihn erreicht! September hat von Bone Harbor aus irgendwie Ryder erreicht und ihm von unseren Vermutungen in Bezug auf AmWest erzählt, wie Owen sie gebeten hatte, und das ist seine Antwort, die von Unterstützern der Rebellen weitergegeben wird, wo immer sie darüber stolpern. Ryder *Phoenix* glaubt, wir sollten Verbindung zu den Exilanten aufnehmen! Außer … könnte Feindkontakt nicht ebenso Kampf bedeuten wie Gespräche?«

»Wir haben sie immer als den Feind betrachtet«, antwortet Bo. »Und ich kenne Ryder. Er würde sich nicht so viel Mühe geben, diese Nachricht verbreiten zu lassen, wenn sie nur bedeuten würde, dass wir AmWest weiter so sehen sollen wie immer.«

»Du glaubst also, es bedeutet …«

»Ja. Wir hatten recht, als wir uns gefragt haben, ob die Exilanten nicht eine weitere Rebellengruppe sind, ganz ähnlich wie wir.«

Ich werfe Clipper und Sammy einen Blick zu. Sie sehen aus, als wüssten sie nicht genau, was sie mit dieser Neuigkeit anfangen sollen.

»Im Moment hilft uns das allerdings nicht viel«, sage ich zu Bo.

»Werdet ihr morgen einen Kontrollraum betreten oder

nicht?«, gibt er zurück. »Bringt Titus auf unsere Seite, dann kann Clipper mit der Arbeit beginnen. Bis es morgen Nacht wird, könnten wir sowohl Burg als auch ein paar Exilanten als Mannschaft für die neueste Basis der Rebellen haben.«

Ich verspreche Bo, ihn so bald wie möglich auf dem Laufenden zu halten, und dann packt Clipper das Funkgerät weg. Nachdem ich ihn wieder an seine Stange gefesselt habe, stelle ich Ausrüstung und Kerze erneut in die Nähe der Tür und schiebe das kleine Messer zurück in sein Versteck in meinem Stiefel. Ich bringe es fertig, mir die Arme hinter dem Rücken zu fesseln, trete das überflüssige Tau beiseite, das ich abgeschnitten hatte, um mich zu befreien, und hoffe, dass Bruno die Veränderung nicht bemerkt. Nur Sekunden später verlischt zischend die Kerze. Mir wird klar, dass ich trotz allem Hoffnung spüre.

Ich lausche den anderen und höre sie im Schlaf langsam atmen. Schließlich werden auch mir die Augenlider schwer. Doch da höre ich Jackson im Dunkeln etwas flüstern.

»Ich schätze, Frank hat euch doch nicht überschätzt.«

»Wovon redest du?«

»AmWest. Er hat von Anfang an befürchtet, ihr würdet euch mit ihnen zusammentun. Sie wären eure natürlichen Verbündeten.«

Klar sagt er mir das jetzt, nachdem wir endlich von allein darauf gekommen sind, und nicht früher, als wir die Information wirkungsvoller hätten einsetzen können. Auch nicht, als wir ihn danach gefragt haben. Und er behauptet, uns helfen zu wollen.

»Habt ihr immer noch vor, mich hier zurückzulassen, wenn ihr freigelassen werdet?«, fragt er.

»Planst du immer noch, uns zu foltern, um die Position des Hauptquartiers zu erfahren?«

»Ich weiß, dass ich es tun sollte. Und es wäre nicht einmal so schwer. Du, Gray, würdest mir sofort sagen, was ich wissen will.«

Ich denke an all die Menschen, die sich immer noch in Crevice Valley verstecken. Ryder, die Anführer, Familien mit Kindern.

Blaine.

»Eher würde ich sterben.«

Jackson lacht. »Ach, dich würde ich gar nicht anrühren. Ich würde damit anfangen, eines der Mädchen aufzuschlitzen, und du würdest mir die Koordinaten geben, noch bevor ich mit meiner Klinge kreativ werden könnte.«

»Und du hast immer noch die Dreistigkeit, mich zu fragen, ob ich dich verschone?«

»Sich etwas aus anderen zu machen ist eine Schwäche, Gray«, sagt er. »Lass deinen Feind wissen, was deinem Herzen am kostbarsten ist, und du bist schon so gut wie geschlagen, bevor der Kampf überhaupt begonnen hat. Aber die Sache ist die, dass ich …« Er hustet, und als er weiterspricht, klingt es, als müsste er die Worte mit Gewalt herauspressen. »Ich glaube nicht, dass ich euer Feind sein *will*.« Ein paar schnelle Atemzüge. »Und ich will auch Emma oder Bree nichts zuleide tun.«

»Dann lass es.«

»So einfach ist das nicht.«

»Doch, Jackson. Das ist es. Wenn du etwas nicht tun willst, dann *lass es bleiben.*«

Ich bin seine Spielchen, seine Lügen so leid.

»Habe ich dir je von Kay erzählt?«, fragt er. »Er ist mein jüngster Bruder und war ungefähr genauso alt wie Aiden, als man mich aus Dextern weggeholt hat. Aiden hat mich an ihn erinnert. Die Art, wie er keine Angst hatte zu lächeln, wie er sich von den Grausamkeiten des Lebens nicht verbittern ließ. Mit Kay habe ich auch Handspiele gespielt. Sie haben ihn immer zum Lachen gebracht, und dieser Klang konnte einem jeden Tag erhellen.« Er lacht leise über seine eigenen Erinnerungen. »Ich habe ihn so sehr geliebt.«

Diese Worte sind nicht richtig. Sie sind unmöglich. Das hat Harvey an dem Tag behauptet, an dem ich nach Crevice Valley kam. Ich hatte während einer Reihe von Harveys Tests von Emma gesprochen und erzählt, wie sehr ich sie liebte. Und darauf hatte er sofort gesagt, ich könne kein Duplikat sein, denn sie seien unfähig, etwas zu fühlen. Aber wenn Jackson seinen Bruder immer noch liebt, als Duplikat, wozu könnte er sonst noch in der Lage sein? Reue? Mitleid? Kann er Gefühle ebenso stark empfinden wie ich? Vielleicht ist durch die Mauer ja wirklich ein Fehler in seiner Programmierung entstanden. Vielleicht ist er ja wirklich und wahrhaftig ein Duplikat mit Herz.

Ich muss verrückt sein, das zu denken. Jackson ist eine Maschine. Er besitzt kein Gewissen, und obwohl er jetzt gerade über richtig und falsch philosophiert, bereiten die bloßen Gedanken ihm Schmerzen. Ich bezweifle, dass er auch nur einen Finger rühren könnte, um seinen Befehlen zuwiderzuhandeln.

»Ich frage mich, ob Kay mich vermisst«, sagt er.

»Kay weiß gar nicht, dass es dich gibt. Er weiß nur, dass sein *echter* Bruder an seinem achtzehnten Geburtstag geraubt wurde. Ich bin mir sicher, dass er den *echten* Jackson vermisst.«

»Und was macht mich weniger echt?«

»Wenn du beschließt, so zu handeln, wie Jackson es tun würde, vielleicht nichts.«

»Der echte Jackson würde euch helfen. Ich …« Er hustet

einmal, zweimal. Keucht vor Schmerz auf. »*Ich* möchte euch helfen.«

»Dann solltest du das tun, wenn es so weit ist.«

»Ver…« Er unterbricht sich, flucht, und ich höre ihn stöhnen. »Verbündete«, sagt das Duplikat und keucht, als wäre es gerade eine lange Strecke gerannt.

»Verbündete.«

Es erstaunt mich, dass ich mir wünsche, ihm vertrauen zu können, dass ich mit jeder Faser meines Seins hoffe, dass der Schmerz in seiner Stimme echt ist. Wenn ein Duplikat sich mit einem Rebellen verbünden kann …

»Ich weiß, dass du mir nicht glauben wirst«, sagt er, »aber das mit deinem Vater tut mir *wirklich* leid. Das war schrecklich.«

Ein Funken Menschlichkeit. Eine Reuebekundung. Ich sollte glücklich sein, aber die Möglichkeit, dass Jackson jetzt auf unserer Seite stehen könnte, ist so vielversprechend, so unerhört, dass ich auch zweifle. Meine Muskeln verspannen sich, als wappnete ich mich schon gegen die Enttäuschung.

27. Kapitel

Ich bin in Claysoot und verfolge zusammen mit meinem Bruder ein Reh im Licht des Vollmonds. Blaine schreckt es mit Absicht auf, und es flieht vor ihm an der Mauer entlang auf mich zu, genau wie wir es geplant haben. Als das Tier auftaucht, den weißen Schwanz aufgestellt und die Augen weit aufgerissen, töte ich es mit einem einzigen Pfeil.

»Wir sollten uns einen Schmortopf machen«, sagt Blaine, als er mich einholt. »So wie Ma früher.«

»Ich gehe morgen früh zum Markt und tausche Gemüse ein.« Ich bücke mich, um den Kadaver zu nehmen.

»Lass dir helfen.« Aber ich will das unbedingt allein erledigen, obwohl es ein weiter Weg in die Stadt ist mit dieser Last. Als ich ihn ignoriere, fasst er mich an der Schulter. »Ich möchte dir helfen, Gray.«

Eine Reihe von Wolken verschluckt den Mond, und als ich Blaine ansehe, weil es mich ärgert, dass er mich so bedrängt, fällt mir etwas Unnatürliches an seinen Augen auf. Sie sind leblos, starr, und seine Pupillen weiten sich kaum, obwohl es um uns dunkel wird. Plötzlich wird mir klar, dass das ein Zeichen ist. Ein schlimmes Zeichen, das ich bisher nicht sehen konnte. Ein Mädchen hat mich einmal davor gewarnt. Ich kann mich nicht erinnern, wer sie ist oder was das Zeichen bedeutet, ich weiß nur, dass ich Blaine nicht trauen kann; nicht, nachdem ich das gesehen habe. Ich trete mit pochendem Herzen von ihm weg.

»Wohin willst du, kleiner Bruder? Wir sind Verbündete, ein Team, Zwillinge.« Er zieht ein Messer aus dem Hosenbund. »Ich will dir helfen.« Er dreht die Klinge um. »Lass mich dir helfen.«

Ich renne davon. Der Wind heult, und hinter mir höre ich seine schweren Schritte. Ich bleibe an einer Baumwurzel hängen und stolpere weiter. Als ich mich umdrehe, ist er über mir, springt mich an und wirft mich zu Boden. Ich kann gerade noch die Arme zu meiner Verteidigung heben. Das Messer schimmert nur ein paar Zentimeter von meinem Hals entfernt.

Ich stoße ihm einen Ellbogen ins Gesicht, und er krümmt sich so lange zusammen, dass ich mich befreien kann. Während wir uns beide hochrappeln, sticht er mit dem Messer nach mir. Mein Hemd wird aufgerissen, aber meine Haut nicht. Ich packe Blaines Unterarm und drücke ihn gegen mein Knie – einmal, zweimal, noch einmal –, bis er das Messer fallen lässt. Ich schnappe mir die Klinge und weiche dann keuchend mit der Waffe in der Hand zurück.

Blaine beobachtet mich einen Moment mit amüsiert zur Seite geneigtem Kopf. Und dann greift er an. Er sprintet mit aller Kraft auf mich zu, und nichts weist darauf hin, dass er abbremsen wird. Er wird mich umwerfen, packen und mit seinen bloßen Händen erwürgen. Im letzten Moment springe ich zur Seite und hebe zu meiner Verteidigung die Waffe.

Blaine kommt taumelnd zum Stehen und schlingt die Arme um den Bauch. Als er sie wegnimmt, sind seine Handflächen feucht von Blut. »Gray«, sagt er. »Warum?«

Seine Stimme hat sich irgendwie verändert, sie klingt jetzt weicher. Er sackt auf die Knie und sieht zu mir hoch. Der Mond kommt wieder hervor und steht hell wie die Sonne über Claysoot. Immer heller wird es, als wollte die Welt explodieren, und Blaines Pupillen ziehen sich zusammen; so stark, dass es unübersehbar ist. Ich trete einen Schritt auf ihn zu. Mein Schatten fällt auf sein Gesicht, und seine Pupillen dehnen sich aus. Seine Augen sind wieder normal. Sie wirken normal, aber ich schwöre, dass ich mir das vorhin nicht eingebildet habe. Eben war er nicht er selbst.

Blaine hustet – Blut spritzt über den Lehmboden – und bricht zusammen.

Ich renne zu ihm und drehe ihn um, aber er ist schon tot. In seiner Stirn steckt ein Pfeil, und um uns herum hat sich der Lehmboden in Schnee verwandelt. Blutigen Schnee. Das Blut strömt unter Blaines Kopf hervor und breitet sich aus, verzweigt sich und taucht die ganze Welt in Rot. Und dann ist das Blut überall. Auf meiner Kleidung, meinen Händen, meinem Gesicht.

Blaine setzt sich kerzengerade auf und packt meinen Ellbogen. Jetzt sind seine Augen vollkommen schwarz, und Blut rinnt aus ihnen wie Tränen. »Du hast mich ermordet.«

Ich fahre aus dem Schlaf hoch – schwitzend und zitternd – und beiße mir auf die Fingerknöchel, um ein Schluchzen zu unterdrücken. Das Einzige, was ich in der Finsternis sehen kann, ist Blaine. Mein Bruder war in diesem Duplikat, das ich in der Nähe von Stonewall getötet habe. Genau wie bei Jackson existierte der echte Blaine irgendwo unter der Programmierung, und ich habe ihn getötet. Ich habe ihn umgebracht, bevor er an die Oberfläche kommen konnte.

Du hast es nicht gewusst, sage ich mir. *Und selbst wenn, dann ist es nicht dasselbe. Das war nicht wirklich er.*

Ich schließe die Augen.

Ich kann damit leben. Ich *werde* damit leben.

Ich muss.

Am Morgen kommen Titus und Bruno uns holen, aber nur Clipper und ich bekommen die Fesseln abgenommen und werden aus dem Raum geführt. Ich habe das ungute Gefühl, dass ich nur dabei bin für den Fall, dass Titus unsere Abmachung neu verhandeln will. Ich hoffe, dass es nicht so weit kommt.

Auf dem Weg zu dem Raum des Pfeifens und Brummens passieren wir eine große Gruppe Bewohner von Burg. Paarweise aufgestellt gehen sie in einen abgetrennten Gang hinein. Als letzter geht Bleak. Zum ersten Mal kann ich ihn richtig erkennen, und er sieht anders aus als im Mondschein. Er ist eindeutig in meinem Alter. Im Unterschied zu vielen Bewohnern von Burg hat er seine Haare nicht zu einer langen und verfilzten Matte verkommen lassen, sondern hält sie unglaublich kurz, als zöge er sich alle paar Tage eine Klinge über den Schädel. Er geht mit gereckten Schultern und trägt eine fast gelangweilte Miene zur Schau, aber das scheint dem Mädchen neben ihm nichts auszumachen. Sie lächelt ihm kokett zu.

Unsere Blicke treffen sich, und bevor Bleak um die Ecke biegt, zuckt er leicht, gleichgültig, mit den Achseln. Ich weiß genau, was er fühlt. Mir ist es bei jeder Zuweisung in Claysoot genauso gegangen. Es fällt schwer, das zu hassen, was einen erwartet, weil es alles andere als eine Folter ist. Aber trotzdem ist die ganze Angelegenheit so förmlich, dass es einen aushöhlt und deprimiert. Ich kann Bleak seine Gefühle nicht verübeln. Wenn überhaupt, erstaunt es mich, dass nicht mehr Menschen in Burg Spitznamen wie den seinen tragen.

»An die Arbeit, Junge«, sagt Titus und schiebt Clipper nach vorn.

Wir stehen vor dem Raum des Pfeifens und Brummens. Die Tür ist schwer, dick und undurchdringlich und besitzt weder Scharniere noch einen Griff. Ihr Umriss ist nur zu erkennen, weil sie tiefer liegt als der Rest des Gangs, ungefähr um eine Handbreit zurückgesetzt.

Clipper öffnet die kleine Silberbox, die in der Nähe der Tür montiert ist, und etwas kommt ans Licht, das wie eine Reihe von Knöpfen aussieht. Er entfernt sie, und darunter kommt ein Wirrwarr aus Drähten und kleinen Platten zum Vorschein, die im Licht der Fackel glitzern. Damit scheint Clipper mehr anfangen zu können als mit den Knöpfen, denn er bückt sich, um etwas aus der Tasche zu holen. Kurz darauf hat er seine eigenen Drähte mit der Box an der Wand verbunden und sie dann an eine Art dünne Platte angeschlossen, die er in der Hand hält.

Der Junge lässt sich auf den Boden sinken, hält das Gerät auf den Knien und wartet. Der Bildschirm blitzt gelegentlich auf, aber erst als er sich beruhigt und ein stetiges blaues Licht Clippers Gesicht erhellt, interessiert er sich dafür. Er beginnt hektisch auf dem Gerät zu tippen. Seine Zunge klemmt in seinem Mundwinkel, und seine Augen hat er konzentriert zusammengezogen.

»Ein Messer«, sagt er und springt auf. »Ich brauche ein Messer.«

Titus zögert.

»Soll ich die Tür nu' öffnen oder nich'?«

Titus schnippt mit den Fingern, und Bruno gehorcht. Clipper nimmt das Messer. Dann fasst er die Drähte, die aus der Silberbox quellen, und drückt sie an die Wand, sodass sie einigermaßen geordnet daliegen. Er zählt sie, zählt noch einmal und bewegt die Klinge zwischen ihnen hin und her. Clipper beißt sich auf die Lippen, steckt das Messer hinter zwei der Drähte, zieht sie nach vorn und schneidet sie durch. Mit dem Messer schiebt er eine Art Hülle zurück, die

die Drähte umgibt, und dreht dann zwei davon zusammen. Bruno schnappt sich sein Messer wieder.

Clipper tippt wieder hektisch auf dem Gerät mit dem blauen Bildschirm herum. Ich frage mich gerade, warum er sich die Mühe gemacht hat, die Drähte durchzuschneiden, nur um sie gleich darauf wieder zusammenzusetzen, als hinter der Tür ein tiefes, mechanisches Klicken ertönt. Titus stürzt herbei.

»Ihr habt es geschafft«, flüstert er.

Clipper hat es geschafft.

Die Tür bewegt sich. Mit angehaltenem Atem und angespannten Muskeln stehen wir da, während sich der Raum des Pfeifens und Brummens öffnet.

28. Kapitel

Es riecht eigenartig.

Nicht schlecht.

Nur komisch. Nach abgestandener Luft. Nach einem vergessenen Ort, an dem die Zeit vorbeigegangen ist.

Und dann dieses Geräusch. Das unaufhörliche Brummen, das dem Raum seinen Namen gegeben hat. Nun, bei offener Tür, ist es lauter zu hören.

Clipper geht als Erster hinein und benutzt den Bildschirm seines Geräts, um sich den Weg zu leuchten. Kurz darauf ertönt ein dumpfer Knall, als hätte er ein sehr widerspenstiges Fenster aufgerissen, und trübes Licht erhellt den Raum.

Die Gegenstände im Raum sind rechteckig und haben stumpfe Farben – Grau- und Brauntöne wie abgeerntete Felder unter einem winterlichen Himmel. Rechts von uns befinden sich Geräte, die mich an den Technologie-Flügel in Crevice Valley erinnern. Auf einem langen Tisch stehen verstaubte Computer, und zusätzliche Bildschirme sind an der Wand darüber angebracht. An den anderen Wänden des Raums stehen große, rechteckige Bauteile ganz aus Metall mit bündigen Kanten. Das surrende Geräusch stammt von einem davon.

»Generatoren«, erklärt Clipper und mustert sie schnell. »Genau wie ich dachte. Aber nicht genug, um die ganze Stadt mit Strom zu versorgen, daher müssen sie für diese

Computer da sein. Und wahrscheinlich auch für die Kameras. Die Strom- und Treibstoffleitungen müssen unter der Erde verlaufen – jedenfalls haben wir unterwegs keine gesehen. Das ›Läuten‹ ist das Geräusch, mit dem sich die Generatoren ein- und ausschalten, während sie abwechselnd Geräte versorgen, aber eines verstehe ich immer noch nicht richtig: Warum sollte man Ressourcen verschwenden, um Kameras an einem Ort in Betrieb zu halten, den man für verlassen hält?«

»Vielleicht überwacht Frank nicht das Innere, sondern den Äußeren Ring, um sicherzugehen, dass niemand zufällig über sein Projekt stolpert.«

»Da kommt es mir einfacher vor, alles zu vernichten, obwohl das vermutlich auch Ressourcen verbraucht.« Mit einem Mal reißt Clipper die Augen auf. »Wenn sie tatsächlich den Äußeren Ring beobachten, hätten sie uns dann kürzlich nicht sehen müssen, als wir gekommen sind?«

Ich glaube, wenn das so wäre, wäre der Orden schon aufgetaucht, aber ich habe keine Chance, Clipper zu antworten, weil Titus zu brüllen begonnen hat.

»Das sollte er sein!«, schreit er. »Unser Weg nach draußen. Wenn er das nich' is', was hat dieser Raum für ein'n Sinn?« Wutentbrannt wirft er sein Messer. Es prallt mit einem Scheppern von der Wand ab und landet auf der Tastatur eines der Computer. Sein Bildschirm erwacht zum Leben; trüb leuchtet er unter Staubschichten.

»Untersuch ihn«, befiehlt Titus Clipper.

»Worauf?«, fragt der Junge.

»Auf alles. Find sein Geheimnis. Find den Weg aus Burg heraus.«

»Dazu müsst ihr über die Mauer steigen. Es ist der einzige Weg nach draußen.«

Titus versetzt Clipper einen so festen Schlag, dass der Junge zu Boden geht.

»Ich hab nich' nach deiner Meinung gefragt! Ich verlange von dir, dieses Ding zu untersuchen, und ich sage es nich' noch einmal.«

»Unsere Abmachung war, dass wir die Tür öffnen«, werfe ich ein. »Wir haben unseren Teil erfüllt.«

Aber Titus beachtet mich nicht. Er packt Clipper am Hemd und reißt ihn hoch. Der Junge blickt mich direkt an, und obwohl er die Augen aufgerissen hat, sehe ich keine Angst darin. Er ist stur, tapfer und bereit, Stellung zu beziehen. Ich erinnere mich an einen Nachmittag, der Jahre zurückzuliegen scheint. Damals hatte ich Clipper in den Wäldern verfolgt. *Manchmal habe ich Angst, aber ich bin kein Feigling,* hat er da gesagt.

Trotzdem kann ich den Gedanken nicht ertragen, dass er durch meine Entscheidungen zu Schaden kommen könnte. Bree hat einmal gesagt, die Rebellen vertrauten Menschen mit Kenntnissen, ganz gleich, wie alt sie sind. Trotzdem kann man von niemandem erwarten, mit gerade einmal zwölf Jahren sein Leben zu opfern. Ich werde es nicht von Clipper verlangen.

»Tu, was er sagt«, befehle ich ihm.

Er starrt mich wütend an, setzt sich aber an den Computer.

Eine ganze Weile später hat Clipper die Bestätigung dafür, dass die Generatoren tatsächlich die Kameras mit Strom versorgen. Deren Videomaterial wird auf den Computern gespeichert, die wiederum mit derselben Energiequelle betrieben werden. Er stellt auch fest, dass die Computer mit denen in Taem vernetzt sind. Von dort aus kann man den Computern hier Befehle schicken und Kameras neu ausrichten, ohne dass ein Ordensmitglied auch nur einen Fuß nach Burg hineinsetzen muss.

»Schalt sie aus«, befiehlt Titus und lässt sein Messer kreisen.

»Die Kameras?« Die Vorstellung scheint Clipper regelrecht Angst einzujagen.

»Ja. Eure Gruppe von Schnittern bin ich ja bald los, aber eure Augen nich'. Ich will, dass ihr sie ausschaltet.«

»Aber das geht vielleicht nicht, ohne entdeckt zu werden.«

»Is' mir egal. Mach es jetzt.«

»Nein, jetzt reicht es«, schalte ich mich ein. »Wir haben unseren Teil der Abmachung erfüllt, sogar mehr als das.«

Sofort stürzt sich Titus auf Clipper und schlägt ihn ein zweites Mal. Er zieht sein Messer und hält es dem Jungen vors Gesicht. »Wäre es überzeugender, wenn ich ihn schneide, statt meine Fäuste zu benutzen?«

Clippers Lippe blutet noch von dem letzten Schlag.

»In Ordnung, wir schalten sie ab«, sage ich. »Aber wir machen es auf unsere Art, mit einer sicheren Methode. Und dann gebt ihr uns ein paar Minuten hier drin – allein.« Das Ganze ist eine ziemlich große Veränderung gegenüber unserer Abmachung, und ich lasse nicht zu, dass Titus uns umsonst herumstößt. Besonders nicht, wenn wir zufällig auf einen Raum mit so vielen interessanten Geräten gestoßen sind.

Titus kneift die Augen zusammen. »Was ist die sichere Methode?«

»Wenn ihr mit uns *zusammenarbeiten* wollt, können wir das Filmmaterial der Kameras manipulieren. Clipper wird einige Zeit brauchen, aber wir könnten alles so einstellen, dass der Orden nur sieht, was wir wollen – ein paar Tage Bildmaterial in einer Endlosschleife. Das war immer unser Plan.

Wir wollen euch *helfen*, dem Orden zu entkommen, und ihn nicht an eure Tür locken.«

»Ich arbeite nur mit mein'n eigenen Leuten zusamm'. Euch traue ich nich'. Du weißt zu viel, um nich' einer von ihnen zu sein, ein Schnitter. Schaltet sie sofort aus, nehmt euch eure Zeit allein in dem Raum, und dann verschwindet ihr aus unserm Zuhause.«

»Das dauert aber Stunden«, wendet Clipper ein. »Ich muss Bildmaterial sammeln – unterschiedliches Wetter, Nacht und Tag. Das geht nicht sofort.«

»Töte die Augen, jetzt, oder du bist innerhalb der nächsten Minute tot«, droht Titus und zückt sein Messer.

Clipper dreht sich wieder zum Computer um und beginnt auf der Tastatur zu tippen. Auf dem Bildschirm vor ihm tauchen Zeilen um Zeilen voller Wörter und Buchstaben auf. Die Hälfte der Wörter scheinen nicht einmal welche zu sein. Das muss der *Code* sein, wie Harvey ihn mir beschrieben hat; Befehle, die der Maschine sagen, was sie zu tun und wie sie zu funktionieren hat. Etwas Ähnliches befindet sich in Jackson und befiehlt ihm wahrscheinlich, das Bündnis, das wir gestern Nacht geschlossen haben, zu brechen.

Clipper tippt weiter, und die Zeilen des Codes fliegen vorüber, weiter und weiter, bis auf dem Schirm nur eine einzige Frage steht.

Videoverbindung abbrechen? Ja / Nein.

Blinzelnd betrachtet Titus die Meldung, und ich habe das Gefühl, dass er, wenn er überhaupt lesen kann, es nicht besonders gut beherrscht. Lautlos formt er die Worte mit den Lippen. Schließlich richtet er sich auf, als hätte er alles verstanden. »Mach es«, befiehlt er.

Aber Clipper schüttelt den Kopf, in seinen Mundwinkeln klebt Blut. »Ich habe ein schlechtes Gefühl dabei.«

»Sofort!«

Clipper sieht mich Hilfe suchend an. Es ist offensichtlich, dass Titus nie unser Verbündeter sein wird. Wir müssen dies tun und hoffen, dass wir dadurch nicht erwischt werden. Vielleicht können wir es später rückgängig machen. Ich will diesen Ort nicht aufgeben – die unterirdischen Tunnel, die Computer mit ihren Verbindungen, die uns Informationen über den Orden liefern können. Das ist genau der zusätzliche Vorteil, den die Rebellen brauchen, und Titus zwingt uns, darauf zu verzichten. Aber Burg ist nichts wert – kann nichts wert sein –, wenn wir tot sind und den Stützpunkt weder bemannen noch Ryder von seinen Vorzügen berichten können. Und so nicke ich Clipper achselzuckend zu, weil uns nichts anderes übrig bleibt.

Clipper gibt den Befehl ein. Der Bildschirm blitzt auf und sendet eine Art Bestätigung.

Wir alle halten die Luft an. Warten.

Mehrere Minuten. Immer noch nichts.

»Erledigt«, sagt der Junge.

»Dann seid ihr jetzt dran«, antwortet Titus und geht mit Bruno hinaus.

Ich stürze zu Clipper und nehme den Schaden, den Titus' Schläge angerichtet haben, in Augenschein. Dann ziehe ich das Taschentuch, das mein Vater mir vor so langer Zeit gegeben hat, hervor und wische Clipper das Blut vom Mund.

»Du ruinierst es«, sagt er, während sich das Tuch rosa einfärbt.

»Das war es schon. Schon lange.« Ich stecke es wieder in die Hosentasche und lege die Hände auf Clippers Schultern. »Ich bezweifle, dass er uns lange Zeit lässt, also halt dich nicht mit den Kameras auf. Lass uns Kontakt zu Ryder aufnehmen. Wir müssen ihm berichten, womit wir es hier zu tun haben:

dass Titus sich nicht bewegt, aber dieser Ort eine ideale Basis wäre. Darüber diskutieren, ob er es wert ist, darum zu kämpfen, oder ob wir lieber nach Westen weiterziehen und nach den Exilanten suchen sollen.«

Clipper schüttelt den Kopf. »Ich kann Ryder nicht erreichen. Von hier aus kann ich nur Kontakt nach Taem und zu den Testgruppen aufnehmen.«

Ich werfe einen Blick zur Tür. Titus ist immer noch nicht zu sehen, aber ich habe das Gefühl, eine entscheidende Gelegenheit zu vergeuden.

»Was *können* wir denn tun?«

»Diese Verbindung ist, als befänden wir uns in Taems größter Schatzkammer – einer Datenbank –, nur dass wir unsichtbar sind. Wir können fast alles ansehen, was wir wollen, und sie werden nie erfahren, dass wir hier waren. Erst wenn wir etwas verändern, zum Beispiel Strom für die Kameraeinspielung anstellen, könnten sie uns auf die Spur kommen.«

»Könntest du denn nachsehen, ob Frank Aufzeichnungen über Duplikate hat?«, frage ich, und mir kommt eine Idee.

»Klar. Wozu?«

»Blaine hat uns in Stonewall sehr leicht hinters Licht geführt, aber wenn wir *wissen*, von wem ein Duplikat existiert, wird das nie wieder geschehen. Nicht uns und niemandem in Crevice Valley.«

Clipper nickt und macht sich an die Arbeit. Ich begreife nicht, wie es ihm gelingt, Worte so schnell zusammenzusetzen, dabei sind die Buchstaben unter seinen Fingern so schrecklich in Unordnung – q, w, e, r. Codes fliegen über den Schirm und sind schon wieder verschwunden, bevor ich überhaupt Zeit habe, sie zu lesen. Kurz darauf stößt Clipper einen leisen Jubellaut aus. Eine Namensliste erscheint auf dem Schirm, die Überschrift darüber lautet: *Duplikate/Agenten.*

»Sieh Xavier, Bo und alle nach, die aus dem Laicos-Projekt stammen«, sage ich. »Fang mit Blaine an.«

»Sein Duplikat ist tot.«

»Aber Franks Ziel ist es immer gewesen, ein Duplikat zu schaffen, das wieder und wieder kopiert werden kann. Als ich das letzte Mal mit ihm gesprochen habe, klang er, als hätte er das geschafft. Soweit wir wissen, könnte es Dutzende Blaines geben.«

Bei der Vorstellung erschaudert Clipper und geht rasch die Liste durch, die im Gegensatz zu den Schreibtasten alphabetisch geordnet ist. Wir finden Blaine mit Leichtigkeit, unter »W«.

WEATHERSBY, BLAINE
Modell / Typ: F-Gen4
Duplizierte Modelle: 1
Modelle in Betrieb: 0

Diese Worte bedeuten eine solche Erleichterung, dass ich laut aufseufze. Ich habe die einzige Kopie von ihm getötet. Ich brauche es nie wieder zu tun. Mir ist leichter ums Herz, viel leichter.

»Ähm ... Gray. Hast du das gesehen? Hier?«

Ich folge Clippers Hand weiter am Bildschirm hinunter. Ich hatte mich so auf Blaine konzentriert, dass ich mir gar nicht die Mühe gemacht hatte, den nächsten Eintrag zu lesen.

WEATHERSBY, GRAY
Modell / Typ: F-Gen5
Duplizierte Modelle: 1
Modelle in Betrieb: 1

Mir bleibt fast das Herz stehen. Es fühlt sich wirklich an, als stünde es still.

Ich bin irgendwo da draußen. Ich, genauso wie ich jetzt aussehe, nur dass ich es nicht bin, nicht wirklich. Das sollte mich jetzt nicht so überraschen – wenn es eine duplizierte Version von Blaine gibt, warum dann nicht von mir? –, aber plötzlich habe ich das Gefühl, als gäbe es nicht genug Luft in diesem Raum.

»Und dein Modell ist neuer«, meint Clipper und zeigt auf die »5« auf dem Schirm. »Ich frage mich, was das in Bezug auf seine Fähigkeiten bedeutet.«

Dass *mein* dupliziertes Gegenstück die Version ist, die immer wieder kopiert werden kann? Aber nein, es ist nur eines in Betrieb. Das ist unmöglich. Außer es existiert momentan nur eins, und Hunderte werden noch hergestellt.

»Überprüf Bree!«, sage ich, panisch jetzt. »Beeil dich. Bree und alle Anführer und Xavier und Bo und …«

»Die Zeit ist um!«, verkündet Titus und marschiert in den Raum, bevor Clipper auch nur einen Finger wieder auf die Tasten legen kann.

»Wartet. Das ist wichtig.« Bruno packt mich am Arm und beginnt mich vom Computer wegzuzerren. »Verdammt! Ihr begreift ja nicht, wie wichtig das ist!«

Aber ich werde trotz meines Flehens auf den Gang gezerrt, wo Kaz mit Sammy und Jackson wartet. Sammy muss meine panische Miene gedeutet haben, denn er mustert den Raum und reckt immer noch den Hals, als man uns davonstößt.

Wir platzen in Titus' Quartier, und Bree ist da. Sie sitzt auf einer der Kisten, und hinter ihr steht ein einzelner Wächter. Ihr Gesicht ist mit Prellungen und Schorf überzogen, aber als wir eintreten, leuchten ihre Augen auf, und ihre Verletzungen wirken plötzlich unbedeutend.

Sie wirft mir ein strahlendes Lächeln zu, aber ich erwidere es nicht.

Ich sollte es tun. Ich will es tun.

Aber ich habe dieses Gefühl.

Dieses schreckliche, klebrige, ekelhafte Gefühl.

Als ich Bree kennenlernte, war sie schon lange vor Frank davongelaufen. Sie war schon lange zuvor geraubt worden. Was, wenn das Mädchen, das ich kenne … was, wenn sie nie wirklich *sie selbst* war?

Nein. Das kann nicht sein. Ich würde es merken. Ich würde es erkennen.

Du hast es bei deinem eigenen Bruder aber auch nicht gemerkt, sagt mein Zweifel.

Aber Bree hatte schon fast ein Jahr bei den Rebellen gelebt, als ich sie kennenlernte. Dann hätte sie die Position von Crevice Valley schon verraten und sich eine Möglichkeit ausgedacht, Frank zu erreichen. Oder sie hätte es persönlich getan, als wir wegen des Impfstoffes zurück nach Taem gegangen sind. Wenn sie wirklich ein Duplikat wäre, hätte sie die Rebellen schon vor langer Zeit verraten.

Außer sie hat ihre eigenen Beweggründe, flüstert die zweifelnde Stimme. *Außer sie ist so stark, dass sie zuerst sich selbst treu ist und dann erst Frank. So wie Jackson. Er hat in Stonewall eine Vereinbarung getroffen, die seiner Mission widersprach, nur um sein Leben zu retten.*

Ich darf nicht anfangen, so zu denken. Bree ist Bree. Das ist alles, was sie je gewesen ist. So, wie sie, ohne zu zögern, für die Rebellen kämpft, seit ich sie kenne. So, wie sie für mich empfindet – diese ganze Leidenschaft, dieser Zorn und Schmerz, als wir uns am Strand gestritten haben. Wie sie erst kürzlich in ihrer Zelle geweint hat. Sie ist echt. Sie muss es sein, weil ich nicht bereit bin, sie zurückzulassen. Ich kann es nicht, könnte es niemals. Es würde mich umbringen.

Wenn sie ein Duplikat ist, bringt sie dich selbst um.

Aber sie ist keins.

Sie ist keins. Sie ist keins. Sie ist keins.

Ich habe mich entschieden.

»Dann nur zu«, sagt Titus und verschränkt die Arme vor der Brust. »Ihr habt Zeit, bis ich bis fünfzig gezählt habe.«

»Wozu?« Ich sehe die Gruppe an, aber die anderen wirken genauso verwirrt wie ich.

Mit einer Kopfbewegung weist Titus auf Bree. »Um euch zu verabschieden.«

29. Kapitel

Brees Lächeln weicht augenblicklich einem wütenden Knurren. Sie springt auf, und der Wachposten hinter ihr packt sie an den Ellbogen.

»Soll das ein Scherz sein?«, frage ich und bemühe mich, ruhig zu klingen.

Titus wirkt beleidigt. »Ich scherze nie. Ihr habt eure Arbeit gemacht, und jetzt geht ihr, genau wie vereinbart.«

»Wir haben uns die Hand darauf gegeben, mit Blut! Die Tür gegen mein Team.«

»Ach, sieh mal, das ist das Problem«, sagt er kopfschüttelnd. »Wir hab'n nie 'ne Abmachung für dein Team getroffen. Ich hab gesagt, wenn der Junge die Tür öffnet, sind deine *Männer* frei. Auf *diese* Worte hab'n wir uns die Hand gegeben.«

»Ich … du …« Aber ich bekomme nichts anderes heraus, weil ich das Gefühl habe, meine Lungen zerspringen gleich. Seine Formulierung ist mir zu dem Zeitpunkt nicht aufgefallen, und selbst *wenn,* hätte ich sie vielleicht nicht so wörtlich genommen. Es hat ja keinen Sinn, eine Abmachung einzugehen, die die Unversehrtheit nur eines Teils des Teams sicherstellt.

»Warum?«, bringe ich schließlich heraus.

»Warum *nich'*? Eine gesunde Frau im gebärfähigen Alter?

Wir wär'n ja dumm, so was Kostbares einfach davonspazieren zu lassen. Das wär wirklich eine Verschwendung.«

Kein Wunder, dass sie sie getrennt von uns gefangen gehalten haben und Krankenschwestern geschickt haben, um sie zu untersuchen. Ich kann jetzt nicht einfach gehen und Bree zurücklassen, damit sie an die Arbeit geschickt wird. Titus muss das wissen. Ich hole tief Luft und sage mir, dass alles gut wird, wenn ich nur vernünftig mit ihm reden kann.

»Du weißt, dass ich damit nicht einverstanden gewesen wäre.«

»Nich' meine Schuld, dass du nich' genau auf meine Worte geachtet hast.«

»Das kannst du nicht machen«, versuche ich es noch einmal.

»Doch, ich kann.« Er lächelt und lässt mich nicht aus den Augen, während er Brees Wächter einen Wink gibt. »Bringt sie in die Zuchthalle. Jemand soll sie in ihre neue Aufgabe einführen.«

Bree schreit, als sie zur Tür gezerrt wird; ein einziges Wort – *nein!* –, und es ist die ungewöhnlich schrille, sich überschlagende Stimme, die mich dazu bringt, alle Vernunft zu vergessen.

Ich stürze mich auf Titus. Er zieht sein Messer, aber ich kümmere mich nicht um die Klinge. Ich kümmere mich nur um Bree, weil ich im Bruchteil einer Sekunde eine Million Wahrheiten erkenne: Ich brauche sie, und ich vertraue ihr, und ich glaube, ich liebe sie. Ich habe sie aus einem untergehenden Schiff gerettet, und sie versteht mich fast so gut wie mein Bruder, und sie kann die Rufe von Seetauchern mit den Händen nachmachen, und sie ist stur und verrückt und unbesonnen und echt. Und selbst wenn ich mein verdammtes

Leben dafür aufs Spiel setzen muss, ich werde Burg nicht ohne Bree verlassen.

Titus und ich krachen zu Boden. Ich höre, wie Sammy sich hinter mir in den Kampf stürzt und auf Bruno oder Kaz losgeht. Ich glaube, sogar Clipper macht mit, aber ich wage nicht, den Kopf zu drehen, um nachzusehen. Ich reiße Titus das Messer aus der Hand und werfe es beiseite. Ich möchte nicht mit dem Messer gegen ihn antreten, weil das zu einfach wäre. Ich will jedes bisschen Schmerz spüren, das ich ihm zufüge. Ich verliere den Überblick darüber, wie oft ich zugeschlagen habe. Meine Hände sind blutig, meine Knöchel schmerzen. Titus ist kurz davor, ohnmächtig zu werden, als jemand – Bruno oder Kaz – mich von hinten niederschlägt. Vor mir verschwimmt alles. Mit pochendem Schädel gehe ich in die Knie.

Ich sehe mich nach Titus um und stelle fest, dass er schon wieder steht und sich sein Messer zurückholt. In einer einzigen Bewegung fährt er herum und tritt zu. Mein Kopf wird zurückgeschleudert. Die Welt ist blendend weiß. Und dann ist Titus über mir, drückt die Knie auf meine Brust und hält mir die Klinge direkt vor die Augen. Ich spucke ihn an. Er reißt mich an meinem Hemd hoch und schleudert mich zu Boden.

»Irgendwelche letzt'n Worte, bevor ich dich abschlachte, Schnitter?« Blut quillt aus Titus' Nase, seine Zähne sind blutverschmiert, aber in diesem Moment sieht er überglücklich aus. Stolz. Hinter ihm drückt Kaz Sammy gegen die Wand, und Clipper ist benommen zu Boden gesunken. Bruno ragt hoch über mir auf und sieht belustigt zu.

In der Ecke erhasche ich einen Blick auf Jackson. Er steht einfach da und sieht emotionslos zu, wie wir totgeschlagen werden. Ich wusste, dass er nicht in der Lage sein würde, dagegen anzukämpfen. Es war Wunschdenken, zu glauben, ein Duplikat könnte jemals mein Verbündeter sein.

Aber andererseits …

Jackson hat die Hände zu Fäusten geballt. Zitternd krampfen sie sich an seiner Seite zusammen. Sein Mund zuckt. Sein Blick huscht zwischen uns allen hin und her, als wollte er etwas tun, könnte den Mut dazu aber nicht aufbringen.

»Jetzt wäre der richtige Moment, Jackson«, sage ich. »Der Augenblick, über den wir gesprochen haben.«

Titus verzieht das Gesicht. Die scheinbar seltsame Wahl meiner letzten Worte verwirrt ihn. Dann zuckt er die Achseln und kommt mit der Klinge näher.

Jackson erwacht zum Leben. Er zerrt Titus von meiner Brust, als hätte er kein Gewicht, und stößt ihm das Knie in den Leib. Titus hustet, krümmt sich und lässt das Messer fallen. Blitzschnell liegt es in Jacksons Hand, und ich habe mich noch nicht aufgerappelt, als Jackson damit schon Titus' Kehle durchschnitten hat.

»Nicht«, bettelt Bruno, als Jackson auf ihn losgeht. »Bitte!«

Aber das Duplikat greift trotzdem an. Jackson schlägt Bruno mit dem Kopf gegen die Wand, und bevor der Wachmann auf dem Boden aufschlägt, hat er Kaz schon die Sehnen in den Kniekehlen durchtrennt. Kaz stürzt und schreit vor Schmerzen. Jackson schlägt ihm mit dem stumpfen Ende des Messergriffs gegen die Schläfe, und der Mann verstummt.

»Du hast ihn getötet«, sagt Clipper und starrt Titus' Leiche an. »Und die anderen.«

Jackson schüttelt den Kopf. »Diese beiden werden es überleben.«

»Was zum Teufel ist da gerade passiert?« Schockiert betrachtet Sammy die am Boden liegenden Körper. »Hast du das wirklich getan?« Er wirft Jackson einen Blick zu, dann mir, dann wieder dem Duplikat. »Du hast uns geholfen. Gray hat gesagt, es wäre Zeit, und du hast uns *geholfen.*«

»Wir hatten eine Abmachung«, erklärt Jackson einfach. »Ich habe ein wenig Zeit gebraucht, um danach zu handeln, aber jetzt fühle ich mich unbesiegbar.«

Und vielleicht ist er das ja auch. Möglich, dass er die unbekannte Macht, die seinen Verstand beherrscht, besiegt hat und jetzt wirklich frei ist, aber ich habe keine Zeit, darüber zu grübeln. Ich schiebe mich an den anderen vorbei.

Sie fragen nicht, wohin ich will.

Sie wissen es und folgen mir.

Im Zuchtflur ist es still. Die Türen stehen offen, und alle Räume sind, bis auf eine Decke oder Matte auf dem Boden hier und da, leer. Mein Magen überschlägt sich. Und wenn wir zu spät kommen? Wenn wir dorthin kommen und es ist schon geschehen? Ich zwinge mich, diesen Gedanken zu ignorieren, und treibe meine Beine an, sich schneller zu bewegen.

Der Flur beschreibt eine Biegung, und als wir um die Ecke kommen, erkenne ich einen Wachposten, der am anderen Ende wartet. Nein, es ist kein Wachmann, es ist Bree.

Lässig lehnt sie an der Wand und hat die Arme vor der Brust verschränkt. Verblüfft komme ich vor ihr aus vollem Lauf zum Stehen.

»Was ist passiert?«

Mit hochgezogenen Augenbrauen sieht sie zu mir auf. »Nichts.«

In dem Raum rechts von ihr liegen zwei Männer, beide bewusstlos.

»Wie hast …?«

»Den einen, den, mit dem sie mich eingesperrt haben,

habe ich niedergeschlagen, ehe er wusste, wie ihm geschah. Der Wachposten war so verblüfft, als ich auf den Gang getreten bin, dass er kaum eine Chance hatte. Und dann habe ich gewartet. Ich wusste, dass ihr Jungs nach mir suchen würdet.«

Sammy lacht. »Du bist ja vielleicht verrückt, Nox, aber Mumm hast du.«

Sie grinst stolz, aber ich starre sie immer noch an und staune darüber, dass sie heil, unberührt und unverletzt ist. Ich ziehe sie in eine Umarmung. »Ich kann nicht glauben, dass du in Ordnung bist«, flüstere ich in ihre Haare. Dann umfasse ich ihre Schultern und schiebe sie weg, damit ich ihr in die Augen sehen kann. »Ich hätte … ich hätte ihn umgebracht, Bree. Wenn er …«

Bevor ich zu Ende sprechen kann, stößt sie mich zurück. »Das ist beleidigend, Gray. Dass du mir nicht zutraust, dass ich auf mich selbst aufpasse.«

Wie konnte ich auch nur einen Moment lang glauben, sie sei ein Duplikat? Die Duplikate sind viel berechnender, logischer und präziser, und sie steht hier und schreit mich an, weil ich für sie töten würde.

»Ich weiß, dass du auf dich selbst aufpassen kannst«, sage ich. »Aber das heißt nicht, dass ich hier stehe und nichts tue, wenn du Hilfe brauchst. Ich würde dich niemals zwingen, allein zu kämpfen.«

»Ich bin allein am stärksten«, gibt sie zurück und zieht plötzlich die Augen zusammen. »Weißt du, ich kann nicht glauben, dass ich an diesem Abend am Strand Tränen vergossen habe deinetwegen. Du bist so ein Lügner. Du zwingst mich doch, allein zu kämpfen. Das hast du von Anfang an getan, und selbst wenn ich für uns beide kämpfe, siehst du das nicht, wegen Emma. Und wenn du es doch bemerkst, dann in diesen kurzen Augenblicken, die nie lange dauern, und das bringt mich um. Ich kann das nicht mehr. Von jetzt an kämpfe ich nur noch für mich selbst. Ich werde nicht zulassen, dass du mich schwächst.«

Es ist ihr ernst. Das sehe ich in ihrem Gesicht, an ihrer Haltung. Sie beugt sich nur leicht auf mich zu, und sie hat die Fäuste geballt. Die Gefängniszelle hat sie vielleicht erstarren lassen, aber nun, da sie frei ist, tobt sie wieder vor Wut. Ich weiß nicht, was ich sagen soll. Ich habe noch nie gewusst, wie ich mit diesen Zuständen von ihr umgehen soll, mit diesen Gelegenheiten, bei denen sie explodiert.

Hinter mir bricht Sammy das Schweigen.

»Tränen?«, fragt er zweifelnd. »Ich kann es nicht glauben, Nox! Du bist also doch menschlich.«

»Ich schlage dich zu Brei, Sammy«, faucht sie. Ihr Blick huscht zu dem Blut an meinen Händen. »Gehen wir zurück zu den anderen. Ich bezweifle, dass wir hier noch willkommen sind.«

Und dann rempelt sie mir im Vorbeigehen mit der Schulter gegen die Brust.

Ich eile ihr nach und übernehme die Führung, weil sie keine Ahnung hat, wo es langgeht. Sammy murmelt etwas über meine Prioritäten, aber ich überhöre ihn. Im Moment kann ich nicht mit seiner Kritik umgehen. Oder mit Bree, die sich vollkommen unvernünftig benimmt. Jetzt ist es am wichtigsten, die Tunnel zu verlassen, zur Mauer zurückzukehren und über unseren nächsten Schritt zu entscheiden: Sollen wir nach Westen gehen und versuchen, Kontakt zu den Exilanten aufzunehmen, wie Ryder vorgeschlagen hat, oder als Verlierer nach Hause zurückkehren?

Als wir die Treppe bei Titus' Zimmer erreichen, ertönt von oben ein eigenartiges Geräusch. Ein durchdringendes Summen wie von hundert Vögeln in einem Sturm, die mit den Flügeln gegen einen heulenden Wind ankämpfen. Abrupt verstummt das Geräusch, und kurz darauf ertönt eine künstlich verstärkte Stimme.

»Gray Weathersby!« Marco. An der Oberfläche. Er ruft nach mir. »Zeig dich, oder der Rest dieser Stadt wird so schnell zerstört, wie wir euer lächerliches Schiff versenkt haben.«

Clippers Arbeit an den Kameras von Burg ist also doch nicht unbemerkt geblieben. Man muss Frank alarmiert haben, und der hat Marco mit der Untersuchung beauftragt. So schnell, wie er aufgetaucht ist, hat er wahrscheinlich tatsächlich an der Grenze auf uns gewartet, wie Clipper vermutet hat.

»Das nehme ich ihm nicht ab«, meint Sammy. »Er wird gar nichts zerstören. Sie werden keine Munition verschwenden, wenn sie den Ort für verlassen halten.«

»Darauf kommt es nicht an«, sage ich. »Sie wissen, dass wir hier sind.«

Wieder dröhnt Marcos Stimme über uns. »Wir haben eure Freunde auf der anderen Seite der Mauer gefunden. Die Männer sind tot. Wenn ihr nicht wollt, dass es eurer Krankenschwester genauso ergeht, solltet ihr euch zeigen.«

Die Zeit scheint stillzustehen.

Sie können unmöglich tot sein. Bo ist erst vor ein paar Monaten nach einem ganzen Leben in Franks Gefängnissen befreit worden. Und Xavier hat mir das Jagen beigebracht; mir gezeigt, wie man Wild ausnimmt und häutet, Fallen aufstellt und Schlingen auslegt. Wie ist es möglich, dass diese beiden Männer nicht mehr da sein sollen?

»Er könnte lügen«, sagt Bree.

Aber dieses Risiko kann ich nicht eingehen, und das weiß Marco. Es gibt nur eine Möglichkeit. Genau wie auf der

Catherine hat der Orden uns in die Ecke getrieben, in der er uns haben will.

Ich gehe zur Treppe, aber Bree hält mich am Arm fest. »Nicht. Das ist eine Falle.«

»Dann sitzen wir so oder so in der Falle.«

»Ich komme mit dir.«

Ihr Blick ist jetzt weicher und voller Sorge. Wie ironisch, dass sie plötzlich etwas für mich empfindet und nicht mehr wütend auf mich ist. Ich schüttle sie ab.

»Auch ich bin allein stärker.«

Es sind ihre eigenen Worte, die ich ihr voller Zorn und Trotz entgegenschleudere. Ich weiß, dass sie nicht wahr sind, aber ich spreche sie trotzdem aus, nur um zu sehen, wie ihre Miene ausdruckslos wird. Sie soll wissen, wie lächerlich es sich anfühlt, diese Lüge zu hören.

»Ich gehe nach oben«, erkläre ich dem Team. »Sammy, sieh zu, ob du Bleak finden kannst. Er ist in meinem Alter und hat dunkle Haut, und er ist fast der Einzige, bei dem ich gesehen habe, dass er sich den Kopf rasiert. Anscheinend wünscht er sich ein besseres Leben für sich selbst *und* die Menschen hier, also sag ihm, was los ist. Sorg dafür, dass er alle in Sicherheit bringt. Sie müssen sich versteckt halten.

Und, Clipper, das Funkgerät steht noch mit der restlichen Ausrüstung im Heizungskeller. Versuch, Kontakt zu Bo und Xavier aufzunehmen. Vielleicht lügt Marco, und sie können uns helfen.«

Clipper wirkt panisch. »Ich glaube nicht …«

»Versuch es einfach.«

»Und wir anderen?«, fragt Jackson.

»Was? Ist er jetzt auf unserer Seite?« Bree sieht schockiert aus.

»Du bist nicht auf dem Laufenden, Nox«, sagt Sammy. »Halt den Mund und hör zu.«

Aber ich weiß nicht mehr, welche Befehle ich sonst geben soll. »Tut einfach, was ihr für das Richtige haltet. Solange ihr mir nicht folgt.«

Clipper und Sammy rennen den Gang entlang.

»Ich mache so schnell ich kann«, sage ich zu Bree und Jackson. »Wir treffen uns in dem Raum des Pfeifens und Brummens. Sagt den anderen Bescheid.«

»Ich könnte dir helfen, wenn du mich nur lässt«, sagt Bree, während ich, immer zwei Stufen auf einmal nehmend, die Treppe hochlaufe.

Aber ich gehe weiter.

Und ich sehe nicht zurück.

VIERTER TEIL Verbündete

30. Kapitel

Es schneit wieder, es ist eiskalt, und am Himmel stehen so viele Wolken, dass der Mondschein das Land nicht erhellen kann. Die Welt liegt in Finsternis, nur vor mir leuchtet eine einzige Lichtquelle, die das Schneegestöber kaum durchdringt.

Ich bewege mich darauf zu, indem ich mich an den Wänden der Gasse entlangtaste. Das Licht geht von einem riesigen Gefährt aus, das direkt vor dem Galgen steht und den Boden um sich herum in einen Kreis aus grellem Licht taucht. Es sieht aus wie ein Flugzeug ohne Flügel und ähnelt vage den Metallvögeln aus AmWest, die ich über Taem habe fliegen sehen, als ich vor Frank geflohen bin. Dieses Modell ruht auf kufenähnlichen Füßen und besitzt einen bauchigen, mächtigen Rumpf. Dahinter stehen noch zwei weitere, die ihre Lichter nicht eingeschaltet haben. Ich blinzle und versuche mehr Einzelheiten zu erkennen, und da fällt mir auf, dass sie *doch* Flügel haben. Sie befinden sich über dem Rumpf, und es sind viele – eher wie bei einer Libelle als wie bei einem Vogel. Das muss ein Helikopter sein. Ich habe in einer Dokumentation über das Laicos-Projekt davon gelesen. Etwas an dieser speziellen Flugmaschine macht es dem Orden besonders leicht, über die Mauer zu fliegen.

Eine Gestalt bewegt sich, sie wird durch das Licht aus dem Helikopter von hinten angestrahlt. Marco. Sein dichter Bart macht ihn selbst in dem schlechten Licht unverkennbar. Zwei Ordensmitglieder flankieren ihn. Er hebt etwas an die Lippen, und dann dröhnt seine Stimme durch den Abend.

»Ich habe jemanden, der mit dir reden will, Gray. Jemanden, der dir sagen will, wie wichtig es ist, dass du nicht länger meine Zeit verschwendest.«

Ich glaube, ich weiß, was er meint, und dann höre ich ihre verstärkte Stimme.

»Sie sind tot, Gray«, sagt Emma. Sie klingt gefasst, und ihre Stimme ist erstaunlich kräftig. »Xavier und Bo. Der Orden hat nicht einmal gezögert, sie zu erschießen.«

Ich schlucke und versuche den Klumpen in meinem Hals loszuwerden. Von Emma kommt ein künstlich verstärktes Schluchzen, von dem Mut, den sie vorher irgendwie aufgebracht hat, ist nichts mehr zu spüren.

»Bitte«, bettelt sie. »Nein. Bitte tun Sie das nicht.«

Mir wird klar, dass sie nicht mehr mit mir spricht, sondern mit einem Unbekannten, der auf der anderen Seite der Mauer bei ihr ist.

Marco beginnt zu zählen. »Fünf …«

Jetzt schluchzt Emma.

»Vier …«

Das werden sie nicht tun. Das können sie nicht.

»Drei …«

Ich renne los.

»Zwei …«

»Warten Sie!«, schreie ich und stürze in den Lichtschein der Hubschrauber. »Ich bin hier.«

Aus der Ferne ist ein Schuss zu hören.

Ich erstarre.

»Gray«, sagt Marco. »Ich freue mich sehr, dass du zu uns kommen konntest.«

»Ich habe mich gezeigt! Ich bin gekommen, aber Sie …«

»Wir haben dir genug Zeit gegeben. Sie hätte nicht sterben müssen, aber du hast bis zum letzten Moment gewartet. *Du* hast sie getötet.«

Ich sinke auf die Knie, aber ich bemerke die schneidende Kälte des Schnees nicht. Ich müsste den Wunsch haben, ihn zu erwürgen, ihn anzufallen und ihn zu schlagen, bis er um Gnade fleht, aber ich bin einfach nur leer. Er hat mir fast alles genommen. Zuerst meinen Vater. Dann Bo und Xavier. Und jetzt …

Ich kann es nicht einmal denken. Will mir nicht eingestehen, dass sie nicht mehr lebt.

Einer der Ordensmänner durchsucht mich nach Waffen. »Er ist unbewaffnet.«

»Gut«, meint Marco. Er packt mich am Kragen und zieht mich auf die Füße. »Machen wir einen Spaziergang.«

Marco stößt mich in die Ruine eines Hauses und stellt zwei Wachposten davor auf.

»Warum habt ihr hier Station gemacht?«, fragt er. »Ihr wolltet die Grenze zum feindlichen Territorium überqueren, nicht wahr?« Obwohl er direkt vor mir steht, ist es so finster, dass ich ihn kaum sehen kann.

»Warum sollte ich Ihnen etwas sagen?«, bringe ich heraus. »Sie haben sie getötet. Jetzt haben Sie nichts mehr, womit Sie mich erpressen können.«

»Ich glaube, das stimmt nicht ganz. Wenn du die Sicherheit der restlichen Mitglieder deines Teams gewährleisten willst, wirst du kooperieren.«

»Sie sind tot. Ertrunken, mit der *Catherine* untergegangen. Ich bin der Einzige, der noch lebt.«

»Wir haben gesehen, wie ihr ein Rettungsboot zu Wasser gelassen habt – ein voll besetztes Boot.«

»Es ist gekentert«, erkläre ich. »Die drei, die Sie vorhin getötet haben, waren die Einzigen, die nicht noch in dieser Nacht erfroren sind.«

»Du hast immer schon gern gelogen, Gray, und ich glaube dir nicht.«

»Das ist nicht mein Problem.«

Es ist so dunkel, dass ich den Schlag nicht einmal kommen sehe. Plötzlich brennt mein Gesicht, und mir dreht sich der Kopf. Das war der übelste Schlag, den ich je eingesteckt habe. Aber dann höre ich, wie Marco seine Handwaffe wieder ins Holster steckt, und mir wird klar, dass er mich mit etwas viel Härterem als seiner Faust getroffen hat. Ich blinzle, bewege meinen Kopf hin und her und teste meinen Kiefer. Nachdem ich festgestellt habe, dass er funktioniert, werfe ich Marco ein paar schmutzige Wörter an den Kopf,

Er packt mich am Kragen und stößt mich. Ich pralle mit dem Rücken gegen ein Regal an der Wand und huste vor Schmerz. Ich spüre einen tiefen, unterdrückten Drang, ihn wegzuschieben, aber als ich mich zu bewegen versuche, sind meine Glieder zu schwer. Es ist, als hätte ich schon aufgegeben.

»Was wollt ihr hier?«, knurrt Marco noch einmal.

»Unterschlupf finden auf dem Weg nach AmWest. Das war unser Ziel, wie Sie vermutet haben: über die Grenze zu gehen.«

»Warum habt ihr dann hier die Kameras abgeschaltet?«

»Habe ich gar nicht.«

»Wir wissen, dass ihr das getan habt. Nur deswegen haben wir euch gefunden.« Ich glaube, er schüttelt fast peinlich berührt den Kopf. »Wir haben an der Grenze gesessen und wie Idioten gewartet. Da sollte ich fast dankbar dafür sein, dass ihr einen so dummen Schachzug gemacht habt.« Er stößt mich fester gegen die Wand. »Deine letzte Chance, Gray. Gib mir die Position eures Hauptquartiers, und ich verschone den Rest deiner Gruppe.«

»Ich habe es doch schon gesagt. Sie sind alle tot. Ihre Drohung ist wirkungslos.«

»Wie du willst. Für mich macht es keinen Unterschied, ob wir die Position jetzt oder später in Taem bekommen.«

Und mir soll es recht sein. Marco kann mich zu Frank bringen, mich in sein Gefängnis werfen und mich foltern, um die Koordinaten zu bekommen. Ich werde sterben, bevor ich sie preisgebe. Wenigstens können Bree und die anderen fliehen, wenn ich fort bin. Ich weigere mich, für den Tod aller Menschen unter meiner Führung verantwortlich zu sein.

Marco dreht sich zur Tür. »Macht die Chopper fertig zum Abrücken«, schreit er. »Und haltet auch die Waffen schussbereit.«

Die Schritte der Wachposten entfernen sich durch den Schnee. Marco packt mich am Arm und zieht.

»Ich weiß, dass dein Team hier irgendwo ist, Gray, und ich habe keine Zeit es aufzuspüren. Diese Arbeit lasse ich die Bomben erledigen.« Er beugt sich zu mir. »Aber da du ja behauptest, sie seien schon tot, kannst du die Aktion wohl als folgenlose Zerstörung einer verlassenen Testgruppe betrachten.«

Und bei diesen Worten löst sich das taube Gefühl in meinem Inneren. Es kann unmöglich sein, dass ich als Einziger lebend hier herauskomme. Ich drehe mich um, als Marco am wenigsten damit rechnet, und versetze ihm einen Schlag in den Bauch. Er stolpert über etwas, das im Dunkeln nicht zu sehen ist. Ich bringe noch zwei weitere Hiebe an und taste nach seiner Waffe. Aber ich kann so wenig sehen, und er ist stärker, als ich gedacht hätte. Sein Ellbogen trifft mich am

Kinn, und dann findet ein Stiefel die Innenseite meines Beins, in der Nähe meines Knies. Ich krümme mich und breche dann zusammen, als ich in den Unterleib getreten werde. Wieder und wieder. Ich versuche mich hochzurappeln und kriechend in Sicherheit zu bringen, aber seine Tritte finden mich auch im Dunkeln. Dann gebe ich die Fluchtversuche auf, schlinge die Arme um mein Gesicht und versuche mich vor den Schlägen zu schützen. Ich spüre seine Hände auf dem Rücken meines Hemds. Er wälzt mich herum. Seine Waffe befindet sich direkt vor mir, der Lauf drückt gegen meine Stirn.

»Ich weiß, dass die Fahndungsplakate dich lebend suchen«, höhnt er, »aber glaube mir, dass ich kein Problem damit habe, mit einer Leiche zurückzukehren, wenn du dich weigerst zu kooperieren. Ich kann die Position der Rebellen auch von jemand anders bekommen. Alles nur eine Frage der Zeit.«

»Gut, dann machen Sie das«, sage ich, weil ich mir vollkommen sicher bin, dass er blufft. »Nur zu. Erschießen Sie mich.«

Er entsichert die Waffe. Sein Finger bewegt sich auf den Abzug zu.

Und dann geschieht das Unvorstellbare: Er lässt die Waffe fallen. Seine Augen quellen hervor, und seine Hände zucken an seinen Hals.

Ich schnappe mir die heruntergefallene Waffe, weiche zurück und versuche mir einen Reim darauf zu machen, was da gerade passiert ist. Marco röchelt, schlägt um sich und zerrt an etwas, das unter seinem Kinn liegt.

Ich trete beiseite, und die Gestalt kommt in Sicht: dunkle Haut, dunkle Kleidung und bis auf das Weiße in ihren Augen fast nicht sichtbar. Bleak. Keine Ahnung, wann er sich aus den Tunneln weggeschlichen oder wie er es geschafft hat, ungesehen in diesen Raum zu gelangen. Aber jetzt ist er hier und hat Marco ein Seil um den Hals geschlungen. Er zieht mit aller Kraft daran, und als Marcos Körper zu erschlaffen beginnt, lässt er ihn zu Boden rutschen.

»Wenn ich mit euch kommen darf, bringe ich euer Team zur Mauer. Ich schwöre.«

»Abgemacht«, sage ich sofort.

Wir schütteln einander die Hände, aber gleichzeitig kommt Marco hustend auf die Beine. Er zieht ein kleines Messer, das irgendwo an seinem Gürtel gesteckt hat, und ich drehe mich mit der Waffe im Anschlag zu ihm um. Wir sind nur wenig mehr als eine Armeslänge voneinander entfernt. Meine Waffe schwebt nur Zentimeter vor seiner Brust, und seine Hand mit dem Messer ist mir genauso nahe.

»Denken Sie nicht einmal daran.«

»Ich brauche nur um Hilfe zu rufen«, sagt er mit heiserer Stimme.

»Ein Laut, und ich schieße.«

»Du wirst den Abzug nicht drücken.«

»Sind Sie sich sicher, dass Sie mich auf die Probe stellen wollen?«

»Nein«, sagt er. »Vielleicht nicht.«

Aber er nimmt das Messer nicht herunter, sondern sticht zu.

Instinktiv drehe ich mich weg, aber als ein kalter, stechender Schmerz meinen Oberschenkel hinunterfährt, wird mir zu spät klar, dass ich die Chance zum Schießen verpasst habe. Marco rennt zur Tür, aber Bleak ist schneller. Er greift ihn an, wirft ihm die Seilschlinge ein zweites Mal um den Hals und zerrt ihn zurück. Marco würgt und veranstaltet einen Aufstand, der bestimmt dazu führen wird, dass wir erwischt werden. Doch der Schmerz, der sich in meinem Bein ausbreitet, ist so scharf und unerbittlich, dass ich ihn kaum höre. Zusammengekrümmt betaste ich es im Dunkel. Das Messer ist in den Muskel an meinem linken Oberschenkel eingedrungen und dann, als ich mich gedreht habe, bis zur Außenseite des Knies weitergeglitten. Nur ein, zwei Zentimeter der gesamten Schnittwunde gehen gefährlich tief, aber ich habe schon viel Blut verloren. Zu viel. Ich werfe die Jacke ab, wickle sie um die Wunde und binde sie mit den Ärmeln so fest wie möglich zusammen.

Ein grauenhaftes Kreischen erklingt, und als ich aufblicke, hat Bleak etwas, das wie ein Bücherregal aussieht, in die Mitte des Raums gezerrt. Er wirft sein Seil über einen Deckenbalken, hievt den röchelnden Marco auf das Regal und zieht ihm die Schlinge um den Hals fester.

Blitzartig erkenne ich, was ich da vor mir sehe. Einen Galgen.

Bleak zieht an dem Seil, und Marco, der nur noch mit den Zehen auf dem Holz steht, würgt.

»Es ist an dir, es zu beenden«, sagt Bleak zu mir.

Ich humple nach vorn. Marco murmelt etwas, das ich nicht richtig verstehe. Ich weiß nur, dass ich die Waffe in der Hand halte und in meiner Brust Wut brodelt, heiß und widerlich. Ich verachte diesen Mann mehr als jeden anderen, dem ich je begegnet bin. Er hat mir so viel genommen, was nicht ersetzt, repariert oder neu aufgebaut werden kann. Marco hat unermesslich kostbare Teile meines Lebens in der Hand gehalten und sie zermalmt, ohne zu zögern.

Ich hebe die Waffe und ziele direkt auf Marcos Herz. Mein Finger bewegt sich auf den Abzug zu.

Der Schuss wird laut sein. Der Orden wird ihn hören. Aber ich muss das tun. Ich *brauche* es.

Meine Hand zittert leicht.

Marco erstickt fast an dem Gelächter, das gequetscht und abgehackt aus ihm aufsteigt. »Und dein Vater hat sein Leben für dich riskiert! Was für eine Verschwendung! Sieh dir doch an, wie schwach du bist.«

Das Zittern wird schlimmer. Ich kann den Arm nicht ruhig halten.

»Dazu hast du gar nicht das Zeug!« Die Belustigung in seiner Stimme ist unverkennbar. »Du schaffst es nicht, den Abzug zu drücken.«

Ich nehme die Waffe herunter. »Sie haben recht. Ich schaffe es nicht.«

Marcos Lippen verziehen sich zu einem triumphierenden Lächeln.

»Aber das hier kann ich«, erkläre ich, »und ich mache es für meinen Vater und für all die anderen.«

Ich ziehe mein unverletztes Bein an und trete das Bücherregal unter ihm weg.

31. Kapitel

Ich sehe nicht zurück.

Wir laufen durch eine Seitengasse, Bleak voran. Ich sehe kaum, wohin wir treten, aber er muss sich den Lageplan der Stadt eingeprägt haben, denn trotz der Dunkelheit bewegt er sich zielbewusst vorwärts. Ich stolpere ihm hinterher, allerdings nicht ganz so leise wie er, weil meine Füße nicht mit den plötzlich auftauchenden Bodensenken rechnen und hämmernder Schmerz durch mein verletztes Bein schießt. Ich hoffe nur, dass ich keine Blutspuren im Schnee hinterlasse, keine offensichtliche Fährte, die der Orden verfolgen kann. Sie werden bestimmt bald nach Marco sehen. Das heißt, falls sie unsere Kampfgeräusche nicht gehört haben.

Bleak und ich huschen in ein Gebäude, dessen Dachstuhl eingestürzt ist, und wir müssen unter einem heruntergefallenen Balken hindurchkriechen, bis wir wieder aufrecht stehen können.

»Hier entlang«, sagt Bleak.

Ich bewege mich auf seine Stimme zu und sehe, dass er ein zerlumptes Tuch zurückgeschlagen hat, das an der Wand hängt. Dahinter befindet sich ein kleiner Raum. Er hebt eine Bodenplatte hoch, und die oberste Stufe einer wacklig wirkenden Leiter kommt zutage.

Er ist sie halb hinuntergestiegen, als der Orden Marco findet. Ich kann ihre Rufe hören.

»Holt ihn da herunter! Schnell.«

»Das wird nichts nutzen. Er ist nicht mehr zu retten.«

»Sucht nach dem Jungen!«

Ich ignoriere den Schmerz in meinem Bein, klettere Bleak hinterher und ziehe die Falltür über uns zu.

Der Gang, in den wir kommen, ist in einem schlechteren Zustand als die meisten Tunnel von Burg und nur einen Bruchteil so hoch. Am Fuß der Leiter angekommen, müssen wir uns auf den Bauch legen. Ich höre, wie ein Zündstein angeschlagen wird, und dann hält Bleak eine kleine Flamme in der Hand. Die Tunnelwände um uns herum bestehen aus Erde und Schutt. Sofort mache ich mir Sorgen, sie könnten über uns zusammenbrechen.

»Wo sind wir?«, flüstere ich, als wir beginnen, auf dem Bauch durch den Tunnel zu robben.

»Unter der Erde.«

»Das weiß ich auch.« Beinahe lache ich, aber beim Einatmen füllt sich mein Mund mit scharfem Staub, und ich huste stattdessen. »Hast du das hier gegraben?«

Er nickt. »Damit ich nach oben gehen kann, wann ich will.«

»Warst du deswegen auch heute Abend unterwegs?«, frage ich und denke an das Tagebuch, das er im Schulhaus versteckt, den Traum des Mädchens, der zu seinem eigenen geworden ist.

»Nein. Dein Freund Sammy hat mich gefunden und mir erzählt, was los ist. Ich habe Bruno und Kaz in Titus' Zimmer eingesperrt und ein paar Leuten, denen ich vertraue, gesagt, sie sollen die Nachricht verbreiten: *Ein Kampf steht bevor. Haltet euch versteckt und wartet, bis ich zurückkomme.* Dann habe ich deine Leute in dem Raum des Pfeifens und Brummens eingeschlossen.« Über die Schulter wirft er mir einen entschuldigenden Blick zu. »Ich dachte, ihr gehört zu denen, verstehst du? Den Schnittern. Ich dachte, du wärst oben und würdest ihnen erzählen, wo sie uns finden. Aber dann habe ich gehört, was dieser Mann deinem Team angetan hat, Gray. Sogar, nachdem du dich gezeigt hattest.« Eine kurze Pause. »Es tut mir leid.«

Ich sollte etwas sagen, aber meine Zunge fühlt sich angeschwollen an. Es ist auch nicht so, dass Worte den Schaden wiedergutmachen könnten. Sie bringen Emma, Bo oder Xavier nicht wieder zurück.

»Keine Ahnung, ob du ein Schnitter bist oder nicht«, fährt er fort, »aber ich weiß genug, um zu erkennen, dass die Leute da draußen genauso deine Feinde sind wie meine. Wenn ihr vor ihnen flieht, will ich mit euch gehen. Und ich will dafür sorgen, dass meinem Volk nicht das gleiche Schicksal widerfährt wie beim letzten Mal, als diese Mörder über unsere Mauer gekommen sind.«

Danach kriechen wir schweigend weiter.

Der Tunnel ist nicht besonders lang, aber wir kommen nur langsam vorwärts. Ich vermute, dass Bleak mehrere Jahre gebraucht hat, um ihn auszuheben. Schließlich kommen wir in einem Raum heraus, der sein Zimmer sein muss, und stolpern unter einer Decke hindurch, die an der Wand hängt. Der Raum ist noch kahler als der, den Titus bewohnt hat. Kein Tisch und keine Kisten, die als Stühle dienen. Keine Hängematte, nur eine Matte auf dem Boden. An der Seite liegt eine zusammengefaltete Decke. An der Wand hängen sorgfältig angebrachte Messer. Ich entdecke die veränderte Heugabel, von der er kürzlich gesprochen hat. Das daran angebrachte Seil ist ordentlich zusammengerollt.

Bleak läuft durch den Raum und greift danach, anschließend schnappt er sich zwei Messer.

»Hier«, sagt er und schiebt mir eines zu. Es ist eine gute, aus Knochen gefertigte Waffe. Der Griff ist glatt und leicht geschwungen und schmiegt sich gut in meine Hand, und die Klinge, die nicht länger als mein Zeigefinger ist, ist meisterhaft geschärft.

Wir huschen aus Bleaks Zimmer und durch die Gänge zu dem Raum des Pfeifens und Brummens. Die Tür ist nicht abgeschlossen, wie Bleak gesagt hat, aber die Gruppe ist gewissermaßen tatsächlich »eingeschlossen«. Zwei Männer, die Bleaks Freunde sein müssen, stehen Wache. Sie sind mit unzähligen Messern bewaffnet – sie halten sie in den Händen, haben sie auf den Rücken geschnallt und an ihren Gürteln hängend –, und sie haben die Tür mit einem Berg Kisten versperrt. Jeder, der den Raum verlassen würde, wäre langsam und leicht auszuschalten.

»Sie sind nicht unsere Feinde«, sagt Bleak, als er auf die jungen Männer zugeht. »Lasst uns diese Kisten wegräumen. Bei der Arbeit erkläre ich euch alles.«

Kurz darauf klärt Bleak die Wachposten auf, und ich klettere über die Kisten, weil ich zu ungeduldig bin, um noch zu warten. Das ganze Team befindet sich drinnen und drängt sich um die Computer. Bree sieht mich als Erste. Ihr Blick huscht von meinen Augen zu meinem blutüberströmten Bein und dann wieder zu meinen Augen zurück.

»Du hast es geschafft und bist zurückgekommen«, sagt sie und klingt, als könnte sie es selbst nicht glauben. Die anderen fahren herum, und ihre Mienen hellen sich auf. Sammy umarmt mich, wie Blaine es oft tut: Eine Hand drückt meine, und mit der anderen klopft er mir auf den Rücken.

»In der Sekunde, als Bleak uns hier hineingeschoben hat,

dachte ich, du hättest dem Falschen vertraut«, erklärt er, »aber es sieht aus, als hätte er dir doch die Haut gerettet. Aber, verdammt, du hast dir wirklich bis zum letzten Moment Zeit gelassen, Weathersby.«

»Zeit gelassen?«

»Marcos Countdown«, sagt Clipper von den Computern her.

»Sammy hat sich vor Erleichterung fast in die Hosen gemacht, als Marco bei *zwei* aufgehört hat«, sagt Jackson.

Ich lächle gezwungen, kann mich aber nicht überwinden, ihnen die Wahrheit zu sagen. Wenn sie den Countdown gehört haben, dann müssen sie auch mitbekommen haben, wie Emma bestätigt hat, dass Xavier und Bo tot sind. Aber Sammy wirkt immer noch erleichtert, das Duplikat reißt Witze, und Bree hat die Stirn nur so wenig gerunzelt, dass es für ihre Verhältnisse fast ein Lächeln ist. Alles zusammengenommen kann das nur bedeuten, dass sie den Schuss unmöglich gehört haben können. Sie glauben, dass Emma noch am Leben ist, und dieser kleine Sieg scheint ihnen Hoffnung eingeflößt zu haben. Das kann ich nicht ruinieren, indem ich ihnen gestehe, dass ich zu langsam war, dass Emma meinetwegen tot ist so wie die anderen. Ihre Hoffnung muss uns alle weitertragen, denn ich habe keine Reserven mehr.

»Ich habe einen Notruf abgesetzt«, erklärt Clipper. »Ich konnte Xavier und Bo nicht erreichen, und als wir hier eingesperrt wurden, habe ich nachgedacht: über diese Computer, all die Gerüchte über AmWest, diese Botschaft von Ryder, wir sollten *Feindkontakt* aufnehmen.«

»Was soll das heißen, Clipper?«

»Du warst da oben bei Marco, und wir wussten nicht, ob du es schaffen und zurückkommen würdest. Der Orden hatte uns umzingelt. Daran hat sich eigentlich auch nichts geändert.« Clippers Blick löst sich von der Tastatur, huscht zum Computerbildschirm und fällt schließlich wieder auf mich. »Ich dachte, das wäre unsere beste Option. Ich konnte sie nicht direkt erreichen, daher habe ich einfach … einen Funkspruch auf allen Kanälen geschickt. An die Exilanten und habe sie um Hilfe gebeten.«

»Was?« Eine Woge der Panik durchläuft mich. »Ich dachte, du hättest gesagt, die Computer wären nur mit der frankonischen Technik vernetzt.«

»Stimmt auch. Aber die Rebellen hatten Spione, die an der Quelle saßen. Erinnerst du dich noch an Christie, die dir und Harvey geholfen hat, den Impfstoff zu finden? Wer weiß, ob nicht auch Exilanten an bedeutenden Stellen sitzen? Zugang zu frankonischen Informationen haben?«

»Aber wenn du einen offenen Funkspruch geschickt hast, heißt das nicht, dass der Orden ihn auch auffangen konnte?«

Er runzelt die Stirn. »Ja, schon. Es war immer ein Risiko.«

»Ein Risiko?«, brülle ich. »Etwas Blöderes hätte dir wohl nicht einfallen können, oder, Clipper? Wenn der Orden noch keine Verstärkung angefordert hat, dann wird bestimmt eine geschickt werden, nachdem sie deinen ›Notruf‹ gehört haben. Und warum sollten die Exilanten auch nur *auf die Idee kommen*, uns jetzt zu helfen? Wir sind umzingelt, und wahrscheinlich sind weitere Truppen des Ordens unterwegs. Wenn sie uns helfen, rennen sie geradewegs in den Tod!«

»Du kannst mich mal «, sagt Clipper so leise, dass ich es fast überhöre.

»Wie bitte?«

»Du kannst mich mal!« Er steht auf und krempelt sich die Ärmel bis zu den Ellbogen hoch. »Du hast mir einen Befehl gegeben, und ich bin ein Risiko eingegangen. Genau wie du, als du nach oben gegangen bist, um dich Marco zu stellen. So etwas passiert eben, wenn nicht alles nach Plan verläuft. Man geht ein Risiko ein und hofft, dass es sich auszahlt. Harvey hätte dasselbe getan wie ich. Er hätte den gleichen Notruf abgesetzt – das *weiß* ich –, und ich bin mir ziemlich sicher, dass du ihn nicht so anschreien würdest wie mich. Ich bin vielleicht jung, aber ich bin nicht dumm.«

Völlig außer Atem verstummt er, und ich bin von seinem Ausbruch so verblüfft, dass ich absolut keine Ahnung habe, was ich sagen soll. Zum ersten Mal seit unserem Aufbruch sehe ich ihn nicht als Jungen von fast dreizehn Jahren, sondern als Mitglied unseres Teams. Alterslos. Ohne eine bestimmte Stellung. Und er hat recht. Jede Handlung birgt ein Risiko, und manchmal glauben wir, das Beste zu tun, aber es funktioniert nicht. Schließlich habe ich vorhin getan, was ich für nötig hielt, und deswegen ist Emma gestorben.

»Ich schätze, wir können nur hoffen, dass unser Notruf die richtigen Leute erreicht«, sage ich.

Clipper wirkt nicht mehr so selbstsicher, aber ich wünsche mir mehr als alles andere, er würde mir beweisen, dass ich falschliege. Nach oben zu gehen und dort Verbündete vorzufinden, die uns in Sicherheit bringen, wäre zu schön, um wahr zu sein.

»Puck trommelt die anderen zusammen«, sagt Bleak von der Tür aus. »Sie werden sich nach oben schleichen, zur anderen Seite der Stadt ausschwärmen und versuchen, für Ablenkung zu sorgen. Dadurch hat eure Gruppe eine Chance zu fliehen. Ich bringe euch zur Mauer, und dann folge ich euch mit meinen Leuten, wenn die Kämpfe vorüber sind. Hier ist es für uns nicht mehr sicher.«

»Du weißt aber, dass sie euch haushoch überlegen sind, oder, Bleak? Die Waffen, die diese Leute haben … Wir sind euch dankbar und alles, aber …«

»Wir wissen aus den Geschichten unserer Großeltern, wogegen wir anstehen«, sagt er zu mir. »Und es gibt hier einige, die Lust auf ein wenig Rache haben.«

Die Treppe, die wir hinaufgehen, führt uns zum Stadtrand, dorthin, wo die ehemaligen Viehweiden beginnen. Wenn ich einen Blick über die Schulter werfe, kann ich die Lichter der Ordenshelikopter in der Nähe des Galgens erkennen. Bei dem Gedanken daran, was die Bewohner von Burg erwartet, zucke ich zusammen. Halb wünsche ich mir, ihnen zur Seite zu stehen, aber ich muss eine Entscheidung treffen. So unschön das ist, ich stelle das Leben meiner vier überlebenden Teammitglieder über das von Hunderten, die kämpfen werden, während wir fliehen. Vielleicht bin ich deswegen ein schrecklicher Mensch. Ich weiß es nicht, und ich habe keine Zeit, darüber nachzudenken.

Bleak zeigt nach vorn. »Wir werden rennen und nicht anhalten, bis wir die Mauer erreichen.«

Bree stöhnt auf. »Wie kannst du überhaupt etwas sehen?«

Die Frage ist berechtigt. Es ist stockdunkel.

»Kann ich gar nicht«, gesteht Bleak. »Aber es gibt hier keine Bäume, und das Land ist größtenteils flach. Bewegt einfach eure Füße und vertraut auf euren Gleichgewichtssinn. Wir laufen los, sobald wir das Signal hören.«

In diesem Moment bricht hinter uns Tumult aus. Ordensmänner brüllen verwirrt durcheinander. Die Lichtstrahlen von Scheinwerfern werden von den Gebäuden, dem Schnee und dem wolkenverhangenen Himmel zurückgeworfen. Die Bewohner von Burg sind in der Dunkelheit zum Angriff übergegangen.

»Jetzt!«, flüstert Bleak, und wir sprinten alle los.

Im Schnee sind wir unbeholfen und laut. In der Ferne höre

ich, wie der Orden gegen die Bewohner von Burg kämpft, aber ich könnte schwören, dass einige Stimmen näher kommen. Und dann huschen die Lichtbündel aus ihren Scheinwerfern um uns herum über den Schnee.

»Da!«, schreit jemand, und mein Verdacht bestätigt sich. Wir sind entdeckt worden.

»Ruf die anderen. Gib den Befehl.«

»Sofort! Licht, sofort!«

Hinter uns taucht eine Wand aus Licht auf. Hubschrauber, und viel mehr als die drei, die ursprünglich im Zentrum von Burg gelandet waren. Ich meine, ein fernes Grollen zu hören, und weiß augenblicklich, dass der Orden Verstärkung angefordert hat. Vielleicht, nachdem sie Marco gefunden haben. So oder so sitzen wir in der Falle, wir sind umzingelt und können nirgendwohin fliehen. Aus vollem Lauf kommen wir zum Stehen.

Als der erste Ordensmann aus einem der Helikopter springt, habe ich das Gefühl, als hätte mir jemand ein Messer zwischen die Rippen gerammt.

Er hat die gleichen breiten Schultern, den gleichen schlanken Körperbau wie ich. Die gleichen dunklen Haare und den gleichen gelassenen Gang. Kinn, Nase, Ohren, der Mund und die tief liegenden farblosen Augen – alles ist gleich.

Es erscheint unmöglich, obwohl ich den Beweis anstarre.

Aber es ist real.

Dies ist die einzige Kopie meiner selbst, die sich in Betrieb befindet, genau wie es in Franks Aufzeichnungen festgehalten ist, und sie steht vor mir.

32. Kapitel

Mein Blut dröhnt in meinen Ohren.

Ich nehme alles zurück, was ich über das Duplikat von Blaine gedacht habe; den Wunsch, das kleine Stück von Blaine zu retten, das darin gesteckt hat. Denn ein Duplikat ist nicht echt. Diese Kopie, dieses Spiegelbild, ist nicht ich. Ich will sie tot sehen. Sie soll fort sein. Ich will, dass sie nie existiert hat.

Die Kopie reckt die Faust in die Luft und gibt ein Zeichen, und eine kleine Armee von, wie ich annehme, Duplikaten ergießt sich aus den Hubschraubern zu ihr in den Schnee. Sie sind eine gemischte Gruppe: unterschiedlich groß und verschieden gebaut, mit diversen Haar- und Hautfarben. Einige sind Frauen, aber die meisten Männer.

Mein Duplikat mustert mein Team mit einem grauenhaft berechnenden Blick. Es neigt ganz knapp das Kinn und betrachtet mich über seinen Nasenrücken hinweg. Es registriert meine Anwesenheit und zeigt mir mit seinem Nicken, dass es mich gesehen hat.

Einen winzigen Moment lang habe ich den wahnhaften Gedanken, dass es uns helfen wird. Dass sie alle uns helfen werden. Aber anders als Jackson haben diese Duplikate die Mauer nicht gesehen. Sie haben sie nicht berührt, nicht erklommen, sondern sind darüber hinweggeflogen; und das

Bauwerk ist – falls es im Dunkeln überhaupt zu sehen war – wie ein Schatten unter ihnen vorbeigehuscht. Diese Duplikate werden weder zusammenbrechen noch versagen. Sosehr ich es mir auch wünsche, sie werden sich nicht auf unsere Seite schlagen.

Mein dupliziertes Ich verzieht die Lippen zu einem kaum wahrnehmbaren Lächeln, als könnte er meine Gedanken lesen. Mit der Handwaffe weist er in unsere Richtung. »Hi, Gray«, sagt er.

Das ferne Grollen ist jetzt zu einem Dröhnen angewachsen, Verstärkung, die sich schnell nähert. Aus dieser Lage kommen wir nicht wieder heraus.

»Was sollen wir machen?«, fragt Sammy panisch, aber ich habe zu viel damit zu tun, Bree zu packen und an meine Brust zu ziehen, und kann ihm nicht antworten.

»Es tut mir leid«, sagt sie in mein Hemd hinein.

»Mir auch.«

Mein Duplikat zu seinen Soldaten: »Fertig.«

Sie heben die Waffen. Das Donnern, mit dem sich der Feind nähert, wird lauter.

»Zielen.«

Noch einmal Sammy: »Gray! Was sollen wir machen?« Ich lege das Kinn auf Brees Scheitel und schließe die Augen. Die Antwort ist: »Nichts«, denn wir haben verloren.

»Feu…«

Eine gleißend helle Explosion reißt mich vom Boden. Die Welt verstummt.

Ich bin tot.

Ich bin tot. Ich bin tot. Ich bin tot.

Aber ich kann immer noch fühlen, und ich habe Schmerzen.

Überall.

Mit Gewalt öffne ich die Augen. Einer der Helikopter ist vollkommen zerstört. Sein Metallkörper ist zerfetzt und in der Umgebung verstreut. Die Erde um den Hubschrauber herum ist aufgeworfen und weit über den Schnee gespritzt. Auch Leichen liegen in dem Chaos; verkohlte, blutige Körperteile. Die Überlebenden suchen rennend Deckung, aber ich kann sie nicht hören. Ich höre gar nichts, nur ein dumpfes Klingen in meinen Ohren.

Die Welt riecht nach Feuer, Rauch und brennendem Fleisch. Schatten ziehen über mich hinweg und malen Flecken auf den Schnee. Wieder flammt die Welt auf.

Zum zweiten Mal werde ich beiseitegeworfen, als hätte mein Körper kein Gewicht. Ich lege die Arme über den Kopf, um mich vor den herabregnenden Metallteilen zu schützen. Als ich aufblicke, sind zwei weitere Helikopter vernichtet.

Am Rand meines Blickfelds sehe ich Bree. Sie kriecht auf mich zu. Ihr Mund bewegt sich, aber es kommen keine Worte heraus. In der Nähe zieht Jackson Bleak hoch. Auch sie schreien, und immer noch kann ich nichts hören. Ich versuche aufzustehen, aber mein Gleichgewichtssinn ist gestört.

Langsam kehrt mein Gehör zurück.

Zuerst nehme ich das Donnern sich zurückziehender Flugmaschinen über uns wahr, gefolgt von den wirren Schreien der Ordenskämpfer, die sich in Sicherheit zu bringen versuchen. Und dann endlich höre ich Bree.

»Gray!« Ihre Stimme klingt dumpf und leise, als riefe sie unter Wasser nach mir. »Verdammt, Gray!«

Und jetzt höre ich sie überdeutlich und drängend, als sie mein Handgelenk packt. Ich zwinge mich zum Aufstehen, aber ich kann mein Gleichgewicht kaum halten, und mein verletztes Bein brennt vor Schmerzen. Ich habe das Gefühl, gleich umzufallen, aber das Donnern über uns wird erneut lauter.

»Schnell!«, schreie ich den anderen zu. »Bevor sie zurückkommen.«

Sammy blickt zum Himmel auf, und ich weiß, dass er sich das Gleiche zusammengereimt hat wie ich. Clippers Notruf hat doch nicht nur den Orden erreicht. Irgendwer in Am-West hat unseren Hilferuf gehört, und die berüchtigten Exilanten fliegen in diesem Moment über uns hinweg und eröffnen uns ein kleines Zeitfenster, damit wir fliehen können. Natürlich könnten sie uns dabei durchaus auch umbringen.

Jackson hebt Clipper hoch, der so schwer verletzt ist, dass er immer wieder das Bewusstsein verliert, und wir rennen los. Bei jedem Schritt habe ich das Gefühl, dass mein Bein verglüht. Wir laufen zwischen den brennenden Wracks von zwei Hubschraubern hindurch. Dabei schnappt sich Bree das Gewehr eines Gefallenen. Überall zwischen den Wrackteilen sind Leichenteile verstreut, Überreste von Soldaten, die zerrissen worden sind, als bestünden sie aus Papier. Der Schnee unter unseren Füßen schillert in einer Million Nuancen von Rosa. Würgend zwinge ich mich zum Weiterrennen.

Gerade als die Lichter der noch unbeschädigten Helikopter hinter uns schwächer werden, wird es am Himmel zum dritten Mal gleißend hell. Sogar aus der Entfernung klingt die Explosion wie ein Donnerschlag. Wir rennen in den Schutz der Dunkelheit, und zum ersten Mal, seit wir nach Burg gekommen sind, bin ich froh darüber, dass hier alles so wenig beleuchtet ist. Einstweilen sind wir unsichtbar. Aber dann höre ich hinter uns schwere Schritte: Der Orden ist uns auf den Fersen – oder schlimmer noch, die Duplikate.

Als wir die Mauer erreichen, komme ich schlitternd zum Stehen. Heute Nacht wirkt sie besonders wuchtig. Bleak lässt das aufgerollte Seil von seiner Schulter gleiten und wirft den Metallhaken auf die Mauer. Wir hören, wie er über die Mauerkrone kratzt, und als Bleak an dem Seil zieht, sitzt der Anker fest.

»Was ist denn das?«, fragt Sammy. »Ein selbst gemachter Enterhaken? Genial!« Er nimmt das Tau und prüft seine Stärke. Sekunden später klettert er, die Füße an der Mauerfläche abgestützt, so schnell wie möglich hoch.

»Bin da«, brummt er kurz darauf. Obwohl ich ihn nicht sehen kann, weiß ich, dass er sich auf die Mauer gezogen hat.

»Hab' eine Schlinge ins andere Ende gemacht, damit ihr euch gegenseitig hochziehen könnt«, erklärt Bleak. »Geht schneller als klettern.«

Ich wende mich Bree zu.

»Du zuerst«, sagt sie.

»Versuch gar nicht erst, mit mir darüber zu streiten, Bree.«

Sogar im Dunkeln kann ich sehen, dass sie ein finsteres Gesicht macht, aber ich packe sie am Arm und ziehe sie zum Seil. Sie setzt den Fuß in die Schlinge, die Bleak hineingebunden hat, und Sammy zieht sie hoch, in Sicherheit. Als Nächster geht Clipper, dessen Schulter aussieht wie ein Stück stümperhaft zerhacktes Schlachtfleisch. Ich habe noch nie eine Waffe gesehen, die solchen Schaden anrichten kann, und frage mich, ob die Wrackteile des Helikopters oder Fragmente der explodierenden Waffe selbst ihn so zugerichtet haben. Irgendwie gelingt es Clipper, bei Bewusstsein zu bleiben, während Sammy ihn hochzieht.

»Du wirst klettern müssen«, sage ich, an Bleak gewandt. »Wenn du zurück zu deinen Leuten gehst, bist du tot, bevor du die Stadt überhaupt erreichst.«

In der Dunkelheit kann ich sein Gesicht nicht erkennen, um die Reaktion einzuschätzen, aber er greift nach dem Seil.

Das Geschrei der Duplikate, die uns verfolgen, ist jetzt gut zu hören. Ein Meer von Lichtstrahlen aus Taschenlampen hüpft auf und ab, als sie sich nähern, und ihr heller Schein wird von der glatten Oberfläche der Mauer zurückgeworfen. Ich winke Jackson.

»Nein. Geh du«, sagt er.

Ich sehe, wie nahe die Lichter schon sind. Es ist kaum noch Zeit, eine Person hochzuziehen. Und wir sind doch angeblich Verbündete. Wie kann ich ihn nach allem, was war, einfach hier zurücklassen?

»Ich bin einer von ihnen, Gray«, sagt er, als hätte er meine Gedanken gelesen. »Vielleicht erkennen sie das ja. Jetzt geh bitte. Damit nicht alles umsonst gewesen ist.«

Im Dunkeln ertaste ich das Seil und trete mit meinem unverletzten Bein in die Schlinge. Als Sammy zieht, schlägt meine Schulter gegen die Mauer, und ich versuche, mich mit dem verletzten Bein in der Balance zu halten, aber es tut zu weh. Sekunden später hakt Sammy die Hände unter meinen Schultern ein, und ich werde auf die Mauer gehoben.

Ich blicke gerade rechtzeitig zurück, um zu sehen, wie die Lichter Jackson erreichen.

Obwohl er zum Zeichen, dass er sich ergibt, die Hände gehoben hat, vermindern die Duplikate ihr Tempo nicht. Es müssen Dutzende sein, und mein kopiertes Gegenstück führt den Angriff und bewegt beim Rennen rhythmisch die Arme. Nur ein paar Schritte von Jackson entfernt holt er aus, und ich glaube, dass er ihm einen Schlag versetzt.

Aber dann sehe ich die Waffe in seiner Hand: ein Messer, das er von oben gefasst hält, mit blanker, blinkender Klinge.

Jackson greift sich an den Hals.

Und dann bricht er tot im Schnee zusammen.

33. Kapitel

Ich schreie mein Duplikat an und verfluche es, aber es steht da und wirkt stolz. Wie konnte ich dazu fähig sein? Wie konnte ein Stück von mir einen Mann töten, der sich mit erhobenen Händen ergeben hat?

Sammy holt das Seil ein, bevor jemand danach greifen kann. Mein Duplikat wendet sich den anderen zu, beginnt Befehle zu brüllen und ordnet an, eine menschliche Pyramide zu bilden, damit sie in den Äußeren Ring gelangen können. Aber mehr als die Hälfte der Duplikate wirkt abgelenkt und starrt die Mauer an wie Jackson, als er sie zum ersten Mal erblickt hat.

Ich sehe zwischen den wenigen Duplikaten, die sich an die Arbeit machen, und der Gruppe, die bewegungslos verharrt, hin und her. Ich würde fast alles darauf verwetten, dass Jackson ein älteres Modell war, ein F-Gen4 wie Blaine, und dass diese Duplikate, die da stehen und die Mauer bewundern, statt sie zu erklettern, zur selben Serie gehören. Das hoch über ihnen aufragende Bauwerk verursacht einen Fehler in ihrer Programmierung. Aber mein Duplikat und die paar anderen, die zur Serie F-Gen5 gehören müssen, sind stärker. Und dadurch sind sie gefährlicher, denn nichts scheint sie aus dem Konzept zu bringen.

Sammy stößt mich an, damit ich mich in Bewegung setze. Ich werfe einen letzten Blick auf Jacksons zusammengesackte

Leiche, und dann lassen wir uns sicher in den Äußeren Ring hinunter. Im Lager brennt ein kleines Feuer, und wir rennen darauf zu. Mein Laufschritt wird immer mehr zu einem Humpeln, aber ich zwinge mich vorwärts. Ich kann Bleak erkennen, der Clipper trägt, und Bree, die sich mit dem Gewehr im Anschlag fortbewegt. Ich habe keine Ahnung, wie viele Ordensmitglieder hier auf unsere Gruppe gestoßen sind, aber unser Auto ist das einzige, das zu sehen ist, also sind sie wenigstens nur zu Fuß.

Als ich Bree fast eingeholt habe, bleibt sie wie angewurzelt stehen. Sie fährt herum, und ihr steht das Entsetzen ins Gesicht geschrieben. Sie schüttelt den Kopf. Bedeutet mir, dass ich stehen bleiben soll. Und ich sehe, warum.

Emma.

Sie ist nicht tot. Sie lebt, und Xavier auch. Aber sie hält ihm eine Waffe an den Kopf. Emma bedroht Xavier mit vorgehaltener Pistole, und Bo liegt hinter ihr auf dem Bauch. Der Schnee unter ihm ist dunkel gefärbt.

»Das ist nahe genug«, erklärt Emma gelassen.

Ich muss das falsch deuten. Anders kann es gar nicht sein. Sie wirft mir das gewohnte leise Lächeln zu. Doch statt wie üblicherweise Schmerzen in meiner Brust hervorzurufen, verursacht es, dass sich mein Magen zusammenzieht.

»Hier draußen war nie ein Ordensmitglied, oder?«, stoße ich hervor. »Du hast Bo getötet, Xavier überwältigt und dann per Funk Kontakt zu Marco aufgenommen.«

»Sehr gut, Gray«, sagt sie. Mein Magen verknotet sich noch stärker, als mir klar wird, dass sie uns nicht zum ersten Mal verraten hat.

»Und auf dem Schiff, das warst auch du. Du hast behauptet, du müsstest Verbände holen, aber du hast den Orden kontaktiert.«

»Ich hatte mir von dem Moment an, als du mich über Isaacs Karten angetroffen hast, schon Sorgen gemacht, du könntest an mir zweifeln«, meint sie und lächelt noch strahlender. »Aber Liebe ist etwas Komisches, nicht? Sie macht einen blind.«

»Gray«, fleht Xavier durch den Knebel in seinem Mund hindurch. »Bitte …«

Emma drückt die Waffe ein wenig fester an seinen Kopf, und er verstummt. Der Rest des Teams kommt hinter mir ins Lager, und ich höre, dass sie wie angewurzelt stehen bleiben.

»Warum tust du das, Emma? Hat Frank dir Versprechungen gemacht? Hat er gesagt, er werde Carter gehen lassen? Claysoot befreien?«

»Denkst du etwa, ich *will* das nicht tun?«, höhnt sie. »Glaubst du, dass ich so etwas wie einen schwachen Moment habe?«

Es ist, als redete ich mit einer Fremden. »Es ist unmöglich, dass du das wirklich tun willst, Emma.«

»Aber das will ich!« Sie schreit praktisch. »Ich habe es mir von dem Moment an gewünscht, als du mich aus Taem mitgenommen hast, und ich kann dir gar nicht sagen, wie schwer es war, so geduldig zu sein, auf genau den richtigen Moment zu warten. Aber genau deswegen kommt es ja so überraschend, was, Gray? Weil du es, anders als bei Blaine und Jackson, überhaupt nicht für möglich gehalten hast.«

Mir stockt der Atem, als ich die Wahrheit erkenne.

Das ist nicht Emma.

Sie ist es nie gewesen.

Emma ist noch in Taem. Oder schlimmer noch, sie ist tot. Das Mädchen, das vor mir steht, sieht nur aus wie sie. Ich war dumm – so furchtbar, schrecklich dumm – zu glauben, dass man ein Duplikat nur von jemandem schaffen würde, der geraubt worden ist.

»Ich hätte an diesem Morgen auf der *Catherine* alles beenden können«, setzt sie hinzu. »Aber nein, du musstest hereinplatzen, sodass ich meinen Funkspruch genau in dem Moment unterbrechen musste, als ich Kontakt aufnehmen konnte. Ich war *so nahe daran*, und ich musste aufgeben. Musste schüchtern und sanftmütig tun, mit den Wimpern klimpern und vorgeben, deine Anwesenheit bringe mich durcheinander.«

Die Vorstellung scheint sie anzuekeln. Ihre Miene löst die Erinnerung an einige Augenblicke aus, deren Bedeutung jetzt im Rückblick schmerzlich offensichtlich wird. Der Umstand, dass sie, seit ich sie aus Taem gerettet habe, trotz allem, was sie durchgemacht hat, keine einzige Träne vergossen hat. Ihr Ärger, als ich in Bone Harbor Jackson und nicht ihr erlaubt habe, mit dem Orden zu sprechen, oder ihre Bemerkung über seine Langsamkeit beim Öffnen des Äußeren Rings, die ihr herausgerutscht ist, weil sie es vielleicht *wirklich* schneller fertiggebracht hätte. Und dann ihre Augen. In letzter Zeit haben sie so leblos und tot gewirkt, so gefühllos. So gar nicht wie Emmas. Sie hat uns sogar auf dieses Zeichen hingewiesen und uns erklärt, wie wir ihre eigene Art erkennen können, und ich war zu blind, um es zu sehen.

Ich habe das Gefühl, jemand hätte mir die Luft aus den Lungen geprügelt.

»Aber du hast uns nicht verraten, als wir in Crevice Valley waren«, sage ich. »Und dabei wäre es dir nicht schwergefallen, dich in die Technikabteilung zu schleichen und dir etwas einfallen zu lassen, um den Orden zu kontaktieren.«

»Ich hatte nicht vor, sie zu rufen, während ich *dort* war, obwohl sie so dumm waren, das zu glauben. Warum sollte ich ihnen freiwillig meinen Standort verraten – die Position der *Rebellen* – und es ihnen damit ermöglichen, mich mit den Bomben zu töten, die sie mit Sicherheit abwerfen würden? Für wie dumm halten diese Leute mich?«

Sie verhält sich genau wie Jackson in Stonewall; sie stellt ihr eigenes Leben über ihre Mission. Der Selbsterhaltungstrieb ist doch die stärkste Motivation.

»Aber jetzt sind wir hier«, erklärt sie, »und ich habe sie endlich erreicht. Zugegeben, Crevice Valley ist nur ein verdammter Spitzname, und ich weiß nicht genau, wo es sich befindet und habe keine genauen Koordinaten zum Weitergeben. Ich habe ihnen gesagt, sie sollen überprüfen, wo mein Peilsender zuletzt aktiv war. Das müsste ihnen reichen, um euer kostbares Hauptquartier zu finden, aber wir werden warten, für alle Fälle. Sobald der Orden nicht mehr ganz so beschäftigt ist …« – mit einer Kopfbewegung weist sie auf die Mauer, als der Himmel gerade kurz von einer Explosion erhellt wird –, »… kannst du die Bestätigung liefern, Gray.«

Mir wird schlecht. Wegen des Blutverlusts. Wegen ihr. Wegen allem.

»Ich kann nicht einfach abwarten und zulassen, dass du uns auslieferst, Emma. Das musst du verstehen. Aber wenn du die Waffe weglegst, können wir eine Lösung finden.« Vorsichtig gehe ich auf sie zu.

»Keinen Schritt weiter«, sagt sie.

Ich mache trotzdem noch einen.

»Glaubst du etwa, ich werde das nicht tun?« Sie drückt den Lauf fester gegen Xaviers Kopf.

»Ich weiß es.« Noch ein Schritt. »Weil du irgendwo da drinnen bist, Emma. Und du bist besser. Du kannst uns helfen. Wie Jackson.«

»Wenn er euch geholfen hat, bedeutet das, dass er ein älteres Modell war. Ich bin stärker als er.«

Ich bin jetzt nur noch eine Armeslänge von ihr entfernt. Noch ein Schritt, und ich bekomme die Waffe zu fassen. Ein weiterer Schritt, und alles wird gut.

»Wenn du nicht sofort stehen bleibst, ist er tot.«

»Du bist keine Mörderin, Emma. Ich kenne dich.«

Sie sieht mich direkt an, und einen ganz kurzen Moment lang glaube ich, dass sie mich hört. Ich greife nach der Waffe, und das Erkennen in ihrem Blick verschwindet. Ihre Augen ziehen sich zusammen, und ihre Nasenflügel weiten sich. »Ich bin nicht deine Emma«, sagt sie. »Du weißt überhaupt nichts über mich.«

Und sie drückt den Abzug.

Der Schuss erschallt.

Dann richtet sie die Waffe auf meine Brust.

Noch ein Schuss.

Ich taste die Vorderseite meines Körpers ab.

Aber ich blute nicht. Ich bin … unverletzt.

Emma blickt an sich herunter und sieht, dass sich etwas Dunkles auf ihrer Jacke ausbreitet. Sie fällt auf die Knie und sackt dann, die Beine unter dem Körper, zur Seite weg.

Ich fahre herum und halte Ausschau nach dem Schützen. Bree nimmt ihr Gewehr herunter. Mit unsagbar bekümmertem Blick sieht sie mir in die Augen, und ihre Lippen sind so fest zusammengepresst, als wären sie miteinander vernäht. Sammy starrt die Leichen an, als hätte er einen Geist gesehen.

Hinter uns sind Geräusche zu hören, und in der Ferne sehen wir die Lichtbündel von Taschenlampen.

Die Duplikate.

Alle rennen zum Auto, aber ich sehe noch einmal nach Xavier. Er ist tot. Er ist tot und sieht so übel aus, dass ich mir wünschte, nicht hingeschaut zu haben. Ich erbreche mich in den Schnee.

»Gray?« Emma hustet.

Obwohl ich weiß, dass sie es nicht ist, kauere ich mich an ihre Seite. Ich gehe zu ihr, weil sie meinen Namen sagt, weil ihre Stimme genau wie die von Emma klingt und ich das nicht ignorieren kann. Sie greift nach meiner Hand und umfasst sie mit ihren Fingern, die klebrig vor Blut sind, und sie lächelt. Sie stirbt, aber sie strahlt, als wäre heute der schönste Tag ihres Lebens.

»Sie kommen.«

Bree eröffnet das Feuer, und ich zucke zusammen, aber ich kann mich immer noch nicht von der Stelle rühren.

»Wo ist sie?«, frage ich hastig. »Die echte Emma.«

Sie macht ein paar flache Atemzüge. »Weiß nicht.«

Vom Wagen aus schreit Sammy nach mir.

»Verdammt, Emma.« Ich rüttle an ihrer Hand. »Ist sie wenigstens am Leben? Sag mir, dass sie lebt!«

»Ich weiß es nicht«, wiederholt sie. »Aber es war so einfach, sie zu spielen … so zu tun, als liebte ich dich.« Sie hustet eine kleine Menge Blut hoch. »Ihre Erinnerungen … Gefühle … ich habe sie glasklar gespürt.«

Ich löse ihre Finger von meinen. »Gib nicht vor, sie zu kennen. Du bist vollkommen anders als sie. So, wie du uns verraten hast, und was du heute Nacht hier getan hast.«

»Aber du hast mich … nie verdächtigt«, stößt sie, von krampfhaften Atemzügen unterbrochen, hervor. »Nicht ein einziges Mal.« Ein Lächeln. »Vielleicht bist ja *du* derjenige … der sie nicht kennt.«

Und ich kann nichts erwidern, weil ich Angst habe, es könnte wahr sein. Zuerst die Kopie meines Bruders und jetzt Emma. Wie kann ich behaupten, diese Menschen zu kennen, und trotzdem nicht in der Lage sein, dieses widerlich Falsche an ihnen zu bemerken?

Sammy flucht und wedelt auf dem Fahrersitz wie ein Verrückter mit den Armen. Ich sehe Bo und Xavier an, die im Schnee liegen. Sie werden nicht einmal eine richtige Beerdigung bekommen.

»Wir haben keine Zeit mehr!«, brüllt Sammy, und ich weiß, dass er recht hat.

Ich kehre Emma den Rücken zu und renne zum Auto.

34. Kapitel

Bree klettert auf den Vorder-, ich auf den Rücksitz. Wir haben die Türen kaum geschlossen, als die ersten Duplikate den äußersten Lichtkreis des Lagerfeuers erreichen. Mein Duplikat ist immer noch an der Spitze. Wir fahren los, und er gerät völlig außer sich. Er schimpft, schreit und tritt auf den Schnee ein. Vor Zorn bäumt er sich auf und reckt die Arme.

Er jagt mir Angst ein. Mehr Angst als alles, was ich je erlebt habe.

Mit einer Handbewegung befiehlt er den anderen Duplikaten, uns zu folgen. Bree lehnt sich aus dem Fenster und feuert auf die Kopien, die unseren Wagen verfolgen, blindlings, furchtlos und unaufhaltsam. Wegen des Schnees ist der Boden glatt, aber Sammy scheint schnell genug zu fahren, denn kurz darauf zieht Bree den Kopf wieder nach drinnen. Obwohl es zu dunkel ist, um irgendetwas richtig zu erkennen, starre ich auf meine Hände.

Wie ist das nur passiert? Ich habe nicht gespürt, dass mit Emma etwas nicht in Ordnung war, und deshalb sind jetzt Bo und Xavier tot. Clipper könnte es ebenso gut sein. Ich habe das Blut gesehen und weiß, dass er nicht mehr lange durchhält.

Und plötzlich scheint alles auf einmal auf mich einzuprasseln. Ich sehe die in Stücke gerissenen Duplikate und rieche ihr brennendes Fleisch. Ich sehe Emma, Isaac und meinen Vater tot vor mir. Ich sehe mein eigenes Duplikat, wie es mit der Waffe auf meine Brust zielt, Jackson die Kehle durchschneidet und hinter unserem fliehenden Auto herschreit. Wie ist es möglich, dass er aus mir geschaffen worden ist? Warum konnte Jackson gegen seine Befehle ankämpfen, und meine Kopie nicht?

Ich schlage mit den Fäusten auf den Sitz vor mir ein, bedecke den Mund mit den Händen und brülle Verwünschungen hinein.

»Nicht jetzt, Gray«, sagt Bree von vorn. Am liebsten würde ich sie anschreien und ihr ihre Gefühlskälte vorwerfen. Ich will sie herzlos nennen, will ihr vorwerfen, sie sei so kaltschnäuzig, dass sie ebenfalls gut ein Duplikat sein könnte. Aber dann sagt sie: »Später. Später, versprochen – aber nicht jetzt«, und mir wird klar, dass ich genau diese Worte brauche. Es ist nicht so, dass ich all das nicht empfinden darf, aber ich darf mich im Moment nicht davon überwältigen lassen.

»Clipper«, sage ich und zucke vom Klang meiner eigenen Stimme zusammen. Sie schwankt, und ich gebe mir Mühe, sie gleichmäßig klingen zu lassen. »Es tut mir leid wegen vorhin. Du hattest recht, den Notruf zu senden und die Exilanten zu rufen. Nur deswegen sind wir noch am Leben.«

Ich erwähne nicht, dass ich mich vor allem entschuldige, weil ich fürchte, später keine Chance mehr dazu zu haben; dass er tot sein wird, wenn ich meine Entschuldigung aufschiebe.

»Recht oder unrecht … meine Strafe … habe ich bekommen«, keucht Clipper. » Granatsplitter in der Schulter.«

»Wir bringen dich zu einem Arzt. Vielleicht in die Stadt, die du auf der anderen Seite von Burg entdeckt hast.« Am liebsten möchte ich sofort nach Westen fahren, zu den Exilanten, aber Clipper hält nicht mehr lange durch. »In welcher Richtung lag sie noch?«

»Norden«, keucht er. »Fahrt nach Norden.«

Und dann verliert er das Bewusstsein.

Eine weitere Explosion erhellt den Himmel über dem Wagen, und ich könnte schwören, dass ich die Duplikate rufen höre, obwohl wir uns so weit entfernt haben, dass das nicht möglich ist. In meinem Schenkel pocht der Schmerz, und mein Hosenbein ist schwer, so sehr hat es sich mit Blut vollgesogen. Ich frage mich, ob ich mein Realitätsgefühl verliere.

»Wir haben den Ausgang erreicht«, verkündet Sammy. Ich sehe den Äußeren Ring vor meinem Fenster vorbeihuschen, doch bevor ich den leisesten Hauch von Erleichterung spüren kann, steigt Sammy auf die Bremse. Wir werden alle nach vorn geschleudert.

»Sammy!«, kreischt Bree. »Was zum …?«

Aber sie hält sich mit keinem weiteren Wort auf, weil es offensichtlich wird, weswegen Sammy gebremst hat.

Vor uns taucht eine Barrikade aus Lichtern auf. Wir sitzen in der Falle. Schon wieder.

Sammy flucht auf Himmel und Hölle, sein Pech und den dummen Zufall und eine Vielzahl anderer Umstände und prügelt dabei vor Zorn auf das Steuer ein. Bree dreht sich zu mir um, und das Licht, das von draußen einfällt, ist so hell, dass ich jeden Millimeter ihrer Miene erkennen kann. Entschlossen gerunzelte Augenbrauen. Sorgenvoller Blick. Ängstlich verzogene Mundwinkel.

»Was jetzt?«, fragt sie.

Aber schon kommen dunkle Gestalten auf das Auto zu und reißen die Türen auf. Clipper lassen sie in Ruhe, aber sie zerren Sammy und Bree von den Vordersitzen und dann Bleak und mich von der Rückbank. Ich starre den Schnee an.

Wie weiß er ist, wie frisch und vollkommen und rein. Das ist mit Sicherheit das Ende. Wenn es mein Duplikat ist, das es herbeiführt, dann will ich nicht hinsehen.

Ein Paar Stiefel tritt in mein Blickfeld, aber es ist nicht das typische Ordensmodell. Verblüfft sehe ich auf.

Der Mann, der vor mir steht, trägt eine dicke Hose, die er in die Stiefel gesteckt hat; eine Wollmütze und Handschuhe, die so abgeschnitten sind, dass seine Finger frei bleiben. Und trotz der Eiseskälte hat er sich für einen dicken Pullover statt einer Jacke entschieden. Er sieht ungefähr so alt aus wie mein Vater und hat dunkle Bartschatten am Kinn. Zwei andere – ein Mann und eine Frau – begleiten ihn, und sie sind beide genauso zusammengewürfelt angezogen.

Ich mustere das Gefährt hinter ihnen. Es sieht ähnlich aus wie die Helikopter des Ordens, nur ein wenig verbeulter. Das Emblem an seinem Rumpf ist vertraut: ein blauer Kreis im Inneren eines roten Dreiecks und in der Mitte ein heller, schmuckloser Stern.

Sie sind es. AmWest. Die Leute, deren Vorfahren den Zweiten Bürgerkrieg begonnen und ein Virus auf Millionen unschuldiger Menschen losgelassen haben. Diejenigen, die es heute für angebracht gehalten haben, auf unseren Hilferuf zu reagieren, obwohl ich erst vor wenigen Monaten gesehen habe, wie ihre Flugzeuge Angriffe auf Taem geflogen haben.

»Wer ist hier der Verantwortliche?«, fragt der Mann, der vorn steht. Seine Stimme klingt tief und kratzig, als benutzte er sie nicht oft.

Ich hebe die Hand, und er neigt den Kopf zur Seite und mustert uns. Etwas wie Neugier und Zweifel huschen über seine Miene.

Die Frau zeigt mit einem Messer auf uns. »Sie sehen nicht besonders beeindruckend aus, Adam.«

Der Mann – Adam – antwortet ihr, lässt uns dabei aber nicht aus den Augen. »Das haben wir damals auch nicht.«

In der Ferne explodiert etwas, und plötzlich bin ich wieder im Hier und Jetzt angekommen, und mir ist wieder bewusst, dass die Duplikate uns immer noch verfolgen und Clipper im Auto verblutet.

»Einer aus unserer Gruppe braucht einen Arzt.« Während ich das sage, krampft mein Bein vor Schmerz, und mir wird klar, dass ich ebenfalls einen brauche.

Adam zieht nur die Augenbrauen hoch. »Wie viele seid ihr?«

»Fünf.«

Mit dem Zeigefinger beschreibt er einen kleinen Kreis. »Ihr *alle.*«

»Vier haben wir vorhin verloren, einen weiteren im Golf. Bevor wir in See gestochen sind, haben wir uns von einer Person getrennt.«

Adam nickt kaum wahrnehmbar und wartet immer noch, und ich recke frustriert die Hände. »Ich habe in diesem Auto einen Jungen, der dem Tod nahe ist! Wenn Sie noch eine wichtige Frage haben, sagen Sie es einfach. Ich habe keine Zeit für Spielchen, auch wenn Sie uns da hinten die Haut gerettet haben.«

Darüber lächelt Adam; ein breites, strahlendes Lächeln, das Zähne zeigt, die so weiß wie der Schnee sind. »Ich habe es so gemeint, wie ich es gesagt habe. Ihr alle. Eure Leute. Wie viele?«

Bree scheint seine Frage zu verstehen, denn sie antwortet an meiner Stelle. »Bei der letzten Zählung waren wir etwas über zweitausend.«

Adam schürzt die Lippen, als kostete er diese Zahl und fände ihren Geschmack sehr eigentümlich. Was hat Isaac noch gesagt? Wenn man gute Informationen hat – Methoden, um AmOst zu unterminieren –, dann ist AmWest immer bereit, einen Handel oder eine Abmachung zu schließen. Kann das jetzt sein? Dass sie nur auf unseren Notruf reagiert haben, weil sie dachten, wir könnten ihrer Sache nützen, und jetzt verschafft sich Adam einen Überblick über die Stärke der Rebellen, um festzustellen, ob sie richtig vermutet haben?

»Jemand hat uns erzählt, die Exilanten seien die wahren Patrioten«, sage ich, die Worte wiederholend, die ich von Isaac gehört habe.

Adams Blick leuchtet auf.

»Ich dachte, wir könnten vielleicht zusammenarbeiten. Eure Leute. Unsere Leute. Gemeinsam hätten wir vielleicht mehr Erfolg.«

»Wisst ihr«, meint Adam, und ein leichtes Lächeln erscheint auf seinem Gesicht, »denselben Gedanken hatte ich auch, als wir beschlossen haben, auf euren Notruf zu reagieren.«

Gleichzeitig strecken wir die Hände aus, und mit einem kurzen Handschlag gehe ich ein Bündnis mit den Exilanten ein.

35. Kapitel

Wir heben ab, und mir wird augenblicklich schlecht. Ich stütze mich mit einer Hand am Fenster ab und sehe zu, wie Burg aus unserem Blickfeld verschwindet. Dort kommt es immer wieder zu grellen Explosionen, und es herrscht Chaos. Ich mache mir Sorgen um den Rest von Bleaks Leuten und frage mich, wie sie sich schlagen.

Mit der Hilfe der Exilanten haben sie wenigstens eine Überlebenschance. Hinter der Mauer sind immer noch Luftkämpfe im Gang, und kurz bevor wir gestartet sind, habe ich gehört, wie Adam den Befehl gab, sie fortzusetzen, bis der Orden besiegt ist.

Neben mir ist Clipper wieder bei Bewusstsein und umklammert Sammys Hand. Vor Schmerzen stößt er so unerträgliche, schreckliche Laute aus, dass ich mir schon wünsche, eine weitere Bombe würde hochgehen und ich würde noch einmal vorübergehend das Gehör verlieren. Die Miene des Jungen wirkt hoffnungslos, als wünschte er sich nur noch, es wäre schon vorüber.

Ich presse mein Gesicht an die Scheibe und versuche den Schmerz mit reiner Willenskraft zu verdrängen. Den Schmerz in meinem Bein, in meiner Brust und in meinem Geist. Immer wieder verliere ich das Bewusstsein und komme erneut zu mir, Realität und Träume vermischen sich.

Ich sehe Emmas Duplikat in den Wolken. Blut tropft von ihrer Jacke. *Du wunderst dich sicher über den Tag, an dem du Emma mit Craw erwischt hast,* sagt sie. *War das wirklich sie? Oder war das ich? Lebt deine Emma überhaupt noch?* Sie kichert leise und spricht in einer Art Singsang weiter. *Ich sage nichts. Nein, niemals nicht.*

Aber ich weiß es schon. Ich mag es mir nicht eingestehen, aber ich weiß, dass es meine Emma war, die *echte* Emma, die ich an diesem Tag zusammen mit Craw angetroffen habe. Ich war als Blaine getarnt, und trotzdem hat sie mein Gesicht berührt und erkannt, dass ich es war. Sie hat geweint und war voller Emotionen. Und ich habe alles verdorben, weil ich sie nicht auf der Stelle mitgenommen habe. Ich wette, dass Frank diese Begegnung sogar beobachtet hat – seine Kameras sind überall. Als ich zurückgekommen bin, um Emma zu holen, kannte er die Wahrheit: dass ich Gray war, nicht Blaine. Er wusste, dass ich Emma mit nach Crevice Valley nehmen würde. Dass er mir eine Spionin in die begierigen, ausgestreckten Arme schieben konnte.

Du bist so schlau, singt Emma in den Wolken. *Aber es ist zu spät. Viel, viel zu spät.*

Aus großer Entfernung höre ich Brees Stimme. »Halt die Augen offen, Gray.«

Aber jetzt verwandelt sich Emma in das Mädchen aus den Tunneln von Burg. *Meine Kinder sind noch nicht alt genug zum Sterben,* sagt sie. *Keiner hier hat darum gebeten, aber du hast die Schnitter direkt zu uns geführt.*

Ich blinzle, und sie ist Xavier, der ein Loch im Schädel hat. *Du hast Emma zu sehr gereizt, weil du nicht dachtest, dass sie es tun würde. Und jetzt sieh dir das an. Schau hin!*

Aber ich kann nicht, und als ich den Blick abwende, ist da Jackson. Ein gezackter roter Streifen überzieht seinen Hals.

Ein schöner Verbündeter bist du. Und dann Bo. *Ich war endlich draußen, endlich frei. Ich hätte nicht so enden sollen.*

Die Welt schrumpft und zieht sich zusammen, als hätte ich einen Tunnel betreten. Bree hält meine Hand. Ich spüre ihre Finger, als wären sie weit entfernt, aber sie drücken meine. Keine Worte, nur eine beruhigende Berührung. Mein Blickfeld stabilisiert sich leicht, als der Hubschrauber landet.

Irgendwie habe ich die Flugmaschine verlassen und schlinge einen Arm um Brees Hals. Wir bewegen uns vorwärts, aber sie übernimmt den größten Teil der Arbeit. Da ist ein niedriges weißes Gebäude vor uns. Und eine Frau mit rotbraunen Locken, die uns entgegenrennt.

Der Boden unter mir bewegt sich. Es passiert langsam, wie in Zeitlupe. Ich wende mich Bree zu, weil ich sie vorwarnen will, aber ich bringe nur ihren Namen heraus und breche dann im Schnee zusammen.

Ich erwache in einem fremden Bett und fühle mich durstig und vollkommen erschöpft. Auf einem Stuhl neben mir schläft Bree. Sie hat eine Hand auf die Matratze gelegt, neben meine; fast als wären unsere Finger miteinander verflochten gewesen, bis sie eingenickt ist.

So, wie es aussieht, befinden wir uns in einem normalen Wohnhaus. Die Wände des Schlafzimmers sind in einem matten Rosa gehalten, und vor den Fenstern hängen so dünne Vorhänge, dass das Licht des frühen Morgens hindurchfällt. Neben dem Bett steht ein Nachttisch, und auf der verkratzten Oberfläche ein Glas Wasser. Ich greife danach und stürze den Inhalt mit großen Schlucken hinunter. Das Nass schwappt in meinem Magen herum, der viel zu lange leer gewesen ist.

Ich beiße die Zähne zusammen, setze mich auf und schiebe

die Decken zurück. Mein Hosenbein ist hoch oben an meinem verletzten Schenkel abgeschnitten, und jemand hat die Wunde versorgt und verbunden. Ich klettere aus dem Bett. Es ist unangenehm, mein Bein zu belasten, aber ich bringe es fertig.

Erst als ich stehe und gegen den stetig anrollenden Schmerz ankämpfe, fällt mir auf, wie klein und verletzlich Bree wirkt. Ich habe sie noch nie schlafen gesehen, jedenfalls nicht so deutlich, aber jetzt fällt das Morgenlicht auf sie, und ich kann nur dieses ruhige, friedliche Mädchen sehen, das so ganz anders ist als das, dem ich für gewöhnlich gegenüberstehe. Ihre Stirn ist glatt, weil sie sie nicht runzelt, sodass sie voller Falten ist. Ihre Augenbrauen sind elegant geschwungen, und ihre zarten Lippen sind leicht geöffnet. Wenn sie träumt, ist alles an ihr weicher. Ich habe das Gefühl, Zeuge eines großen Geheimnisses zu werden, indem ich diese sanftere Seite an ihr sehe, die sie der Welt niemals zeigt. Es ist, als würde ich einen Teil von ihr kennen, den niemand sonst zu sehen bekommt.

Sie zuckt zusammen und stößt einen leisen, ganz kurzen Seufzer aus. Wenn sie in dem Stuhl weiterschläft, wird sie mit grauenhaften Nackenschmerzen aufwachen, daher hebe ich sie hoch und lege sie auf das Bett.

»Gray?«, murmelt sie. Sie träumt immer noch und spricht meinen Namen mit einem panischen Unterton aus, als hätte sie einen Albtraum. Sogar jetzt zieht sie eine finstere Miene.

»Ich bin hier«, sage ich zu ihr. »Ich bin hier, und uns geht es gut.«

Ihre Lippen verziehen sich zu einem Lächeln, und ihr Gesicht wird ruhig, als hätte ihr Traum eine bessere Wendung genommen.

Und in diesem Moment vergesse ich alles, was sie mir in Burg, unter der Erde, gesagt hat, weil ich jetzt weiß, dass es das ist, was ich will: ihre Ängste zerstreuen. Sie beruhigen, sie stützen und einfach da sein, wenn sie mich braucht. Für immer.

Ich sehe zu, wie ein paar blonde Haarsträhnen im Rhythmus von Brees Atem flattern. Ich weiß, dass ich mich auf die Suche nach meinem Team machen müsste, aber ich wünsche mir nichts mehr, als in dieses Bett zu steigen. Ich möchte einschlafen, Brees Rücken an meine Brust gedrückt und den Arm um ihre Taille gelegt, denn wenn wir zusammen sind, wird alles gut werden. Ich kenne sie seit kaum fünf Monaten, aber es kommt mir vor wie Jahre. Sie ist zu meiner zweiten Hälfte geworden, als ich gerade nicht aufgepasst habe, und jetzt erscheint es mir undenkbar, mich dem Sturm zu stellen, der um uns herum tobt, wenn ich es allein tun muss. Wirklich, der Gedanke, mich irgendetwas zu stellen ohne sie, erscheint mir vollkommen absurd.

Sie hatte recht. Mit uns. Damit, dass ich dagegen ankämpfe. Warum muss sie bloß immer recht haben?

Ich lege eine Hand auf ihre Schulter, aber ich wecke sie nicht. Keine Ahnung, wie ich mich auch nur annähernd entschuldigen kann. *Ich hatte in allem unrecht … Ich brauche dich, uns, das Feuer, die Angst, die Herausforderung, dass du mich antreibst … Ich habe mich geirrt, und es tut mir leid.*

Nichts davon scheint genug zu sein.

Also küsse ich sie auf die Stirn, ziehe die Decke bis unter ihr Kinn hoch und gehe die anderen suchen.

36. Kapitel

Im Flur wartet die Frau aus AmWest. Sie stellt sich als Heidi vor und erklärt mir, dass Clippers Verletzungen versorgt worden sind und er und der Rest des Teams schlafen. Ich bitte darum, sie sehen zu dürfen, aber sie besteht darauf, dass ich zuerst mit Adam reden muss. Als ich auf meinem Wunsch beharre, wirft sie mit Wörtern wie *dringlich* und *unbedingt erforderlich* um sich, sodass ich ihr zögernd folge.

Wir durchqueren ein Wohnzimmer voller Bücher und gepolsterter Sofas und eine Küche, in der es nach warmem Brot und Suppe duftet, gehen dann eine Treppe hinunter, um schließlich in einen großen, fensterlosen Raum zu treten. Er ist vollgestopft mit Computern, Bildschirmen und anderen Geräten, die Clipper bestimmt mit verbundenen Augen bedienen könnte. Adam steht mit dem Rücken zu uns in der Mitte und spricht mit der Frau, an die ich mich von gestern Nacht erinnere; sie ist dem Hubschrauber entgegengelaufen, bevor ich ohnmächtig geworden bin. Sie hat sich die lockigen Haare zurückfrisiert, und ihre sommersprossigen Wangen sind rot angelaufen.

»Sylvia«, spricht Heidi die Frau an. Es ist eine Art Anweisung, denn sie geht, gefolgt von Heidi. Jetzt sind nur noch Adam und ich übrig.

Er setzt sich auf einen Stuhl, trinkt aus einem Glas, das auf dem Tisch steht, und lehnt sich dann, die Arme hinter dem Kopf verschränkt, zurück.

»Was macht das Bein, Gray?«

»Woher wissen Sie meinen …«

»Bree hat ihn uns gesagt. Dann hat sie uns herumkommandiert, als gehörte ihr dieses Haus, dafür gesorgt, dass du und Clipper versorgt wurdet und Essen und Getränke für die Gruppe verlangt.« Seine Augenbrauen zucken hoch. »Ein Prachtmädel.«

Ich lächle, weil ich stolz bin – auf Bree, stellvertretend für sie.

»Ich habe Ihnen noch gar nicht für Ihre Hilfe gedankt«, erkläre ich. »Gestern, gegen den Orden. Und hier. Wo auch immer sich ›hier‹ befindet.«

»Ich bin euch ebenso viel Dank für euren Notruf schuldig wie ihr mir, weil ich darauf reagiert habe. Was in Burg passiert ist, war zum Vorteil für beide Seiten. Aber was die Versorgung eures Teams angeht, das waren allein Sylvia und ihr Mann. Sie betreiben diesen Zufluchtsort.«

Ich betrachte die Bildschirme an der Wand hinter ihm. *Ein Zufluchtsort.* Ein Wohnhaus, in dem es ein wenig von allem gibt: jemanden mit medizinischen Kenntnissen, Computer, zusätzliche Betten für bedürftige Exilanten.

»Wie ist die Sache in Burg ausgegangen?«

Adams Miene verhärtet sich. »Ich hatte die Piloten angewiesen, die Ordensmänner um jeden Preis zu vernichten, und das Ergebnis war nicht schön. Ich wusste nicht, dass am Boden Zivilisten kämpften oder unter diesen ganzen Gebäuden lebten. Wir haben nur ungefähr die Hälfte von ihnen retten können.«

Ich kann meine entsetzte Miene nicht schnell genug verbergen.

»Aber der Orden wurde eliminiert«, erklärt Adam, »und die verbliebenen Überlebenden wurden nach Westen gebracht, an geheime Zufluchtsorte der Exilanten. Für mich ist das ein Erfolg.«

»Aber all die anderen, die gestorben sind. Weil ich Sie gerufen habe. Weil wir …«

»Mit solchen Gedanken kann man sich in den Wahnsinn treiben, und bei solchen Kämpfen müssen Opfer gebracht werden. Außerdem, glaubst du wirklich, dass alle Ordensmitglieder, die meine Männer getötet haben, um deine Leute zu retten, den Tod verdient hatten? Wäre es nicht möglich, dass einige von ihnen sich durch Frank haben blenden lassen? Fest davon überzeugt sind, etwas Gutes zu tun? Oder bereit wären, sich zu ändern, wenn man ihnen ihren Irrtum aufzeigt? Schon möglich, aber ich habe trotzdem Befehl gegeben, sie zu eliminieren, ohne Fragen zu stellen.«

Ich ziehe mir einen Stuhl heran und setze mich zu Adam, weil ich mich bei dem Gedanken, dass Burg zerstört ist und so viele Menschen gestorben sind, schwach auf den Beinen fühle.

»Menschen sind komplexe Wesen«, setzt Adam hinzu. »Wir sind nicht nur gut oder nur böse. Wir haben Schattierungen. Viele, viele Schattierungen. Das verstehst du sicher, Gray, mit einem Namen wie deinem.«

Und ich begreife es wirklich. Praktisch jeder, dem ich in den letzten paar Wochen begegnet bin, wurde von komplexen Beweggründen angetrieben: Jackson, Titus, Bleak. Ganz zu schweigen davon, dass ich selbst der allergrößte Widerspruch bin. Ich habe eine Version meines Bruders getötet, um eine Person zu retten, die ich für Emma gehalten habe. Ich habe die Beziehung zu Bree ausgenutzt, weil ich hoffte, eine Sandkastenliebe zu kitten. Ich habe Jackson als Menschen zweiter Klasse behandelt, weil ich ihn für eine Bedrohung hielt, und ich habe so viele Menschen in Burg dem Tod überlassen. Hunderte von Leben weggeworfen, um eine Handvoll Menschen zu retten, die ich kenne.

»Wahrscheinlich werden wir noch weitere Opfer bringen müssen, aber die Verhältnisse in Ordnung bringen, Frank stürzen – das ist etwas, das einfach geschehen *muss*«, erklärt Adam. »Wie wäre es also, wenn du für mich den Kontakt zu eurem Anführer im Osten herstellst?«

Trotz der vielen Ausrüstung, mit der dieser Raum vollgestellt ist, kenne ich nur eine Methode, Crevice Valley zu erreichen.

»Ich kann das nicht. Aber Clipper ist wahrscheinlich in der Lage dazu.«

»So etwas Ähnliches dachte ich mir schon.«

In diesem Moment taucht Heidi mit Clipper im Schlepptau auf. Er trägt den verletzten Arm in einer Schlinge, und seine Schulter ist dick verbunden. Langsam schaut er sich im Raum um und betrachtet die Geräte, bevor er Blickkontakt zu mir aufnimmt.

»Was ist los?«

»Du sollst Kontakt zu Ryder aufnehmen«, sage ich.

Er grinst, zieht sich einen Stuhl an einen der Computer und ist in seinem Element.

Ryders Gesicht auf dem Bildschirm zu sehen und zu wissen, dass Crevice Valley noch existiert, ist eine unglaubliche Erleichterung.

Ich gebe Ryder einen kurzen Überblick über den aktuellen Zustand des Teams. Ryder berichtet, dass die Aktivitäten des Ordens in den Wäldern weder zu- noch abgenommen haben, trotz Emmas Verrat. Ein großer Teil der elektronischen Ausrüstung von Crevice Valley produziere Magnetfelder, die Emmas Peilsender gestört haben, sagt Ryder und behauptet, Harvey habe sogar als zusätzliche Vorsichtsmaßnahme – im Verhörzentrum und auch außerhalb – Geräte aufgestellt, die auf einige Entfernung Funksignale zerhacken. Ich lächele und erinnere mich an etwas, das Bree einmal zu mir gesagt hat; dass die Rebellen Abwehrmethoden hätten, auch wenn sie nicht zu sehen seien.

»Ich will mit Adam reden«, sagt Ryder. »Allein.«

Mir ist klar, dass Einwände zwecklos sind, daher trete ich auf den Flur.

»Worüber sprechen die beiden?«, erkundigt sich Clipper.

Ich rutsche ihm gegenüber zu Boden und lehne mich mit dem Rücken an die Wand. »Ich wünschte, ich wüsste es. Was macht dein Arm?«

Er zuckt die Achseln. »Sylvia meint, ein Teil des Metalls wird mein Leben lang in meinem Körper bleiben, aber ich komme wieder in Ordnung.«

Ich möchte ihm gern sagen, dass er sich gut geschlagen hat und ich stolz auf ihn bin, aber das klingt in meinem Kopf alles so unzureichend.

»Ich habe über dieses Duplikat von Emma nachgedacht«, sagt er. »Sie wirkte so aufrichtig, als sie sich um Aiden gekümmert hat. Auch Rusty schien ihr nie so zu misstrauen wie Jackson und Blaine. Sie hatte sogar zu Beginn Angst vor ihnen, genau wie wir, doch als sie erkannt hat, was die beiden waren, hat sie geschwiegen. Verraten hat sie sie erst, als es ihr am meisten genutzt hat. Es ist, als hätte sie auf einer anderen Ebene operiert. Als wäre sie eines dieser neueren Modelle gewesen – so wie dein Duplikat.«

»Das war sie wirklich. Sie hat es mir gesagt, kurz bevor sie Xavier erschossen hat.« Ich halte kurz inne und sehe auf meine Füße hinunter. »Ich finde es beängstigend, wie überzeugend die neueren sind. Und dass sie sich absolut nicht beirren lassen. Das verändert alles, oder?«

»Ja«, meint Clipper. »Und auch wieder nicht. Wir müssen einfach wachsam bleiben. Unserem Instinkt vertrauen. Zusammenarbeiten. Das würde jedenfalls Harvey tun.«

»Wie alt bist du noch mal?«

Er grinst breit, und als seine unregelmäßigen, leicht vorstehenden Zähne ans Licht kommen, sieht er tatsächlich so alt aus, wie er ist. Doch blitzartig ist sein Lächeln wieder verschwunden und weicht einer entsetzten Miene.

»Harvey hat jeden getestet, der nach Crevice Valley kam, aber Emma war die Erste, die nach seinem Tod ankam, und ich habe ihr nur den Peilsender entfernt«, erklärt er. »Auf gewisse Weise ist alles meine Schuld.«

»So darfst du nicht denken. Es ist keine *einzelne Person* dafür verantwortlich. Schließlich habe ich sie mitgebracht.«

Er macht einen wenig überzeugten Eindruck und schaut zur Treppe. »Ruf mich, wenn sie noch etwas brauchen, ja? Ich bin müde.«

Ich nicke, und dann ist er fort und nimmt sein schlechtes Gewissen mit. Hinter der Tür höre ich immer noch die gedämpften Stimmen der Männer, die sich unterhalten. Und ich sitze einfach hier. Warte und habe keine Ahnung.

Wie kann Ryder mich aus einem solchen Gespräch ausschließen? Sich derart aufs Geschäft und auf Bündnisse konzentrieren? Er hat nicht einmal mit der Wimper gezuckt, als ich ihm den Tod meines Vaters, Bos und Xaviers gemeldet habe. Mit einem Mal frage ich mich, ob Ryder vielleicht unter Schock steht. Bo und er waren beste Freunde, praktisch Brüder.

Und dann hole ich plötzlich tief Luft, weil mir eines klar wird: Wenn Adam mit Ryder in Crevice Valley redet, dann kann ich auch mit Blaine sprechen. Mit einem Mal ist alles andere unwichtig. Ich springe auf. Doch bevor ich die Tür erreiche, öffnet sie sich, und Adam tritt auf den Gang.

»Er will noch einmal mit dir reden.«

Ich drücke mich an ihm vorbei. Auf dem Bildschirm ist immer noch Ryder zu sehen, der sich die Augen reibt, als wäre er völlig übermüdet. Ich gebe mich nicht mit großen Begrüßungen ab.

»Ist Blaine da? Kann ich mit ihm sprechen?«

Ryder blickt auf und seufzt. »Das ist momentan nicht das Wichtigste.«

»Nicht wichtig?«, explodiere ich.

»Gray …«

»Nein. Wage nicht, mir zu erzählen, was wichtig ist, nachdem ich quer durch dieses verdammte Land marschiert bin, nur um die Hälfte der Menschen, die ich liebe, zu verlieren. Mein Vater ist tot, Ryder. Er ist tot! Bo und Xavier auch. Ach, und Emma? Ich weiß nicht einmal, ob sie am Leben ist, und das ist fast schlimmer, als wenn ich wüsste, dass sie tot ist. Also entschuldige, dass ich mit meinem Bruder reden will. Es tut mir so leid, dass ich mich nach dieser dummen Mission, die *nichts* gebracht hat, nicht auf das Richtige konzentriere!«

Ich wünschte, er würde auch schreien, mich anbrüllen, aber er hat die Nerven, ruhig die Hände auf den Tisch zu legen. »Wir können später über deinen Bruder reden. Momentan diskutieren wir das neue Bündnis.«

»Verdammt, Ryder. Ich will einfach Blaine sehen. Ich …« Mit einem Mal kommt mir alles sinnlos vor. So viele Menschen sind tot, und ich bin hier, getrennt von Blaine, und fühle mich verloren, krank. »Wie ist das bloß passiert?«, murmle ich. »So hat mein Leben nicht aussehen sollen.«

»Glaubst du denn, ich hätte mir meines so vorgestellt?« *Jetzt* beschließt er zu schreien. Nicht vorher, als ich es wollte, sondern ausgerechnet jetzt. »Ich habe mich nicht gehen lassen, seit ich achtzehn war! Jetzt ist mein bester Freund tot. Ich habe einen der besten Hauptmänner verloren, die je unter meinem Kommando standen. Ist das furchtbar? Ja. Tut es weh? Schlimmer, als ich es auch nur ansatzweise beschreiben kann. Aber ich recke die Schultern, halte den Kopf hoch und mache weiter. Wir können nur nach vorn gehen, das ist unsere einzige Möglichkeit.«

Jetzt starre ich ihn wütend an, weil ich Gefühle nicht so wegschieben kann, wie er das schildert. So funktioniert das bei mir nicht. Ohne Gefühle kann ich nicht leben.

»Ich sage dir, was du tun wirst«, fährt er fort. »Nimm dir etwas Zeit, um die zu betrauern, die du verloren hast, und dann wirst du erkennen, dass diese Mission nicht sinnlos war. Sieh dir doch an, was du alles erreicht hast. Du hast Bleak vor einem Leben unter der Erde bewahrt, und Adams Männer haben die Hälfte seiner Leute gerettet. Du bist einem Duplikat begegnet, das gegen seine Programmierung gekämpft hat, und hast seinen Willen gebeugt, sodass es euch geholfen hat! Und vor allem hast du uns den größten Vorteil seit Jahren verschafft: einen Bündnispartner. Adam hat mir versichert, dass die Exilanten noch viel zahlreicher sind als wir und dass wir gemeinsam nicht aufzuhalten sind.«

Ich sehe die Logik hinter seinen Worten, aber mir kommt der Preis für diese Erfolge ungerechtfertigt hoch vor.

»Was jetzt dieses Bündnis angeht«, spricht Ryder weiter, »schicke ich einen Hauptmann, der dabei helfen soll, im Westen alles im Auge zu behalten. Elijah wird sich auf neutralem Boden mit Adam treffen – ungefähr drei Stunden Fußmarsch nördlich von Crevice Valley –, und er müsste spätestens morgen Abend bei euch sein.«

»Und Blaine«, sage ich. »Schick auch Blaine mit.«

»Das war kein Teil unserer Abmachung.«

Ich schlage mit den Händen auf den Tisch. »Das ist mir egal, Ryder. Schick ihn einfach!«

Wie auf ein Stichwort hin höre ich, wie auf Ryders Seite eine Tür aufgestoßen wird, und dann Blaines Stimme außerhalb des Bildschirms.

»Stimmt das? Ich habe gehört, ihr habt Kontakt mit ihnen!« Und dann stolpert Blaine ins Blickfeld und schiebt Ryder weg, der versucht, ihn zu bremsen. »Gray!«

Er fährt mit den Händen in seine Haare, als könnte er nicht glauben, was er sieht, und ich weiß nicht mehr, wie ich jemals ein Duplikat mit ihm verwechseln konnte. *Das hier* ist Blaine, so real und lebendig, dass ich es spüren kann, obwohl ich ihn nur auf einem Bildschirm sehe. Ryder weist auf die Tür im Hintergrund und bittet Blaine zu gehen, aber der zieht sich einen Stuhl heran.

»Du siehst furchtbar aus«, sagt er, während er sich setzt.

»Danke?«

Er lacht, und ich kann nicht anders als mitlachen. Es füllt eine Leere in meinem Inneren.

»Ich komme«, erklärt Blaine. Er sagt das mit so viel Gewissheit, als glaubte er fast, er bräuchte nur zu blinzeln und wäre bei mir.

»Du gehst nicht mit«, sagt Ryder.

»Ich gehe, Ryder, und mehr gibt es dazu nicht zu sagen. Ich habe hier gesessen, als Gray nach Taem gegangen ist, um den Impfstoff zu holen, und es hat mich fast umgebracht. Ich habe im letzten Monat, während er quer durchs Land marschiert ist, auf meinen Fingernägeln gekaut und mir pausenlos Sorgen gemacht. Wenn du uns wieder trennen willst, dann gehe ich eben zu Fuß. Du weißt, dass ich in der Lage dazu bin. Es geht mir jetzt gut genug.«

Ich bin sprachlos. Ich glaube, ich habe noch nie erlebt, dass Blaine sich so heftig gegen jemanden so Mächtigen stellt. Ryder klappt den Mund auf und schließt ihn wieder.

»Na schön«, erklärt er schließlich. »Ihr beide seid genauso dickköpfig wie euer Vater.«

Ich strahle, weil ich finde, das ist das beste Kompliment, das er uns machen kann, und Blaine dankt Ryder überschwänglich.

»Gray, sorg dafür, dass Elijah sich mit mir in Verbindung setzt, sobald ihr da drüben alles erledigt habt«, sagt Ryder. »Aber ich bin mir sicher, dass ihr bis dahin einiges zu tun habt.«

Er steht auf und tritt aus dem Bildrahmen hinaus. Kurz darauf höre ich, wie sich eine Tür schließt, und ich bin allein mit meinem Bruder. Ich habe mir nichts mehr gewünscht, als ihn zu sehen, und jetzt reicht selbst das nicht aus. Bis morgen scheint es noch furchtbar lange hin zu sein.

»Pa ist tot«, sprudle ich heraus.

»Was?«

»Er hat eine Kugel abgefangen, um mich zu retten. Und … das ist eine lange Geschichte. Ich erzähle dir alles, wenn du hier bist. Versprochen. Ich konnte dir das nur nicht vorenthalten, und es tut mir leid, dass es passiert ist.«

»Es ist nicht deine Schuld.«

»Das sagen die anderen auch ständig.«

Jetzt zieht er eines seiner Großer-Bruder-Gesichter, so etwas wie väterliche Sorge, gemischt mit Mitgefühl. »Dir geht es gut, und das zählt.«

»Er hat auch gezählt, Blaine.«

»Ich sage ja nicht, dass er es nicht hat. Aber du bist wichtiger.«

Ich schüttle den Kopf. Das macht Blaine immer; er wägt Ergebnisse gegeneinander ab, als wäre jeder Teil des Lebens entweder wichtiger oder unwichtiger als ein anderer. Ich glaube, er erkennt nicht, dass der Tod unseres Vaters in keiner Weise akzeptabler wird, weil ich am Leben bin.

Als ich aufblicke, liegt Blaines Hand auf dem Bildschirm, als hätte er mich an der Schulter fassen wollen und dabei vergessen, dass wir uns an entgegengesetzten Enden des Landes befinden.

»Wir sehen uns ganz bald, Gray«, sagt er. »Versprochen.«

»Wenn ich in den letzten paar Wochen etwas gelernt habe, dann, dass man nichts versprechen sollte. Niemals. Nichts ist so sicher, dass man es garantieren kann.«

Er lächelt. »Also, das garantiere ich jetzt. Im Moment ist nichts wichtiger, als zu dir zu kommen. Du stehst an erster Stelle. Immer.«

Ich habe das Gefühl, dass wir dieses Gespräch schon einmal geführt haben, aber ich kann nicht anders, als sein letztes Wort zu wiederholen.

»Immer.«

37. Kapitel

Ich trommle unser Team zusammen, damit wir uns richtig von unseren Toten verabschieden können. Es ist ein frischer, klarer Nachmittag, und der Himmel ist so heiter und blau, dass ich schwören könnte, er macht sich über uns lustig.

Wir gehen hinters Haus und stellen uns im Halbkreis um eine kleine Feuergrube auf, sodass wir den Wind im Rücken haben. Ich schiebe den Schnee weg und fache ein kleines Feuer an. Sammy spricht ein paar Worte, so wie an jenem Tag in Stonewall. Durch eine Trauerfeier sollte es einem besser gehen. Sie sollte einem helfen, mit dem Tod abzuschließen und weiterzumachen, aber ich fühle mich nur immer schuldiger, leerer und nicht wert, am Leben zu sein. Ich habe es geschafft, aber die anderen nicht. Das ist der Teil, der mich am stärksten belastet, aber so ist der Tod nun einmal. Er macht sich nichts daraus, ob man ihn verdient hat oder nicht. Er kommt unaufgefordert und nimmt Leben, ohne Rücksicht auf die Gefühle derer, die zurückbleiben. Der Tod ist gierig und egoistisch.

Sammy beendet die Zeremonie, und Bleak, Clipper und Bree gehen bibbernd wieder hinein.

»Bleibst du noch ein wenig hier?«, fragt Sammy.

Ich starre ins Feuer. Plötzlich fühlen sich meine Beine an, als wären sie tief im Boden verwurzelt. »Glaube schon.«

»Toll. Bin gleich wieder da.«

Als er zurückkehrt, umklammert er eine fast leere Glaskanne, in der eine bernsteinfarbene Flüssigkeit herumschwappt. Er trinkt einen Schluck und gibt sie an mich weiter.

»Hab ich aus der Speisekammer gemopst.«

Ich trinke, und das Brennen des Alkohols ist eine willkommene Ablenkung. Wir reichen uns die Kanne ein paarmal hin und her und sehen ins Feuer, als ginge dort etwas Interessantes vor sich.

»Ich habe sie geliebt«, sagt Sammy und bricht damit das Schweigen. Noch nie habe ich ihn vier Wörter so aufrichtig sagen gehört.

»Ich weiß«, sage ich. Denn das hatte ich schon einige Zeit vermutet.

Meine Antwort scheint ihn zu verblüffen, und er verschluckt sich am Alkohol. »War sie ihr irgendwie ähnlich, oder bin ich einer Illusion aufgesessen?«

»Sammy, dieses Duplikat war Emma so ähnlich, dass es mich ängstigt. Es besaß ihre Persönlichkeit, ihre Stimme und ihre Eigenheiten. Ich meine, es hat mich getäuscht, und ich bin mit ihr aufgewachsen.«

Wir trinken beide noch ein paarmal aus der Kanne.

»Ich hoffe, ihr geht es gut«, sagt er. »Ich kann sie nicht beide verlieren. Gott, das kann ich nicht.« Seine Augen werden feucht, und mir wird klar, dass er nicht nur um Emma, sondern auch um Xavier trauert. Die beiden waren beste Freunde und sind immer in Crevice Valley umhergegangen, als wäre der eine der Schatten des anderen. Und Sammy hat diesen Freund durch die Hand eines Dings, das er zu lieben glaubte, sterben gesehen. Vermutlich hegt er genauso widerstreitende Gefühle für Emma wie ich.

»Sie muss noch am Leben sein«, erkläre ich ihm, weil alles

andere undenkbar ist. »Irgendwie werden wir sie finden. Ich muss sie finden.«

»Ich fühle genauso. Es ist nur …« Er holt tief Luft und sieht mich direkt an. »Du hast sie nicht verdient, Gray. Nicht, wenn du sie nicht wirklich wahrnimmst, und es ist so verdammt offensichtlich, dass Nox die Einzige ist, die du wirklich ganz und gar siehst.«

»Ich weiß«, sage ich noch einmal. Ich glaube, tief in meinem Inneren habe ich das die ganze Zeit gewusst.

»Das war es?« Sammy wirkt verwirrt. »Ich war mir sicher, dass du wütend auf mich sein würdest, weil ich das gesagt habe.«

»Letzte Woche wäre ich das vielleicht gewesen. Oder sogar noch gestern. Aber jetzt sehe ich auch, was alle anderen schon gewusst haben und was Bree mir seit Ewigkeiten begreiflich zu machen versucht.« Er wirkt immer noch nicht überzeugt. »Ich habe Emma geliebt, seit ich sechs war, Sammy. Es ist irgendwie schwer, sich einzugestehen, dass man jemand Neuen vielleicht mehr liebt als den Menschen, den man immer schon geliebt hat.«

Dazu nickt er und sieht ins Feuer.

Wir trinken weiter, und langsam lässt der Schmerz der Trauer nach. Obwohl die Sonne untergeht, wird mir warm. Weitere Worte wechseln wir nicht. Es ist auch nicht nötig. Vielleicht habe ich in ihm ja jetzt einen Freund. Ich bin mir nicht sicher, ob es eine echte Freundschaft ist oder etwas, das uns von außen aufgezwungen ist, weil wir so viel zusammen durchgemacht haben. Aber vielleicht kommt es auf die Einzelheiten auch nicht an. Vielleicht ist ein Freund einfach ein Freund.

Als man uns zum Abendessen ins Haus ruft, ist die Kanne leer.

Sylvia kocht die beste Mahlzeit, die wir seit Ewigkeiten gegessen haben – eine Art Eintopf mit Fleisch und frischem Brot. Mein Kopf summt, mein Körper fühlt sich warm an. Ich glaube, dass es Sammy genauso geht. Wir sind nicht aggressiv, überhaupt nicht; aber wir lachen ständig über Dinge, die nicht besonders komisch sind, und lassen dauernd unsere Löffel fallen. Sylvia wirkt ziemlich verärgert, und bald tut mir das Ganze leid. Sie hat unser Team zusammengeflickt, hat uns Betten gegeben und sich bereit erklärt, uns unter ihrem Dach aufzunehmen, bis Adam mit Elijah und Blaine zurückkommt. Daher entschuldige ich mich für unsere Ungezogenheit, worauf Sammy ihr sofort erklärt, wir seien gar nicht unhöflich. Ich versuche ihn gegen den Arm zu boxen und werfe dabei meine Suppenschale um.

»Verdammt, das tut mir schrecklich leid«, sage ich und wische verschüttete Suppe auf.

»Ich mach das«, sagt Sylvia. »Hör einfach auf. Alles unter Kontrolle.«

»Nein, ich helfe Ihnen.« Als ich versuche, schneller zu wischen als sie, bringe ich es fertig, auch noch Sammys Schale umzustoßen, und noch mehr Suppe schwappt auf den Tisch.

»Warum gehst du nicht einfach?«, sagt sie in scharfem Ton zu mir.

Alle am Tisch starren mich wütend an, und ich bin wenigstens so vorausschauend, es nicht auf die Spitze zu treiben. Ich stehe auf und gehe. Eigentlich habe ich nicht vor zu schlafen, aber als ich mich auf mein Bett lege, drückt mich die Last der letzten paar Tage plötzlich unerträglich nieder.

Ich wache davon auf, dass jemand an meine Tür klopft.

Mir ist kalt geworden. Der Alkoholrausch ist verflogen und Schuldgefühlen gewichen, Trauer und Dingen, von denen ich wünschte, ich könnte sie ändern. Draußen ist es dunkel; die Sonne wird erst in vielen Stunden aufgehen. Lange kann ich nicht geschlafen haben.

Es klopft noch einmal, dieses Mal ungeduldiger.

»Herein.«

Bree tritt ein und wirft etwas auf mein Bett. »Ich habe die Ausrüstung sortiert und das hier in Owens Bündel gefunden. Ich dachte, du willst es vielleicht haben.«

Meine Finger legen sich um den Griff eines kleinen Messers in einer Lederscheide. Ich ziehe es aus dem Futteral. Dabei fallen mir ein paar Holzspäne in den Schoß, und plötzlich steht mir die Erinnerung an eine Holzente, mit der Blaine und ich als Kinder gespielt haben, vor Augen. Sie war ein Geschenk von unserem Vater gewesen, von ihm mit dieser Klinge hier geschnitzt. *Weathersby* ist in den Griff eingeritzt.

Als ich die Luft ausstoße, stockt mir der Atem, und ich weiß nicht, ob ich lachen oder weinen soll. Ich sehe Bree an. Irgendwie kann ich meinen Mund scheinbar nicht dazu bringen, das Wort *danke* zu bilden, aber sie muss mich trotzdem gehört haben. »Keine Ursache«, sagt sie.

Ich lasse den Blick über sie schweifen. Den Bogen ihrer Augenbrauen, ihren schlanken Hals und den Umriss ihres Schlüsselbeins, das eine gefühlte Ewigkeit lang unter dicker Kleidung versteckt war. Bree wendet sich zum Gehen, und ich packe ihr Handgelenk und ziehe sie auf mich zu.

Sie runzelt die Stirn. »Ich muss gehen.«

»Nein, musst du nicht.«

»Doch.« Sie windet sich aus meinem Griff.

Ich setze mich auf und schwinge die Beine aus dem Bett. »Ich habe mich geirrt, Bree. Über uns. Über alles. Ich sollte …«

»Ich bin nicht dein Trostpreis«, zischt sie.

Ich brauche lange, um zu begreifen, was sie meint.

»Nein. So ist das nicht. Ich habe immer … ich … dachte nur …« Aber ich weiß, dass ich mich nicht klar ausdrücken kann. Ich schlafe noch halb und bin ganz aufgeregt wegen Owens Messer, und der Drang, Bree in mein Bett zu zerren und sie nackt auszuziehen, ist so stark, dass es schmerzt. Ich will sie überall berühren und ihr mit meinen Lippen alles sagen, was ich mir überlegt habe und an dem ich im Moment so jämmerlich herumstottere.

»Du hast mir erklärt, dass du *sie* mehr brauchst als *mich*, Gray. Das hast du an diesem Abend am Strand gemeint. Und was passiert, wenn du sie wiedersiehst? Die echte Emma? Was dann?« Sie verschränkt die Arme vor der Brust. »Wenn ich vorher nicht genug für dich war, dann sehe ich nicht, warum sich das jetzt geändert haben sollte.«

Sie geht in Richtung Flur, und ich starre ihr mit offenem Mund nach und versuche immer noch, ihre Worte zu verstehen.

»Aber gemeinsam sind wir stärker«, sage ich. »Das wissen wir beide.«

In der Nähe der Tür bleibt sie stehen. »Ja. Das sind wir.«

»Was ist dann das Problem?«

»Das *Problem* ist, dass ich dir Dinge erzählt habe, die ich noch nie jemandem anvertraut habe. Ich habe dich an mich herangelassen. Ich habe aufgehört, mich ständig zu schützen, und bin nicht auf der Hut gewesen. Ich habe darauf vertraut, dass du nicht zerstörst, was wir hatten. Und als du es dann getan hast, da habe ich mich so verletzlich gefühlt, so bloßgestellt, so fremd in meiner eigenen Haut, dass ich gar nicht mehr richtig denken konnte. Ich fühle mich immer noch so, und ich hasse es, Gray! Ich hasse es, dass ich deinetwegen so schwach bin.«

Das also hat sie gemeint, als sie in Burg von Schwäche gesprochen hat. Ich glaube, jetzt verstehe ich sie, denn ein Teil von mir ist so mit ihr verbunden, dass ich mich auch schon ihretwegen schwach gefühlt habe. Schwach, wenn ich nicht bei ihr bin. Und wenn wir zusammen sind, fühle ich mich so stark wie niemals sonst. Das will ich ihr sagen, aber die Idee scheint zu komplex für Worte zu sein.

Sie öffnet die Tür.

»Geh nicht«, bringe ich nur heraus. »Bitte!«

Doch Bree schüttelt nur den Kopf.

»Ich habe dir bereits alles gegeben, Gray, und ich werde es nicht wieder tun. Von nun an stehe ich selbst an erster Stelle.«

38. Kapitel

Es ist Mittag, als Adam zurückkehrt.

Unsere Ausrüstung ist gepackt, und das Team ist unruhig. Ich sitze auf meinem Bett, schärfe Owens Messer und gehe mein Gespräch mit Bree noch einmal durch, als ich höre, wie der Hubschrauber näher kommt. Ich stecke das Messer in seine Hülle und stürze aus dem Zimmer.

Als ich nach draußen gerannt komme, springt Adam aus der Flugmaschine. Als Nächster kommt Elijah und dann endlich Blaine. Er hat sich auf seine unbekümmerte Art eine Tasche über die Schulter geworfen, er strahlt übers ganze Gesicht, und mir fällt wieder ein, dass es möglich ist, glücklich zu sein. Wir stürmen aufeinander los, und unsere Begrüßung wächst sich zu einer Reihe spielerischer Schubser aus, die immer wieder von Momenten unterbrochen werden, in denen einer von uns zusammenbricht und den anderen fest umarmt.

Das ist mein Bruder. Das hätte ich an jenem Tag in Stonewall empfinden müssen, vollkommene innere Ruhe und Gewissheit. Ich habe immer noch keine Ahnung, wie dieses Duplikat mich auch nur eine Sekunde täuschen konnte.

»Ich hoffe bloß, das alles ist nicht zu viel für dich«, scherze ich und verpasse ihm einen Stoß. »Angesichts deines gesundheitlichen Zustands und so.«

Er erwidert den Rempler. »Ich bin wieder vollkommen funktionsfähig. Vielleicht renne ich dir sogar davon, wenn du nicht aufpasst.«

»Das bezweifle ich nicht. Habe vor zwei Tagen ein Messer ins Bein bekommen.«

Diese Neuigkeit scheint ihn zu erschrecken, und da er sich nie eine Gelegenheit entgehen lässt, den großen Bruder zu spielen, setzt er eine besorgte Miene auf. »Bist du okay?«

»Ja. Mein Bein ist noch meine geringste Sorge.«

»Möchtest du über etwas reden?«

Bree tritt mit dem Rest des Teams nach draußen und trägt das, was von unserer Ausrüstung übrig ist. Sie wirft mir einen mürrischen Blick zu, und ich drehe mich wieder zu Blaine um.

»Vielleicht später.«

Er zwinkert, als wüsste er schon alles, was ich ihm noch erzählen muss, und begrüßt dann den Rest des Teams. Während Adam und Heidi sich bei Sylvia für ihre Hilfe bedanken, helfe ich Elijah, unsere Ausrüstung in den Hubschrauber zu laden.

»Neues Jahr, neuer Anfang«, meint er, nachdem wir uns zum Gruß die Hände geschüttelt haben.

Ich halte inne und versuche mich darauf zu besinnen, wann wir aus Burg geflohen sind und wie viele Tage seitdem vergangen sind.

»Heute ist der erste Januar«, klärt mich Elijah auf. »Dieses Jahr bringt für uns die Wende, das spüre ich.«

Ein neues Jahr. In Claysoot wäre es das Jahr 48 gewesen. Das Jahr, in dem ich hätte geraubt werden sollen. In der Angst vor diesem Jahr bin ich aufgewachsen, weil ich dann achtzehn geworden wäre. Aber nein, ich werde diesen Sommer neunzehn. Es ist, als hätte ich mit einem Wimpernschlag zwölf Monate meines Lebens verpasst.

Von dem Ganzen fühle ich mich ein wenig überfordert. Hier sind wir, wir reisen wieder nach Westen und entfernen uns noch weiter von dem, gegen das wir kämpfen müssen. Aber ich muss daran glauben, dass Ryder und Adam wissen, was sie tun. Offensichtlich kann man mir nichts Wichtiges anvertrauen: weder Missionen noch Leben, noch die Herzen anderer.

Ich werfe Bree einen Blick zu. Sammy setzt ihr wegen irgendetwas zu. Er hat heute Morgen wieder zu seiner alten, sarkastischen Art gefunden. Ich vermute, er hat sich diesen Schutzpanzer gewählt, um sich von den Erschütterungen der letzten Tage zu erholen. Nach ein paar Beschimpfungen von ihm geht Bree schließlich in die Luft.

»Du weißt, dass ich mit dir fertig werde, also reiz mich nicht.«

»Ach, du suchst doch bloß nach einem Vorwand, mit mir zu ringen«, gibt er zurück. »Eigentlich kann ich es dir nicht übel nehmen. Die Mädchen können einfach nicht die Finger von mir lassen.«

Bree verdreht die Augen, und ich wünschte, ich könnte mit Sammy tauschen. Diese Grimasse hat sie mir früher auch gezeigt. Damals gab es zwischen uns nichts außer spielerischen Wortgefechten und Spötteleien. Wir sind ungezwungen miteinander umgegangen. Aber ich will diese Unbefangenheit nicht mehr, weil ich sie ganz für mich haben will. Jedes kleine Stück von ihr, sogar die Teile, die mir Angst einjagen.

Bree erwischt mich dabei, wie ich sie beobachte, und verzieht ganz kurz den Mund zu einem Grinsen. Sogar noch schneller wendet sie die Augen wieder ab, aber der Blick war da, eher verschmitzt als feindselig, und er lässt mich hoffen, dass ich das zwischen uns in Ordnung bringen kann, wenn ich mir nur genug Mühe gebe.

Ich höre Schritte im Schnee, und jetzt steht plötzlich Adam neben mir und wirft die letzten paar Taschen in die Maschine.

»Und wie geht es jetzt weiter?«, frage ich.

»Elijah kennt die Einzelheiten.«

»Und ich erfahre gar nichts?«

»Schätze, das kommt darauf an. Manchmal, wenn jemand Einzelheiten kennt, passiert es, dass er Operationen leitet, obwohl er das gar nicht vorhatte.«

Dabei könnte ich es bewenden lassen. Das wäre einfach, und ich bin mir nicht sicher, ob ich für so etwas geschaffen bin: Details zu kennen, Missionen anvertraut zu bekommen, wichtige Dinge eben. Aber dann denke ich an meinen Vater und daran, wie er mir gesagt hat, ich sei stärker als die meisten. Und ich habe das Gefühl, ich sollte das tun. Mich engagieren, mich beteiligen. Das bin ich ihm schuldig.

Also sehe ich Adam an. »Nein, sagen Sie es mir. Ich will es wissen.«

»Wir fliegen ungefähr eine Stunde, und dann tanken wir auf. Anschließend geht es weiter nach Pike.« Rasch zieht er die Augenbrauen hoch. »Frank ist schließlich nicht der Einzige mit einer Kuppelstadt.«

Sammy und September hatten davon gesprochen, dass vor der Teilung durch den Krieg überall im Land Kuppelstädte entstanden waren. Da sollte es nicht erstaunlich sein, dass Am-West eine hat oder dass Adam und seine Exilanten unter ihrer Kuppel Zuflucht suchen. Aber es verblüfft mich trotzdem.

»Wir haben das Meer direkt vor der Tür«, setzt Adam hinzu. »Das *richtige* Meer. Dagegen ist dieser Golf, durch den ihr gefahren seid, eine Pfütze.«

Sofort will ich es sehen.

»Ich glaube, es wird dir gefallen. Wenn die Sonne abends im Meer versinkt, leuchtet alles orangefarben auf. Aber der

Sommer ist das Beste: warme Winde, ruhige Abende und Seetaucher, die man meilenweit hören kann.«

»Seetaucher?«, frage ich. »Die Vögel?«

»Genau die.«

Adam klettert in den Vorderteil des Helikopters, und ich gehe nach hinten und setze mich neben Blaine. Aber ich beteilige mich nicht an dem Gespräch mit Sammy, das er beginnt. Ich sehe Bree an, die auf der gegenüberliegenden Seite des Gangs bei den anderen sitzt und meinen Blick erwidert. Ich denke darüber nach, dass Vertrauen zerbrechlich ist, aber wiedergewonnen werden kann. Darüber, dass die Seetaucher manchmal getrennt werden, aber dann rufen und rufen und nicht aufgeben, bis der eine den anderen hört. Sie finden immer wieder zusammen, und die beiden Hälften werden eins.

Ich lege die Hände zusammen und versuche, einen ihrer Rufe nachzuahmen: erfolglos.

Aber Bree stößt einen aus.

Der unheimliche Ruf erfüllt den Raum zwischen uns, ebenso schön und beruhigend wie schwermütig. Sofort wird er vom Dröhnen des Hubschraubers übertönt, aber Bree und ich werfen einander ein leises, wissendes Lächeln zu, während wir in den bewölkten Himmel aufsteigen, ins Unbekannte.

SEI UNSER
HELD!
PIPER FANTASY
Gleich mitmachen und die magische
Welt der Piper Fantasy erleben! Neugierig?
Dann auf zu www.piper-fantasy.de!
Piper-Fantasy.de
PIPER